Danzig, 30. Januar 1945: An diesem eiskalten Tag soll das große Passagierschiff *Wilhelm Gustloff* Tausende verzweifelte Frauen, Kinder und alte Menschen, die vor der Roten Armee auf der Flucht sind, aufnehmen und nach Kiel bringen. In letzter Minute schafft es auch die junge Marinehelferin Erika, die sich um Notdürftige an Land kümmert, sich gegen den Widerstand einer intriganten Vorgesetzten an Bord zu schleichen. Denn Erika liebt Helmut Kehding, der das Kommando der Gustloff übernehmen soll. Vollkommen überladen verlässt das Schiff den Hafen. Nur kurze Zeit später wird es von einem russischen Torpedo getroffen. Von den knapp 10 000 Passagieren überleben nur wenige den dramatischen Untergang.

Tatjana Gräfin Dönhoff ist freie Journalistin und Buchautorin. Zuletzt bei BvT: die Romanfassung des erfolgreichen ARD-Zweiteilers *Die Flucht* (2008). Im Herbst 2010 erscheint ihr neuer Roman *Die letzte Fahrt des Hindenburg* bei Bloomsbury Berlin.

Rainer Berg arbeitet seit 1988 als Drehbuchautor. 2002 erhielt er zusammen mit Peter Keglevic den Bayerischen Fernsehpreis für den Film *Tanz mit dem Teufel – Die Entführung des Richard Oetker*.

Tatjana Gräfin Dönhoff
Rainer Berg

DIE GUSTLOFF

Roman

Berliner Taschenbuch Verlag

Alle Ortsnamen entsprechen denen der Karte des Deutschen Reiches in den Grenzen von 1937.

Dezember 2009
BvT Berliner Taschenbuch Verlags GmbH, Berlin
Der Roman basiert auf dem Drehbuch
Hafen der Hoffnung. Die letzte Fahrt der Wilhelm Gustloff
von Rainer Berg, verfilmt von der UFA Filmproduktion
in Zusammenarbeit mit ZDF und ZDF Enterprises.

Bloomsbury Berlin
Karte: Peter Palm, Berlin
Umschlaggestaltung: Rothfos & Gabler, Hamburg,
unter Verwendung von Bildern von © ZDF/Conny Klein,
Druck und Bindung: CPI – Clausen & Bosse, Leck
Printed in Germany
ISBN 978-3-8333-0633-4

www.berlinverlage.de

Für Othard und Heide

PROLOG

Rettungsaktion Ostsee – Die Ostsee wird Kriegsschauplatz

Am 1. September 1939 um vier Uhr fünfundvierzig fällt in Danzig-Westernplatte der erste Schuss des Zweiten Weltkriegs. Die Bordkanonen des Kriegsschiffs *Schleswig Holstein* feuern auf die polnischen Stellungen im Hafen. Doch nach der folgenden Besetzung Polens bleibt es bis Anfang 1944 auf der Ostsee und den Anrainergebieten relativ ruhig, denn die Haupt-Kriegsschauplätze liegen im Westen, in Afrika und seit 1941 weit im Osten, in der Sowjetunion. Auf der Ostsee sind hauptsächlich Versorgungsschiffe für das Reich unterwegs. Sie transportieren Erze, Kohle, Holz etc. aus Schweden und Finnland. Die Aktivitäten der Kriegsmarine beschränken sich hier auf Nachschub und Versorgung für die Ostfront, auf Patrouillenfahrten im Finnischen Meerbusen und das Gebiet vor dem Baltikum. In den Häfen von Gotenhafen, Pillau und Memel werden in U-Boot-Lehrdivisionen (ULD) neue U-Boot-Besatzungen ausgebildet. Ehemalige Passagierdampfer dienen ihnen als Wohnschiffe, darunter auch die Traumschiffe der Organisation Kraft durch Freude (KdF), die *Wilhelm Gustloff* in Gotenhafen und die *Robert Ley* in Pillau. Nur ein kleiner Teil der zivilen Besatzung ist zum Hafenbetrieb der schwimmenden Kasernen geblieben, die Mehrzahl ist zum Dienst an den Fronten eingezogen worden. Ersetzt werden sie durch Frauen verschiedener NS-Organisationen und Volksdeutsche, vornehmlich Kroaten und Serben.

Eine zivile Seeschifffahrt gibt es nicht mehr. Alle deutschen Reedereien haben ihre Handelsschiffe, Tanker, Schlepper samt Kapitänen und Mannschaften der Kriegsmarine als Versorgungs-, Lazarett- und Transportschiffe oder als Hilfskreuzer zur Verfügung gestellt. Die Werften in der Ostsee, Stettin, Danzig, Elbing und Pillau, bauen und reparieren, durch den Krieg weitgehend unbehelligt, neue Kriegsschiffe für die Marine. Im Bereich der Ostsee und im Hinterland ist es ruhig, die Bewohner leben fast wie im Frieden.

Dies ändert sich Anfang 1944 schlagartig. Am 14. Januar greifen russische Armeen im Norden der Ostfront an und befreien Leningrad. Die 18. deutsche Armee wird bis auf eine Linie zwischen der Stadt Narva und dem Peipussee in Estland zurückgedrängt. Stalin verstärkt mit dem zurückgewonnenen Zugang sofort die Präsenz der Roten Flotte in der nördlichen Ostsee, Kriegsschiffe und Marineluftstreitkräfte werden aufgerüstet, U-Boote bemannt. Stalin will die Ostsee für sich erobern.

Das deutsche Oberkommando der Kriegsmarine (OKM) bleibt nicht untätig. Es wird Befehl gegeben, die Minensperren und deren Bewachung zu verstärken und zwischen Nargön und der finnischen Halbinsel Porkkala neue U-Boot-Netze auszubringen. Stalin beantwortet diese Aktionen mit Angriffsflügen seiner Luftwaffe, die im Laufe des Jahres zunehmen und viele deutsche Schiffe versenken oder beschädigen. Die Kriegsmarine muss sich immer weiter zurückziehen. Am 23. Juni erobern die Russen die finnischen Inseln in der Vyborg-Bucht, und bald drohen auch die Ostseehäfen Reval, Baltischport, Pernau, Riga, Windau und Libau von ihnen eingenommen zu werden. Das OKM schickt deshalb alle verfügbaren Schiffe und auch einige U-Boote in die Ostsee. Nach der Landung der Alliierten in Frankreich am 6. Juni 1944 sind sie in Nordsee und Atlantik kaum mehr einsetzbar, die weitere Entwicklung des Krieges kann die Marine im Westen nicht mehr wesentlich beeinflussen. Großadmiral Dönitz hofft jedoch, dass seine neuen, schnelleren U-Boote bald fertig gestellt und einsatzbereit sind, um das Blatt zu wenden. Die U-Boot-Lehrflottillen in den Ostseehäfen sind für ihn deshalb unter allen Umständen zu schützen. Die Ostsee bis hinauf nach Ostpreußen muss gehalten, der Vorstoß der Rotbannerflotte unter allen Umständen aufgehalten werden. Alle verfügbaren Marinestreitkräfte werden sofort in die Ostsee verlegt.

Doch die Lage an Land und auf See verschlechtert sich zusehends. Ende Juli gelingt es der Roten Armee, bis weit nach Litauen hinein vorzustoßen. Erst hundertvierzig Kilometer vor Memel können sie gestoppt werden. Großadmiral Dönitz erteilt dem Chef der 24. U-Boot-Schulflottille Vollmacht, die Stadt und den Hafen zu räumen, und die erste Evakuierung einer ganzen deutschen Stadt über die Ostsee beginnt. In den kommenden Wochen werden rund fünfzigtausend Memelländer mit Schiffen nach Danzig, Pillau und Gotenhafen gebracht, und auch über Land ziehen die ersten Trecks nach Süden und Westen durch Ostpreußen. Für kurze Zeit kann eine Landverbindung nach Riga zurückerobert werden, und viele Memelländer kehren zurück in ihre Stadt und auf ihre Höfe. Doch es dauert nicht lange, und die Wehrmacht kann gerade noch einen Ring von einigen Kilometern um die Stadt halten. Memel ist eingeschlossen und nur noch über die Ostsee erreichbar. Estland geht verloren, Reval, der wichtigste Marinehafen, wird abgeschnitten, und die Bevölkerung von achtundfünfzigtausend Menschen und die einundneunzigtausend Soldaten und das Kriegsmaterial von zweiundachtzigtausend Tonnen müssen ebenfalls mit Schiffen evakuiert werden. Westlich von Windau wird am 22. September der Dampfer *Moero* mit siebenhundert Verwundeten und fünfhundertdreiundsiebzig Flüchtlingen an Bord von Bombern beschossen und sinkt. Sechshundertfünfundfünfzig Menschen kommen dabei ums Leben. Die *Moero* ist das erste Flüchtlingsschiff, das in der Ostsee durch den Feind verlorengeht.

Ab September muss die deutsche Wehrmacht sich aus Finnland zurückziehen. Die Finnen, die bis dahin an der Seite der Deutschen gegen die Sowjetunion gekämpft haben, stellen die Kampfhandlungen ein und brechen die diplomatischen Beziehungen zu Hitlerdeutschland ab. Die Kriegsmarine evakuiert Soldaten und

Material in einer langwierigen Aktion über die Ostsee zurück ins Reich.

Die Rote Armee ist nicht mehr zu stoppen. Am 25. September verfügt Hitler die Aufstellung des Volkssturms. »Alle waffenfähigen Männer im Alter zwischen sechzehn und sechzig Jahren« müssen sich melden. Das letzte Aufgebot wird mobilgemacht. Anfang Oktober erobern die Sowjets die baltischen Inseln Moon, Ösel und Dagö, die Abwehrmaßnahmen gegen feindliche U-Boote aus dem finnischen Meerbusen sind durchlässig geworden. Von jetzt an ist der Weg für russische U-Boote mit ihren Torpedos und U-Boot-Minen in die Ostsee frei. Zusätzlich zu den Bomberangriffen und den von Fliegern abgeworfenen Minen sind sie, wie sich bald zeigen wird, eine weitere Gefahr für die Schiffsbewegungen.

Am 6. Oktober verlässt der Dampfer *Nordstern* mit sechshundert Flüchtlingen die Insel Ösel. Einen Tag später, um zehn Uhr siebenundvierzig, schlägt achtzig Seemeilen westlich von Memel der Torpedo eines russischen U-Boot in die Backbordseite des Schiffes ein. Die *Nordstern* sinkt schnell. Nur vierundneunzig Flüchtlinge werden gerettet und am Abend in Gotenhafen an Land gebracht. Die *Nordstern* ist das erste Flüchtlingsschiff, das durch U-Boot-Beschuss verlorengeht. Die Admiralität und die Kommandanten in den Ostseehäfen sind alarmiert und verstärken die Abwehrmaßnahmen im nordöstlichen Ostseegebiet. Minensucher und der Schwere Kreuzer *Prinz Eugen* werden nach Memel in Marsch gesetzt, die Geleitsicherung der Transportschiffe wird umgehend verstärkt.

Gleichzeitig muss die Kriegsmarine in die Kämpfe an Land eingreifen. Von See aus beschießen Zerstörer, Torpedoboote und die Schweren Kreuzer *Lützow* und *Prinz Eugen* die sowjetischen Stellungen an Land. Die Rote Armee kann dadurch aufgehalten werden – zumindest einstweilig. Die Verteidiger von Memel halten die Stadt und vor allem den Hafen trotz eines immer enger werdenden Ringes um die Stadt mit der massiven Feuerunterstützung von See. Auch die Brückenköpfe in Kurland rund um die Häfen Windau und Libau können nur mit der Feuerkraft der Schiffe verteidigt werden. Der zurückgeschlagenen Kurlandarmee mit über fünfhunderttausend Mann, die sich hier gesammelt hat und verzweifelt kämpft, bleibt so der einzige offene Fluchtweg.

Ende Oktober gelingt der Roten Armee mit fünf Armeen der Vorstoß auf ostpreußischen Boden. Am 20. Oktober überrennen sie mit Artillerie und unterstützt von ununterbrochenem Bombardement ihrer Schlachtflieger die deutschen Verteidiger bis in den Raum Gumbinnen/Goldap. Die vierte Armee kann sie Anfang November und mit Hilfe der Panzergrenadierdivision »Großdeutschland« wieder aus dem Gebiet bis auf die Linie Goldap-Schloßberg zurückdrängen.

In den zurückeroberten Dörfern bieten sich Bilder unfassbaren Grauens. Die sowjetischen Soldaten haben sich, aufgestachelt durch Stalins Propagandamann Ilja Ehrenburg, an den ersten Deutschen, auf die sie gestoßen sind, grässlich ausgetobt. Frauen sind mehrfach vergewaltigt und verstümmelt, einige an Scheunentore genagelt worden, alte Männer und Kinder liegen gefoltert, erschlagen, verbrannt in den Häusern und auf den Höfen. Flüchtlingstrecks sind gnadenlos zusammengeschossen, alles Leben ist ausgelöscht worden, alles Gut geplündert oder zerstört. Beispielhaft werden die Geschehnisse im Dorf Nemmersdorf, südlich von Gumbinnen, von der NSDAP-Propaganda im Reich bekanntgemacht, sogar das Internationale Rote Kreuz, eine internationale Ärztekommission und die ausländische Presse werden eingeladen und dokumentieren das Massaker. Doch die Absicht der Partei geht nicht auf. Der Verteidigungswille der Ostpreußen wird durch das öffentlich gemachte Gemetzel nicht gestärkt, vielmehr machen sich Panik und Angst breit. Nemmersdorf wird zum Synonym für das, was jeder zu erwarten hat, vor allem die deutschen Frauen, wenn sie der Roten Armee in die Hände fallen. Hier und dort bereiten die Menschen sich, obwohl dies unter schwerer Strafe steht, heimlich auf die bevorstehende Flucht vor. Nur die

Hundertprozentigen und die Naiven glauben noch an Hitlers versprochene Wunderwaffen und den Endsieg.

Gegen Ende des Jahres wird auch die Situation auf der Ostsee immer härter und fordert mehr und mehr Opfer: Schiffe und Flüchtlinge. Die Gefahr von U-Boot-Angriffen steigt. Am 2. Dezember sinkt der kleine Dampfer *Dirschau* zwischen Libau und Danzig durch den Torpedo eines sowjetischen U-Boot, und nur zwei Tage später erwischt es die *Seeburg* in der Danziger Bucht. Dass russische U-Boote so weit nach Süden gekommen sind, scheucht auch den letzten Zweifler auf.

Luftangriffe der Royal Air Force richten zunehmend auch im Osten des Reichs Schaden an. Nachdem die Engländer Königsberg am 26. und 29. August in Schutt und Asche gelegt haben, fallen am 18. und 19. Dezember die ersten Bomben auf Gotenhafen. Sie zerstören sieben Schiffe im Hafenbecken und auf Hela-Reede, darunter auch das Schulschiff *Schleswig Holstein*, das fünf Jahre zuvor die ersten Schüsse des Krieges abgegeben hat. Die Admiralität zählt am Ende des Jahres insgesamt siebzig Schiffe, die durch Feindeinwirkung in der Ostsee verlorengegangen sind, dazu vierundvierzig Schiffe der Handelsmarine. Ebenso viele sind schwer beschädigt oder irreparabel. Jedes Schiff, das die Häfen verlässt, muss über vorgeschriebene Wege, die sogenannten Zwangswege, fahren. Sie sind mit Bojen gekennzeichnet und werden ständig von Minensuchern geräumt.

Im Dezember verlegt Hitler sein Hauptquartier von der Wolfsschanze im Wald bei Rastenburg nach Berlin. Das Oberkommando der Kriegsmarine, die Seekriegsleitung und der Oberbefehlshaber der Kriegsmarine Großadmiral Dönitz nehmen Quartier in Bernau (Code: »Koralle«) und Eberswalde (Code: »Bismarck«).

Der Seetransport ist ebenfalls in Bernau untergebracht. *Seetra* heißt die Schifffahrtsabteilung der Seekriegsleitung. Sie koordiniert alle Handelsschiffe im militärischen Einsatz und die Handelsschiffe, die in der Ostsee fahren und Verwundete oder Truppen und Nachschub transportieren.

Chef der *Seetra* ist Konteradmiral Conrad Engelhardt. Er hat seit der Räumung von Reval und Riga, bei der die Schiffe auch die ersten Flüchtlinge mitgenommen haben, seine Zweigstellen in den Ostseehäfen gewarnt und ihnen mitgeteilt, dass wahrscheinlich bald mit großen Mengen von Verwundeten und Flüchtlingen zum Abtransport zu rechnen sei. Das wird als Defätismus aufgefasst, und Engelhardt gerät in bestimmten Kreisen, vor allem bei den Gauleitern Koch (Ostpreußen) und Forster (Danzig-Westpreußen), in Verruf. Doch Dönitz steht hinter ihm, begrüßt seine vorausschauende Art und billigt seine Maßnahmen. Intern diskutiert die Marineführung, wie der Transport von rund 1,5 Millionen Zivilisten plus Verwundeten und Truppen zu Beginn des neuen Jahres zu bewerkstelligen sei.

Engelhardt lässt daraufhin die Kaianlagen prüfen und ausbessern, legt Vorratslager an, lässt Kohle und Brennstoffe nach Osten transportieren. Er kratzt alle Schiffe der Handelsflotte zusammen, deren er habhaft werden kann, und ordnet an, sie mit Kojen auszustatten und die Laderäume mit Stroh auszulegen. Toiletten, Trinkwasser, Kochgelegenheiten etc. werden beschafft und eingebaut. Vor allem aber kommandiert er verlässliche, in der Handelsschifffahrt erprobte Offiziere in die Kriegsmarinedienststellen der verschiedenen Ostseehäfen. Alle diese Schiffe würden nicht ohne einen entsprechenden Geleitschutz gegen Flieger, Minen und U-Boote in Marsch gesetzt werden können. Nicht nur von der Rotbannerflotte droht Gefahr, auch die Royal Air Force wirft Hunderte Minen aus ihren Fliegern über der Ostsee und den Marschstrecken der Schiffe ab. Engelhardt versichert sich bei der 9. und 10. Sicherungsdivision, die für die Danziger Bucht bis hinauf nach Kurland zuständig ist, dass ausreichend Minenräumboote und Geleitschutz zur Verfügung stehen.

Für die Wohnschiffe, die seit Jahren an den Kais liegen und von denen niemand weiß, ob die Motoren überhaupt noch laufen und wie lange es dauern wird, die Schiffe seeklar zu machen, braucht Engelhardt Kapitäne. Auf jedem der Schiffe ist zwar ein

Wohnschiffkapitän an Bord, doch das sind meistens ältere und nicht frontdiensttaugliche Männer. Was Engelhardt braucht, sind junge Fahrkapitäne, die sich in der Ostsee auskennen. Er fordert eine Liste in Frage kommender Männer von den Reedereien an, um diese Kapitäne so bald wie möglich in die Ostseehäfen auf die Wohnschiffe abzukommandieren. Mehr kann der Konteradmiral ohne klaren Befehl der obersten Marineleitung für die Evakuierung nicht tun.

Zur Jahreswende und in den ersten Januartagen machen sich die ersten Trecks aus dem Norden und Osten Ostpreußens bei minus 25 Grad und steifem Ostwind auf den Weg übers Haff, oder sie nehmen den beschwerlichen Landweg und versuchen, Pillau zu erreichen. Andere werden Tag und Nacht mit kleinen Frachtern, Kähnen, Fahrprähmen, Hafenschleppern und Fischerbooten aus den Kurlandhäfen und aus Memel abgeholt. Russische Tiefflieger werfen immer wieder Bomben und feuern mit ihren Bordwaffen wahllos in die Menschenmassen in den Häfen und auf den Schiffen. An Land greifen sie – aber auch die Flieger ihrer westlichen Alliierten – immer wieder die Trecks auf den Chausseen an. In der kleinen Hafenstadt Pillau, die rund zehntausend Einwohner hat, herrscht zunehmendes Chaos. Bald sind vierzigtausend Menschen in der Stadt: Verwundete, Flüchtlinge, sich sammelnde Soldaten und ihr Tross – alles drängelt sich rund um die Kais. Die großen Wohnschiffe der Marine liegen währenddessen still im Hafenbecken I. Sie sind zur Aufnahme von Passagieren nicht freigegeben.

Die Situation auf See wird immer prekärer. Am 5. Januar sichtet ein Posten vom Flakregiment II ein U-Boot mit dem roten Stern bei Brüsterort vor der Küste Ostpreußens. Eisgang bei Temperaturen um minus zwanzig Grad behindert die Fahrtrouten, und Mitte Januar melden die Häfen über hundert Dampfer, die wegen Minengefahr und mangelnden Geleitschutzes in den Häfen festliegen.

Von Memel, Windau, Libau, Pillau und auch aus Königsberg bringen dennoch ununterbrochen kleinere Schiffe die Verwundeten weiter nach Gotenhafen und Danzig und nehmen, wenn Platz ist, auch Flüchtlinge mit. Das Gedränge in den Hafenstädten wird größer und größer, bald ist die Unterbringung und die Verpflegung der vielen Menschen ein logistisches Problem für die Stadtverwaltungen und die Marine. Jede Lagerhalle, jede Schule, die Bahnhofshallen, Kinos, Versammlungsräume, Turnhallen, Garagen und Ställe sind schon jetzt überfüllt. In den Häusern drängen sich die Unglücklichen in den Hausfluren und Treppenhäusern, um sich vor der bitteren Kälte zu schützen. Die Schwerverwundeten dürfen in die Lazarette und Krankenhäuser, alle anderen Verletzten müssen in behelfsmäßigen Lagerhallen oder in Zelten auf den Verbandsplätzen versorgt werden.

Der Strom der Hilfesuchenden reißt nicht ab. Immer mehr erreichen die Hafenstädte über See und zunehmend auch über Land.

In den Hafenschuppen sind Verpflegungsstellen und Auffangstationen eingerichtet, vor denen die Flüchtlinge in langen Schlangen warten und irgendwann eine Suppe oder ein Stück Brot erhalten. Milch gibt es in geringen Mengen nur für Kleinkinder und Säuglinge.

Nach Gotenhafen und Danzig kommen ab Mitte Januar Flüchtende aus Ostpreußen auch per Bahn. Kaum ausgestiegen, streben sie alle zum Hafen, jeder will ein Schiff erwischen, das ihn weiter nach Westen bringt. Das sei, so glauben sie, der sicherste und schnellste Weg. Über Land und zu Fuß hundert, ja vielleicht tausend Kilometer zurückzulegen, erscheint den Meisten in dieser Witterung völlig unmöglich.

Im Hafen von Danzig und Gotenhafen, mit insgesamt vierzehn Kilometer langen Piers der größte Ostseehafen, liegen gleichzeitig hunderte Schiffe, die helfen könnten, Pillau und Königsberg zu räumen. Aber sie liegen fest. Es gibt keine Anweisung der Partei und des Marineoberkommandos, Flüchtlinge unterzubringen oder zu transportieren. Im Gegenteil. Flucht steht unter Todesstrafe, und vielerorts sind Menschen, die trotzdem geflohen sind, zur Abschreckung auf Marktplätzen, an Alleebäumen und

Straßenkreuzungen aufgehängt worden. Nur aus den grenznahen Gebieten dürfen die Menschen losfahren, offiziell heißt das aber nicht »flüchten«, sondern »räumen«, sie sollen die Wehrmacht bei ihrem Kampf nicht behindern. Verstärkung gibt es keine. Adolf Hitler hat entschieden: »Dort kann ich noch Boden verlieren, im Westen nicht. Der Osten muss sich selber helfen.«

Am 10. Januar entschlüsselt die deutsche Abwehr an der Ostfront Funksprüche der russischen Generalität, die keine Zweifel offenlassen: »Es bleibt bei alter Einladung. Festbeginn 13. früh, Musik komplett. Tänzer ausgeruht und unternehmungsfreudig.« Und die Antwort: »Danke für die Einladung. Werde mich pünktlich wie besprochen beteiligen. Auf Wiedersehen in Berlin.«

Dann beginnt in der Nacht zum 13. Januar auf der gesamten Länge der Ostfront der Angriff der Roten Armee. Stundenlang feuern Geschütze aller Kaliber auf die deutschen Stellungen, und dann stürmt die Rote Armee mit zweihundertfünfzig Divisionen und Tausenden Panzern los, unterstützt von Kampfflugzeugen. Für die Bevölkerung Ostpreußens gibt es kein Halten und keine Parteibefehle mehr. Überall heißt es nur noch: »Die Russen kommen«, und zweieinhalb Millionen Ostpreußen machen sich panisch zu Fuß, mit Schlitten, Kinderwagen oder zu Pferd auf die Flucht. Für viele sind die Häfen von Königsberg, Pillau und Elbing das Ziel. In nur einer Nacht verzehnfachen sich die Menschenmassen in den Häfen Ostpreußens, und noch immer dürfen die großen Schiffe offiziell keine Flüchtlinge transportieren. Die von Dönitz und Engelhardt befürchtete Situation ist da: Hunderttausende warten in den Häfen und müssen nach Westen abtransportiert werden. Und es werden stündlich mehr.

Endlich, am Sonntagmorgen, dem 21. Januar, trifft der ersehnte Befehl aus Berlin in den Ostseehäfen ein. Großadmiral Dönitz persönlich ordnet unter dem Codewort »Hannibal« an: »Die Häfen der Danziger Bucht sind von den beiden Unterseeboot-Lehrdivisionen aufzugeben.«

Die Unterseeboot-Lehrdivisionen sind umgehend in die Häfen

der Lübecker Bucht zu verlegen, wo die Ausbildung schnellstmöglichst fortzusetzen bzw. abzuschließen ist. Auch die bereits ausgebildeten U-Boot-Besatzungen, die Marinehelferinnen und das Werftpersonal sind im Rahmen der Absetzbewegungen auf die Schiffe zu verladen und nach noch zu bestimmenden westlicheren Ostseehäfen zu verlegen. Die ausgebildeten U-Boot-Besatzungen sind dort auf neuen U-Booten einzusetzen.

Von diesem Befehl werden betroffen: Die zwei Unterseeboot-Lehrdivisionen in Danzig-Gotenhafen und Pillau, die in diesen Häfen stationierten Unterseeboot-Flottillen, einschließlich aller ihrer Boote, Zielschiffe, Torpedofangboote und der großen Wohnschiffe *Wilhelm Gustloff*, *Hansa*, *Hamburg* und *Deutschland*.

Für die einzelnen Schiffe in Danzig-Gotenhafen gelten folgende Anweisungen: Das gesamte Lehrmaterial der zwei Unterseeboot-Lehrdivisionen ist auf die *Hansa* zu verladen, die auch das Offizierskorps aufnimmt und ca. 3000 Flüchtlinge.

Die *Wilhelm Gustloff* nimmt außer den Angehörigen der II. Abteilung der 2. U-Boot-Lehrdivision, den Marinehelferinnen und einer bestimmten Anzahl Schwerverwundeter, deren Abtransport auf dem Seeweg dringend notwendig erscheint, nach den von der Gauleitung Danzig-Westpreußen erlassenen Richtlinien die »nichtkampffähige« Bevölkerung aus dem Raum Gotenhafen-Danzig auf sowie noch in Gotenhafen befindliche Flüchtlinge aus Ost- und Westpreußen. Für die Zivilbevölkerung, die mit der *Wilhelm Gustloff* abtransportiert werden soll, sind nach den Anweisungen der NSDAP-Gauleitung besondere »Fahr-Ausweise« in doppelter Ausfertigung auszugeben. Die Ausgabe dieser »Ausweise« obliegt der Kreisleitung der NSDAP in Gotenhafen, die hierfür im Stadtgebiet besondere Ausgabestellen einrichtet. Mit der Ausgabe der »Fahr-Ausweise« ist unverzüglich zu beginnen.

Soweit vorhandener Laderaum auf den Dampfern *Hamburg* und *Deutschland* für Marineangehörige der U-Boot-Ausbildungseinheiten und U-Boot-Flottillen einschließlich Begleitpersonal und Marinehelferinnen nicht benötigt wird, ist jeder verfügbare Raum für den Flüchtlingstransport zu räumen und freizugeben. Die Belegung der Schiffe mit Flüchtlingen hat ebenfalls nach den Anweisungen der Gauleitung der NSDAP zu erfolgen. »Mit allen erforderlichen Vorbereitungsarbeiten soll in den beiden Häfen und auf allen genannten Schiffen sofort begonnen werden!«

Für die großen Wohnschiffe hat Dönitz sogar Passagierzahlen festgesetzt:

... 3000 Menschen auf die *Hansa*
5000 Menschen auf die *Hamburg*
6000 Menschen auf die *Deutschland*
6000 Menschen auf die *Wilhelm Gustloff*.

Der wichtigste Satz für die Flüchtlinge ist: »Soweit vorhandener Laderaum ... nicht benötigt wird, ist jeder freie und verfügbare Raum für den Flüchtlingstransport zu räumen und freizugeben.« Endlich kann Konteradmiral Engelhardt den Abtransport der Millionen über die Ostsee in Gang setzen. In aller Eile beginnen die Besatzungen der Wohnschiffe, Zielschiffe, Dampfer und Frachter, ihre Schiffe seeklar zu machen.

Am 22. Januar gibt Adolf Hitler den Befehl zur Räumung von Memel, zwei Tage später erlaubt Gauleiter Koch die Räumung von Königsberg. Erneute Schübe Verzweifelter, durchweg Frauen, Kinder und Alte, erreichen Pillau, »das Tor zur Freiheit«, sammeln sich wartend im Hafen oder setzen auf die Nehrung über, dem Streifen Land zwischen Haff und Ostsee, und gehen, fahren, schleppen sich nach Süden, Richtung Danzig und Gotenhafen. Dort warten, hoffen Hunderttausende auf ein Schiff, das sie nach Westen mitnimmt. Am 24. kommen dringende Forderungen nach Schiffsraum für Flüchtlinge und Verwundete aus Königsberg und Pillau, und einen Tag später, am 25. Januar um achtzehn Uhr, startet der erste große Transport. Die *Robert Ley, Pretoria, Ubena* und die *Duala* werfen die Leinen los und verlassen Pillau mit zweiundzwanzigtausend Menschen an Bord. Am gleichen Tag legen in Königsberg die *General San Martin, Der Deutsche* und die *Emden* ab, Letztere muss wegen eines Maschinenschadens von einem Eisbrecher geschleppt werden. Jeder freie Platz ist ausgefüllt. Sogar auf den Decks, in beißendem Wind und klirrender Kälte, stehen die Menschen Körper an Körper. Bis Ende Januar legen einundsechzig Schiffe aus Pillau und einunddreißig aus Königsberg ab und bringen ihre unglückliche Fracht gen Westen. Die meisten zunächst über die Bucht nach Danzig und Gotenhafen oder Swinemünde, um gleich wieder zurückzufahren.

Dort warten die Flüchtlinge wieder auf Schiffe, die sie weiter nach Schleswig-Holstein oder Dänemark bringen sollen, fort aus der gefahrvollen Kriegszone, weg aus ihrer angestammten Heimat. Eines der Schiffe, das größte und imposanteste, auf das die Menschen hoffen, liegt in Gotenhafen-Oxhöft im Hafenbecken IX. Es ist die *Wilhelm Gustloff*.

Am 25. Januar öffnet auch dieses frühere Kraft-durch-Freude-Traumschiff endlich die Tore und beginnt mit der Einschiffung von Flüchtlingen.

DIE WICHTIGSTEN PERSONEN UND IHRE VORGESCHICHTE

Erika Galetschky, 29 Jahre, Marinehelferin

In der Silvesternacht 1916 wird Erika in der kleinen Wohnung hinter dem Buchladen ihres Vaters in der Königsberger Altstadt geboren. Es ist eine schwierige Geburt, bei der die Mutter nur überlebt, weil die Hebamme in letzter Minute den Vater nach dem Arzt schickt. Erika bleibt das einzige Kind der Galetschkys. Sie wächst zwischen den Bücherregalen auf, lernt früh lesen und ist ein fröhliches, aufgewecktes Kind. Die Eltern erziehen sie frei und ohne zu viele Gebote. Sie tobt mit den anderen Kindern aus der Straße durch die Königsberger Altstadt oder tummelt sich im Hafen, wo immer etwas Aufregendes los ist und es so schön nach salziger Meerluft riecht.

Geldverdienen ist für den Vater nicht das Wichtigste, Bildung, Humor und Liebe haben bei Erikas Eltern Vorrang. Der kleine Buchladen bietet ihnen ein bescheidenes Auskommen, mit dem sie zufrieden sind. Sie lieben Musik. Der Vater spielt Akkordeon, und an sommerlich warmen Abenden tanzen Erika, die Mutter, die Nachbarn und alle Kinder im Hinterhof zu seinen Musette-Walzern.

Als Erika ihr Abitur abgelegt hat, haben die Nazis gerade die Macht in Deutschland übernommen, und die »neue Zeit« macht sich überall bemerkbar.

Die hübsche blonde, blauäugige und sportliche Erika wird von den Nazis umworben, aber sie verachtet diese Leute von Anfang an. Ihre Angeberei, ihre Prahlerei, die Uniformen, die Aufmärsche, vor allem aber das Vereinnahmtwerden und die Parolen von der reinen germanischen Rasse – all dies stößt Erika ab. In ihrer Straße in Königsberg ist sie die Einzige, die nicht zum BDM geht.

Sie sitzt lieber mit dem Vater in seinem Buchladen in der gemütlichen Leseecke und schmökert. An der Universität Albertina studiert sie Deutsch und Fremdsprachen. Sie möchte Übersetzerin werden. Doch die Nazis übernehmen überall das Regiment, und das Leben an der Uni gefällt Erika bald immer weniger. Nach drei Semestern hört sie auf. Beim Vater lernt sie stattdessen Buchhändlerin und übernimmt gemeinsam mit der Mutter auch die Leitung des Geschäfts, als sich der Vater immer mehr zurückzieht. Die kollektive Bücherverbrennung im Mai 1933 und die Ächtung seiner geliebten Autoren hat der Vater nicht verkraftet. Bald kommt er gar nicht mehr aus der Leseecke hervor, wo er hinter einer doppelten Wand die verbotene Literatur versteckt hält. Nicht einmal die Mutter kann ihn aus der inneren Emigration herausholen. Sein Akkordeon steht unbenutzt neben dem Schrank in der Stube.

Der Zweite Weltkrieg beginnt, in den Straßen der Stadt wird gefeiert, die Partei veranstaltet Umzüge. Die Galetschkys halten sich von alldem fern, sind verhalten und besorgt. Sie haben den Ersten Weltkrieg und die Leiden danach nicht vergessen. Den prahlerischen Hurra-Berichten in den Wochenschauen misstraut Erika. Walter, ein Freund aus Jugendtagen, mit dem sie zusammen studiert und auch ein bisschen geflirtet hat, fällt kurz nach Kriegsausbruch irgendwo in Frankreich, und viele ihrer Freunde und ein paar Verwandte ereilt dasselbe Schicksal in den kommenden Jahren. Stalingrad, Afrika, Finnland, Italien – nach dem Vormarsch folgt der Rückzug, zunächst als »Frontbegradigungen« verbrämt. Der Vater hört ab und an zum Entsetzen seiner Frauen heimlich die BBC und glaubt, was da vom Feind behauptet wird. Ihm wird immer klarer, dass die Rote Armee im Osten vorrückt und die Alliierten im Süden und Westen ebenfalls an Boden gewinnen.

Im Juli 1944 betritt ein junger Mann den Buchladen und fragt nach dem schönsten Bildband von Königsberg. Er trägt die Uniform einer Reederei, ist groß und braun gebrannt. Erika ist angetan von dem gutaussehenden Mann, und auch sie hat wohl Eindruck auf ihn gemacht, denn am nächsten Tag ist er schon wieder da und lädt sie zu einem Spaziergang ein. Helmut Kehding heißt er, arbeitet als Erster Offizier auf einem Frachtschiff der Hamburg Süd und war schon in der ganzen Welt unterwegs. Zurzeit liegt sein Schiff auf der Werft in Pillau und wird überholt. Er hat ein paar Tage Landurlaub. Erika ist begeistert, endlich ein Mann, der nicht von der Front kommt und entweder vom Krieg oder vom Endsieg erzählt. In den folgenden Tagen zeigt Erika ihm ihre Stadt: den Dom, das Grab von Immanuel Kant, die berühmten Speicher am Hafen, das Blutgericht im Schloss. Sie machen eine Bootstour den Pregel hinauf, und für einen Nachmittag fahren sie ans Meer nach Cranz. Es ist nicht mehr zu leugnen: sie haben sich verliebt. Doch dann sind die vier Tage um, und Helmut Kehding muss wieder fort. Der Abschied fällt beiden schwer, doch sie versprechen sich zu schreiben. Und so trägt Erika jeden zweiten oder dritten Tag einen Brief zur Post. Und mindestens einmal pro Woche bringt der Briefträger eine Antwort in den kleinen Buchladen.

Ende August wird auch Erika kriegsdienstverpflichtet und muss als Marinehelferin nach Pillau. Nach ihrem Dienst sitzt sie oft auf der Mole, raucht eine Zigarette und schickt ihre Sehnsucht übers Meer. Irgendwo da hinten ist Helmut auf seinem Schiff.

Kurz vor Weihnachten geschieht dann die Katastrophe. Ein schwerer Luftangriff auf Königsberg, bei dem ihre Straße, der Buchladen und all ihre Habe vernichtet werden. Ihre Eltern kommen im Feuersturm um. Erika ist verzweifelt, wie besessen durchsucht sie am Morgen nach dem Angriff die Trümmer, doch sie findet nichts mehr. Jetzt ist sie allein, mittellos und völlig auf sich gestellt. Helmut ist der Einzige, der ihr nun noch Hoffnung geben kann. Seine Briefe, die sie via Feldpost bekommt, halten sie am Leben. In den ersten Januartagen wird Erika mit ihrer Einheit nach Gotenhafen zur Nachschubverwaltung kommandiert. Doch schon zehn Tage später ist es mit diesem Einsatz vorbei. Nach dem

Durchbruch der Roten Armee am 13. Januar strömen die Flüchtlinge über Land und See nach Gotenhafen. Erikas Einheit wird nach Oxhöft in den Hafen zur Flüchtlingsaufnahme geschickt.

Unentwegt strömen die Menschen zu den Kais, stehen ungeschützt in der Kälte. Andere werden von Booten ausgespuckt, die sie aus Memel und Pillau hergebracht haben. Alte Leutchen, Mütter mit Kindern, das letzte Hab und Gut in Koffern oder Rucksäcken. Völlig durchgefroren steigen sie an Land, die meisten sind verwirrt, alle verzweifelt, viele krank. Am schlimmsten ist der Zustand der Kleinkinder und Säuglinge. Alle haben schon tagelang unter freiem Himmel in den Häfen ausgeharrt. Erika und ihre Kolleginnen holen sie am Kai ab und geleiten sie in einen der Lagerschuppen. Dort werden sie registriert und bekommen eine heiße Suppe, Decken und einen Platz zum Ausruhen. Die Mütter mit kleinen Kindern können sich zum ersten Mal seit Tagen waschen und die Kleinen trocken und sauber wickeln.

Erika kann das Geschehen kaum ertragen. So viel Elend, so viel Schmerz und Trauer. Vielen Müttern sind die kleinen Kinder erfroren, alle bangen um die Väter, die irgendwo an der Front liegen. Manche schließen für immer die Augen, kaum dass sie sich hingelegt haben. Zu groß war die Anstrengung der langen Fahrt. Die Lebenden wissen nicht, wie es weitergehen soll und ob sie jemals ihre Heimat wiedersehen. Angst steht in ihren Gesichtern. Erika versucht, den Leuten ein wenig Freude zu bereiten, ihnen Mut zu machen. Ein nettes Wort hier, eine hilfsbereite Hand dort. Ein bisschen Menschlichkeit in dieser unmenschlichen Zeit. Und die meisten sind dankbar für einen Blick, einen Händedruck. Aber es sind so viele, Tausende, dass sich hier keiner lange um den Einzelnen kümmern kann. Auch Erika nicht. Zumal ihre Vorgesetzte, die Marineoberhelferin Berta Burkat, sie auf dem Kieker hat. Warum, weiß Erika nicht genau, doch egal, was sie tut, die Burkat nörgelt an ihr herum, lässt sie kaum Pause machen und steht immer irgendwo in der Nähe. Sie ist eine von den Hundertfünfzigprozentigen. Erika Galetschky aber ist nicht mal eine

Einprozentige, und das hat ihre Vorgesetzte klar erkannt. Erika steckt ihre Schikanen weg. In der Innentasche ihrer Uniform trägt sie den letzten Brief von Helmut mit der schönsten Nachricht der Welt: Er kommt nach Gotenhafen, denn er soll dort ein Schiff übernehmen.

Am 28. Januar ist Erika schon seit vierundzwanzig Tagen dort.

Helmut Kehding, Kapitän bei der Reederei Hamburg Süd und Fahrkapitän der Wilhelm Gustloff

Die Kehdings sind eine traditionelle Seefahrerfamilie. Sie stammen aus Wischhafen an der Elbe, wo seit Jahrhunderten das Auskommen der Bewohner vom Meer kommt. Fischer, Elblotsen, Matrosen und viele Kapitäne leben in den kleinen reetgedeckten Backsteinhäusern, die rechts und links an der Straße hinter dem Deich stehen. In Wahrheit leben die Frauen mit den Kindern dort, denn die Männer sind nur da, wenn sie Landurlaub haben, und das ist selten.

Die Landschaft zwischen den Flüssen Oste und Elbe heißt wie die Familie Kehdinger Land und ist geprägt vom Wasser. Überall durchziehen Entwässerungskanäle das Land, Birken, Weiden und Holunder umranden die rechteckigen Felder und wachsen längs der Wege. Auf dem Deich grasen Schafherden, die den Boden fest und das Gras kurz halten. Die Höfe sind klein: ein paar Kühe, Enten, vielleicht ein Schwein für die Selbstversorgung. Moorbauern beackern mühsam die nasse Scholle und ringen ihr kaum mehr als ein paar Sack Kartoffeln ab. Gestochener Torf liegt in Haufen zum Trocknen und dient zum Heizen der Öfen und Herde. Das Leben zwischen den Deichen wirkt von außen idyllisch, ist aber hart. Zu Wohlstand haben es nur die Ziegeleibesitzer und ein paar wenige Großgrundbesitzer auf der Marsch gebracht.

Bei Kehdings wird im Winter 1909 der zweite Sohn geboren und nach seinem Urgroßvater auf den Namen Helmut getauft. Der Vater ist auch bei diesem Ereignis nicht da, er steuert als Kapitän sein Forschungsschiff im Eismeer. Die Mutter, Tochter aus einer Lotsendynastie in Brunsbüttelkoog, muss das Leben alleine meistern. Sie ist eine positive, fröhliche Person, die zupacken kann. Mit liberaler

Gesinnung und strengen Moralvorstellungen erzieht sie ihre beiden Söhne, Harald und Helmut. Beide Jungen lieben das Meer und stehen miteinander im Wettstreit, wer der bessere Segler ist. Mit der Jolle des Vaters fahren sie in jeder freien Minute auf die Elbe hinaus. Dabei ist Harald eher ein Draufgänger, während Helmut überlegter handelt und zum Ärger seines vier Jahre älteren Bruders auch der Begabtere ist. Das Konkurrenzverhältnis der beiden kann die Mutter nur schwer unter Kontrolle halten. Als Helmut gerade vierzehn Jahre alt ist, kommt die Nachricht vom Tod des Vaters. In einem schweren Sturm ist sein Forschungsschiff vor Grönland gesunken. Es gibt keine Überlebenden.

Die Familie trauert und rückt näher zusammen, die Jungen stellen ihre Streitigkeiten ein und fahren gemeinsam zu langen Segeltörns ins Wattenmeer.

Nach der Volksschule beginnt Helmut eine Ausbildung bei der Reederei Hamburg Süd. Er fährt monatelang im Pendelverkehr zwischen Buenos Aires und Hamburg. Dreizehn Jahre dauert seine Ausbildung: Zuerst ist er Schiffsjunge, dann besucht er die Seefahrtsschule in Altona, erwirbt den Matrosenbrief, legt die Bootsmannsprüfung ab und absolviert ab 1934 die Nautikerschule.

Die Schiffe, auf denen er fährt, heißen *Cap Polonia* und *Argentina*. Mit ihnen fahren Geschäftsreisende aus aller Welt, Urlauber, Auswanderer und Abenteurer. Helmut entdeckt, wie klein die Welt ist und wie ähnlich sich die Menschen verschiedener Nationen und Herkunft in Wahrheit sind.

Von den Nazis ist Helmut wenig bis gar nicht beeindruckt. Seit sich ab 1933 auf jedem deutschen Schiff ein Parteiangehöriger breitmacht, ist er misstrauisch geworden. Überall hat es in den folgenden Monaten Seeleute gegeben, Nautiker, Ingenieure, Zahlmeister, die plötzlich großspurig darüber wachten, dass die neue Zeit an keinem deutschen Schiff vorbeiging, während andere ebenso plötzlich spurlos verschwanden und auf keinem Schiff mehr zu finden waren. Helmut hält sich raus und bleibt für sich.

Die Seefahrt überlebt auch das, schließlich ist sie so alt wie die Menschheit, denkt er. Seine Zukunft ist die Hamburg Süd und der Linienverkehr über den Atlantik. Zur Marine will er nicht, im Gegensatz zu seinem Bruder, der 1936 von der Handelsmarine zur U-Boot-Waffe wechselt und Soldat wird.

1939 steht Helmut dann als Erster Wachoffizier auf der Brücke eines Passagierdampfers auf großer Fahrt nach Südamerika. Auf dem Rückweg von Rio kabelt die Reederei: »Deutschland im Krieg. Zivile Schifffahrt eingestellt. Alle deutschen Seeschiffe sofort Heimathafen anlaufen.«

Im Hafen von Hamburg angekommen, fährt Helmut zunächst nach Wischhafen zu seiner Mutter. Dort trifft er Harald in der Uniform eines U-Boot-Kommandanten. Dieser steht kurz davor, sein Kommando in Wilhelmshaven zu übernehmen, und verabschiedet sich auf dem Weg dorthin von der Mutter.

Wieder einmal bricht ein erbitterter Streit unter den Brüdern aus. Harald ist der Überzeugung, dass sein jüngerer Bruder nun, wo es um Deutschland geht, endlich in die Kriegsmarine eintreten muss. Doch Helmut denkt gar nicht daran.

Wenige Tage später übernimmt er, gerade zum Kapitän befördert, sein erstes Schiff. Die Reederei hat ihre Frachter und Mannschaften in den Dienst der Kriegsmarine gestellt und braucht junge, gut ausgebildete Kapitäne. Von nun an fährt Helmut kriegswichtige Rohstoffe, Kohle und Erze, von Schweden über die Ostsee nach Stettin und Kiel, Gotenhafen und Pillau.

Sein Liebesleben ist dürftig, »eine Braut in jedem Hafen« zu haben liegt ihm fern. Er flirtet hier und dort, aber im Grunde träumt er von der großen Liebe. Als er im Sommer 1944 sein Schiff nach Pillau in die Werft bringt, ahnt er nicht, dass dieser Besuch in Ostpreußen sein Leben verändern wird. Seine Mutter hat bald Geburtstag, und er fährt nach Königsberg, um ihr ein Geschenk zu kaufen. Vielleicht einen schönen Bildband von Ostpreußens Hauptstadt. Als Helmut den kleinen Buchladen von Galetschkys in der Altstadt betritt und Erika sieht, ist es um ihn geschehen.

Diese junge blonde und blauäugige Königsbergerin ist die richtige Frau für ihn. Das weiß er sofort. Er kauft den Bildband und kehrt gleich am nächsten Morgen wieder zurück. Erika ist zu seinem Glück auch ihm gegenüber nicht abgeneigt und scheint sich zu ihm hingezogen zu fühlen. Drei wunderbare Tage verbringen sie zusammen, flirten, wandern am Strand entlang, gehen schwimmen und sitzen im Mondschein im Park vor der Universität und erzählen sich kuriose Erlebnisse und verbotene politische Witze. An einem Nachmittag leihen sie sich Fahrräder und radeln zur Bernsteinküste, vorbei an blühenden Sommerwiesen, Wäldern und Feldern mit wogendem Korn. Als die Landstraße über eine Anhöhe führt, öffnet sich der Blick weit übers Land, das Haff, die Steilküsten und die sommerliche Ostsee. Sie machen Halt und steigen ab, um in die Weite zu sehen und den Frieden zu genießen, der hier um sie ist. Und um sich zum ersten Mal zu küssen.

Helmut ist von Erikas ungezwungener Art, von ihrem Selbstbewusstsein und Humor fasziniert. Während die Welt um sie herum in Flammen aufgeht, hat er die Frau seines Lebens getroffen. Glück und Besorgnis darüber, was die Zukunft ihnen bringen wird, wechseln in seinen Gedanken ab, als er sein Schiff nach den drei glücklichen Tagen wieder aus dem Pillauer Hafen steuert. Bei der sich zuspitzenden Lage ist es fraglich, wann er Erika wieder in die Arme schließen kann. Den ersten Brief an sie verfasst er noch am selben Abend.

Im Oktober wird der zivile Schiffsverkehr in der Ostsee eingestellt, und der Seetransportstab beordert Helmuts Frachter zur Nachschubversorgung. Er muss von nun an Kohle und Material in die Häfen verteilen. Vor allem Stettin und Danzig läuft er regelmäßig an und hilft, die Lagerhallen zu füllen; nach Pillau oder Königsberg kommt er leider nicht.

Am 20. Januar fährt er nach Bernau zu einer Besprechung bei Konteradmiral Engelhardt. Erstaunt hat er den von der Hamburg Süd weitergeleiteten Befehl gelesen. In Bernau trifft er den Konteradmiral persönlich. Zusammen mit einigen anderen jungen

Kapitänen wird er über die Frontlage und den Plan informiert, Hunderttausende Soldaten und wahrscheinlich mehrere Millionen Flüchtlinge aus Ostpreußen und Pommern zu evakuieren. Eindringlich erklärt der Konteradmiral, wie lebensnotwendig, aber auch wie gefährlich das Unternehmen sein wird. Am nächsten Morgen hat Helmut Kehding seinen Stellungsbefehl. Er muss nach Gotenhafen auf die *Wilhelm Gustloff* und das Wohnschiff schnellstens seeklar machen. Wenn der Großadmiral den Startschuss gibt, wird er die *Gustloff* mit Tausenden Menschen nach Westen fahren. Helmut ist stolz auf das Vertrauen, das man in seine Fähigkeiten setzt. Er ist sich aber auch über den Ernst der Lage klar. Dies ist der Anfang vom Ende. Offen aussprechen tut er das natürlich nicht.

Voller Erwartung besteigt er die bereitgestellte *JU 52*, die ihn nach Gotenhafen fliegen soll. In ihrem letzten Brief schrieb Erika von ihrer Versetzung nach Gotenhafen. Nun wird er sie also schneller wiedersehen, als er geglaubt hatte. Eines ist für ihn selbstverständlich: er wird Erika mitnehmen, wenn er mit der *Gustloff* nach Westen fährt.

Harald Kehding, Kapitänleutnant U-Boot-Waffe

Harald Kehding ist der vier Jahre ältere Bruder von Helmut, geboren im Mai 1905. Wie sein Bruder besucht er die Volksschule und betrachtet sich als der Mann im Haus, während der Vater mit seinem Forschungsschiff auf See ist. Er ist es, der Helmut das Segeln beibringt. Und er ist ein wenig eifersüchtig, dass der Jüngere solch ein Naturtalent ist. Helmut hat ein untrügliches Gespür für Wind und Wellen und die Reaktionen eines Bootes. Im Gegensatz zu Helmut ist Harald mutiger, draufgängerischer, er liest Seeräubergeschichten und träumt vom großen Abenteuer. Die beiden Brüder können unterschiedlicher nicht sein. Wenn sie beim Segeln kreuz und quer durch die Elbmündung mal wieder auf ein Wrack stoßen, nutzt Helmut es nur als Peilmarke. Harald hingegen taucht hinüber und kommt erst zurück an Bord, wenn er jedes Detail untersucht hat. Er ist der Entdecker, der Risikobereite, der Abenteurer.

Seit zweihundert Jahren sind die Kehdings Seefahrer, es ist also klar, dass Harald, der Älteste, auch eine seemännische Ausbildung machen wird. Nach der Oberschule in Stade fängt er 1923 bei einer Bremer Reederei an und fährt auf einem mittelgroßen Frachtsegler drei Jahre im Nordatlantik, den er bald wie seine Westentasche kennt. 1930 macht er sein Patent auf großer Fahrt und sucht eine Anstellung. Er will nicht auf irgendeinem Frachter Liniendienst fahren. Er will etwas Aufregendes, Außergewöhnliches. Und das findet er bei dem reichen Sohn eines Kriegsgewinnlers. Einem Lebemann und Draufgänger, der das Erbe seines Vaters durchbringt und mit seiner Vierzig-Meter-Luxus-Yacht die Weltmeere bereist. Harald wird Wachoffizier unter dem holländischen

Kapitän. Drei Jahre lang segelt er dort hin, wo die Reichen und Schönen ihre Zeit verbringen. In die Karibik, von New York nach Rio, ins Mittelmeer, nach Tahiti und Südafrika. Doch plötzlich ist es vorbei, da der Eigner sein Geld bei einer afrikanischen Eisenbahnspekulation verspielt hat. Harald ist arbeitslos. Er hat die ganze Welt gesehen und verfügt über einen Erfahrungsschatz, der seinesgleichen sucht, aber er findet zunächst niemanden, der ihn anstellen will, da er den konservativen Reedereien nicht verlässlich genug erscheint. Er lebt in Hamburg von seinen Ersparnissen und hofft auf bessere Zeiten. Eines Tages lernt er Ilse kennen, die hübsche zweiundzwanzigjährige Tochter eines Fregattenkapitäns der seit 1919 stark reduzierten Reichsmarine. Harald und Ilse verlieben sich und heiraten.

Inzwischen ist Hitler an die Macht gekommen und beginnt in seinem Aufrüstungswahn, auch die Reichsmarine auszubauen. Neue Schiffe laufen vom Stapel, und Harald sieht seine Chance. Nicht bei den Nazis, die hält er für Angeber und Schwätzer, sondern bei der Marine, wo es in seinen Augen echte Seemänner und Kämpfer gibt. Mit Hilfe des Schwiegervaters bewirbt er sich bei der U-Boot-Waffe. Das wäre nach seinem Geschmack. Neueste Technologie mit nie gesehener Schlagkraft. Jetzt kommen ihm seine speziellen Erfahrungen zugute. Er wird angenommen und nach einer kurzen militärischen Grundausbildung als Fähnrich zur See auf sein erstes U-Boot kommandiert.

Die Mutter ist entsetzt über die neue Karriere ihres Ältesten. Nach den grauenhaften Erfahrungen des Ersten Weltkriegs ist sie strikt gegen jede militärische Flotte. Seefahrer sollten, so meint sie, Diplomaten sein, die Völker und Länder miteinander verbinden und nicht gegen andere in den Seekrieg ziehen. Die Weltmeere gehören allen und sind für den Handel und nicht für Schlachten bestimmt.

Harald wirft ihr Naivität vor. Sie habe hinterm Deich keine Ahnung von der Welt da draußen. Der Kampf ums Überleben, die Konkurrenz und einer gegen den anderen, das sei es, was die Welt bewegt. Die Mutter gibt schließlich auf, aber das Zerwürfnis geht tief. Sie verzeiht Harald nicht und findet, dass er die christliche Seefahrt und die Ehre der Familie verrät. Helmut hält sich aus dem Streit heraus, und Harald nimmt ihm das übel. Aber, sagt er sich dann, wie konnte er erwarten, dass sich sein jüngerer Bruder auf seine Seite stellt? Das hat er schließlich noch nie getan.

Harald geht mit seinem U-Boot auf Übungsfahrt und wird bald Oberleutnant. Die ausgefeilte Technik, die Herausforderungen der Unterwassernautik und die enge Kameradschaft an Bord begeistern ihn, und er wird schnell zu einem der fähigsten U-Boot-Kommandanten. Zu Hause in Hamburg lebt seine Frau, hat inzwischen zwei Töchter geboren und ist einsam. Denn Harald ist kaum je zu Hause, und ihr fehlt ein Mann im Haus. Harald tut das zwar leid, aber was kann er tun. Seefahrerfrauenschicksal!

1938 übernimmt Kapitän zur See Wilhelm Canaris die Abwehrabteilung im OKW, und Harald wird ihm empfohlen. Nun endlich kommen seine Erfahrung auf verschiedenen Booten und seine Kenntnis vieler Länder und Häfen zum Einsatz. Er fährt ab sofort für die deutsche Spionage, späht Häfen und Fahrtrouten der Engländer und Amerikaner aus, kreuzt mit dem U-Boot unter den Küsten fremder Staaten, setzt Spione ab oder holt sie nachts wieder an Bord. Seine Einsätze sind gefährlich und streng geheim. Nach Ausbruch des Krieges führen ihn seine Sonderfahrten bis nach Südafrika und vor die Küste New Jerseys.

Der Kontakt zu Mutter und Bruder ist eingeschlafen. Nur zur Taufe seiner Töchter kommt sie nach Hamburg, und Helmut ist in anderen Häfen und auf anderen Routen als er unterwegs. Sie sind sich seit 1939 nicht mehr begegnet.

Das Jahr 1944 wird zu Haralds Katastrophenjahr. Bei einem Bombenangriff auf Hamburg kommen Frau und Töchter ums Leben, verbrennen im Feuersturm. Harald verliert seinen Halt und stürzt sich in noch gefährlichere Missionen. Dann, nach dem Attentatsversuch vom 20. Juli, wird Admiral Canaris als Mitverschwörer verhaftet, und alle seine engsten Mitarbeiter werden von der Gestapo verhört. Auch Harald. Doch weil er keinen Kontakt zu den Verschwörern hatte, bleibt er von der Säuberungswelle in der Spionageabwehr verschont. Er wird jedoch degradiert, ist jetzt wieder Kapitänleutnant und ab sofort nur noch als normaler U-Boot-Kommandant unterwegs. Im Herbst erhält sein Boot bei einem Fliegerangriff auf den Hafen von Reval einen Treffer. Harald überlebt mit einer schweren Bauchverletzung und wird im Lazarett in Königsberg operiert. Doch er erholt sich nicht vollständig und hat fortan quälende Bauchkrämpfe. Ein Arzt stellt Eiterherde im Gewebe fest und empfiehlt eine Nachoperation im Marinelazarett in Kiel. Doch Harald verschiebt die Fahrt dorthin wegen der sich zuspitzenden Lage an der Ostfront. Er wird gebraucht und meldet sich Anfang Januar bei der Sicherungsdivision in Gotenhafen. Im Gebäude der KMD bekommt er ein Büro und einen Adjutanten und auf der *Wilhelm Gustloff* eine Unterkunft. Er kümmert sich fortan um die Sicherung der Schiffe und der Kaianlagen im Marinehafen. In den vergangenen Wochen und mit zunehmendem Schiffsaufkommen ist die Sabotagegefahr erheblich gestiegen. Mit den Tausenden von Flüchtlingen, die sich ab Januar auch im Marinehafen herumtreiben, ist die Lage völlig unübersichtlich geworden. Saboteure können sich leicht unter ihnen verstecken und im Schutz der Massen Sprengstoff einschmuggeln. Harald tut trotz seiner ständigen Bauchkrämpfe fast ununterbrochen Dienst und hält sich nur mit schweren Schmerzmitteln aufrecht. Als sich die Informationen aus dem OKM, dass die Wohnschiffe demnächst zum Transport eingesetzt werden, verdichten, ist Harald alarmiert. Das riesige Schiff, mit dem auch er dann nach Kiel ins Lazarett fahren wird, ist ein lohnendes Ziel für einen Sabotageangriff. Aber er, Harald Kehding, ist auf dem Posten.

Lilli Simoneit mit Kalli und Sophie, Hausfrau aus Tilsit

Im Januar 1945 ist Lilli Simoneit vierzig Jahre alt. Geboren und aufgewachsen als Lilli Köppke in Königsberg am Hafen. Der Vater schuftet als Stauer, belädt die großen Frachter, die Mutter kümmert sich liebevoll um Lilli und ihre vier Geschwister. Sie improvisiert kleine Theaterstücke und träumt von der großen Bühne. Doch Geld war und ist knapp, und so hat sich der Traum der Mutter, Schauspielerin zu werden, nicht erfüllt. Lilli ist eine fleißige Schülerin, wissbegierig, intelligent und mit viel Phantasie begabt. Sie fällt auf, und die Lehrerin empfiehlt das kleine Mädchen für ein Stipendium eines wohltätigen Vereins. So kann Lilli das Mädchen-Gymnasium besuchen und macht mit besten Noten das Abitur. Sie will Lehrerin werden und studiert von 1924–1928. Es sind Lillis aufregendste Jahre, sie lernt interessante Leute kennen, sie geht tanzen, hat viele Verehrer und jede Menge Spaß. Bei einer Jubiläumsfeier ihrer Lehranstalt trifft sie Wilhelm Simoneit, der in Tilsit lebt und Lehrer an einer Jungenschule ist. Er wird die Liebe ihres Lebens. Sie teilen die gleichen Interessen: Schwimmen, Literatur und die Natur ihres schönen Heimatlandes. Oft nehmen sie sich ein Bötchen oder Kanu und paddeln die Nebenarme des Pregels oder der Memel ab; sie picknicken, beobachten die Elche und Kraniche und schmusen. Ein Jahr gehen sie zusammen, dann wird Lilli schwanger. Wilhelm und Lilli heiraten und ziehen zusammen nach Tilsit in ein kleines Häuschen am Stadtrand. Achteinhalb Monate später, im Oktober 1929, kommt ihr Sohn Karl-Friedrich, den sie Kalli nennen, zur Welt. Ihr Glück ist vollkommen. Wilhelm lehrt an seiner Schule, Lilli zieht Kalli groß.

Als die Nazis die Macht in Deutschland übernehmen, ist Kalli vier. Einige Jahre Jahre später wird er bereits von den NS-Jugendorganisationen umworben. Eher lustlos macht er bei den Aktivitäten des Jungvolks mit. Die Ausflüge in die Wälder mit Feuermachen und Hüttenbauen sowie der Sport gefallen ihm, aber den militärischen Drill und die Sprüche der Fähnleinführer findet er lächerlich. Die Simoneits sind eher unpolitisch und haben beide bei der letzten Wahl 1933 die liberale DVP gewählt. Wie so viele stellen auch sie fest, dass sich nach den turbulenten und finanziell mageren Jahren der Weimarer Republik mit der NS-Regierung zunehmend ein Gefühl der sozialen Sicherheit ausbreitet und die Nazis immer mehr Zuspruch erhalten. Auch bei Simoneits geht es voran, die unangenehmen Dinge, wie Verbot aller Parteien, die zunehmenden Verhaftungen oder die Judenhetze, von der auch Tilsit nicht verschont bleibt, klammern sie aus. Man kann als Einzelner ja doch nichts daran ändern, meinen sie. Wilhelm und Lilli haben eine Familie zu versorgen, und wer sich gegen die neuen Herren stellt, verliert oft seine Arbeit. Wilhelm versucht, sich stumm zu arrangieren, so gut es geht, als Lehrer sieht er sich gezwungen, in die Partei einzutreten. In der Schule versucht er, das Beste daraus zu machen, und hält sich in seinen Fächern Mathematik und Erdkunde an die Fakten. Lilli will, nachdem Kalli aus dem Gröbsten raus ist, auch als Lehrerin arbeiten. Doch sie bekommt als Frau keine feste Anstellung mehr. Ab und an darf sie aushelfen. Das reicht ihr dann auch, denn die Schulen sind inzwischen ein von Nazis besetztes Terrain, und das propagandistische Klima missfällt ihr. In die Partei will sie auf keinen Fall. Im Spätsommer 1939 ist sie wieder schwanger, und damit ist eine Lehrtätigkeit ausgeschlossen. Ende April kommt Sophie zur Welt.

Der Kriegsausbruch wird bei Simoneits als Katastrophe empfunden, natürlich nur hinter verschlossenen Türen. Sie ahnen, dass das nicht gutgehen kann. Die ersten Kriegsjahre gehen dahin, in Ostpreußen und in Tilsit ist nicht viel davon zu bemerken, außer den nach Osten und Norden ziehenden Truppen und den zunehmenden Spendenaufrufen. Nachdem Goebbels im Sportpalast den »Totalen Krieg« ausgerufen hat, wird Wilhelm im Herbst 1943 doch noch eingezogen. Der Tag, an dem er mit seinem kleinen Koffer zur Kaserne in Insterburg abfährt, ist für das Ehepaar und die Kinder ein einziger Kummer aus Angst und Tränen.

Bei seinem ersten Fronturlaub ist Wilhelm verändert. Schweigsam und in sich gekehrt spielt er stundenlang mit der kleinen Sophie. Lilli versucht ihn aufzuheitern, will wissen, was ihm die Seele verdunkelt. Aber er schweigt und erzählt nichts von seinem Russlandeinsatz. Als er wieder fahren muss, hat Lilli ein ungutes Gefühl. Und schon bald bestätigen sich ihre Ahnungen. Die deutschen Truppen ziehen sich aus Kurland zurück. Tausende strömen in Tilsit über die Memelbrücke. Russische und britische Flieger bombardieren die Stadt. Der Stadtkommandant befiehlt, am Flussufer Verteidigungsstellungen zu bauen. Tilsit wird zur Frontstadt. Ab August werden Teile der Bevölkerung evakuiert. Lilli bleibt, sie will nicht ohne Wilhelm gehen. Der Kontakt zu ihm ist jedoch abgerissen. Auf ihre Briefe kommt keine Antwort mehr. Die Wehrmachtsstelle teilt ihr mit, dass Wilhelm vermisst wird. Lilli ist verzweifelt, klammert sich aber an die Hoffnung, dass vermisst nicht gefallen bedeutet. Sie reißt sich zusammen und meistert mühsam jeden neuen Tag. Die Versorgungslage wird immer schwieriger. Aufmerksam verfolgt Lilli die Berichte über das Frontgeschehen, hört ab und an auch mal ganz leise die BBC. Ihre größte Angst ist jetzt, dass Kalli, der fast sechzehn ist, zum Volkssturm eingezogen wird. Er zeigt sich möglichst wenig auf der Straße, um den Häschern der Partei nicht in die Hände zu fallen. Doch lange wird das nicht mehr gutgehen, fürchtet Lilli.

Ende November müssen sie Tilsit verlassen. Gegen Mittag kommt der Räumungsbefehl, nur Handgepäck ist noch erlaubt. Mit einem Rucksack, einem Koffer und dem Federbett, so klein wie möglich zusammengerollt, stehen sie eine Stunde später auf dem überfüllten Bahnhof. Drei Züge müssen Simoneits abwarten, dann schaffen sie es endlich in ein Abteil. In Königsberg hält der Zug schon wieder, und alle müssen aussteigen. Bei der Schwester der Mutter, die in der Hauptstadt Sekretärin bei einem Kaffeehändler war, finden sie Unterschlupf. Kalli schläft auf dem Sofa. Beim Bombenangriff kurz vor Weihnachten erhält das Haus einen Volltreffer und brennt nieder. Die Bewohner überleben unverletzt im Luftschutzkeller. Den Simoneits wird mit vielen anderen Ausgebombten als Notunterkunft eine Knabenschule zugewiesen. Weihnachten feiern sie zusammen mit der Tante, die bei Freunden untergekommen ist. Am 13. Januar frühmorgens erreicht sie die Nachricht, dass die Rote Armee ihren befürchteten Großangriff begonnen und die Grenzen Ostpreußens überschritten hat. Lilli handelt sofort. Sie packt ihre Kinder, lädt die Sachen auf einen Handschlitten und macht sich auf nach Pillau. Das hatte Wilhelm beim letzten Heimaturlaub noch gesagt: »Wenn der Russe durchbricht, geh sofort nach Pillau. Die Schiffe werden euch rausbringen.«

Abends im Bett hat er ihr das ins Ohr geflüstert, ganz leise, denn solche Äußerungen gelten als Defätismus. Solche Dinge zu sagen wäre lebensgefährlich. An der Front hat er erlebt, wie weit auseinandergezogen die Truppen kämpfen und dass sie seit letztem Jahr immer auf dem Rückzug sind. Ein Durchbruch der Roten Armee stehe jederzeit zu befürchten, und Königsberg sei so nahe an der Front, hat er gesagt. Eindringlich hat er auf seine Frau eingeredet, und Lilli hat ihm versprochen, im Fall des Falles so zu handeln.

Wilhelms Warnung hat sich schon bald bestätigt. Nemmersdorf! Was die Russen mit den Deutschen machen, wenn sie sie treffen, haben die Ereignisse dort gezeigt. Grauenhaft! Nur mit Mühe kann Lilli ihre aufsteigende Panik vor den Kindern verbergen. Nemmersdorf, Nemmersdorf, Nemmersdorf hallt es in ihrem Herzen bei jedem Schritt.

Abwechselnd ziehen Lilli und Kalli den Schlitten, auf dem Sophie sitzt, über die verschneite Landstraße. Hunderte, ja Tausende sind mit ihnen unterwegs. Reiter, Leiterwagen, Pferdefuhrwerke, Schlitten, Frauen mit Kinderwagen, Bollerwagen, auf denen die

Oma hockt, vom Opa gezogen, Trecker und einige wenige Autos. Alles schiebt sich westlich auf der Pillauer Straße aus Königsberg hinaus zur Hafenstadt am Ende des Seekanals. Es geht nur schrittweise voran, und als es dunkel wird, haben sie es erst bis in den Vorort Metgethen, acht Kilometer hinter der Stadtgrenze, geschafft. Ein freundlicher Müller nimmt sie für die Nacht in seiner Scheune auf, die schon zum Bersten mit Menschen gefüllt ist. Es ist zugig und eiskalt, und keiner macht in dieser Nacht ein Auge zu. Am nächsten Morgen hat Sophie Fieber und hustet. Aber sie müssen weiter. Erst am folgenden Abend erreichen sie völlig erschöpft Pillau.

Als die Simoneits ankommen, ist die Stadt ein einziges Chaos. Tausende treiben sich herum und suchen Unterkunft oder etwas zu essen. Massen verzweifelter Menschen stehen an den Suppenküchen der NS-Frauenschaft und der Marine an. Hunderte warten in Trauben vor den wenigen Schiffen im Hafen. Meist vergeblich. So viele Schiffe, wie Menschen Plätze suchen, sind nicht vorhanden. Während es vielleicht vier-, fünfhundert schaffen, an irgendein Deck zu klettern und gen Westen abzufahren, sind Hunderte neu im Hafen angekommen. Die Wartenden werden immer wieder auf den nächsten Tag, auf ein anderes Schiff vertröstet. Auch Lilli hat kein Glück, immer wieder muss sie enttäuscht gehen, nachdem sie Stunden in eisiger Kälte und oft mitten im Schneesturm angestanden hatte. Acht Tage lang geht das nun schon so.

In einem Lagerschuppen am nördlichen Hafenkai hat das Rote Kreuz für die Familie ein Nachtlager gefunden. Sophie geht es immer schlechter. Der Husten hat sich inzwischen zu einer ausgewachsenen Bronchitis entwickelt, und das Fieber will einfach nicht sinken. Außer ein bisschen Hustensaft vom Roten Kreuz und Wadenwickeln hat Lilli nichts. Sie wechselt sich mit Kalli alle paar Stunden ab, der eine geht zum Kai, der andere kümmert sich um Sophie.

Eines Morgens ganz früh taucht im Lagerschuppen Marianne auf. Allein und verloren steht sie mit einem kleinen Bündel da.

Lilli dauert die junge Frau, die sichtlich hochschwanger ist. Sie spricht sie an, und Marianne bricht in Tränen aus. Sie ist gar nicht zu beruhigen und erzählt schluchzend ihre Geschichte. Sie ist mit einem Kahn aus Memel gekommen. Ihr Verlobter musste zur Verteidigung der Stadt bleiben. Marianne wollte ihn nicht verlassen, aber er hat sie weggeschickt. Wenigstens das Ungeborene retten, er würde so bald als möglich nachkommen. Lilli bietet der werdenden Mutter an, sich ihnen anzuschließen, und so warten die Simoneits mit Marianne am elften Tag in Pillau wieder im Hafen. Diesmal haben sie Glück. Kalli spricht einen Matrosen an, der sich an ihnen vorbeidrängelt. Der sieht die weinende schwangere Marianne und die wimmernde Sophie und hat Mitleid. Alle zusammen nimmt er sie mit auf sein Schiff, das, kaum dass sie an Bord sind, auch schon die Leinen losmacht. Ziel ihrer Reise ist Gotenhafen.

Wilhelm Johannsen, Kapitän der Handelsmarine, Wohnschiffkapitän der Wilhelm Gustloff *in Gotenhafen*

Im Sommer 1878 wird Wilhelm Johannsen auf der Nordseeinsel Amrum geboren. Er ist der dritte Sohn, das siebte Kind. Der Vater ist wie der Großvater Fischer und kämpft ums Überleben seiner großen Familie. Der kleine Hof mit vier Kühen, einem Schwein und ein paar Hühnern wird von der Mutter und den älteren Geschwistern besorgt, und als Wilhelm alt genug ist, muss auch er mit anpacken. Für die Schule ist kaum Zeit. Doch der Dorfpastor erkennt, dass der Junge intelligent ist und mehr kann als Kühe hüten. Er fördert ihn und erreicht gegen den Willen der Familie, dass Wilhelm seinen Volksschulabschluss macht.

Mit fünfzehn verlässt er die Insel, geht nach Hamburg und heuert als Schiffsjunge auf einem großen Segelschiff an. Wilhelm ist begeistert von dem Leben auf See und lernt schnell. Bevor das Jahrhundert zu Ende geht, hat er schon viel von der Welt gesehen, war in Afrika, im Nordmeer und einmal sogar in Rio de Janeiro. Seinem Reeder fallen die Wissbegierigkeit und die Einsatzfreude des jungen Matrosen auf, und er schickt Wilhelm auf die Seefahrtsschule. Da ist er zwanzig Jahre alt. Das Vertrauen, das in ihn gesetzt wird, enttäuscht er nicht und macht seinen Abschluss mit guten Noten. Nicht lange, und er hat es zum Dritten Wachoffizier auf einem Passagierdampfer gebracht. Er hat seine Bestimmung gefunden, fährt auf großen Passagierdampfern zwischen Bremerhaven und New York, später Hamburg – La Plata. Wilhelm ist groß und gutaussehend und kommt mit seiner zuvorkommenden Art bei den Passagieren und der Mannschaft gut an. Während des Ersten Weltkriegs ist er ans Land gefesselt, lebt in Hamburg und macht seinen Nautischen Schiffsoffizier. Bei einer Abendveranstaltung seiner Reederei trifft er die Tochter eines Teehändlers. Sie heiraten, und bald wird der erste von drei Söhnen geboren. Als die Handelsflotte wieder fahren darf, ist Johannsen als Erster Wachoffizier an Bord eines Dampfers sofort wieder dabei. Drei Jahre später erhält er das Kapitänspatent und sein erstes Schiff.

Politik ist nicht seine Sache, so ist ihm die Machtergreifung der NSDAP ziemlich gleichgültig. Er ist ohnehin meist auf großer Fahrt, und über die Vorgänge in Deutschland sieht er hinweg. Der Partei tritt er bei, weil die Reederei es für notwendig hält, damit die Kapitäne nicht belästigt werden.

Am 22. April 1938 kommandiert die Hamburg Süd Wilhelm Johannsen auf die *Wilhelm Gustloff*. Kapitän Lübbe ist auf der Jungfernreise des KdF-Traumschiffs an einem Herzinfarkt gestorben, und Johannsen soll ihn ersetzen. Das modernste, berühmteste deutsche Passagierschiff unter seinem Kommando: ein Traum wird wahr. Es macht ihm eine Weile auch tatsächlich Spaß, aber bald schon vermisst er die regelmäßigen Reisen nach Übersee. Die *Gustloff* befährt ja nur das Nord- und Mittelmeer. Er bittet die Reederei um Versetzung und erhält das Kommando auf einem älteren Fahrgastschiff im Liniendienst mit Afrika.

In Mombasa, dem Hafen der britischen Kronkolonie Kenia, überrascht Johannsen der Ausbruch des Zweiten Weltkriegs. Die Briten beschlagnahmen sein Schiff und internieren Kapitän und Mannschaft. Wilhelm Johannsen muss schwören, kein Schiff mehr zu führen, und kann daraufhin nach Deutschland zurückkehren. Es ist ein Schock, der ihn verändert. Schweigsam sitzt er zu Hause bei seiner Frau in Hamburg und kümmert sich um die Rosen in seinem Garten. Die drei Söhne sind eingezogen und kämpfen an der Front. Dann erhält Johannsen am Morgen des 21. November 1940 Befehl, nach Gotenhafen zu fahren. Die *Wilhelm Gustloff* ist außer Dienst gestellt worden und liegt seit dem Vortag als schwimmende Kaserne für die 2. Unterseeboot-Lehrdivision im Marinehafen von Oxhöft. Hier soll er sich als Wohnschiffkapitän einfinden.

Mit wenig Enthusiasmus fährt Johannsen, der jetzt kurz vor seiner Pensionierung steht, auf einem Minenräumer der Marine von Kiel nach Gotenhafen. Was ist aus ihm geworden? Von dem Mann, der alle Weltmeere auf den schönsten Dampfern bereist hat, den die weiblichen Passagiere anschwärmten und die Kollegen beneideten. Nun ist er also Liegekapitän eines außer Dienst gestellten und an die Leine gelegten Luxusschiffs mit grauem Tarnanstrich in einem Ostseehafen geworden. Die Aussicht, eine Art Hotelmanager für Offiziere und Mannschaften der U-Boot-Waffe zu sein, ist ihm zuwider. Kein großartiges letztes Kommando! Aber er lässt es sich nicht anmerken und tut seinen Dienst nach Vorschrift, in sich gekehrt und einsam. Im Herbst 1942 fällt sein ältester Sohn in Stalingrad, kurz darauf der jüngste in Tunesien, und im März 1943 erhält er die Nachricht, dass sein verbliebener Sohn in der Ukraine vermisst wird. Wilhelm Johannsen ist ein gebrochener Mann, jeder Lebensmut hat ihn verlassen. Einzig die Sorge um seine geliebte Frau, die ganz allein und unglücklich zu Hause in Hamburg ist, hält ihn aufrecht. Sie schreiben sich regelmäßig, und ab und an telefoniert er mit ihr.

Im Herbst 1944, als sich die Gerüchte immer mehr verdichten, dass jedes verfügbare Schiff in der Ostsee bald zum Einsatz kommen wird, kabelt Johannsen an die Seetransportleitung, einen Fahrkapitän bereitzustellen. Er muss und will sich als Ehrenmann an den Schwur halten, kein Schiff mehr zu führen, und so braucht die *Gustloff* für den Einsatz einen Kapitän, möglichst einen, der sich in der Ostsee auskennt. Bis das entschieden ist, macht Johannsen weiter Dienst nach Vorschrift in Gotenhafen.

Wilhelm Petri, Korvettenkapitän, Kommandeur der 2. U-Boot-Lehrdivision

Seinen Namen verdankt er dem Kronprinzen Wilhelm von Preußen. Als Margarete Petri am 6. Juni 1905 von einem Sohn entbunden wird, hat sie wochenlang in der Zeitung die Vorbereitungen zur Hochzeit des ältesten Kaisersohns mit der Herzogin Cecilie von Mecklenburg-Schwerin verfolgt. Und als der Hochzeitstag auch der Geburtstag ihres ersten Sohnes wird, ist die Namensgebung klar. Die Petris sind kaisertreue Leute, vor allem Vater Oskar, der Polizeiwachtmeister in Köln ist.

Der kleine Wilhelm wächst in kleinbürgerlichen Verhältnissen auf. Im Ersten Weltkrieg muss der Vater nicht an die Front. Er tut weiter seinen Polizeidienst auf den Straßen der Domstadt. 1920 beendet Wilhelm die Realschule und träumt davon, Heeresflieger zu werden. Doch die Nachkriegszeit und die Bestimmungen des Versailler Vertrags verhindern sein Vorhaben. Wilhelm macht stattdessen lustlos eine kaufmännische Lehre und wird Handelsvertreter. Er reist im Reich herum, lernt die verschiedensten Städte und Menschen kennen. Er findet schnell Kontakt, ist beliebt, lacht gern und hat trotz seiner eher kleinen Statur Anklang bei den Damen. Mit denen vergnügt er sich gern, will aber keine feste Bindung eingehen. Wechselnde kurze Beziehungen reichen ihm völlig.

Besonders fasziniert ist Wilhelm von den großen Hafenstädten Bremerhaven und Hamburg. Dort kommt er mit der Seefahrt in Kontakt und ist begeistert. Er gibt seine Arbeit als Handelsvertreter auf und eröffnet einen Bootsverleih. Er beginnt zu segeln, ist bei verschiedenen Regatten erfolgreich und macht sich einen Namen.

Die Machtergreifung der Nazis beeindruckt Wilhelm Petri wenig. Er traut keiner politischen Partei und glaubt, dass der braune Radau bald vorüber sein wird.

Als Hitler beginnt, eine starke Wehrmacht mit einer ebenso starken Marine aufzubauen, schlägt Wilhelms Stunde. Für die vielen neuen Schiffe und U-Boote werden Männer gebraucht, und er bewirbt sich bei der Kriegsmarine für die U-Boot-Waffe. Wegen seiner geringen Schulbildung muss er ganz unten anfangen, und es beginnt ein langer, manchmal demütigender Aufstieg. 1936 wird er endlich Erster Wachoffizier zuerst auf *U33* dann von 1937–1938 auf *U35*. Bei Kriegsausbruch wird er zum Kapitänleutnant befördert und erhält das erste eigene Kommando. Mit *U56* läuft er von La Rochelle aus und fährt in den Atlantik. Schon bald hat er Feindberührung und versenkt einige britische Frachter. Der ehrgeizige Kaleu Petri ist bei seinen Männern beliebt und wird geachtet. Konteradmiral Dönitz, Befehlshaber der U-Boot-Waffe, lobt ihn und seine Besatzung. Doch dann wendet sich das Blatt plötzlich. Als *U56* auf einen großen britischen Geleitzug mit den Schlachtschiffen HMS *Hood*, HMS *Rodney* und HMS *Nelson* trifft, geschieht das Unfassbare. Petri greift an, die Torpedofächer treffen, aber sie explodieren nicht. Enttäuscht und verwirrt funkt Petri an Dönitz: »30. Oktober, 10:00 Uhr. *Rodney*, *Nelson*, *Hood*, 10 Zerstörer mit Kurs 240 Grad. 3 Torpedos geschossen, Versager.«

Dönitz kann es nicht glauben. *U56* hat eine riesige Chance verpasst, denn an Bord der *Nelson* soll Winston Churchill, der erste Lord der Admiralität der Briten, gewesen sein. Dönitz kommandiert Petri zurück.

Als *U56* zehn Tage später wieder in Wilhelmshaven eintrifft und Wilhelm Petri seinem Admiral Bericht erstattet, wird zwar konstatiert, dass er keine Schuld an dem Misserfolg trägt, aber Petri wird als Front-Kommandant abgelöst und in die U-Boot-Ausbildung versetzt. Für Wilhelm Petri kommt dies einer Degradierung gleich. Er will fürs Vaterland und die Ehre der Kriegsmarine kämpfen, stattdessen muss er jetzt in Flensburg junge Rekruten ausbilden. Doch er fügt sich und arrangiert sich mit der Situation.

Zwanzig Monate später erhält er ein neues U-Boot-Kommando, diesmal in der Nordsee, doch schon im April 1942 holt Dönitz ihn zurück an Land und macht Petri zum Leiter der Organisationsabteilung Artillerie und Navigation und befördert ihn zum Korvettenkapitän.

Nach dem Kriegseintritt der Amerikaner verliert die Marine ihre Vormachtstellung auf allen Meeren. Die Verluste an U-Booten, Schiffen und Menschen sind hoch, viele von Petris Kameraden sind nicht mehr nach Hause gekommen. Doch die neuen modernen U-Boote, die im Bau sind, werden die Verluste ersetzen und die Situation zu deutschen Gunsten wenden, davon ist Petri überzeugt. Dönitz braucht gut ausgebildete Mannschaften und Offiziere für seine neuen Boote, und dazu ist ein erfahrener Kapitän und Ausbilder nötig. Als seine Wahl auf Wilhelm Petri fällt, nimmt er das neue Kommando stolz an. Im Januar 1944 fliegt er nach Gotenhafen und wird Kommandeur der 2. U-Boot-Lehrdivision. Untergebracht ist er auf der *Wilhelm Gustloff*, die zusammen mit der *Hansa* als Wohnschiffe im Hafen liegt. Das luxuriöse ehemalige KdF-Schiff als Kaserne findet Wilhelm Petri äußerst angenehm, und hier kann er sogar seinen geliebten Schäferhund Hasso an Bord dabeihaben. Er speist regelmäßig mit dem Wohnschiffkapitän Johannsen in dessen Kabine, wo sie ohne langen Dienstweg die täglichen Dinge besprechen. Er hat Zeit für lange Spaziergänge mit Hasso am Strand und für die eine oder andere Romanze in der nahen Stadt.

Die Ausbildung der U-Boot-Männer ist zwar nicht sehr anstrengend, aber für Wilhelm Petri eine Herzensangelegenheit. Er glaubt an den Endsieg, der nur mit der U-Boot-Waffe zu erreichen ist. Dabei geht es ihm ausschließlich um die Ehre der Kriegsmarine, die Nazis sind ihm lästig, ja heimlich hält er sie für Parasiten und Weicheier, die keine Ahnung von anständiger Kriegsführung haben. Mit dem NSDAP-Ortskommandanten an Bord der *Gustloff*, dem Chef der Wäscherei, hat er sich arrangiert. Solange der seine militärische Position als Kommandeur respektiert und sich nicht in seine Angelegenheiten mischt, lässt er ihn machen und übersieht das amouröse Nachtleben mit den BDM-Mädchen in der Bordwäscherei.

Die sich verschlechternde Lage an allen Fronten macht Korvettenkapitän Petri zunehmend ungeduldig.

Nach dem Durchbruch der Roten Armee erwartet er täglich den Befehl, seine tausend U-Boot-Männer endlich von Gotenhafen nach Kiel zu verlegen.

KAPITEL 1

28. Januar 1945. Die *JU 52* fliegt einen Bogen über dem Flugfeld und setzt dann zur Landung an. Nur eine Bahn ist notdürftig geräumt. Rechts und links türmen sich schmutzige Schneemassen. Bleifarbene Wolken hängen dicht über der Erde, von dem strahlend blauen Himmel darüber ist hier unten nichts zu sehen, ebenso wenig von der Hafenstadt oder der nahen Ostsee. Alles liegt da wie in schmutzige Watte gepackt. Kaum fünfzig Meter freie Sicht meldet der Tower, dafür keinen Wind. Der rotweiße Sack vorn am Flugfeld hängt schlaff am Mast.

Mit einem Ruck setzt der Flieger auf, hopst noch ein-, zweimal, schlingert ein wenig und rollt zum Ende der Landebahn. Zwei Hangars tauchen aus dem Dunst auf, ein paar Messerschmitt-Jäger stehen unter ihren Tarnnetzen mit der Nase zum Flugfeld. Schneller Einsatz ist jederzeit möglich, wenn genug Benzin organisiert werden kann.

Als die Tür geöffnet und die Treppe herausgeklappt wird, schlägt Helmut Kehding eisige Luft entgegen. Fröstelnd zieht er den dunkelblauen Mantel enger und schlägt den Kragen hoch. Die Schirmmütze mit dem rot-weißen Reedereiabzeichen der Hamburg Süd über dem Lackschirm kann seine Ohren nicht vor dem beißenden Frost schützen. Schnell zieht Kehding seine warmen fellgefütterten Handschuhe an, die seine Mutter ihm zu Weihnachten geschenkt hatte. Das Fell stammt von einem ihrer Lämmer, die den Sommer über am Elbdeich gegrast haben und im Herbst geschlachtet worden sind, um den kargen Speiseplan auf Lebensmittelkarte aufzubessern.

Gut, dass Mutter auf dem Land geblieben ist. Da sind in diesen

Zeiten noch Dinge möglich, von denen die Hamburger in ihrer zerbombten Stadt nur träumen können, denkt Helmut Kehding, während er sich und seinen kleinen abgeschabten Lederkoffer mit den bunten Aufklebern aus aller Herren Länder, Hamburg, Rio, Montevideo, Buenos Aires, durch den engen Gang zwischen den Sitzen bugsiert und den drei anderen Passagieren, alle hohe Offiziere der Kriegsmarine, aufs Rollfeld folgt. Er schaut sich um, versucht sich zu orientieren. Ein feldgrauer Kübelwagen biegt rasant um den Hangar und kommt auf ihn zugefahren. Abrupt hält der Wagen, und noch bevor er angehalten hat, springt ein Offizier heraus und kommt auf ihn zu. Korvettenkapitän, erkennt Helmut an den drei breiten goldenen Streifen am Ärmel. Er trägt das Ritterkreuz um den Hals, und seine linke Hand steckt in einem Lederüberzug. Bei genauerem Hinsehen entdeckt Helmut ein Korsett, das den Oberkörper des Mannes stützt. Wahrscheinlich eine schwere Kriegsverletzung, denkt Helmut und nimmt innerlich Haltung an.

»Kap'tän Kehding? Leonberg, neunte Sicherungsdivision! Ich bin Ihr Schutzengel und Chauffeur zum Hafen.«

Lachend streckt der Marineoffizier die Hand aus. Helmut schlägt zögernd ein.

»Sie sind mir gar nicht angekündigt worden.«

Er blickt den Korvettenkapitän, der einen guten Kopf größer ist als er, fragend an. Der lächelt ausweichend und mustert sein Gegenüber forschend.

»Sie werden also die *Gustloff* nach Kiel fahren?«

Helmut nickt und folgt Leonberg zum Wagen. In der Ferne ist plötzlich dumpfes Grollen zu hören.

»Die russische Artillerie lässt grüßen! Seit Tagen schon«, beantwortet Leonberg die ungestellte Frage. »Zwei Armeen liegen allein vor Königsberg, Versorgung nur noch über See möglich. Hunderttausende sind auf der Flucht, und was sagt Berlin?«

»Der Osten muss sich selber helfen!«, antworten beide Männer gleichzeitig und schauen sich an. Wie so oft in den letzten zwölf Jahren hat ein kurzer Satz, ein eindringlicher Blick geklärt, mit wem man es zu tun hat. Die beiden Fremden verstehen sich. Sie sind keine von denen, keine Hundertzehnprozentigen. Helmut entspannt sich. Man kann nicht vorsichtig genug sein, auch wenn einer nicht mit »Heil Hitler« grüßt, kann er zu denen gehören. Leonberg öffnet den Wagenschlag und lässt Helmut einsteigen, bevor er sich hinters Steuer schwingt.

»Machen Sie sich auf was gefasst: in Gotenhafen geht nichts mehr. Jedes Quartier, jeder Schuppen oder Stall ist belegt. Die Leute prügeln sich schon um die Hauseingänge. Viele sind seit Wochen auf den Beinen, die haben nur noch eine Hoffnung: ein Schiff, Ihr Schiff, Kapitän Kehding!«

Leonberg dreht den Zündschlüssel, und der Wagen fährt über das Rollfeld in Richtung Stadt.

In einiger Entfernung, vom Tower halb verdeckt, steht unauffällig ein schwarzer Wagen. Ein Kapitänleutnant der U-Boot-Waffe hat die Ellenbogen auf das Wagendach gestützt und beobachtet Leonberg und Kehding durch sein Fernglas.

»Na, da haben sich ja zwei gefunden …«, murmelt er mürrisch, als Leonbergs Kübelwagen sich in Bewegung setzt.

Der Kapitänleutnant steigt zurück in seinen Wagen, knallt die Tür zu und befiehlt seinem Adjutanten:

»Folgen Sie den beiden, Lehmann.«

Am Stadtrand von Gotenhafen steckt der Kübelwagen fest. Die Straßen sind hoffnungslos verstopft. Frauen mit Kinderwagen, andere mit Schlitten, Alte und Junge zu Fuß, Pferdefuhrwerke, hoch beladen mit Säcken und Kisten. Kinder klammern sich an den Streben fest, alte Leute ziehen Handkarren mit ein paar Habseligkeiten hinter sich her und stieren dabei mit leeren Blicken vor sich hin. Kleine Jungen stehen weinend am Straßenrand, weil sie im Gewühl verlorengegangen sind. Niemand kümmert sich um sie. Eine einzige Masse Menschen schleppt sich drängend vorwärts und nimmt dabei die ganze Straßenbreite ein. Ihr einziges

Ziel ist der Hafen, ihre letzte Hoffnung, den Russen zu entfliehen. Dazwischen Männer vom Volkssturm und versprengte Soldaten in grauer Uniform auf der Suche nach einer Meldestelle. Feldpolizei an jeder Straßenkreuzung. Rot-Kreuz-Helferinnen versuchen ihr Bestes, weisen den Leuten den Weg zu einer Feldküche, nehmen den Frauen die Säuglinge ab, helfen Alten den Koffer tragen. Versorgungsfahrzeuge der Marine versuchen durch die Menge zu kommen, ohne jemanden zu überfahren. Leonberg und Kehding sind mit ihrem Wagen mittendrin. Durch den hohen Schnee ist es unmöglich, auf den Bürgersteig oder den Straßengraben auszuweichen. Zentimeterweise schiebt sich der Kübelwagen voran. Die Menschen beachten ihn nicht. Müde und mit trübem Blick setzen sie einen Schritt vor den anderen, lassen sich von dem kalten Blech der Motorhaube zur Seite schieben. Alle Geschäfte und Lokale der Stadt sind geschlossen, viele sind ausgeräumt und als Notquartiere belegt. Ziviles Leben existiert nicht mehr.

Was für eine seltsame Architektur, denkt Kehding, als sie sich Meter für Meter vorwärtsbewegen. Lange gerade Straßen wie vom Reißbrett, gerade moderne Fassaden, schnörkellos und funktional wie in Amerika. Die Polen haben diese Stadt nach 1919 aus dem Boden gestampft, nachdem ihnen im Versailler Vertrag der Landkorridor westlich von Danzig bis an die Ostsee zugesprochen worden war. Und weil sie dringend eine Basis zur Verschiffung ihrer Bodenschätze und einen Zugang zum Meer brauchten, haben sie aus dem alten kaschubischen Fischerdorf Gdingen in atemberaubendem Tempo das polnische Gdynia, den modernsten und größten Hafen in Europa, gemacht. Nach der Besetzung 1939 wurde er in Gotenhafen umgetauft, dem Gau Westpreußen und den deutschen Ostseehäfen eingegliedert.

Korvettenkapitän Leonberg reibt die Frontscheibe mit einem Lappen trocken. Die beiden Männer kommentieren die erschreckende Szenerie, die draußen an ihnen vorbeizieht, mit keinem Wort. Leonberg kennt die Zustände seit Tagen, ja Wochen. Und Helmut Kehding ist ja genau deshalb hier. Er soll, muss, will Abhilfe schaffen. Wenigstens für ein paar Tausend der armen gehetzten Menschen da draußen. So vielen wie nur eben möglich will er den Weg in den Westen ermöglichen.

»Kommen Sie direkt aus Hamburg?«, fragt Leonberg, ohne den Blick von den Menschen vor seinem Wagen abzuwenden.

»Vom Seetransportchef … Er lässt grüßen.«

»Danke! Engelhardt sammelt interessante Leute um sich, die Besten aus der Christlichen Seefahrt. Sein Motto war immer schon: Der richtige Mann an der richtigen Stelle! Das ist jetzt wichtiger denn je.«

»Auf der *Gustloff* ist Ostseeerfahrung gefragt. Ich hab die letzten Jahre Erzfrachter gefahren: Nordschweden – Stettin und zurück.«

Helmut übergeht die Schmeichelei des Marinemanns. Seetransportchef Engelhardt hat ihm in Hamburg von Fregattenkapitän Blanc erzählt, dem Kommandeur der 9. Sicherungsdivision, zuständig für die Danziger Bucht bis hinauf nach Kurland, und auch von seinem Stellvertreter, Korvettenkapitän Leonberg, gesprochen. »Organisationstalent sondergleichen und ein Offizier, auf den Sie sich verlassen können, Kehding. Der Mann weiß, was er tut.«

Der Korvettenkapitän zeigt jetzt nach draußen.

»Sie sehen ja, was hier los ist. Uns fehlen große Schiffe wie die *Ley* und die *Gustloff*. Die U-Boot-Leute haben vier Jahre höchst bequem darauf gewohnt, die wollen das schöne Schiff bestimmt nicht so einfach wieder hergeben.«

»Das werden sie wohl tun müssen«, sagt Helmut Kehding mit Nachdruck. »Mein Auftrag ist eindeutig: Und ich hab nicht nur diese eine Fahrt zu machen, die *Gustloff* soll zehntausend Menschen pro Reise mitnehmen.«

Leonberg nickt zufrieden: der richtige Mann an der richtigen Stelle. Laut empfiehlt er:

»Das sagen Sie aber man lieber nicht zu laut.«

Nach einer weiteren halben Stunde haben sie Oxhöft, den Marineteil des Hafenbeckens von Gotenhafen, erreicht und stecken endgültig in der sich zu den Kais schiebenden Menschenmenge fest. Nichts geht mehr. Leonberg steigt aus.

»Das letzte Stück gehen Sie besser zu Fuß, da sind Sie schneller, Kapitän. Wenn Sie etwas brauchen, meine Dienststelle ist gleich da drüben, das zweistöckige Gebäude.«

Er zeigt auf das Haus am Anfang des Kais. »KMD« für Kriegsmarine-Dienststelle steht in großen weißen Lettern auf einem Schild. Ein Wall von Sandsäcken sichert den Eingangsbereich. Zwei Posten mit Sturmgewehr und blauen Marinemänteln stehen an der Tür Wache.

Helmut sieht sich suchend um.

»Sagen Sie, die Marinehelferinnen bei der Hafenkommandantur … Wo finde ich die?«

»Marinehelferinnen? Soso.«

Leonberg mustert Kehding schmunzelnd.

»Nachschubkompanie, erste Gruppe, Flüchtlingsaufnahme …« Helmut Kehding spürt, wie er rot wird.

»Eine … eine sehr gute Freundin. Sie soll hier in Gotenhafen Dienst tun.«

»Fragen Sie mal da drüben. In dem Lagerhaus sind Marinehelferinnen untergebracht. Die werden Ihnen sicher weiterhelfen können.«

Leonberg reicht Helmut die Hand.

»Meine Tür steht Ihnen offen. Jederzeit. Viel Glück, Kehding!«

Helmut Kehding bedankt sich fürs Abholen, ergreift mit der Linken seinen Koffer, grüßt mit der Rechten an der Mütze und marschiert los.

Kaum ist er in der Menschenmenge verschwunden, hält vor dem Gebäude der KMD ein schwarzer Wagen. Kapitänleutnant Harald Kehding und sein Adjutant steigen aus und gehen an den salutierenden Wachsoldaten vorbei ins Haus. Auf der Treppe zu seinem

Büro kommt ihnen Leonberg entgegen. Harald Kehding grüßt lässig.

»Herr Kapitän …«

Leonberg führt kurz die Hand an den Mützenschirm.

»Na, Kehding, habe gerade Ihren Bruder abgeholt. Tatkräftig der Mann. Was macht die Gesundheit?«

Harald geht nicht auf die Bemerkung über seinen Bruder ein.

»Könnte besser gehen.«

»Schonen Sie sich! Noch so einen Schuss vor den Bug überleben Sie nicht.«

Harald übergeht das. Tonlos sagt er zu sich: »Arschloch!«

Kurz vor seinen Diensträumen krümmt er sich plötzlich und stößt hörbar seinen Atem aus. Schwere Bauchkrämpfe setzen ein. Er schließt die Augen und krallt sich ans Geländer. Nach ein paar Sekunden ist alles vorbei. Harald streckt sich und geht weiter. Er setzt sich hinter seinen Schreibtisch, öffnet die linke Schublade und holt eine Dose Tabletten heraus. Zwei nimmt er raus, schluckt sie hinunter, verzieht das Gesicht und spült mit einem Schluck aus dem Wasserglas nach. Dann steht er auf und geht zum Fenster. Von hier aus hat er einen freien Blick auf die *Gustloff* und die *Hansa* dahinter, außerdem kann er den Kai und die Menschenmenge vor dem Zaun beobachten. Er nimmt sein Fernglas und schaut in Richtung Wohnschiff und hinüber zu den Hafengebäuden.

Gerade als er das Fernglas wieder auf der Fensterbank absetzt, kommt sein Adjutant ins Zimmer.

»Herr Kaleu, wir haben die Leute …«

»Rein mit ihnen, Fähnrich.«

Adjutant Lehmann tritt zur Seite, und ein Soldat mit geschultertem Gewehr führt eine junge Frau und einen nicht viel älteren Mann herein. Ängstlich um sich blickend, treten sie langsam vor den Schreibtisch von Harald.

»Stehen bleiben!«, bellt der Fähnrich die beiden an und setzt mit Schwung eine Ledertasche auf den Tisch. Er klappt die Lasche auf, sieht hinein und schaut dann auf die beiden Leute. Sie stehen unsicher da, starr vor Angst. Die Frau knetet ihren Schal und sieht immer wieder unsicher den Mann an. Der starrt geradeaus zum Fenster und zu Harald, der sich gegen die Fensterbank gelehnt hat. Die beiden sehen abgerissen aus, ihre Schuhe sind nass, die Frau trägt einen Herrenmantel und darunter wohl mehrere Schichten Kleidung. Jedenfalls erscheint sie unförmig, obwohl sehr schlanke Beine unter ihrem dicken grünen Wollrock hervorkommen. Der Mann ist groß, unrasiert, sein Haar zu lang. Auch er trägt zwei Pullover übereinander und eine schmutzige schwarze Hose. An seiner Jacke fehlen mehrere Knöpfe. Beide sehen kaum anders aus als die Flüchtlinge da draußen, denkt Harald. Aber wer weiß. Die Meldungen vom Sicherheitsdienst über mögliche Sabotageanschläge waren eindeutig und alarmierend.

Adjutant Lehmann packt langsam die Ledertasche aus, legt den Inhalt auf den Tisch: eine Drahtschere und fünf Eierhandgranaten.

»Drüben beim Tanklager der Marine haben wir sie aufgegriffen. Hiermit.«

»Die Tasche gehört uns nicht! Die muss da am Zaun gelegen haben!«

Die junge Frau redet schnell, Verzweiflung in der Stimme.

»Wir sind wirklich nur zufällig da vorbeigekommen … So glauben Sie uns doch!«

Harald kommt vom Fenster nach vorn und stützt sich mit ausgestreckten Armen auf den Tisch. Er schaut auf die Granaten, dann auf die beiden. Ganz leise sagt er:

»Das ist feige Sabotage …«

Und setzt brüllend hinzu:

»Ich will Namen: Hintermänner, Angriffsziele!«

Die junge Frau ist einen Schritt zurückgesprungen. Sie bebt vor Angst und sieht hilfesuchend den Mann an. Der senkt den Blick und betrachtet seine nassen Schuhe, ohne ein Wort zu sagen.

»Wir haben einen zuverlässigen Zeugen. Einer eurer ›Genossen‹

hat euch fröhlich verraten ... Also spart euch die Lügen, wenn ihr hier lebend rauswollt!«

Lehmann schaut zu Harald, der nickt.

»Abführen. Verhören. Ich will Namen.«

Mühsam drängelt sich Helmut Kehding durch die Menschen, die hier nahe am Hafen dicht an dicht stehen. Im Hafenbecken ist ungeheurer Betrieb. Schlepper, Fischerboote, Kähne, Passagierdampfer jeder Größe, Walfänger, Tanker, Frachter und sogar Segelboote laufen ein und aus. Kein Kai oder Anleger ist unbesetzt, oft liegen mehrere Schiffe miteinander vertäut nebeneinander, so dass man über das eine steigen muss, um auf das andere zu gelangen. Im abgesperrten Marinehafen vor Oxhöft liegen ausschließlich Kriegsschiffe, grau oder mit Zickzack-Tarnanstrich: Minensuchboote, Torpedoboote, leichte Kreuzer, schwere Kreuzer, Zerstörer und U-Boote vom Typ II, Einbäume genannt, auf denen die Besatzungen ausgebildet werden.

Helmut Kehding biegt um einen Lagerschuppen und bleibt unwillkürlich stehen. Er hält den Atem an. Da liegt sie vor ihm: die *Wilhelm Gustloff*, das Symbol der NSDAP-Kraft-durch-Freude-Organisation, das Traumschiff der dreißiger Jahre. Das blendende Weiß des ehemaligen Kreuzfahrers ist einem grauen Marineanstrich gewichen, hier und da sind braune Rostschlieren zu sehen. Aber dennoch: es hat von seiner Schönheit nichts verloren. Elegant ragt der spitz zulaufende Bug gen Himmel. Vier Reihen Bullaugen übereinander im Rumpf und darüber die Promenadendecks und das Sonnendeck, die Aufbauten und ganz oben vor dem Schornstein wie ein Adlerhorst die Kommandobrücke. Am Schornstein unter dem Anstrich ist noch ganz schwach das KdF-Flügelrad zu sehen, das Symbol der Kraft-durch-Freude-Organisation. Es prangte weithin sichtbar an den Schornsteinen jeden Schiffes, das unter der Flagge des nationalsozialistischen Urlaubsunternehmens die Meere bereiste. Die *Gustloff* hat man mit dem

Bug zum Hafenausgang festgemacht, damit sie nicht im engen Hafenbecken drehen muss, wenn sie wieder ausläuft. Im Hintergrund am Außenkai ist der schwarze Bug der *Hansa* zu sehen. Der Dampfer der New-York-Klasse mit den vier Masten gehört der Hamburg-Amerika-Linie und ist ebenfalls seit einigen Jahren als Wohnschiff ausgerüstet, mit seinen 21 131 BRT aber viel kleiner als die majestätische *Gustloff*.

Der Weg zu den Wohnschiffen ist durch hohe Zäune vom übrigen Hafen abgesperrt. Wachmatrosen sichern die Pier, an der die *Gustloff* liegt. Eine breite zweispurige Gangway aus Holz führt hinauf an Bord und einfache Stahl-Stellings zu den hinteren Ladedecks. Ein paar Lastwagen und ein schwarzer Personenwagen stehen am Kai. Es sind ausschließlich Marineleute von der 2. U-Boot-Lehrdivision zu sehen, denen die *Gustloff* als schwimmende Kaserne gedient hat, seit sie vor vier Jahren am Pier im Becken IX auf der Oxhöfter Seite festmachte. Mannsdicke Taue sichern das Schiff am Kai, die Anker liegen ungenutzt an Deck. Mehrere dicke Kabel hängen vom Bug herab und laufen gesammelt zu einem Holzkasten auf dem Kai, aus dem das Schiff mit Strom versorgt wird. Vor dem Drahtzaun stehen die Flüchtlinge in mehreren Reihen hintereinander. Hunderte, ja vielleicht Tausende. Kein Fußbreit Boden scheint unbesetzt. Immer wieder fragen die Wartenden den Wachhabenden: »Wann lassen die uns rauf? Wann läuft die *Gustloff* aus?«

Doch von der Wache kommt keine Antwort.

KAPITEL 2

Der kleine Dampfer des Ostpreußischen Seebäderdienstes kämpft sich ächzend durch die schwere See. Ostseewasser ergießt sich über das Deck, jedes Mal wenn der Bug in die Wellenberge hineintaucht. Das Wasser klatscht gegen die Bullaugen der Brücke und rinnt in Sturzbächen herab. Angestrengt versucht der Kapitän, mit dem Fernglas durch die Nässe und den Nebel etwas zu erkennen. Es sind viele kleine Schiffe und Boote von Pillau unterwegs über die Bucht, irgendwo neben und vor ihm. Doch der Dunst ist so dicht, dass er nur ein paar Meter Sicht voraushat. Da hilft nur Gottvertrauen. Der Kapitän hofft inständig, dass sie auf keine Mine laufen und der alte Dieselmotor durchhält. Für so einen Seegang ist der kleine Salondampfer nicht gebaut worden. Und auch nicht für die über vierhundert Passagiere, die sich überall im Schiff und auf dem Deck drängen. Völlig erschöpfte Frauen, Kinder, Alte, dazwischen verwundete Frontsoldaten mit blutigen Verbänden. Die Schwerverletzten liegen im Salon auf dem Boden, zwei Krankenschwestern betreuen sie, so gut es eben geht. Viel können sie nicht tun. Medizin gibt es nicht, und Verbandszeug ist knapp. Viele haben nur durchgeweichte Papierstreifen über ihren Wunden. Unter Deck stinkt es erbärmlich nach Erbrochenem. Fast jeder auf dem Schiff ist bei dem Wellengang seekrank.

Die Menschen stehen dicht an dicht, auf den Gängen, den Niedergängen, in der Kombüse, ja sogar draußen an Deck und vorn auf dem Vorschiff. Sie ducken sich in ihre Mäntel und Decken, machen sich so klein wie möglich, um sich vor dem Wetter zu schützen. Die Mützen haben sie tief ins Gesicht gezogen, Schals um Kopf und Kinn gebunden. Frauen, Männer und Kinder sind kaum voneinander zu unterscheiden. Alle sind von der unentwegt über sie spritzenden Gischt mit einer dicken Eisschicht überzogen. Haare und Schnurrbärte sind weiß verkrustet, rot gefroren sind Nasen und Stirn. Viele haben Frostbiss an Wangen und Nase oder aufgeplatzte Lippen, blutig verkrustet. Stumm und still harren die Menschen aus. Nur ab und an hört man ein leises Wimmern.

Mitten im Gedränge steht Lilli Simoneit aus Tilsit und drückt ihre Tochter Sophie, die sie in Decken eingewickelt hat, an die Brust. Neben ihr stöhnt Marianne aus Memel. Sie ist im neunten Monat schwanger und kann nicht mehr stehen. Kalli, Lillis fünfzehn Jahre alter Sohn, drängt mit dem Rücken gegen die Masse Mensch neben sich, versucht ein wenig mehr Raum für die beiden Frauen zu schaffen. Vergeblich.

»Es dauert sicher nicht mehr lange, Marianne. Halt aus, nur noch ein bisschen.« Kalli schaut die junge Frau mitleidig an. »Du musst die Füße bewegen und auch die Finger in den Handschuhen, das bringt dein Blut in Gang, und es wird gleich viel wärmer.«

Lilli sieht ihren Kalli mitleidvoll an. Der arme tapfere Junge. So lange sind sie nun schon unterwegs. Und es wird immer schlimmer.

Gegen Mittag lichtet sich der Nebel ein wenig, und die Sicht klart auf. Plötzlich geht ein Raunen durch die Massen an Deck, Motorengeräusch ist zu hören. Panisch blicken die Menschen zum Himmel. Da bricht ein Flugzeug durch die Wolken, am Heckflügel der Rote Stern, das russische Hoheitszeichen. Schreiend versuchen die Passagiere, sich in Sicherheit zu bringen, drängen, fluchen. Doch wohin, es ist nur Platz, um sich zu ducken und zu beten. Heulend stürzt sich der Flieger auf das Schiff, belegt es mit MG-Feuer. Auf dem Meer spritzen Wasserfontänen in einer geraden Linie auf das Schiff zu. Als die Kugeln den Rumpf und die Aufbauten treffen, tackert es metallisch, als schlage ein Löffel gegen einen Blechnapf. Dann ist es vorbei. Das Flugzeug dreht ab und ist augenblicklich wieder im Dunst verschwunden. Einige Passagiere sind getroffen zusammengesackt. Andere rufen um Hilfe oder stöhnen nur noch. Ein paar Männer versuchen, die Verletzten unter Deck zu tragen, was nur mühsam gelingt.

Lilli hat sich mit Sophie und Marianne hinter einem Rettungsboot in Sicherheit gebracht, Kalli konnte nur in die Knie gehen und den Kopf einziehen. Als alles vorbei ist, geht ein Aufatmen durch die Menge, man steht auf, streckt sich, hier und da ein befreites Lachen, das leicht hysterisch klingt. Und dann stellt sich an Deck wieder Schweigen ein.

Als Lilli einige Zeit später die Decken von Sophies Gesichtchen zieht, ist es bleich und eiskalt. Die Augen sind geschlossen. Sophie ist erfroren. Der kleine Körper hat nicht mehr die Kraft gehabt, der Eiseskälte zu widerstehen. Mit einem herzzerreißenden Schluchzen drückt Lilli ihre tote kleine Tochter an sich. Kalli drängelt sich zu ihr durch. Zuerst versteht er nicht, was geschehen ist, doch dann begreift auch er, dass Sophie nie wieder aufwachen wird. Stumm nimmt er seine Mutter in den Arm, deckt die graue alte Decke wieder über Sophie. Lilli wiegt ihr totes Kind, wie damals, als es noch ein Säugling war. Weinend und tonlos betet sie für seine kleine Seele. Kalli starrt voll Trauer auf die bleierne See.

Der Kapitän gibt über Bordfunk die nahe Ankunft in Gotenhafen durch. »Alle Passagiere bitte den Anweisungen vom Schiffs- und Hafenpersonal Folge leisten. Begeben Sie sich ruhig und geordnet von Bord. Das Rote Kreuz steht für die Bedürftigen bereit. Gott sei mit Ihnen.«

Nur noch wenige Minuten, und das kleine Seebäderschiff stampft in den Hafen und macht am Kai im Hafenbecken IX fest. Lastwagen stehen auf der Pier bereit, um Verwundete und Tote aufzunehmen. Rotkreuzhelferinnen mit ihren weißen Hauben und Schürzen und einige Marinehelferinnen in blaugrauen Uniformen warten auf ihren Einsatz. Feldpolizisten überwachen das Ausladen, schauen jedem ins Gesicht, vor allem den jungen und alten Männern. Sie haben die Pflicht, jeden auszusondern, der noch für den Volkssturm brauchbar scheint. Und sie werden fündig. Unter schreiendem Protest der Angehörigen nehmen sie hier einen Vater mit, kontrollieren dort die Papiere eines Jungen. Wenn sie feststellen, dass er sechzehn ist oder fast, wird auch er abgeführt.

Lilli steht mit der toten Sophie im Arm abwartend an Deck und beobachtet angespannt das Treiben auf der Pier. Als sie die Feldpolizei entdeckt, greift sie nach Kalli und sagt laut:

»Nimm du Sophie. Sie ist so schwer. Sie ist völlig fertig und schläft. Ich kümmere mich um Marianne.«

Leise fügt sie hinzu, als Kalli sie verdutzt ansieht: »Ruhig, mein Karlchen. Bleib ganz nah bei mir, hörst du? Ganz dicht zusammenbleiben.«

Lilli wickelt ihrem Sohn den Schal um den Kopf, so dass nur noch seine Nase hervorschaut, und macht sich mit der schwangeren Marianne am Arm auf den Weg.

Auf dem Kai vor dem eingelaufenen Seebäderschiff sind Berta Burkats Marinehelferinnen im Einsatz. Zehn junge Frauen hat die Oberhelferin abkommandiert und unter ihrer strengen Führung zum Entladen des Schiffes antreten lassen. Zunächst werden die Verwundeten und Toten von Marinesoldaten entladen, dann steigen die Flüchtlinge, zumeist Frauen und Kinder, die schmale Stelling herab. Am Ende der Treppe nehmen die Marinehelferinnen sie in Empfang, und nach der Überprüfung durch die »Kettenhunde« führen sie die völlig erschöpften Passagiere zum Lagerschuppen. Dort werden sie registriert, und ihnen wird eine Decke und ein Platz irgendwo in der kalten Halle zugewiesen. Schon jetzt ist dort alles überfüllt, sogar der zweite Lagerboden ist besetzt. Marineoberhelferin Burkat hält ihre Mädchen zusammen und beobachtet sie genau. Sie ist besorgt, dass hier in diesem Durcheinander alles außer Kontrolle geraten könnte. Vor allem die Galetschky hat sie im Auge. Die blonde Königsbergerin ist ihr von Anfang an unangenehm aufgefallen. Sie senkt nie den Blick, wenn sie angesprochen wird, und gibt oft Widerworte. Die kann sich einfach nicht unterordnen. Aber das wird sie noch lernen. Das hat Berta Burkat in den letzten Jahren schon ganz anderen beigebracht.

Wo kämen wir denn hin, denkt sie, wenn hier jeder macht, was er will. Zucht und Disziplin hält Deutschland zusammen. Vor allem jetzt, wo der Führer den Endsieg vorbereitet.

Kalli, mit Sophie im Arm, macht den letzten Schritt und steht auf dem Kai. Sofort hat der Feldpolizist ihn im Griff, zieht ihm den Schal vom Kopf.

»Gib das Kind ab und komm mit!«, bellt der Polizist.

Kalli rührt sich nicht. Er bleibt einfach stehen, schaut eingeschüchtert seine Mutter und Marianne an.

»Nein, nein«, fleht Lilli. »Er muss bei uns bleiben. Der Junge ist doch erst vierzehn. Seine Schwester ist krank, die Kusine hochschwanger. Wir brauchen den Jungen.«

Lilli versucht sich zwischen Kalli und den Feldpolizisten zu drängen. Marianne beginnt laut zu heulen. Die Leute hinter ihnen drängen, wollen vom Schiff. Der Polizist lässt sich nicht erweichen, er greift nach Sophie, versucht sie aus Kallis Armen zu zerren und will sie der Mutter rüberreichen. Kalli hält fest. Ein Gerangel entsteht, und ein weiterer Polizist mischt sich ein.

Erika Galetschky beobachtet das Ganze schon eine Weile, während sie sich um ein altes Ehepaar kümmert. Sie schaut kurz zur Burkat hinüber und eilt hinzu.

»Lassen Sie doch den Jungen los. Der ist doch noch minderjährig, sehen Sie das denn nicht?«

Der Feldpolizist lockert seinen Griff. Verdutzt schaut er die kämpferische Marinehelferin an. Erika gibt nicht auf.

»Was sind Sie nur für ein Mensch. Diese Leute haben schon so viel hinter sich, und jetzt wollen Sie ihnen auch noch den Jungen nehmen …«

In diesem Moment erreicht Helmut Kehding die Anlegestelle, sieht die heftige Diskussion beim Seebäderschiff und erkennt Erika mitten im Geschehen. Schnell bahnt er sich einen Weg durch die Menge.

»Vorsicht, bitte … Kurz Platz machen … Danke!«

Als Helmut die Gruppe erreicht, sagt Erika zum wiederholten Mal:

»Der Junge wird gebraucht, seht ihr das denn nicht?«

Helmut bleibt hinter ihr stehen.

»Erika! Erika Galetschky aus Königsberg!«

Erika dreht sich überrascht um.

»Helmut!«

Nur kurz begegnen ihre Blicke einander, dann sagt Erika zu dem Feldpolizisten:

»Er wird auf der *Gustloff* erwartet, als Schiffsjunge. Nicht wahr, Herr Kapitän?«

Helmut zögert nur kurz, er hat verstanden.

»Ja, das ist richtig ... Der Junge gehört zu mir ... Kehding, Fahrkapitän auf der *Gustloff*!«

Erika atmet auf, blinzelt Lilli zu – das hat geklappt!

Die Feldpolizisten mustern Helmut irritiert, erkennen seine Mütze mit dem rot-weißen Reedereiabzeichen, darunter die Buchstaben H. S. D. G. – Hamburg-Südamerikanische-Dampfschifffahrts-Gesellschaft. Und die vier Ärmelstreifen. Die lassen keinen Zweifel aufkommen. Der Mann ist ein hoher Offizier, kein militärischer, aber man weiß ja nie.

Erika wartet nicht, bis sie sich besonnen haben. Sie nimmt Kalli das Bündel mit Sophie ab. Sie schaut zwischen die Decken und bemerkt, wie kalt die Kleine ist. Sie streichelt ihr über die Wange und stockt entsetzt. Das Mädchen ist tot! Sie schaut zu Lilli, will etwas sagen, doch sie erkennt den flehenden Blick der Mutter. Erika sagt nichts und deckt das Mädchen wieder zu. Helmut hat davon nichts mitbekommen. Er greift sich Kalli und lotst die ganze Gruppe von der Anlegestelle weg. Erika geht zügig, schaut sich um, denn sie will jetzt auf keinen Fall von der Burkat angehalten werden. Helmut hält Schritt und fragt leise:

»Wer sind diese Leute?«

»Ich kenne sie nicht, sie kommen über die Bucht aus Pillau ... Wie hast du mich so schnell gefunden?«

»Du hast mir doch geschrieben, in welcher Einheit du bist. Ich bin gleich zu dir.«

Erika lächelt ihn an, ihre Freude ist grenzenlos.

»Dein letzter Brief kam erst gestern hier an!«

Helmut raunt leise: »Hast du ihn vernichtet?«

»Klar ... du hättest mir gar nicht schreiben dürfen, dass du kommst.«

Helmut bleibt plötzlich stehen. Er sieht sich suchend um.

»... wo ist der Junge?«

Kalli ist im Gedränge zurückgefallen, hat die anderen verloren. Er steht zwischen einigen Lastwagen und steigt auf einen Stoßdämpfer, um über die Köpfe sehen zu können. Gerade als er seine Mutter entdeckt hat und hinterherwill, hält ihn ein großer, kräftiger Mann zurück. Kalli stockt der Atem. Der Mann trägt eine Bootsmannuniform, und an der Mütze hat er das gleiche Abzeichen wie der Kapitän von der *Gustloff*.

»Keine Angst, Junge. Ich hab euch beobachtet und alles gehört. Aber du kannst nicht mit auf die *Gustloff*. Wir haben gar keine Schiffsjungen. Du musst versuchen, bei deiner Mutter zu bleiben.«

Bevor Kalli noch etwas sagen kann, fügt er flüsternd hinzu:

»Damit du künftig Ruhe hast ... Pass auf!«

Der Bootsmann schaut sich um, vergewissert sich, dass sie keiner beobachtet. Dann zieht er schnell seinen rechten Arm aus der Jacke und lässt den Ärmel leer baumeln.

Kallis Augen leuchten auf – er hat es schon kapiert!

»Lass dich nicht erwischen. Viel Glück.« Und schon ist der Bootsmann verschwunden. Kalli macht sich auf, die anderen wiederzufinden. Als er dann bei ihnen als Einarmiger auftaucht, sagt Helmut besorgt:

»Sei wachsam. Das kann dir bösen Ärger einbringen.«

Zu Lilli sagt er:

»Eine Weile kann euch das vielleicht helfen, aber nicht lange.«

Erika drängt: »Nicht stehen bleiben. Kommt weiter mit!«

Am Tor zum Lagerschuppen bleibt Helmut zurück. Erika hält ebenfalls an.

»Wann kommst du?«

»Sobald es geht! Ich muss erst mal aufs Schiff.«

Er lächelt ihr zu, dreht sich um und geht. Erika schaut ihm nach, während er mit seinem kleinen braunen Koffer in der Menge verschwindet.

KAPITEL 3

Helmut Kehding kämpft sich durch das Gedränge und erreicht endlich die Absperrung vor der *Gustloff*. Ein Wachmatrose sieht gelangweilt auf den Mann, der da am Tor rüttelt. So viele Menschen versuchen, die Absperrung zu öffnen, dass er kaum noch reagiert. Doch dann erkennt er die Uniform und die Offiziersmütze und geht schnell zum Tor. Helmut zeigt seinen Marschbefehl, der Wachmatrose salutiert und macht den Weg frei. Als sich das Tor öffnet, versuchen die Wartenden nachzudrängen, werden aber rigoros zurückgeschoben. Hätten die Wachen keine Gewehre, würden die Massen wahrscheinlich den Zaun niederreißen und versuchen, das Schiff zu stürmen. Doch so hört man nur ein ungnädiges Murren, und dann breitet sich wieder eine gespenstige Stille aus, die nur ab und zu durch ein Husten, das Jammern eines Kindes oder das Scharren von Füßen auf frostigem Grund unterbrochen wird.

Helmut steht allein vor dem riesigen Schiff. Gute dreißig Meter hoch ragt die Bordwand in den Himmel, bis zur Spitze des Fahnenmasts sind es sogar sechsundfünfzig Meter. Helmut steigt die hölzerne, fest installierte Gangway hinauf und betritt das Schiff, das von jetzt an sein Schiff sein wird. Es ist warm, die Deckenleuchter der Eingangshalle tauchen alles in ein gelblich anheimelndes Licht. Die Empfangstheke, an der in besseren Zeiten die Passagiere begrüßt wurden, sich in die Bordliste eintrugen und ihre Kammerschlüssel erhielten, ist verwaist. Es herrscht Stille, nur das Summen der Aggregate ist zu vernehmen.

»Hallo? Jemand da?«

Helmut sieht sich suchend um. Ein Obermaat kommt durch eine Tür hinter der Theke. Er salutiert.

»Kann ich helfen?«

Helmut reicht ihm seine Papiere.

»Helmut Kehding. Ich soll mich bei Kapitän Johannsen melden.«

»Sie wurden schon angekündigt. Die Herren sind im Vorführsaal. Steuerbordtreppe nach oben. Unteres Promenadendeck, Mitte.«

»Finde ich schon. Danke.«

Helmut greift seinen Koffer und macht sich auf den Weg. Schon bevor er die Tür zum Vorführraum öffnet, hört er von drinnen die unverkennbare Stimme des Wochenschausprechers. In dem Raum ist es dunkel, und Helmut braucht einige Zeit, bis seine Augen sich an die Dunkelheit gewöhnt haben und er etwas erkennen kann. Einige der Stuhlreihen sind besetzt.

»Ruhe! Tür zu!«, ruft jemand in militärischem Befehlston. »Hinsetzen.«

Helmut lässt sich auf den erstbesten Sitz fallen und sieht sich um.

Ganz vorn sitzt ein älterer Mann, allein. Im Profil eine starke gerade Nase und eine hohe Stirn. Wahrscheinlich Kapitän Johannsen. Einige Reihen dahinter eine Truppe junger U-Boot-Offiziere mit kurzem Haarschnitt, die alle etwas steif und gerade dasitzen. Im äußersten Sessel ein etwas älterer Korvettenkapitän, wie an den Schulterklappen zu erkennen ist, der lässig seinen linken Arm über die Lehne baumeln lässt und seine in Stiefeln steckenden Beine in den Gang streckt. Auf der rechten Seite des Saals sitzen zwei Reihen Mädchen und mittendrin ein korpulenter Mann in Parteiuniform, der eine dicke Zigarre qualmt. Das Weiße an seiner Armbinde leuchtet im Halbdunkel.

Auf der großen Leinwand läuft ein Zusammenschnitt verschiedener Wochenschauen. Es geht um die *Wilhelm Gustloff*.

Hamburg, Blohm & Voss, Stapellauf am 5. Mai 1937. Der Führer, Robert Ley und andere Honoratioren aus Partei und Reederei stehen auf einer mit Blumen geschmückten Tribüne vor der Bugwand des neuen KdF-Schiffes der Deutschen Arbeitsfront.

Hakenkreuzfahnen, KdF-Fahnen, Reedereifahnen, DAF-Fahnen und Girlanden überall. Hedwig Gustloff, Heldenwitwe des ermordeten Landesgruppenleiters der NSDAP Landesgruppe Schweiz, des ersten Blutzeugen der Bewegung, und ehemalige Sekretärin von Adolf Hitler, ist die Taufpatin. »Ich taufe dich auf den Namen Wilhelm Gustloff«, ruft sie mit hörbarem Stolz in der Stimme und wirft die Champagnerflasche klatschend gegen den weißen Schiffsrumpf. Unter frenetischem Jubel und einem Meer zum Hitlergruß hochgerissener Arme von fünfundzwanzigtausend Zuschauern gleitet das wunderbare neue Schiff rückwärts in das graue Wasser der Elbe.

Schnitt.

Sommer 1938. Man sieht das stolze KdF-Traumschiff auf Reisen entlang der italienischen Mittelmeerküste. Passagiere tanzen Walzer auf dem Sonnendeck, spielen Stockschießen, fahren mit einem Tender an Land. Später kreuzt das Schiff vor Madeira, liegt im Hafen von Lissabon, Palmen, Strohhüte, glückliche Gesichter – Schmalzmusik untermalt die Bilder.

Eine Frauenstimme im Zuschauerraum ruft im Dunkeln:

»Warum jagen wir den Russen nicht zum Teufel und fahren in die Sonne?!«

Lautes zustimmendes Gelächter. Der Film geht weiter. Jetzt sieht man die MS *Wilhelm Gustloff* am 10. April 1938 als schwimmendes Abstimmungslokal zum Anschluss Österreichs auf der Themse vor London. Auslandsdeutsche stecken Wahlzettel in den Schlitz einer Kiste. Schnitt.

Die *Gustloff* ist nun, die vierzigste Reise im Juni 1939, auf großer Fahrt nach Norwegen und liegt in einem atemberaubenden blauen Fjord, hohe Bergrücken im Hintergrund, Schnee auf den Kuppen. Deutsche Arbeiter und andere Volksgenossen stehen mit seligem Gesichtsausdruck an Deck und beobachten mit Ferngläsern den Sonnenuntergang. Ungetrübte Urlaubsstimmung, dazu gefühlvolle Klänge von Edvard Grieg.

Helmut wird ganz melancholisch. Erinnert sich an seine eigenen Reisen: Rio, der Zuckerhut, New York, die Freiheitsstatue …

Ein Trompetenstoß holt ihn zurück in die Gegenwart.

Jetzt Szenen, die die *Gustloff* als Transporter für die Legion Condor zeigen, wie sie Ende Mai 1939 die siegreichen Truppen aus Spanien abholt. Glückliche Kämpfer liegen in den Deckstühlen, rauchen, lachen, stoßen mit schäumenden Biergläsern an. Im Juli 1939 dient die *Gustloff* den Sportlern der »Lingiade«, des Weltturnfests, als Wohnschiff im Hafen von Stockholm. Dann ist sie im November 1940 als »Großes Lazarettschiff« zu sehen, mit Rotem Kreuz am Schornstein und umlaufendem rotem Streifen am Schiffskörper. Verwundete Soldaten werden aus Norwegen ins Reich zurückgeholt.

Es folgt die »Außerdienststellung« der *Gustloff* in Gotenhafen. Matrosen streichen die weiße Bordwand grau. Am 22. November 1940 wird die *Gustloff* Wohnschiff im Marinehafen Oxhöft. Hunderte zackiger U-Boot-Männer stehen stramm auf der Pier.

Schlussfanfare. Die Projektion ist zu Ende. Der Lichtstrahl aus der Vorführerkabine erlischt. Die Deckenbeleuchtung des Saals schaltet sich ein. Alle stehen auf und streben zum Ausgang. Helmut geht nach vorn zu dem Mann, den er für Kapitän Johannsen hält. Jetzt im Hellen erkennt er die Kapitänsstreifen der Handelsmarine an dessen Ärmeln.

Plötzlich schießt ein kräftiger Schäferhund auf ihn zu und verwehrt ihm mit hochgestelltem Nackenhaar und böse kläffend den Weg. Helmut bleibt wie angewurzelt stehen, hebt die Hände.

»Courage, junger Mann! Der beißt nicht, er ist nur ein deutsches Großmaul ... Hasso, aus! Hierher!«

Sofort hört der Hund auf zu knurren und läuft schwanzwedelnd auf seinen Herrn zu. Der Besitzer des Hundes, der Korvettenkapitän, ist aufgestanden, grinst Helmut an, wendet sich an Kapitän Johannsen und weist auf die Leinwand.

»Das waren Zeiten, was, Johannsen? Aber die kommen wieder, die kommen wieder!«

»Ich hatte tatsächlich ganz vergessen, Petri, wie schön das Mittelmeer ist ...«

Johannsens Stimme klingt ein wenig traurig. Wie überhaupt seine ganze Haltung alles andere als militärisch stramm ist. Eher etwas gebeugt und wie ein alter Mann steht er da. Das graue Haar ist schütter, und er hat dunkle Ränder unter den Augen. Rechts und links der Adlernase haben sich tiefe Falten eingegraben, und seine Haut ist fahl. Doch die Augen sind wach und blau.

»Kap'tän Johannsen?«, fragt Helmut freundlich.

Der Alte mustert ihn, nickt fast unmerklich.

»Kehding. Melde mich an Bord.«

»Ah! Der Störenfried! Unser ›Fahrer‹, nehme ich an?« Korvettenkapitän Petri schlägt mit einer Gerte zweimal an sein rechtes Hosenbein, der Hund springt sofort an seine Seite, und ohne ein weiteres Wort verlässt er den Raum. Alle anderen folgen ihm, die Mädchen schnattern wie eine Gänseherde, während sie mit den Parteigenossen nach draußen strömen. Helmut sieht ihnen irritiert nach. Er bleibt allein mit dem Kapitän zurück, der sich müde über die Augen wischt.

»Willkommen an Bord, Kehding ... Lassen Sie sich Ihre Kammer zeigen und kommen Sie dann auf die Brücke.«

Ohne weitere Erklärung lässt er Helmut stehen und geht. Nach einigen Sekunden der Verwunderung über diese nüchterne Art der Begrüßung nimmt Helmut seinen Koffer und tritt hinaus auf den Gang, der inzwischen wieder menschenleer ist. Nicht mal die fröhlichen Frauen sind noch zu hören. Er macht sich auf in Richtung Eingangshalle, zum Oberbootsmaat, der wird ihm sicher sagen, wo seine Kammer ist.

Helmut ist gerade um eine Ecke gebogen, als er jemanden rufen hört.

»Kap'tän Kehding?«

Er sieht sich um. Ein Mann in Blau kommt den Gang heruntergelaufen und bleibt vor ihm stehen. Freundlich streckt er die Hand aus.

»Sterup, Bootsmann. Willkommen auf dem Schiff der Schiffe.«

Helmut nickt freundlich und schlägt ein.

»Moin, erst mal.«

»Ich soll sie zu Ihrer Kammer bringen, Herr Kapitän.«

Er nimmt Kehding den Koffer ab und geht vor, den Gang entlang und ein, zwei Treppen nach unten, wieder einen langen Gang entlang. Nummerierte Kabinen links und rechts. Helmut spricht ihn von hinten an:

»Auch der Reederei treu geblieben? Kein Interesse an der Kriegsmarine, Bootsmann?«

»Wer zwölf Jahre zum La Plata gefahren ist, den zieht's auf kein graues Schiff ... Ich denke, das kennen Sie?«

Helmut lächelt zustimmend. »... und? Welche Schiffe?«

»*Cap Norte, La Coruna, Cap Arcona* ... und hier die *Gustloff* ... seit 38 ... Mir fehlt die Tropenluft!«

Der Bootsmann seufzt, und Helmut weiß genau, was er meint.

»Mir auch ... wird schon wieder, wenn der Radau vorbei ist.«

»Ihr Wort in Gottes Ohr ... hier!«

Sterup bleibt vor einer der Türen stehen, Nummer 103 steht auf einem kleinen weißen Schild. Er schließt auf, stellt den Koffer ab und gibt Helmut den Schlüssel.

»Für Sie ... Gut, dass Sie da sind, Herr Kap'tän!«

»Danke ... Sagen Sie, die halbe Mannschaft ist durch Kroaten ersetzt, wurde mir gesagt ... Wie klappt das?«

»Na ja ... viele von uns mussten an die Front ... Die Kroaten muss man im Auge behalten, die fahren halt nicht so zur See wie wir.«

Helmut nickt, nimmt den Schlüssel und will sich verabschieden, da fügt Sterup hinzu:

»Unsere Väter haben sich übrigens gekannt, ganz gut sogar ... Meiner sagt immer: Einen besseren Kap'tän als den alten Kehding hat's nicht gegeben ... Und ausgerechnet so einer bleibt auf See!«

Helmut versucht zu lächeln, auf so ein persönliches Wort ist er nicht vorbereitet.

»Lange her ... zwanzig Jahre ...«

Bootsmann Sterup spürt, dass Kehding das Thema nahegeht.

»Ja dann ... bis später, ich bin oben, wenn Sie mich brauchen.«

Damit will er gehen, doch als Helmut in die Kammer blickt, entdeckt er, dass sie schon belegt ist. Frische Wäsche liegt, sauber auf Kante gefaltet, auf dem unteren Bett und eine Jacke hängt über einem der Stühle.

»Moment! Die Kammer ist belegt. Hier wohnt jemand!«

»Ja, sicher ... Die Kammer gehört Kaleu Kehding, ich dachte, das wissen Sie?«

Helmut erstarrt, sieht den Bootsmann konsterniert an.

»Was? Mein Bruder ist hier!?«

»Oben sind alle Kammern belegt, tut mir leid.«

»Wie lange ist er schon hier?«

»Vier Wochen so ungefähr ... um Weihnachten herum?«

»Ich dachte, der liegt in Pillau im Lazarett?«

»Lag er ... Jetzt hat er ein Büro in der KMD drüben, hier bei uns schläft er nur.«

»Na gut ... danke erst mal ... Ich komm gleich rauf, ich will mir das Schiff ansehen, alles.«

Sterup nickt zufrieden, Helmut verabschiedet ihn mit einem Händedruck und schließt die Tür. Er setzt seinen Koffer auf das unbelegte Bett und sieht sich um. Stockbetten, ein Schrank, zwei Stühle vor einem kleinen Tisch, Waschbecken, Bullauge mit Blümchengardinen. Helmut erinnert sich, dass alle Kabinen, die sie auf der *Gustloff* Kammern nennen, Außenkabinen sind, also haben natürlich alle Bullaugen. An der Wand daneben hat Harald seine Fotos angeklebt. Helmut lächelt. Geht hin und besieht sie sich. Ein U-Boot pflügt durch aufgewühlte See. Harald in Paradeuniform mit Ritterkreuz, U-Boot-Frontspange und U-Boot-Kriegsabzeichen. Ein anderes Foto zeigt ihn als stolzer Kommandant mit dem U-Boot im Rücken, wahrscheinlich am Kai in Kiel aufgenommen. Die Mutter vor dem Reetdachhaus in Wischhafen. Vater und Mutter glücklich strahlend im Sonntagsstaat, und ein Bild zeigt ihn mit Harald, Arm in Arm. Da müssen sie so circa dreizehn und siebzehn gewesen sein. Er selbst trägt noch kurze Hosen. Mit einem tiefen Seufzer setzt er sich auf das untere Bett.

»Oh Mann, das kann ja lustig werden.«

Einige Minuten später steht Helmut Kehding schon wieder auf dem Gang, schließt die Tür ab und macht sich auf den Weg, um das Schiff zu erkunden. Erst mal eine Bestandsaufnahme, denkt er und klettert die Treppen rauf bis oben auf das Brückendeck. Niemand ist dort zu sehen.

»Hallo, ist jemand hier?«

Nur das Geräusch der Hilfsdiesel und der Lüfter antwortet ihm. Still liegt die Brücke da. Kehding tritt ein und geht zum Steuerstand, inspiziert alles. Maschinentelegrafen, Signaltechnik, Sprechrohre ins Schiffsinnere, Telefone, Barometer und Barografen, Arbeitslampen, Rauchmeldeanlage und Kreiselkompass. Ferngläser liegen auf dem Vorsprung vor den dreizehn Fenstern, die über die gesamte vordere Seite der Brücke angebracht sind und einen weiten freien Blick auf das Vorschiff und den Hafen bieten. Er sieht die Tafel mit Wacheinteilungen und eine Schalttafel mit allen Schiffdecks und verschiedenen Schaltern. An Backbord die Schottenschließanlage mit Überwachungstafel. Die modernste technische Ausstattung, die er bisher auf einem Schiff gesehen hat. Dazu das traditionelle lackierte Teakholz und das goldgelb glänzende Messing. Alles blitzblank poliert und sauber.

Nach hinten führt ein Gang, im ersten Raum links ist die Navigation untergebracht. Sauber aufgerollte Karten in ihren Röhren, dicke Bücher mit Leinenrücken, das Logbuch. Auf dem Tisch ausgebreitet die Karte vom Hafengebiet Gotenhafen bis hinauf zur Halbinsel Hela. Eine andere Karte zeigt das gesamte Ostseegebiet. Ein Handkompass und ein Zirkel liegen bereit.

Helmut geht an einigen geschlossenen Türen, Offizierskammern, vorbei. Dann steht er vor einer offenen Tür, dem Funkraum. Er sieht hinein: drei Empfangs- und Sendeplätze, an zweien fehlen die Geräte, nur einer, der hinterste, ist betriebsbereit, und da sitzt jemand am Tastenfunk, ein großer breitschultriger blonder Marinesoldat. Der Funkmaat hat Kopfhörer auf und ist scheinbar ganz auf etwas konzentriert, was er hört. Er hat vor sich einen Block Papier liegen, und ab und an notiert er sich etwas.

Helmut will ihn nicht stören und geht weiter. Die letzte Tür am Ende des Gangs führt ihn hinaus ins Freie. Er stellt sich an die Reling. Von hier oben kann er den Kai vor dem Schiff und den halben Hafen überblicken. Er sieht die vielen Schiffe jeglicher Größe und Verwendung, die dort liegen, und die Trauben hilfesuchender Menschen, die darauf hoffen, an Bord gelassen und in Sicherheit gebracht zu werden. Außer an den Stellen, die die Marine abgesperrt hat, ist kein Meter freier Boden mehr zu sehen. Nur Köpfe, wie wogendes graubraunes Wasser. Hier und da mal der rote oder grüne Tupfer einer Kinderzipfelmütze. Im Hintergrund die schwarzen Dächer der Lagerschuppen und Gotenhafen in der Ferne, das unter einem kalten Nebelschleier liegt. Was für ein Desaster! Was kann man da noch ausrichten?, denkt Helmut Kehding besorgt.

Unter ihm auf dem Sonnendeck schlägt ein Hammer auf Metall und reißt Kehding aus seinen Gedanken. Matrosen versuchen, einen Davit auszuschwenken, der festgefroren oder eingerostet ist. Andere schmieren Blöcke und Drähte, suchen Riemen und Rettungswesten zusammen. Berge von Tauen müssen entwirrt werden. Bootsmann Sterup führt das Kommando. Helmut steigt die Niedergänge hinunter und geht zum Bootsmann.

»Das ist richtig. Alle Davits und alle Rettungsboote auf Einsatzfähigkeit überprüfen, Sterup. Ich übertrage Ihnen die Verantwortung.«

»Geht klar, Herr Kapitän!«

Helmut klettert in eins der Boote und prüft es selbst. Bänke, Scharniere, Notpaddel ... Als er aufblickt, sieht er in einer offenen Tür Korvettenkapitän Petri stehen, der seinen Schäferhund an der frischen Luft toben lässt und die Kontrolle beobachtet. Sterup tritt zu Helmut ans Rettungsboot. Mit dem Rücken zu Petri und mit gesenkter Stimme sagt er:

»Die U-Boot-Leute würden am liebsten nur ihre Angehörigen an Bord nehmen und ab nach Kiel. Wissen Sie davon?«

Helmut nickt, sieht zu Petri, der schnell wegsieht.

»... die meinen, die Zivilbevölkerung soll mal schön hierbleiben, damit man die nicht wieder zurückbringen muss ... nach dem glorreichen Endsieg.«

Die beiden sehen einander kurz an. Wieder so ein kleiner Hinweis, leicht dahingesagt, und doch wird deutlich, auf welcher Seite man steht. An den Endsieg glauben diese beiden Seemänner nicht.

»... wir waren jetzt vier Jahre Wohnschiff, was meinen Sie, Kap'tän, was hier alles ausgebaut wurde ... Unsere motorisierten Boote sind eingezogen und fahren jetzt bei Luftangriff die Nebelwerfer spazieren. Legen den Hafen unter Dampf und machen ihn unsichtbar! Wir haben nur noch zwölf von den zweiundzwanzig.«

Helmut Kehding ist entsetzt.

»Habe mich schon gefragt, wo die hin sind. Die müssen wieder her oder irgendein Ersatz, und zwar sofort. Außerdem brauchen wir fünf- bis sechstausend zusätzliche Schwimmwesten ... mindestens. Vor allem für Kinder. Und Rettungsflöße, alles, was schwimmt!«

»An wie viele Passagiere denken Sie?«

»Viele, sehr viele ... Wir machen keine Kreuzfahrt, und die U-Boot-Leute sollen spüren, dass sie hier an Bord auch nur Gäste sind!«

Kehding meint das nicht ironisch, es ist ihm ernst. Das ist dem Bootsmann klar. Er grinst zufrieden.

»Sagen Sie, Petri, bellt der nur oder beißt der auch?«

Schmunzelnd sieht ihn der Bootsmann an.

»Er war U-Boot-Kommandant drüben im Atlantik, aber sie haben ihm das Boot weggenommen und ihn abgeschoben in die Lehrdivision, hier kann er nicht so viel falsch machen ...«

Fragend sieht Helmut ihn an.

»Er hatte einen englischen Kreuzer vor dem Rohr – der dicke Churchill soll drauf gewesen sein!«

»Und …?«

»Rohrkrepierer oder vorbeigeschossen. Weiß man nicht so genau, aber er hat verdammt was gutzumachen!«

Helmut schaut auf die Stelle, an der vorhin Petri mit seinem Hund gestanden hat, dann setzt er seinen Rundgang fort. Mit dem Aufzug fährt er hinab bis zum C-Deck, den breiten Betriebsgang entlang, vorbei an der Bäckerei, der Schlachterei, dann geht er die Treppe hinunter rüber zur Werkstatt und nimmt noch einmal zwei Treppen abwärts zum Maschinenraum. Hier unten im Bauch des Schiffes ist es heiß. Schon nach ein paar Minuten läuft ihm der Schweiß den Rücken hinunter. Er will den Maschinenraum sehen und den Ingenieuren sagen, sie sollen die Motoren und die Technik prüfen und bereitmachen zum Anwerfen. Morgen Vormittag hat er einen Probelauf geplant. Schließlich muss mal geprüft werden, ob die riesigen Diesel überhaupt noch anspringen. Große Bedenken hat er eigentlich nicht. Normalerweise lassen die Ingenieure auch im Liegebetrieb in regelmäßigen Abständen die Motoren laufen, das werden sie auf der *Gustloff* wohl auch getan haben.

In einem Nebenraum des haushohen Maschinenraumes laufen alle technischen Prozesse am Steuer- und Kontrollstand zusammen. An der Wand eine Übersicht mit schematisierten Seiten- und Decksaufsichten, Stromkreisläufen, Zu- und Abflüssen, Hauptmaschinen, Hilfsaggregaten, Tankfüllständen: Wasser und Treiböl – alles, was sich im Inneren des Riesen bewegt, fließt, dreht, um ihn am »Leben« zu halten. Dort findet Kehding den Ersten Ingenieur. Helmut schüttelt ihm die ausgestreckte Hand. Er sagt etwas, aber die Hilfsdiesel laufen so laut, dass die Worte nicht zu verstehen sind. Stattdessen hebt er die Faust mit dem Daumen nach oben. Helmut klopft ihm auf die Schulter und nickt. Dann brüllt er ihm ins Ohr:

»Morgen früh, Testlauf. Neun Uhr. Schaffen Sie das?«

Wieder hält der Ingenieur die Faust mit dem Daumen nach oben und grinst.

Helmut tippt an seine Mütze und macht sich an den Aufstieg.

Mit dem Aufzug fährt er bis zum Unteren Promenadendeck. Er wirft einen Blick in die Vordere Halle, die Deutschlandhalle, den Rauchsalon, das Schreibzimmer und in den Theatersaal. Überall stehen Möbel, Sofas, Lampen, Tische und Stühle. Die Teppiche verbreiten im Rauchsalon Gemütlichkeit, und die Bücherregale sind gut bestückt. Viel geändert hat die Marine nicht, wie es scheint. Durch die gläserne Schwingtür mit dem KdF-Symbol des Sonnenrads, das überall auf den Türen prangt, tritt er in die Große Halle. Licht fällt durch die Fenster zur verglasten Promenade. Er bleibt stehen und betrachtet die ausladenden Deckenlüster und die Kassettendecke, getragen von Säulen aus hell lackiertem Holz. Die Parkett-Tanzfläche und das Podium für die Musiker oder wahlweise Redner und andere Vortragende. An den Wänden sind riesige Gemälde mit deutschen Landschaftsszenen, eines mit starken Bauern hinterm Pflug, angebracht. Ein anderes zeigt tanzende blonde Mädchen und ähnliche Motive aus der von den Nationalsozialisten so geliebten Neoromantik. Er erinnert sich, gelesen zu haben, dass sie alle aus der ersten Neuen Deutschen Kunstausstellung in München erworben wurden. Woldemar Brinkmann, der berühmteste Schiffsinnenarchitekt der dreißiger Jahre, hat das alles in persönlicher Abstimmung mit dem Führer und Robert Ley entworfen und einbauen lassen. Monatelang sind die Fotos des Stapellaufes und der ersten Reisen in den Magazinen abgedruckt worden. Jetzt, wo er das alles tatsächlich vor sich sieht, ist Helmut Kehding über die Modernität und den Luxus doch erstaunt. »Für den nationalsozialistischen Arbeiter nur das Beste« ist die Parole der KdF, die ihm in den Sinn kommt. Damit, so muss man zugeben, haben die hier wirklich nicht gegeizt.

In einer Ecke ist Bewegung. Zwei Matrosen schleppen Kisten herein, und zwei Frauen bringen Stapel von Tischwäsche und fangen an, sie zu drapieren. Helmut geht hinüber und entdeckt in den Kisten lange Girlanden mit Hakenkreuzfähnchen. Die Matrosen beginnen sie auszupacken und zu entwirren.

»Was tun Sie da?«

Die Matrosen und Wäschemädchen schrecken auf und sehen ihn erstaunt an.

»Die Vorbereitungen, Herr Kap'tän!«, antwortet der ältere Matrose.

»Welche Vorbereitungen, für was denn?«

»Für den Jahrestag und die Feierlichkeiten zum fünfzigsten *Gustloff*-Geburtstag«, sagt eines der Mädchen verwundert.

»Jahrestag?« Helmut versteht nicht, was sie meint.

»Machtergreifung! Befehl vom Ortsgruppenleiter Escher.«

Helmut richtet sich zu seiner vollen Größe auf und befiehlt:

»Das stellen Sie sofort ein und räumen den Saal aus, komplett. Tische und Stühle müssen raus, dann ist Platz für ein paar hundert Leute! Feiern Sie woanders!«

»Wen wollen Sie denn hier unterbringen?«, fragt das Mädchen erstaunt.

Helmut geht darauf nicht ein.

»In allen anderen Sälen dasselbe. Alles raus, leer machen und mit Matratzen bestücken. Fragen Sie Bootsmann Sterup, der weiß Bescheid.«

KAPITEL 4

In der Lagerhalle ist es wärmer als draußen, aber immer noch bitterkalt. Hunderte Flüchtlinge sitzen, liegen, stehen, drängeln sich aneinander vorbei. Jeder kämpft um einen Platz zum Schlafen. Matratzen haben nur die wenigsten ergattern können. Die Meisten müssen mit dem nackten Boden vorliebnehmen. Wer es auf den ersten oder zweiten Boden der Halle geschafft hat, der hat es etwas besser getroffen, denn der Holzboden da oben ist weniger kalt.

Im Eingangsbereich verweisen große handgeschriebene Schilder auf die entsprechenden Anlaufstellen. »Rotes Kreuz« steht da, »Registrierung«, »Essensausgabe« und »Vermisstenstelle«. Was den Menschen am wichtigsten ist, zeigt sich an den Warteschlangen. Die längsten bilden sich vor der Essensausgabe und der Vermisstenstelle. Frauen, Kinder und Alte stehen frierend und schweigend in den Schlangen. Kaum jemand hat hier noch die Kraft zu reden.

Die Marinehelferinnen tun, was sie nur können, um den Armen ihr Los zu erleichtern. Sie verteilen Decken, bringen denen, die nicht mehr gehen können, heißen Tee oder einen Teller Erbsensuppe. Die Kinder erhalten alle einen Becher heiße Milch. Für viele ist es die erste warme Mahlzeit seit Tagen. Die Schwestern vom Roten Kreuz kümmern sich mit den wenigen Mitteln, die sie zur Verfügung haben, um die Kranken und Verletzten. Viel können sie nicht tun. Verbandszeug ist rar, und Medizin gibt es nur für die wirklich Schwerkranken. Und auch hier mangelt es. Es fällt den Helferinnen schwer, zu entscheiden, wer etwas bekommt und wer nicht. Die Meisten, die bei ihnen vorsprechen, haben schwere Erfrierungen, einige bluten aus Streifschüssen, alle leiden an Husten und Erkältungen, und vor allem die Alten und kleinen Kinder sind total erschöpft. Aber gibt es überhaupt noch einen Gradmesser für Erschöpfung? Alle, die es bis hierher geschafft haben, sind müde, mutlos und tragen tiefe Trauer im Herzen. Alles verlassen zu haben, Haus und Hof, die Tiere und das über Jahrhunderte erarbeitete Gut, weitergegeben über Generationen. Die Gräber der Vorfahren. Die Erwachsenen ahnen, dass sie all das, ihre geliebte Heimat, wohl nie wiedersehen werden. Und wenn, dann bestimmt nicht so, wie sie sie verlassen haben.

Erika Galetschky hat für die Simoneits und Marianne einen Platz auf dem ersten Boden gefunden und führt sie die Treppe hinauf. Berta Burkat ist ihnen vom Schiff bis hierher nachgegangen und hat auch das Intermezzo mit Helmut Kehding beobachtet und sich gefragt, woher diese blonde Königsbergerin wohl den mit der Kapitänsuniform kennt. Misstrauisch folgt sie der Gruppe.

»Ihr setzt euch jetzt hier hin, und ich besorge euch ein paar Decken. Kalli, dahinten liegt Stroh. Geh und hol euch ein paar Arme voll.«

Dankbar lassen sich Lilli und Marianne nieder und strecken die Beine aus. Marianne stöhnt und atmet in ihren Bauch, das Baby strampelt wie verrückt, und sie hat Rückenschmerzen, die kaum noch auszuhalten sind. Aber sie ist froh, dass sie sich endlich ausruhen kann. Jetzt, wo die Anspannung von ihr abfällt, fängt Lilly an zu weinen. Sie wiegt ihre tote Tochter im Arm, und die Tränen laufen ihr über die Wangen.

Erika kommt die Treppe hinauf, geht vorsichtig um ein paar Liegende herum, steigt über andere hinüber und erreicht endlich ihre Schützlinge.

»Das ist alles, was ich finden konnte.«

Sie gibt Lilli drei graue Militärdecken.

»Sie sind ein Engel!«

Lilli legt Sophie neben sich, nimmt die Decken in Empfang und gibt eine an Marianne weiter.

Erika schaut sich vorsichtig um und hockt sich hin.

»Decken Sie das Mädchen lieber zu. Es darf auf keinen Fall auffallen, dass …«

Schnell legt Kalli seine Decke über das kleine tote Mädchen. Lilli nimmt Erikas Hand.

»Warum tun Sie das alles für uns?«

»Kinder gehören zu ihren Eltern …«

Sie schluckt, kämpft mit den Tränen. Lilli mustert sie und versteht.

»Haben Sie Ihre Familie verloren?«

Erika nickt, sie hat Tränen in den Augen.

»Sind beim Bombenangriff umgekommen … in Königsberg …«

»Komm, Kindchen …«

Lilli nimmt Erika in den Arm, wiegt sie liebevoll.

»Sie sind stark, das seh ich … Und dabei kenn ich noch nicht mal Ihren Namen!«

Erika wischt sich die Tränen aus den Augen und setzt sich auf.

»Erika … Erika Galetschky … aus Königsberg.«

»Mein liebes Königsberg … Da bin ich geboren … Wir leben jetzt in Tilsit, da mussten wir alles stehen und liegen lassen, als der Russe kam … Das Mariannchen haben wir unterwegs getroffen, sie ist auch ganz allein.«

Beide schauen zu Marianne. Sie lehnt mit geschlossenen Augen gegen einen Pfeiler und stöhnt leise.

»Ihr Kleines mag sich nicht gedulden, aber es ist keine gute Zeit, auf die Welt zu kommen, nicht wahr?«

»Sagen Sie mir Bescheid, wenn es so weit ist.«

Plötzlich ertönt eine Stimme über ihnen.

»Galetschky! Was tun Sie hier?«

Es ist Berta Burkat. Sie hat die Unterhaltung zwar nicht gehört, aber alles vom Treppenabsatz beobachtet und sich gewundert, was die Galetschky mit diesen Leuten zu tun hat, dass sie so lange Zeit mit ihnen verbringt und sich nicht um die vielen Neuankömmlinge kümmert, wie es ihre Pflicht wäre.

Erika zuckt zusammen, springt auf und steht sofort stramm.

»Hilfeleistung für eine Hochschwangere aus Tilsit«, sagt sie schnell.

»Werdende Mütter gehören in die Sammelstelle, das wissen Sie doch!«

Berta Burkat klingt ungehalten. Unfreundlich schaut sie auf die Gruppe.

»Die Frau kann nicht allein sein ...«, stottert Erika erklärend.

Die Marineoberhelferin mustert Marianne abschätzig.

»Eine deutsche Mutter pflegt die Gemeinschaft! Los, aufstehen und zur Geburtsstation.«

Marianne bleibt sitzen und rückt noch ein bisschen näher an Lillis Seite, die Hände auf ihrem dicken Bauch.

»Ich möchte bitte bei meiner Familie bleiben.«

Verständnislos starrt Berta Burkat sie an.

»Gute Frau, Ihnen sollte aufgefallen sein, dass es hier weder Öfen noch Betten oder Hebammen gibt.«

Marianne schaut auf ihre Knie und beißt sich auf die Lippen.

»Trotzdem. Ich will hierbleiben!«

»Wir kommen von der Memel ... Drei Wochen sind wir schon auf den Beinen, sie braucht nur etwas Ruhe.«

Lilli legt schützend ihren Arm um Marianne.

Jetzt entdeckt Berta Burkat das Bündel zwischen den beiden Frauen. Die Decke hat sich verschoben und gibt Sophies bleiches, fast bläuliches Gesichtchen frei. Misstrauisch beäugt Berta Burkat Sophie. Schnell zieht Lilli die Decke über ihre Tochter.

»Sie schläft ... Unsere Sophie ist so müde, die Angst hat sie krank gemacht! Sie muss Ruhe haben.«

Berta Burkat nimmt das kühl zur Kenntnis. Nun fällt ihr Blick auf Kalli, der sich vorsichtshalber weggedreht hat und ihr den Rücken zukehrt. Er trägt immer noch den Schal um den Kopf. Berta

Burkat will etwas sagen, schluckt es aber hinunter, wendet sich an Erika und sagt barsch:

»Galetschky, in drei Minuten bei mir!« Sie dreht sich abrupt um und geht.

Die drei Frauen atmen auf.

»Hoffentlich hat sie nichts gemerkt. Kalli, du musst aufpassen. Mit der ist nicht zu spaßen, und trauen kann man ihr auch nicht. Sie ist eine von den Hundertprozentigen.«

Erika schaut der Burkat nach. Sie ist nicht mehr zu sehen. Schnell hockt sie sich hin und flüstert:

»… sie fahren alle mit der *Gustloff* nach Kiel, dafür sorge ich!«

Erstaunt sehen Kalli und Marianne sie an.

»Aber die nehmen doch Leute wie uns gar nicht mit!«

Marianne schaut ungläubig. Doch Erika zwinkert ihr aufmunternd zu.

»Abwarten!«

Kalli strahlt.

»Die *Gustloff*! Mama, hörst du? Wir fahren mit der *Gustloff*!«

KAPITEL 5

Die Lautsprecher auf dem Schiff übertragen das Läuten, das zum Abendessen ruft. In den Gängen und verschiedenen Messen ist schlagartig Betrieb. Gelächter und laute Stimmen von Hunderten Männern sind zu hören, Geschirr klappert und Stühle werden gerückt. In der Offiziersmesse geht es ruhiger und gesitteter zu als bei den Mannschaften und der Besatzung. Ganz ruhig ist es in der Kammer des Kapitäns. Da sitzen nur Johannsen und Petri am einzigen großen Tisch. Weiße Tischwäsche, das *Gustloff*-Porzellan mit goldenem Rand und das Silberbesteck mit KdF-Symbol. Hasso liegt nahe der Tür auf dem Boden, hat seinen Kopf auf die Pfoten gelegt und beobachtet jede Bewegung seines Herren. Der sitzt gegenüber von Johannsen, löffelt Suppe und macht Konversation. Besonders gern erzählt er Witze und hat mal wieder einen auf Lager.

»Treffen sich zwei Stabsoffiziere im OKW, fragt der eine: ›Sag mal, was ist eigentlich der Unterschied zwischen einem Leberkranken und unserem Führer?‹ – ›Keine Ahnung.‹ – ›Na: der eine ist leberleidend, der andere ist leider lebend!‹«

Korvettenkapitän Petri lacht laut über seinen Witz. Johannsen hingegen schweigt, lächelt höflich und löffelt weiter seine Suppe.

Helmut Kehding betritt den Raum und bleibt vor dem Tisch stehen. Für ihn ist nicht gedeckt.

»Mahlzeit, die Herren!«

»Spät kommt er, doch er kommt …« Petri schaut hoch, dreht sich zur Tür und ruft. »Ordonanz! Noch ein Gedeck für unseren Kapitän!«

Er zeigt auf einen Stuhl am Kopf des Tisches.

»Setzen Sie sich, Kehding.«

Helmut wirft seine Mütze auf einen Seitentisch und setzt sich. Johannsen legt seinen Löffel zur Seite und schaut ihn an.

»Höre, dass Sie Ihren Rundgang schon begonnen haben. Schon mal ein Schiff wie dies unter den Füßen gehabt?«

»Die ganze Ausbildungszeit. Hamburg–La Plata ... als Wachoffizier auf der *Cap Arcona*, Sommer 39. War nicht ganz so modern wie dieses, aber auch schön.«

Petri mustert ihn forschend.

»Und wie steht's mit Ihrer Ostseeerfahrung?«

»Fünf Jahre: Stettin–Lulea, immer hin und her, Erze, Kohle, Hölzer, alles, was gebraucht wurde. Und in den letzten Monaten Ostseehäfen, hab sie alle gesehen, Pillau bis Swinemünde und Kiel ... Sagen Sie, mein Bruder ist auch hier, wieso das?«

»Er macht Dienst trotz seiner Verwundung ... Bei uns hat er nur die Kammer, schließlich ist er ein alter U-Boot-Mann ... Nicht zufrieden mit dem Quartier?«

Helmut antwortet nicht und wechselt das Thema. Die Ordonanz bringt ein Gedeck und stellt es formvollendet vor Helmut ab.

»Wasser oder Wein, Kapitän Kehding.«

»Wasser, bitte. Danke!«

Zu Johannsen gewandt, sagt er:

»Ich hab mich umgesehen: Der Funkraum ist nicht betriebsbereit, Schwimmwesten fehlen, viele von den Rettungsbooten sind von Bord, es fehlen Flöße. Die Maschinen machen so weit einen guten Eindruck, bis auf den Wellentunnel.«

»Nach einem Luftangriff waren wir in der Werft drüben, aber fragen Sie nicht ...«

Johannsen macht eine Pause:

»Alles Polackenpfusch!«

»Seien Sie gnädig, Kehding: Das Schiff ist vier Jahre nicht bewegt worden!«

Petri löffelt weiter seine Suppe. Helmut wechselt das Thema.

»Ortsgruppenleiter Escher, wer ist das?«

»Chef der Bordwäscherei ... Sie müssten ihn im Kino gesehen haben mit seinen Mädels. Warum?«

Johannsen sagt das mit einem Seitenblick auf Petri, aber ohne interpretierbaren Ausdruck.

»Die großen Säle sind nicht geräumt ... Außerdem seh ich weder Feldbetten noch Matratzen oder Decken in ausreichender Zahl.«

»Was ist für Sie eine ausreichende Zahl?«

Jetzt schaut Petri den alten Kapitän alarmiert an.

»Jeder, der zurückbleiben muss, ist einer zu viel.«

»Trotzdem werden wir das Schiff nicht überladen und uns alle in Gefahr bringen!« Johannsen hat sich aufgesetzt, und sein Gesichtsausdruck zeigt zum ersten Mal Erregung.

»Selbstverständlich nicht ... Aber ich habe den Auftrag, so viele Zivilisten wie möglich mitzunehmen. Befehl ›Hannibal‹ ist ihnen doch bekannt, oder? Die Möglichkeiten der *Gustloff* dürften bei Zehntausend liegen.«

Korvettenkapitän Petri atmet hörbar aus. Hasso erhebt sich und stellt sich neben ihn.

»Dieses Schiff ist Stützpunkt der U-Boot-Ausbildung, das vergessen Sie mal nicht. Ich hab da auch noch ein Wörtchen mitzureden.«

Helmut löffelt schweigend weiter.

»Sie ... Herr Kapitän ... sind hier nicht der militärische Transportleiter!«

»Nein, aber ich hab das Schiff nach Kiel zu führen, sicher und optimal beladen!«

»Zehntausend Menschen sind nicht optimal!«, mischt sich Johannsen ein.

»Wann waren Sie zuletzt da draußen?«

Helmut zeigt zum Fenster. Petri steht auf und sagt in schneidendem Ton:

»Ich geh davon aus, dass Sie Kap'tän Johannsen respektieren … Er hat schon Schiffe geführt, da waren Sie noch am Wolkenschieben!«

Mit kurzen Schlägen ans Hosenbein ruft er den Schäferhund zu sich und verlässt grußlos den Raum. Johannsen legt seine Serviette ab und seufzt.

»Ersparen Sie mir doch bitte solche Debatten, Kehding, unsere Lage ist schon unerfreulich genug!«

Auch er steht auf und verlässt ohne ein weiteres Wort den Raum.

»An mir soll's nicht liegen, aber Kompetenzgerangel ist das Letzte, was wir jetzt noch brauchen können«, murmelt Helmut zu sich selbst und lehnt sich in seinem Stuhl zurück.

Nach dem unerfreulichen Abendessen wandert Helmut nachdenklich zu seiner Kammer. Er schließt auf und zögert: Auf dem unteren Bett liegt Harald in voller Uniform, er hat sich zur Wand gedreht und scheint zu schlafen. Leise schließt Helmut die Tür hinter sich, mustert den Bruder forschend, dann geht er zum Schrank, öffnet den Koffer und beginnt auszupacken.

»Du hast dir ja schon echte Freunde gemacht!«

Überrascht dreht Helmut sich um.

»Du bist wach?«

Harald richtet sich auf und verzieht gleichzeitig das Gesicht. Er hat brennende Schmerzen im Bauch.

»Im Lazarett haben sie mich irgendwie falsch zusammengenäht, die Idioten.«

Helmut geht darauf nicht ein.

»War das deine Idee, wir beide hier?«

»Wir hatten's schon enger … im Jollenkreuzer.«

Harald macht es sich bequem, stützt sich auf den linken Arm.

»Das ist lange her.«

Harald schließt die Augen, scheint gar nicht ganz da zu sein, während Helmut weiter seine Sachen in den Schrank räumt.

»Die Überraschung ist dir mal wieder gelungen ... Aber wenigstens Mutter hättest du was schreiben können, sie denkt, du liegst immer noch drüben in Pillau.«

Harald reagiert nicht.

»Ich hab gehört, du fährst mit nach Kiel, um dich endlich operieren zu lassen ... Was machst du hier den lieben langen Tag?«

Immer noch keine Reaktion.

»Redest du nicht mit mir, oder wie?«

Helmut hört auf auszupacken und schaut seinen Bruder an.

»Ich war nie ein Mann für die Kriegsmarine ... Das ändert sich auch nicht mehr!«

Jetzt endlich sagt Harald etwas. Aber in seiner Stimme schwingt Bitterkeit mit.

»Das Leben ist keine Kreuzfahrt, Kleiner. Die Welt erwartet dich nicht mit offenen Armen.«

Helmut schleudert ein Hemd in den Koffer zurück und wendet sich genervt um.

»Euern Endsieg kriegt Ihr auch alleine hin.«

Harald schlägt die Augen auf und blickt starr auf die Unterseite des oberen Bettes.

»Du hast schon immer alles richtig gemacht ... Da muss sich die Mutter gar keine Sorgen machen ... Die Drecksarbeit macht ja der böse Harald!«

»Die alte Leier ... Wie soll das hier gehen mit uns?«

»Als Jungs, wenn wir nach Helgoland gesegelt sind, warst du nicht von der Pinne wegzukriegen ... Jede Bö hast du gerochen, lange bevor sie uns reingeknallt ist!«

»Ich hab dich was gefragt!«

»Das Schiff untersteht der U-Boot-Waffe, du wirst dich unterordnen.«

»Ich hab auch nicht zu Hause gesessen seit 39.«

»Du hast es dir auf der Ostsee gemütlich gemacht. Während die Kameraden im Atlantik gefallen sind, fährst du nur zur See, wenn die Sonne scheint!«

Wütend packt Helmut seine Sachen zurück in den Koffer und lässt ihn zufallen.

»Das hat doch keinen Sinn mit uns beiden hier in einer Kammer, Harald.«

Jetzt steht Harald lachend auf, geht zu seinem Bruder, packt ihn an den Schultern und sieht ihn an.

»Komm, Kleiner ... Reg dich ab! Das Beste auf diesem Schiff hast du doch noch gar nicht gesehen!«

Widerstrebend folgt Helmut seinem Bruder auf den Gang. Aber er ist nicht nachtragend, und seine Wut ist schon wieder verraucht. Im Gang ist nur noch das Nachtlicht an. Harald geht Richtung Heck, vorbei an völlig gleich aussehenden Kammertüren mit kleinen weißen Nummernschildern. Ganz am Ende des B-Decks öffnet er eine Tür, auf der »Bordwäscherei« steht. Es ist warm und riecht unverkennbar nach Waschmittel und Plätteisen. Mehrere Kammern sind hier zusammengelegt. In einer stapeln sich Weidenkörbe, und Berge von Schmutzwäsche liegen, nach Farben sortiert, auf langen Tischen. Drei riesige eiserne Waschmaschinen stehen in einer Reihe an der Wand, mehrere Zuber und Zinkwannen davor. In einem Raum gegenüber stehen Bügelbretter und eine große Mangel mit einer breiten Walze, die mit beigefarbenem Moltontuch bespannt ist. Die fertige Wäsche stapelt sich auf Kante gelegt in Schränken und Regalen an den Wänden. Hier herrscht penible Ordnung und Sauberkeit.

Harald öffnet, ohne anzuklopfen, eine Tür, hinter der laut gesungen wird. Ortsgruppenleiter und Wäschereichef Escher thront in der Mitte auf einer Bank. Rechts und links von ihm je ein fröhliches Mädchen, um das er seine Arme gelegt hat. Andere Mädchen und ein paar Offiziere der U-Boot-Waffe sitzen auf den übrigen Stühlen. Auf dem Tisch stehen Gläser und verschiedene Flaschen: Bier, Riesling, Cognac und Schnaps. Über die Lampen an der Wand hat jemand rote Schals gelegt, die ganze Kammer ist in schummriges Licht getaucht.

Als Harald mit seinem Bruder eintritt, ist die Party in vollem

Gang, die meisten Anwesenden sind schon ziemlich beschwipst und schauen mit glasigen Augen die neuen Gäste an.

»Kaleu Kehding. Herein, herein mit Ihnen. Wir haben Sie schon erwartet. Wen haben Sie denn da mitgebracht?«

PG Escher grinst anzüglich, Harald übersieht es geflissentlich.

»Darf ich vorstellen: mein Bruder, Kapitän von diesem schönen Schiff!«

Harald zieht an seinem Schlipsknoten, öffnet den ersten Hemdknopf und setzt sich. Sofort steht eines der Mädchen, blond und mit sehr rotem Lippenstift, auf und bugsiert sich auf seinen Schoß, legt ihm kichernd den Arm um den Hals. Sie scheinen sich nicht unbekannt zu sein, denn sie beginnt unverzüglich an Haralds Ohr zu knabbern. Helmut hat sich auf einen Stuhl am Ende des Tisches gesetzt. Ihm ist die Stimmung hier ziemlich unangenehm. Er gießt sich einen Cognac ein und hält sich am Glas fest. Neben ihm bemerkt er ein Mädchen mit langem braunem Haar. Sie trägt ein tief ausgeschnittenes Kleid, das alle Vorzüge ihrer Figur sichtbar macht. Sie rückt näher an ihn heran und beginnt mit Helmut zu flirten.

»Ich bin die Traudl, Wäschemädchen meines Zeichens. Entspannen Sie sich. Wir beißen hier nicht.«

PG Escher streckt sein Glas lachend über den Tisch.

»Ihr Bruder ist ein Urgestein deutscher Seefahrt, da können Sie so falsch nicht sein … Auf den Führer!«

Helmut stößt mit ihm an und gibt sich freundlich, obwohl diese Gesellschaft ihm nicht angenehm ist. Ihm ist klar, dass er unter genauer Beobachtung steht.

»Komm, kleiner Bruder, mach dich locker …«

Harald hat schnell ein paar Whiskys gekippt, und seine Wangen glühen.

»Danke … prima Whisky, aber ich muss früh raus … Es gibt viel zu tun … Gute Nacht!«

Harald stellt das Glas ab und steht auf.

»Kommen Sie gern wieder. Herr Kapitän, hier ist immer was los!«, grölt Escher.

Helmut lächelt gequält, geht zur Tür und ist froh, als er wieder draußen auf dem Gang zwischen den Passagierkabinen steht.

PG Escher schaut ihm nach. Dann wendet er sich zu Traudl und gibt ihr mit einem Kopfnicken zu verstehen, dass sie Helmut nachgehen soll. Traudl kapiert, zieht schnell ihre Lippen nach und verlässt die Party.

Helmut ist mit dem Aufzug aufs Obere Promenadendeck gefahren und an die Reling getreten. Es ist dunkle Nacht. Nirgendwo ein Licht zu sehen. Stadt und Hafen sind wegen der Gefahr von Luftangriffen vorschriftsgemäß abgedunkelt. Eiseskälte kriecht ihm in die Glieder. Er hat seinen Mantel in der Kammer gelassen. Reling und Umgänge sind von einer glasigen Eisschicht überzogen. Man muss aufpassen, dass man nicht ausrutscht. Unten am Kai stehen immer noch mehrere hundert Flüchtlinge. Unfassbar, bei dieser Kälte. Helmut schlägt seinen Jackenkragen hoch. Er blickt hinüber zum Lagerschuppen, wo irgendwo Erika ihren Dienst tut. Er hatte ihr versprochen, heute Abend noch zu ihr zu kommen.

»Ob sie wohl schon Dienstschluss hat?«

Helmut schaut auf seine Uhr.

»Zehn! Na, da müsste sie eigentlich fertig sein.«

Hinter ihm klappt eine Tür. Als er sich umdreht, steht Traudl da und bibbert übertrieben. Lächelnd kommt sie zu ihm und hakt ihn unter.

»He, Seemann … Willst du, dass ich erfriere?«

Helmut entzieht sich ihr.

»Wieso gehen Sie mir nach?«

»Warum wohl … du Goldstück?«

Sie schmiegt sich an ihn, sehr eng. Er spürt ihre Brüste durch seine Uniformjacke.

Helmut macht sich von ihr los und tritt einen Schritt zurück.

In dem Moment sind Stimmen und lautes metallisches Kreischen am Heck unter ihnen zu hören.

»Was machen die da?«

Helmut tritt an die Reling und beugt sich vor.

Ein Schwimmkran hat das Flakgeschütz angeliefert, und nun hieven einige Matrosen und Männer der Lehrdivision mit dem Ladekran der *Gustloff* die Einzelteile des Vierlingsgeschütz an Bord und beginnen mit der Montage der Unterbauten auf dem Brückendeck. Korvettenkapitän Petri steht mit Lederjacke und hochgeschlagenem Pelzkragen dabei und treibt die Leute zur Eile an.

Helmut zieht Traudl schnell in eine dunkle Ecke.

»Der muss mich hier nicht sehen.«

»Niemand muss uns sehen, Süßer, wir sollten in deine Kammer gehen …«

Sie sieht ihm tief in die Augen und versucht ihn zu küssen. Helmut packt ihre Handgelenke und hält sie fest.

»Tun Sie das nie wieder! Klar?«

Mit einem Ruck stößt er sie von sich und geht. Traudl schaut ihm konsterniert und wütend nach.

»Schlappschwanz!«, ruft sie laut hinter ihm her.

Zornig holt sie eine Zigarette aus ihrer Tasche, steckt sie an. Tief zieht sie den Rauch ein und bläst eine weiße Wolke gen Himmel.

Helmut ist zur Brücke hinaufgestiegen, immer noch ärgerlich über diese aufdringliche Frau. Wie kann sie es wagen? Er sieht sich auf der Brücke um. Leer und verlassen liegt sie da, nur ein abgedunkeltes Nachtlicht erhellt einen kleinen Bereich. Helmut schiebt die Tür zur Steuerbordnock auf und tritt hinaus. Es ist höllisch glatt am Boden, und er hält sich an der Reling fest, um nicht auszurutschen. Von der See her weht ein leichter Wind. Der Mond steht groß und rund mit einem bleichen Hof am Himmel. Auf dem Sonnendeck wird weiter an der 3,7-Zentimeter-Flak geschraubt. Die sind doch verrückt, denkt Helmut. Ein Schiff voll von Flüchtlingen und dann ein gut zu erkennendes Geschütz an Bord. Das lädt die feindlichen Flieger ja geradezu ein …

»Na, Herr Kap'tän … Können Sie auch nicht schlafen?«

Erschrocken fährt Helmut herum. Bootsmann Sterup steht hinter ihm.

»Ich hab Sie nicht kommen hören, Sterup. Schlafen? Na, die nächsten drei Tage wird daraus nicht viel werden.«

Der Bootsmann lehnt sich neben ihn an die Reling.

»Man hört munkeln, Sie wollen die U-Boot-Leute in Kiel absetzen und das Schiff behalten?«

»Sagen wir mal: Der Seetransportchef will es … Und ich halte es für eine sehr gute Idee … Wir bringen die Zivilisten nach Flensburg, da ist es ruhiger.«

»Wer den Menschen hier draußen helfen will, braucht ein Schiff wie dieses …«

Helmut nickt.

»Da werden sich die U-Boot-Freunde wohl fügen müssen.«

»Ja. Die *Robert Ley* hat's vorgemacht. Ist am 25. aus Pillau ausgelaufen mit der ersten ULD und fünftausend Flüchtlingen. Großes Geleit und heute Morgen alle wohlbehalten in Swinemünde angekommen. Sagen Sie, was wissen Sie über die dienstlichen Aufgaben meines Bruders?«

Der Bootsmann wiegt den Kopf und antwortet zögernd:

»Alter U-Boot-Mann … Als Kommandant soll er alle möglichen Sondereinsätze gefahren haben … bis vor die Küste von New York … Agenten und so was.«

»Das habe ich gehört, aber was macht er heute?«

Achselzuckend wendet sich Sterup ab und sieht hinaus zur See. Helmut insistiert nicht weiter und schaut auf die Uhr.

»Muss los, Sterup. Gute Nacht.«

Helmut holt seinen Mantel und die Mütze aus der Kammer und macht sich auf den Weg. Auf der Stelling trifft er auf einen Wachmatrosen, der gegen das Geländer lehnt und eine Selbstgedrehte raucht. Als er Helmut sieht, nimmt er sofort wieder die vorgeschriebene Haltung an und versteckt seine Zigarette in der hohlen Hand.

»Entschuldigung …«

»Schon gut, Matrose. Rauchen Sie nur weiter.«

»Sie sind der neue Kapitän, nicht wahr?«

Helmut nickt und sieht über den Hafen. Nebelschwaden wabern über dem Wasser. Doch es hat aufgeklart, der Himmel ist voller glitzernder Sterne, und der Mond steht über den dunklen Umrissen der Hügel von Oxhöft. Er ist fast voll, nur ein winziges Stück fehlt noch zum vollendeten Kreis. Es muss weit unter dem Gefrierpunkt sein, denkt Kehding und spürt, wie die Kälte an ihm hochkriecht. Unten am Tor werden gerade nach strenger Kontrolle durch Wachmatrosen und Feldpolizisten Menschen durch die Absperrung gelassen. Frauen, Kinder und Großeltern sammeln sich auf dem Vorplatz. ULD-Männer und Männer von der Mannschaft nehmen die Leute in Empfang, umarmen sie, nehmen die Kinder auf den Arm. Alle haben mehrere Koffer und Kisten, Rucksäcke und die mit Säuglingen ihre Kinderwagen dabei. Andere ziehen einen Wagen mit ihren Habseligkeiten vor das Schiff.

»Sind das die Angehörigen der U-Boot-Leute?«

»Jawohl, Herr Kap'tän. Seit neun Uhr dürfen sie aufs Schiff. Darf ich fragen, wann es endlich losgeht?«

»Wenn wir seeklar und beladen sind. Warum?«

»Mein Mädchen in Kiel … Wir kriegen ein Kind, und es ist bald so weit. Da würde ich gerne daheim sein.«

Helmut lächelt und zwinkert dem werdenden Vater zu.

»Na … dann werden wir uns mal beeilen, was?«

KAPITEL 6

Helmut Kehding öffnet das Tor zur Lagerhalle. Es ist ruhig und dunkel. Die Flüchtlinge haben sich zur Nacht auf dem blanken Boden einigermaßen eingerichtet. In ihre Decken und Mäntel gewickelt, sieht es aus, als ob die ganze Halle voller Säcke läge. Es riecht nach Kohlsuppe, feuchter Wolle und ungewaschenen Körpern. Atemzüge sind zu hören, Schnarchen und hier und da ein Husten. Helmut Kehding entdeckt einen Lichtschein aus dem verglasten Kontor und sieht dort jemanden sitzen. Leise bahnt er sich den Weg durch die schlafenden Menschen. Da taucht aus dem Dunkel eine junge Marinehelferin auf, mit einem Pappkarton unter dem Arm. Helmut fängt sie ab.

»Guten Abend. Können Sie mir helfen? Ich suche die Marinehelferin Erika Galetschky, die soll hier irgendwo eingesetzt sein.«

Unsicher sieht die junge Frau sich um. Im Kontor sitzt Berta Burkat. Sie hat den Finger auf die Zeilen ihres Buches gelegt, um die Stelle nicht zu verlieren, bis zu der sie gerade gelesen hatte. Aus den Augenwinkeln hat sie die Bewegung in der Halle wahrgenommen und schaut jetzt misstrauisch und interessiert herüber. Sie erkennt Helmut Kehding.

»Schon wieder der …«, sagt sie laut zu sich selbst und erhebt sich.

Die Marinehelferin ist stehen geblieben und flüstert:

»Im Hof hinter der Halle … Aber von mir haben Sie's nicht!«

Sie will schnell weiter, doch Helmut entdeckt Karten mit dem Emblem der *Gustloff* in dem Karton, den sie trägt.

»Stopp mal. Was ist das denn?«

»Bordkarten für die *Gustloff*. Habe ich grad aus der Druckerei abgeholt.«

»Bordkarten? Wer soll die denn ausgeben?«

»Wir, denk ich ... Und irgendwelche Parteistellen.«

Helmut lässt sie gehen, nickt Berta Burkat zu, die immer noch in ihrem Glaskontor steht wie in einem Aquarium, und sieht sich nach einem Hinterausgang um.

Auf dem Hof angekommen, bleibt er stehen. Der Schnee reflektiert das Mondlicht, und es ist hell genug, um sich zu orientieren. Kisten und Taue stapeln sich an der Lagerwand. Eine Art große Holzkiste mit zwei Türen steht etwas abseits. Auf den Türen Pappschilder mit der Aufschrift »Männer«, »Frauen«.

Mein Gott, denkt Kehding. Zwei Klos für so viele Menschen. Grauenhaft!

Links von ihm entdeckt er das Aufglühen einer Zigarette.

Erika! Sie sitzt auf einer Kiste und schrickt hoch, als sie Kehding kommen hört. Schnell wirft sie ihre Zigarette in einen Putzeimer, der neben ihr steht, rückt ihr Barett zurecht und greift nach dem Mopp, den sie an die Wand gelehnt hatte.

»Moin. Hallo ...«

Erika atmet tief durch.

»Ach du bist es! Und ich dachte, die Burkat hat mich schon wieder am Haken!«

»Strafdienst? Hat sie dich zum Kloschrubben verdonnert?«

»Mein Schicksal.«

Sie lächelt ihn an.

»Egal!«

Helmut tritt von einem Fuß auf den anderen. Er fühlt sich unsicher. So viele Briefe und jetzt steht sie vor ihm. Er weiß nicht, was er sagen soll.

»Dass du da bist ... Ich kann's gar nicht glauben!«

Erika fällt ihm um den Hals.

»Ich lass dich nie mehr los.«

Liebevoll hält er sie fest, spürt ihren warmen Körper.

»Ich dich auch nicht … Gibt's irgendwo ein lauschigeres Plätzchen?«

»Musst du denn nicht auf der *Gustloff* sein?«

Sie löst sich von ihm, zeigt auf ihre Uhr.

»Es ist schon spät!«

»… schlafen kann ich immer noch.«

… nach dem »Endsieg«? Verhalten schauen die beiden sich an. Schnell nimmt Erika seine Hand.

»Komm …«

An einer Stahltür angekommen, sucht Erika in den Mauerritzen, findet einen Schlüssel und schließt auf. Nachdem sie mit Helmut hineingegangen ist, schließt sie wieder ab.

»Ich hab zufällig gesehen, wie einer den Schlüssel da hingetan hat … Hier versteck ich mich … zum Beispiel, um deine Briefe zu lesen!«

Sie stehen in einem Raum voll alter Lagerbestände: übereinandergestapelte Bettgestelle, alte Matratzen, Kisten und Kästen. Erika lässt sich auf einen Stapel Säcke und grauer Decken fallen.

»Mein Refugium. Schau!«

Sie hebt eine Kiste an, darunter liegt eine Taschenlampe, mehrere Bücher und eine Blechdose für die Zigarettenkippen. Helmut zieht seinen Mantel aus, wirft ihn samt Mütze auf eine der Kisten und lässt sich neben ihr nieder. Erika hat die Taschenlampe angeknipst, der Lichtkegel bescheint ihre Füße, und sie können wenigstens ihre Umrisse erkennen. Ansonsten ist es stockdunkel in dem Lagerraum.

»Ist nicht schlecht hier. Sogar einigermaßen warm.«

Er dreht sich zu ihr, nimmt sie in den Arm.

»Was du von Königsberg geschrieben hast …«

»Alles kaputt … Und ich dachte, auf Königsberg fallen keine Bomben … Aber die ganze Altstadt, unsere Gasse, der Buchladen … meine Eltern … Ich hab nur noch dich, Helmut!«

Hilflos sieht sie ihn an. Er nimmt sie noch fester in den Arm, spürt die Feuchtigkeit ihrer Tränen auf seiner Wange.

»Das bleibt auch so. Ich bin immer für dich da. Versprochen.«

»Aber wie geht's jetzt weiter?«

»Du kommst zu mir an Bord ... Das wird ein bisschen Ärger geben, aber das schaffe ich schon ... In Kiel setzen wir die U-Boot-Leute ab, alle anderen bring ich nach Flensburg, und von da fährst du zu meiner Mutter ... Unser Haus liegt ab vom Schuss, da draußen am Deich bist du sicher.«

»Du hast das so schön beschrieben: das alte Haus, das große Strohdach, das Wattenmeer ... Wie du mit deinem Bruder gesegelt bist ... Ich hab mich an deinen Briefen festgehalten, ich lese sie immer wieder.«

»Ich deine auch.«

Erika zieht ihre Halskette aus dem Kragen, an dem ein kleiner Kompass aus Gold hängt, der in dem schummrigen Licht glänzt.

»Guck, dein Weihnachtsgeschenk: Ich bin auf Kurs geblieben ...«

»Wie schön! Du trägst ihn!«

Er lässt den Anhänger durch seine Finger gleiten. Er fühlt sich warm an.

»Willst du wirklich mit mir alt werden ... da draußen an deinem Elbedeich?«

Helmut lacht.

»Irgendwann ... Ich fahr zur See, seit ich siebzehn bin ... Das wird erst mal auch so bleiben, die Kehdings fahren seit Jahrhunderten zur See. Und alt werden wir zwei beide noch lange nicht.«

Erika schmiegt sich an ihn und seufzt. Zum ersten Mal seit Tagen entspannt sie sich.

»Ein Seemann! Was für ein Glück, dass dein Schiff im Sommer in die Werft musste ... Stell dir vor, wir wären uns nie begegnet!«

»Das will ich mir gar nicht vorstellen.«

»Warum haben sie dich eigentlich von deinem Schiff weggeholt, hierher?«

»Auch auf der Ostsee wird jetzt gekämpft ... Und die netten

Schweden verscherbeln ihr Erz inzwischen lieber an den Russen. Da gab es für mich nichts mehr zu transportieren.«

»Wir lassen die ganze Welt bluten, hat mein Vater gesagt … Aber der Krieg kommt zu uns zurück, und dann bezahlen wir … für alles!«

Helmut zieht sie an sich und flüstert:

»Ich liebe dich …«

Sie küssen sich, eng umschlungen. Jetzt, wo sie sich wiedergefunden haben, können sie gar nicht voneinander lassen. Endlich werden die Versprechungen, die sie sich nur auf dem Papier geben konnten, eingelöst.

Doch plötzlich löst sich Erika und steht auf. Erstaunt schaut Helmut sie an.

»Warum hab ich das verfluchte Gefühl, ich darf nicht mehr glücklich sein?!«

Helmut streckt ihr die Hand hin, will sie wieder zu sich herunterziehen. Doch sie bleibt stehen, verschränkt die Arme. Ihre Wangen glänzen feucht.

»… ohne dich hätte ich mich wahrscheinlich schon von irgendeinem Dach gestürzt … Ich hab's so satt … die Burkat, Gotenhafen, den Krieg …!«

Wieder streckt er ihr die Hand hin – sie greift nicht zu. Stattdessen wechselt sie abrupt das Thema.

»Bei dir auf der *Gustloff* ist übrigens ein Vetter von mir.«

»Ach ja?«

»Er ist Funker. Bei der Marine. Hagen, Hagen Koch aus Memel … zehn Jahre älter als ich. Unsere Mütter waren Schwestern. Der einzige Verwandte, den ich noch hab.«

»Und wie ist der so?«

»Ein komischer Kerl, immer schon.«

»Immerhin … Familie! Mein Bruder ist auch hier, macht irgendwas bei der KMD, keiner weiß genau, was. Und erzählen will er's mir auch nicht.«

»Du bist auch nicht gerade begeistert, dass dein Bruder da ist.«

»Der muss nur mal runter von seinem hohen Ross, dann ist er ganz in Ordnung.«

Plötzlich heulen draußen die Sirenen los: Voralarm, Erika erstarrt, wird stocksteif.

»Bomber ... Nein!«

In ihrer Stimme schwingt Panik. Helmut springt auf.

»Raus hier!«

Erika stürzt zur Tür, schließt auf, und ohne auf ihn zu warten, rennt sie hinaus.

»Erika! Warte!«

Helmut greift sich Mantel und Mütze und rast hinter ihr her.

Von den Dächern heult es ohrenbetäubend. Flak-Scheinwerfer auf der Oxhöfter Höhe fingern in den Nachthimmel, das Dröhnen von Flugzeugen ist zu hören, kommt unaufhaltsam näher. Erste Abwehrfeuer donnern los. Auf den Kais bricht das Chaos aus. Hysterisch schreiend rennt alles durcheinander. Aus der Lagerhalle strömen die Menschen, stauen sich in der engen Tür, schubsen, stolpern, drängeln rücksichtslos. Kinder weinen. Und immer noch heulen die Sirenen. In jedem Winkel, jeder Ecke suchen die Menschen Deckung.

Helmut hat Erika entdeckt, die ohne Sinn und Verstand hin und her rennt, völlig außer sich. Endlich kann er sie einfangen und festhalten. Sie wehrt sich, will sich losreißen, trommelt mit Fäusten auf ihn ein, doch er hält sie nur fester – endlich ergibt sie sich und lässt sich willenlos mitziehen. Helmut sucht Deckung zwischen zwei Lastwagen, und sie klammern sich aneinander.

Das Dröhnen über ihnen ist jetzt so laut, dass die Luft zu vibrieren scheint. Jeden Moment muss das Heulen der ausgeklinkten Bomben einsetzen, das Inferno beginnen.

Lilli, Marianne und Kalli sind in der Lagerhalle sitzen geblieben. Wo sollen sie auch hin? Die Massen verstopfen den Niedergang. Hier kommen sie so schnell nicht raus. Kalli versteckt sein Gesicht im Schoß der Mutter. Marianne klammert sich zitternd an Lillis Arm. Sie umklammert ihren schwangeren Bauch.

»Mein Kleines, nicht mein Kleines ...«

»Wir bleiben zusammen, hört ihr? Was auch passiert!«

Lilli streicht Marianne über den Kopf. Sie scheint weit und breit die Einzige zu sein, die die Nerven behält. Leise beginnt sie das Vaterunser zu beten.

Unten in der Halle versucht Berta Burkat panisch schreiend die Menschen um sich herum zu Marschkolonnen zu formieren. Marinehelferinnen scheuchen die Frauen und Kinder mal hierhin, mal dorthin. Ein einziges planloses Durcheinander.

Dann ruft plötzlich jemand:

»Hört! Hört doch: sie fliegen vorbei!«

Schlagartig werden die Menschen ruhig, wenden die Augen gen Dach und horchen nach oben. Und richtig: Das Dröhnen entfernt sich ohne eine einzige Detonation.

Die Sirenen geben kurz darauf Entwarnung. Die Menschen beruhigen sich wieder. Als wenn nichts geschehen wäre, kommen sie aus ihren Verstecken und gehen zurück zu ihren Schlafstellen.

Auch Helmut und Erika kommen wieder zu sich und stehen auf. Fest aneinandergeklammert spüren sie ihre Herzschläge, ihren stoßenden Atem.

»Helmut, wir leben.«

»Ja, wir leben ...«

Sie sehen sich in die Augen und küssen sich. Weltvergessen, erleichtert.

Plötzlich ertönt eine Stimme hinter ihnen:

»Das darf doch nicht wahr sein!«

Große Hände fassen zwischen die beiden und drängen sie auseinander, schieben Erika zur Seite. Helmut dreht sich wütend um.

»Sind Sie wahnsinnig, Mann?!«

Er packt den Mann am Kragen. Als der sich mit erhobener

Faust zu ihm umdreht, erkennt er den Mann, den er im Funkraum der *Gustloff* gesehen hatte.

»Aufhören! Auseinander!«

Erika hat sich vom Schrecken erholt und wirft sich zwischen die beiden.

Doch Helmut lässt nicht locker. Immer noch hält er den Mann fest. Er kocht vor Wut. Was fällt dem Kerl ein!!

»Bitte, Helmut … Lass ihn los. Das ist Hagen, mein Vetter!«

Endlich lässt Helmut ihn los. Hagen Koch rafft sich zusammen, erkennt den Kapitän seines Schiffes und streckt kleinlaut die Hand aus.

»Hagen Koch, Herr Kap'tän. Tut mir leid …«

»Der Funker … Ich hab Sie schon an Bord gesehen.«

»Ja, seit drei Tagen … Koch, Oberfunkmaat. Ich muss mich entschuldigen, aber … auf offener Straße, die eigene Kusine …«

Helmut ergreift endlich die immer noch ausgestreckte Hand des Mannes.

»Kehding.«

»Alles klar …«

Jetzt mischt sich Erika erleichtert ein.

»Hagen, ich hab dir von ihm erzählt: Helmut ist der vom Sommer, aus Königsberg … Er kam in unseren Laden, und ich musste ihm immer neue Bücher zeigen, bis ich endlich kapiert hab, dass es ihm längst nicht mehr um die Bücher ging …«

Sie fängt Helmuts Blick auf und lächelt. Die Erinnerung an damals ist so schön.

»Wir haben uns seither nicht gesehen.«

»Trotzdem: Mitten auf der Straße … Du trägst eine Uniform, Mädchen!«

Hagen Koch sagt das mit Bestimmtheit und verfällt dabei in seinen ostpreußischen Heimatdialekt.

»Erika fährt mit auf der *Gustloff* … nach Kiel.«

Helmut zwinkert Erika zu, die erst erstaunt guckt und dann glücklich lächelt.

»Auf der *Gustloff*? Das wirst du ganz bestimmt nicht tun!« Hagen Kochs Stimme ist überlaut und eindringlich. Er packt Erika am Arm.

»Du bist an deine Dienstgruppe gebunden, da wirst du dich nicht einfach absetzen, dafür stellen sie dich an die Wand!«

»Das regeln wir schon.«

Helmut hat jetzt genug davon. Er versteht nicht, warum Erikas Vetter derart heftig reagiert, und will diese ungemütliche Unterhaltung endlich beenden. Doch Hagen Koch lässt sich nicht abwimmeln.

»Nein und noch mal nein! Erika, du fährst nicht mit der *Gustloff* ... Mädchen, du machst dir überall Feinde ... Wie dein Vater: Immer gegen an!«

»Tu nicht so, als würdest du mich kennen!« Erika fühlt Ärger in sich hochsteigen.

»Du hast mich verstanden: Nur über meine Leiche!«

Damit wendet Hagen Koch sich ab und geht.

»Was ist los mit dem Mann? Der sollte sich doch eigentlich für dich freuen!«

»Ich weiß auch nicht ... seine Frau ist noch in Memel, da sind jetzt die Russen ... vielleicht deswegen?«

»Wann kommst du aufs Schiff?«

»Das geht nicht so einfach, Helmut ... Die Burkat will mich bestimmt nicht gehen lassen ... Jetzt hat mich nur der Fliegeralarm gerettet, sonst würde sie mich gleich in Stücke reißen ... Bin viel zu lange weg!«

Schnell küsst sie ihn und ist schon verschwunden, bevor er noch etwas sagen kann. Irritiert sieht Helmut ihr nach und macht sich auf den Weg zur *Gustloff*. Noch eine Mütze voll Schlaf, bevor es hier morgen richtig losgeht.

Als er um die große Lagerhalle herumgegangen ist, entdeckt er Hagen Koch in der Menschenmenge vor sich. Der große strohblonde Ostpreuße überragt die Meisten um mehrere Zentimeter. Und Erika ist bei ihm. Sie diskutieren, beide fuchteln mit den

Händen in der Luft. Dann plötzlich dreht sich Erika um und geht. Hagen Koch wartet kurz und setzt seinen Weg erst fort, als Erika nicht mehr zu sehen ist. Helmut wundert sich, warum der Kerl nicht zum Schiff, sondern in entgegengesetzter Richtung davongeht. Wo will der um diese Zeit noch hin?

Vor ihm überquert Koch die Straße und steuert zielstrebig eines der Häuser am Rande des Hafens an. Helmut folgt ihm vorsichtig, bleibt im Schatten des letzten Schuppens. An einem Ladengeschäft schaut sich Hagen Koch um, dann klopft er an, und kurz darauf öffnet sich die Tür. Der Funker ist verschwunden.

Helmut drückt sich an den Hauswänden entlang, bis er vor dem Gebäude steht: ein Elektroladen. Schwarz glänzt das Schaufenster. Der Mond spiegelt sich darin. Helmut legt die Hände an die Schläfen und schaut in den Laden hinein. In den Auslagen ein Volksempfänger und mehrere Steckdosen, eine Rolle Kabel ist zu einer Schnecke aufgerollt. An der Rückwand hängt ein Werbeschild für den Nipkow-Fernseher 1938.

Dunkelheit, kein Mensch zu sehen. Helmut schleicht sich zur Tür und horcht. Stille.

Vorsichtig und ohne dass seine Stiefel ein Geräusch machen, geht Helmut den Weg zurück zum Kai. Was hat der Funker mitten in der Nacht in einem Elektroladen zu suchen? Helmut wundert sich. Doch dann beruhigt er sich mit der Erklärung, dass der Mann wahrscheinlich sein Liebchen besucht. Was anderes hat er ja schließlich auch nicht getan, oder? Und damit sind seine Gedanken wieder bei Erika. Beschwingt setzt er seinen Weg fort.

Vorsichtig und leise schließt Helmut die Tür zu seiner Kammer auf und knipst das Licht an. Beide Kojen sind leer. Harald ist nicht da. Der kann sich doch nicht immer noch mit den Wäschemädchen und diesem Escher herumtreiben, denkt er und beginnt sich auszuziehen. Jetzt erst merkt er, wie müde und erschöpft er ist. Es war ein langer Tag, und er freut sich auf sein Bett.

Da rumst es plötzlich, und die Kammertür fliegt auf. Harald platzt herein. Die Haare zerzaust, das Gesicht gerötet. Im Arm hält er das blonde Mädchen, das sich vorhin auf seinem Schoß räkelte und ihn so ungeniert angemacht hat. Auch sie sieht ziemlich derangiert aus, hat die Bluse weit geöffnet und kichert blöde. Ohne Helmut zu beachten, bugsiert Harald die Blondine zu seiner Koje und lässt sich mit ihr auf die Matratze fallen.

Helmut kann es nicht fassen. Ungläubig steht er mit seinem Hemd in der Hand vor dem Schrank.

»Was soll das denn werden? Entschuldigung ... Harald!«

Harald tut, als wäre er Luft, beginnt die Bluse der Blonden ganz aufzuknöpfen und streicht ihr über den bestrumpften Schenkel.

Helmut hat genug. Er greift nach dem Arm der Frau und zieht sie hoch.

»... tut mir leid. Sie haben sich in der Kammer geirrt!«

Er schiebt sie zur Tür hinaus und schließt hinter ihr ab. Böse wendet er sich Harald zu.

»Bist du noch ganz sauber, diese Person hier zu uns in die Kammer zu schleppen ...?«

Ungerührt setzt Harald sich auf und starrt seinen Bruder aus glasigen betrunkenen Augen an.

»Wenn das eine Retourkutsche sein sollte ... Unten in der Bordwäscherei war's mir zu stickig!«

»Verstehe ... Du fühlst dich blamiert, weil mich diese Tralala-Mädchen nicht interessieren!«

Harald wird ernst, reißt sich zusammen und sagt hintergründig:

»Hier geht keiner von Bord, ohne sich abzumelden.«

Seine Stimme ist jetzt ernst und gar nicht mehr betrunken.

»Harald ... Was soll das denn. Was meinst du damit? Spionierst du mir nach?«

Der große Bruder fixiert ihn finster.

»Schon gut ... Ich such mir ein anderes Quartier, irgendeine Ecke wird ja wohl noch frei sein auf diesem Schiff.«

Während er sich wieder anzieht, sagt er:

»Du hast deine Familie verloren, Harald ... dein Boot ... und es ist ein Wunder, dass du noch am Leben bist ... Das ist alles verdammt bitter, aber lass es nicht an mir aus!«

Harald sitzt jetzt am Rand der Koje.

»Wo hast du dich rumgetrieben? Wie gesagt: keiner verlässt dieses Schiff, ohne sich abzumelden. Und das hast du nicht getan.«

»Ich war bei einem Mädchen ... Erika ... Ich hab sie im Sommer kennengelernt, in Königsberg ... zufrieden?«

Harald steht auf, geht an seinen Spind und kramt in einer Tasche. Als er sich umdreht, hat er einen Stapel Briefe in der Hand. Er zieht einen hervor, faltet ihn auseinander und liest vor:

»... mein Herz möchte ein Seefahrer werden und dich einholen da draußen, dein Lachen, deine warmen Hände ...«

Helmut schnappt hörbar nach Luft. Er reißt ihm den Brief aus der Hand.

»Bist du wahnsinnig!? Woher hast du die?«

Ungerührt entfaltet Harald den nächsten Brief:

»... die Fackel des Todes rast durch die Nacht, man hält nur noch durch, weil man durchhalten muss, und ich schrei unter Tränen, dass wir auf Erden nie mehr heimisch werden ... Helmut, das ist blanker Defätismus!«

Helmut ist außer sich, entreißt ihm alle Briefe.

»Wie kommst du dazu, in meinen Sachen zu wühlen!«

Eiskalt antwortet Harald:

»Gnade dir Gott, kleiner Bruder, wenn du falsche Freunde hast!«

Ungerührt verschließt er seinen Spind wieder und legt sich zurück auf seine Koje. Helmut faucht ihn an:

»... ich kenn Erika aus einem Buchladen ... Seitdem schreiben wir uns ... Ich liebe diese Frau, Harald ... Weißt du überhaupt noch, was das ist?«

Harald schließt die Augen und lehnt sich auf der Matratze zurück, ohne ein weiteres Wort.

Wütend und völlig außer sich über die Indiskretion seines Bruders nimmt Helmut seinen Mantel und knallt die Kammertür hinter sich zu.

Harald macht die Augen auf und schaut ihm nach. Dann sagt er leise zu sich selbst:

»Im Krieg, Kleiner, gibt es keine Liebe.«

Helmut stürmt den Gang hinunter, jagt eine Treppe hinauf und öffnet die Tür zum Umgang. Er stützt sich auf das eiskalte Eisen der Reling und sieht zur Bucht hinaus. Der Wind weht ihm ins Gesicht. Er schließt die Augen. Die Seeluft tut ihm gut, langsam beruhigt er sich wieder. Nach einigen Minuten hat er einen Entschluss gefasst. Er dreht sich um, geht zurück in die Halle und fährt mit dem Aufzug hinunter zum B-Deck. Die Eingangstür zum Schiff ist jetzt geschlossen, und in der Eingangshalle ist es still. Helmut geht hinter den Tresen und klopft gegen die Tür, an der »Zahlmeisterei« steht. Jemand ruft: »Herein!«

Ein junger Mann, höchstens achtzehn, sitzt am Schreibtisch und schiebt Nachtdienst. Als Helmut hereinkommt, hebt er den Kopf und sieht ihn erstaunt an. Vor ihm auf dem Schreibtisch liegen Papiere, die er seit Stunden ausfüllt. Beschaffungslisten. Seit vor drei Tagen die Ankündigung eintraf, dass sie demnächst auslaufen werden, kamen kurz darauf endlose Anforderungen für die Beschaffung noch fehlender Dinge, die er sofort besorgen soll. Zweihundert Schweinehälften, Tonnen von Mehl und Zucker, Milchpulver, Kartoffeln, Tee und Kaffee, Tausende Rollen Klopapier ... Seit Tagen tut der junge Zahlmeisterassistent nichts anderes, als Zahlenkolonnen zu vergleichen und abzuhaken.

»'n Abend, Herr Kap'tän!«

Der Junge steht auf, nimmt Haltung an.

»Heinz Schön. Zahlmeisterassistent. Was kann ich für Sie tun?«

»Guten Abend ... Hören Sie, es muss eine andere Möglichkeit geben, mich unterzubringen, irgendein einfaches Quartier genügt mir!«

»Und das soll möglichst in der Nähe der Kommandobrücke sein, nehme ich an? Das wird nicht leicht …«

Er zieht ein dickes Buch aus einer der Schubladen und blättert darin. Doch ein freies Bett ist nicht zu finden. »Tut mir leid. Alles belegt …«

In diesem Moment klingelt das Telefon, das auf dem Schreibtisch steht.

Heinz Schön deutet auf den Apparat und sagt entschuldigend: »Das müsste ich abnehmen.«

»Klar, machen Sie schon …«

Schnell nimmt er den Hörer ab und meldet sich.

»Zahlmeisterei, Schön …«

Helmut wartet. Er sieht sich in dem kleinen Büro um. An den Wänden in den Regalen Bücher mit dem KdF- oder dem DAF-Zeichen auf dem Rücken. Ein riesiger eiserner Tresor in der Ecke. Papiere und Kladden ordentlich sortiert und gestapelt auf einem Bord an der Seite. Ein Stapel Briefpapier mit dem Emblem der *Gustloff* und Umschläge liegen auf dem Schreibtisch. »MS Wilhelm Gustloff« in großen Lettern, darunter eine Zeichnung vom Schiff. Helmut nimmt ein Blatt.

»Herr Kap'tän! Das ist für Sie!«

Heinz Schön streckt ihm den Hörer hin.

»Für mich?« Helmut nimmt verwundert den Hörer ans Ohr.

»Kehding?«

»Ich musste deine Stimme hören … Ein Mädel in der Vermittlung ist aus Königsberg, die hat mich schnell durchgestellt …«

Jetzt erst begreift Helmut: Es ist Erika am anderen Ende! Sie ist kaum zu verstehen.

Er wendet sich weg vom Zahlmeisterassistenten, der begreift und verlässt leise das Büro.

»Erika! Bist du's? Du bist ja vielleicht 'ne Marke.« Dann wird er ernst.

»Was war das mit deinem Vetter vorhin, warum bist du ihm nachgelaufen?«

»Weil er sich so aufgespielt hat … Wer bin ich denn … Ich hab jetzt vorgefühlt bei meiner Vorgesetzten … Die lässt mich nicht gehen!«

Erika flüstert, und Helmut muss sich konzentrieren, um sie zu verstehen.

»Sie wird … glaub mir … Jeder hier an Bord kann seine Angehörigen mitnehmen …«

Nachdenklich schaut er den Briefbogen an, den er immer noch in der freien Hand hält …

»Da kommt wer. Muss auflegen … Bis ganz bald.«

Es klickt in der Leitung und wird still.

Helmut legt den Hörer auf. Er setzt sich an den Schreibtisch, nimmt sich einen der Füllfederhalter, die in einem Becher stehen, und beginnt zu schreiben.

KAPITEL 7

29. Januar 1945. Es ist noch stockdunkel, als Helmut Kehding die Offiziersmesse betritt. Johannsen sitzt schon am Tisch und frühstückt. Müde schaut er auf und winkt Helmut neben sich. Heute ist der Tisch für drei gedeckt. Marmelade, Butter, Brot und ein Teller mit Wurst stehen bereit. Johannsen hat eine dampfende Tasse Tee vor sich stehen.

»Moin, Moin«, grüßt Helmut freundlich und setzt sich. Schon kommt die Ordonanz herein.

»Tee oder Kaffee? Wünschen Sie ein Ei?«

»Kaffee gern. Danke. Kein Ei!«

Keine zwei Sekunden und der Kaffee wird serviert. Dankbar schlürft Helmut den heißen Muntermacher. Schwarz und mit zwei Stück Zucker, wie immer.

»Das belebt die müden Geister.«

»Wird Zeit, dass wir wegkommen nach den Fliegern letzte Nacht ... Wetter wird auch nicht besser.«

Kapitän Johannsen reicht ihm die Butter.

»Dann geben wir doch die Stelling frei und lassen die Leute aufs Schiff ... Auch ohne Bordkarten!«

Johannsen sieht ihn mürrisch an. »Das dürfen wir gar nicht ... Die Partei will wissen, wer mit uns fährt und wer nicht.«

»Wozu? Was unterscheidet die Menschen da draußen voneinander? Oder soll das hier eine Parteiveranstaltung werden? Ohne mich!«

»Ich hab mir das nicht ausgedacht, Kehding.«

»Sollen sie doch Bordkarten ausgeben ... Wenn die Zugänge erst frei sind, kann die da draußen keiner mehr bremsen.«

»In Gottes Namen, Kehding. Dann los! Aber eines sag ich Ihnen: Dieses Gespräch hat offiziell nie stattgefunden!«

Schritte sind zu hören, und Schäferhund Hasso kommt wedelnd herein, gefolgt von seinem Herrn. Hasso bleibt am Tisch stehen und schaut gierig auf die Wurst.

»Hasso aus! Wirst du wohl … Sitz!«

Enttäuscht setzt sich der Hund, ohne den Tisch aus dem Blick zu verlieren.

Korvettenkapitän Petri setzt sich ans freie Gedeck und nimmt sich ein Brötchen.

»Der Auslauftermin steht: Wir fahren morgen!«

Die beiden Kapitäne sehen ihn überrascht an.

»Da bleiben ja nur noch vierundzwanzig Stunden zum Laden?«

Helmut ist alarmiert. In seinem Kopf entsteht eine Liste von unerledigten Dingen, ohne die auf keinen Fall ans Auslaufen zu denken ist. Schwimmwesten, Verpflegung, Matratzen, Decken, Eimer, Toilettenpapier, Auffüllen der Wassertanks …

Achselzuckend belegt Petri sein Brötchen mit einer dicken Scheibe Wurst.

»Meine U-Boot-Männer und ihre Angehörigen sind an Bord – alles andere liegt nicht in meiner Hand.«

Johannsen schweigt und starrt finster in seine Teetasse. Helmut sieht ihn erwartungsvoll an. Warum sagt der Mann nichts?

»Uns fehlen immer noch Rettungsboote, Schwimmwesten, bisher gibt's kaum welche für Kinder. Außerdem Korkflöße … Und was ist mit dem versprochenen Sicherungsgeleit!«

Petri reicht Hasso einen Teil seines Brötchens. Der Hund schlingt es in einem Happs hinunter und wartet aufgeregt auf Nachschub.

»Wir schippern nach Kiel, Kehding, nicht nach Rio!«

»Das Schiff muss seeklar sein … Und ich werde keinen da draußen stehen lassen, solange hier noch Platz ist!«

Endlich schaltet sich Johannsen ein.

»Sie können nicht alle mitnehmen … Lassen Sie's gut sein.«

Helmut übergeht den Einwurf und wechselt das Thema.

»Warum haben wir Flakgeschütze aufgenommen?«

»Wir werden uns wehren, wenn's sein muss.«

»Ein Schiff wie dieses kann allein keinen Angriff abwehren, das wissen Sie besser als ich!«

Wolfgang Petri schluckt trocken, gießt sich Kaffee nach, tut ein Zuckerstück in die Tasse und rührt seelenruhig um. Dann sieht er Kehding an und sagt herausfordernd:

»Die Zeit Ihrer Frachtfahrten ist vorbei, Herr Kehding ... Den Krieg überlassen Sie mal uns!«

Helmut spürt Wut in sich aufsteigen wie kochende Milch im Topf. Er zwingt sich zur Ruhe. Ohne ein weiteres Wort oder gar einen Blick auf beide Männer steht er auf, nimmt seine Mütze, setzt sie ordnungsgemäß auf, rückt sie übertrieben langsam zurecht und verlässt grußlos den Raum. Auf dem Umgang draußen vor der Brücke tritt er wütend gegen einen Pfosten der Reling.

Was für eine Arroganz!, denkt er, ... und Ignoranz! Er muss mehrmals tief durchatmen. Die frische Seeluft kühlt seinen Zorn. Der Blick über den Hafen bringt ihn wieder in die Wirklichkeit zurück. Tuckernd fahren Schlepper hin und her, ein Fischtrawler kommt aus Osten und nimmt vor dem Hafeneingang den Lotsen auf. Drei Minenräumboote, eines mit schwarzem, weißem und grünem Zickzack-Tarnanstrich, die beiden anderen in Grau, verlassen das Hafenbecken und drehen Richtung Hela ab.

Na denn! Es bleiben uns noch vierundzwanzig Stunden. Wo ist Sterup?

Helmut sieht sich um, kann den Bootsmann aber nirgends entdecken. Da saust er die Treppen runter, immer zwei Stufen auf einmal nehmend, bis zur Eingangshalle.

Im Gegensatz zu gestern ist hier jetzt alles voller Menschen. In einer langen Schlange rücken sie mit ihren Bordkarten in den Händen schrittweise an das Seitentor und auf die Theke vor. Die Einschiffungsoffiziere und mehrere Marinehelferinnen registrieren jeden in ihren Kladden. »Name. Adresse. Wen sollen wir im Falle eines Unglücks benachrichtigen?« Hundertfach stellen sie die immer gleichen Fragen und tragen die Antworten ein. Die letzte Frage erschreckt die Leute. »Was, wieso Unglück?«, wundern sie sich. »Nur Routine, wird auf allen Schiffen gefragt!«, ist die kaum beruhigende Antwort, bevor den Leuten die Unterkunft mitgeteilt wird. Kammer soundso, B-Deck, C-Deck, D-Deck ... Marinehelferinnen und Matrosen stehen bereit, um den Flüchtlingen den Weg zu zeigen und Müttern mit Kindern oder alten Leuten das Gepäck zu tragen. Es geht geordnet und zügig voran.

Die Schlange scheint endlos. Sie geht über die Gangway hinunter auf den Kai und bis zum Zaun. Matrosen halten die Leute in der Reihe, nehmen größere Gepäckstücke ab, schreiben den Namen auf einen Anhänger oder nur mit Kreide direkt auf den Koffer und werfen sie auf bereitstehende Karren.

Helmut bahnt sich einen Weg zum nächsten Matrosen.

»Haben Sie Bootsmann Sterup gesehen?«

»Da unten, am Tor!«

Helmut geht zu ihm und zieht ihn zur Seite.

»Endlich sieht man hier mal wieder Zivilisten Kap'tän!«

»Gibt es U-Boot-Leute, denen Sie vertrauen, Sterup?«

Der Bootsmann nickt, sieht ihn erwartungsvoll an.

»Gut, dann nehmen Sie sich die und gehen da raus ... Machen Sie die Tore auf, uns läuft die Zeit davon! Und dann kratzen Sie im Hafen jedes Boot, jede Schaluppe zusammen, die Sie finden können. Und Schwimmwesten und Eimer und Decken. Ich geh zur KMD und bitte Leonberg um Hilfe.«

Hellwach und voller Tatendrang schaut Sterup seinen Kapitän an.

»Jawoll. Wird gemacht. Sie können sich auf mich verlassen.«

Er grüßt mit einem Finger an der Mütze und rennt los.

Nach kurzer Zeit kommt er mit einem Oberleutnant und fünf Matrosen von der Lehrdivision zu Helmut zurück.

»Tor aufmachen und Leute reinlassen. Und sorgen Sie für Ordnung. Ich will keine chaotische Erstürmung der *Gustloff* erleben.«

Die Marinemänner salutieren und gehen zum Tor. Die Diskussion mit den Wachmatrosen dauert nur kurze Zeit, dann werden beide Flügel weit geöffnet. Ein Raunen geht durch die Menge. Endlich! Es geht los!

Wie eine Welle ergießen sich die Menschen auf den Vorplatz vor der *Gustloff*. In Sekunden ist der noch eben freie Platz mit Menschen überfüllt. Keiner kann mehr sagen, wer eine Bordkarte hat und wer nicht.

Helmut hat sich wieder die Gangway heraufgearbeitet und informiert den Zahlmeister von seiner Entscheidung.

»Aber wir sollen doch alle registrieren. Befehl der Partei.«

»Das ist jetzt egal. Zählen Sie nur noch. Namen sind nicht wichtig. Wir haben Befehl, so viele mitzunehmen wie möglich. Und das tun wir.«

Unglücklich über so viel Chaos in seiner perfekten Organisation, zuckt der Zahlmeister nur mit den Schultern. Ihm ist klar: Protest wäre sinnlos! Von nun an machen er und seine Helfer auf ihren Listen nur noch Striche, einen für jeden Zehnten, der an Bord kommt, und einen quer für jeden Hundertsten. Das lässt sich später einfach zählen.

Helmut ist auf das Untere Promenadendeck gelaufen. Im Großen Saal hat sich nicht viel getan. Nur ein paar Tische und Stühle sind seit seinem letzten Besuch hier in einer Ecke zusammengeschoben worden. Die Tischwäsche und die Girlanden liegen immer noch da, eine Kiste Hakenkreuzfahnen ist, wie es scheint, noch dazugekommen. Wütend beginnt Helmut, Tische und Stühle zusammenzuschieben und die Fahnen und Girlanden wieder in die Kisten zu werfen. Plötzlich steht PG Escher in der Tür. Nichts erinnert mehr an den halbbetrunkenen, schwitzenden, dicken Wäschereichef von gestern Abend. Seine Stiefel glänzen neu gewichst, die kitbraune Uniform zeigt keine Falte, und die Armbinde scheint frisch gestärkt.

»Was machen Sie da? Wo ist die Dekoration? Dieser Saal ist für die Feierlichkeiten reserviert, ich erwarte eine Erklärung!«

Helmut lehnt sich an einen der Tische und wischt sich den Schweiß von der Stirn. Ruhig sieht er Escher an.

»Jeder verfügbare Raum ist für den Flüchtlingstransport zu räumen … Sie kennen den Dönitz-Befehl? Hier sollten Matratzen liegen, Betten stehen …«

Escher erkennt den Kapitän, marschiert forsch zu ihm hin und stellt sich straff vor ihm auf.

»Ah … Sie natürlich! Sie haben sich ja schon eindrucksvoll bei uns eingeführt … Von wem kriegen Sie eigentlich Ihre Befehle?«

»Vom Seetransportchef, Konteradmiral Engelhardt!«

Escher übergeht das regungslos. Seine Stimme ist jetzt drohend und leise.

»Leute wie Sie mögen wir hier nicht!«, zischt er.

Helmut sagt gelassen:

»Das müssen Sie auch nicht … Mir genügt es, wenn auf meinem Schiff getan wird, was ich sage.«

Escher steigt Röte ins Gesicht, er faucht Helmut an:

»Auf Ihrem Schiff? Seit wann ist das Ihr Schiff?«

»Solange ich den Auftrag habe, die *Gustloff* nach Kiel zu führen. Und der wurde mir persönlich erteilt vom Seetransportchef, mit ausdrücklicher Billigung durch den Großadmiral!«

PG Escher stutzt. Er wechselt das Standbein und lässt die Schultern sinken.

»Aber der Jahrestag …«

Helmut fällt ihm ins Wort.

»Im Dönitz-Befehl steht nichts von Feierlichkeiten … Lesen Sie's nach!«

Schnaubend wendet Escher sich ab und marschiert zackig aus dem Saal. Vor der Tür dreht er sich noch einmal um und schnauzt zwei Matrosen an, die mit offenen Mündern dem Schlagabtausch zwischen den beiden Männern zugehört haben.

»Fahnen und Girlanden zu mir!«

Die Matrosen springen eilfertig los, greifen sich die Kisten, klemmen sich die Tischwäsche unter den Arm und folgen dem Ortsgruppenleiter.

Helmut muss innerlich schmunzeln. Klappt doch immer wieder, denkt er und dreht weiter seine Runde durch das Schiff.

Auf dem A-Deck, vorn im Bug vor den Speisesälen, ist das Hospital untergebracht. Es gibt einen voll ausgestatteten Operationssaal, ein Röntgengerät und eine Apotheke mit Glasschränken voller Medikamente. Zwei Krankenschwestern sortieren den Inhalt verschiedener Kisten, und eine Helferin schreibt die Angaben in ein Buch.

»Sechstausend Mullbinden, hundert Flaschen Desinfektion, achthundert Spritzen …«

In mehreren Räumen stehen einfache Betten dicht an dicht. Matrosen und Sanitäter schleppen Matratzen und legen sie überall da hin, wo noch Platz ist. Einige der Betten sind bereits mit verwundeten Soldaten belegt. Ein junger Marinearzt kümmert sich um sie.

Helmut will gerade wieder gehen, da erkennt er seinen Bruder in einem der Betten, durch eine Stellwand von den anderen abgetrennt. Helmut fährt der Schreck in die Glieder. Schnell geht er zum Arzt und hält ihn am Ärmel fest.

»Das da vorn ist mein Bruder. Was ist passiert? Seit wann liegt er hier?«

»Kam ungefähr vor einer Stunde. Ich hab ihm was gegeben, und jetzt schläft er.«

»Und was hat er genau?«

»Im Unterleib hat sich eine üble Entzündung eingenistet. Er ist wahrscheinlich zu spät operiert worden … Sein Boot hat gebrannt, und sie konnten ihn nicht schnell genug rausholen. Und, na Sie wissen ja, die Versorgung an der Front ist auch nicht mehr die beste …«

»Aber in Kiel würden sie ihn wieder hinkriegen, oder? Schafft er's … bis dahin?«

Der Marinearzt nickt beruhigend.

»Er scheint ein zäher Bursche zu sein.«

»Allerdings …«

Mit einem letzten Blick auf seinen schlafenden Bruder, dessen Gesichtszüge völlig entspannt sind, verabschiedet sich Helmut. Bei der Registrierung begegnet er dem Oberstabsarzt.

»Sie werden mehr Platz brauchen. Ich würde sagen, Sie belegen den Vorderen Speisesaal oder noch eine der Hallen.«

»Vielen Dank, Kapitän. An die Hallen hatte ich auch schon gedacht.«

In der Laube auf dem Sonnendeck haben sich die ersten Passagiere eingerichtet. Noch sind hier die gemütlichen Sessel mit dem Blumenmuster nicht weggeräumt. Und wenn man es nicht besser wüsste, könnte man meinen, das Schiff ginge demnächst auf eine Nordlandfahrt. Männer und Frauen sitzen an den Tischen, haben ihre Mäntel und Pelze über die Lehnen gehängt und unterhalten sich gedämpft.

Das sind sicher die von der Partei aus Danzig und Gotenhafen, denkt Helmut. Na, mit der Gemütlichkeit ist es hier demnächst auch vorbei, wenn das Mobiliar erst rausgeräumt wird. In der Turnhalle sind Matrosen dabei, die Fahrräder und Rudergeräte abzubauen und die Boxdummys abzuschrauben.

Helmut steigt hinauf zur Brücke, um von hier oben die Davits der Rettungsboote abzugehen, die rund um das Sonnendeck angebracht sind und die Boote halten. Immer noch sind viele der zweiundzwanzig Rettungsboote nicht wieder an Bord. Die Temperatur ist weiter gefallen und hat alles mit einer Eisschicht überzogen, und die Blöcke festgefroren.

Sein Blick fällt auf den Sportplatz unter ihm, immerhin sechzig mal zwanzig Meter, der größte freie Platz auf dem Schiff. Früher spielten hier die Passagiere Schlagball oder Stockschießen. Doch nun ist hier die U-Boot-Lehrdivision angetreten. Kein Zentimeter

Teakholzplanke ist mehr zu erkennen. Stramm stehen die Männer in Reih und Glied mit dem Gesicht nach achtern, die Führungsoffiziere in erster Reihe. Es sieht aus wie ein blauer Teppich mit weißen und goldenen Einsprengseln: den Kragen der Matrosen und den Dienstgradabzeichen der Offiziere.

Vor ihnen steht Korvettenkapitän Wilhelm Petri in Uniform, mit Mütze, aber ohne Mantel. Im Knopfloch das schwarz-weißrote Band des Eisernen Kreuzes 2. Klasse, auf der linken Brustseite das Eiserne Kreuz 1. Klasse, das ihm erst vor kurzem für seine hervorragenden Verdienste in der Truppenführung verliehen wurde. Sein U-Boot-Kriegsabzeichen, die Jackenknöpfe und die drei Streifen an den Ärmeln leuchten golden. Mit unbewegter Miene und kerzengerade lässt er seinen Blick durch die schweigenden Reihen wandern. Dann erhebt sich seine Stimme laut und militärisch.

»Guten Morgen, U-Boot-Männer!«

»Guten Morgen, Herr Kapitän!«, schmettern Hunderte Kehlen auf einmal.

»Männer! Soldaten! Hinter euch liegen erfüllte Wochen der Ausbildung. Wir haben euch vorbereitet auf vielfältige Verwendungen in der U-Boot-Waffe. Vor euch liegen große Aufgaben! In schwerer Zeit liegt das Schicksal der Heimat in eurer Hand! Neue Boote warten auf euch in Kiel ...«

Den Rest der Rede schenkt sich Helmut Kehding. Über die Brücke geht er zur Funkbude. Hier sieht es heute ganz anders aus. Fünf Funker sind im Raum, einige sitzen schon an ihren Plätzen, probieren die Geräte aus und sortieren die notwendigen Utensilien wie Kopfhörer, Kladden, Morsealphabet und Handbücher und spitzen ihre Bleistifte.

An dem hintersten Funkplatz packt Hagen Koch gerade ein fabrikneues Gerät aus und beginnt es anzuschließen.

Helmut grüßt die anderen Funker im Vorbeigehen. Die sehen nur kurz hoch und setzen ihre Arbeit fort.

»Wie war's noch in der Stadt letzte Nacht?«

Von Hagen Koch kommt keine erkennbare Reaktion. Scheinbar konzentriert fummelt er ein Kabel aus seiner Verpackung.

»Netter kleiner Elektroladen. Wen haben Sie denn da besucht, so spät?«

»Ich weiß nicht, wovon Sie reden, tut mir leid.«

Hagen Koch blickt nicht von seiner Arbeit auf.

»Wie stehen Sie eigentlich zu Erika?«

Jetzt erhebt sich Koch langsam und baut sich in voller Größe vor Helmut auf, den er um mindestens zwei Köpfe überragt.

»Wie schon? Wir haben dieselben Großeltern ... Die Galetschkys sind allerdings aus Königsberg, wir aus Memel ... Wieso interessiert Sie das?«

»Sie sollten daran interessiert sein, dass Erika mit uns fährt ... Warum sperren Sie sich dagegen?«

Der Funker kommt näher, senkt die Stimme.

»Sie hat auf diesem Schiff nichts zu suchen!«

»Ja wollen Sie denn nicht, dass sie heil rauskommt aus Gotenhafen?«

Hagen Koch beugt sich herunter, ist dem Gesicht von Helmut jetzt ganz nah.

»Sie stecken Ihre Nase in Angelegenheiten, die Sie nichts angehen!«

»Erika weiß wohl selbst am besten, was sie will.«

Hagen Kochs Augen blitzen böse. Er packt Helmut am Revers und zischt leise:

»Sie machen mir das Mädchen nicht verrückt!«

Helmut fasst Kochs Handgelenke und schiebt lässig die dicken Pranken von seiner Jacke.

»Weiß Ihr Oberfunkmeister eigentlich, dass Sie keine Nerven haben?«

In diesem Moment betritt der Oberfunkmeister die Funkbude und kommt auf Helmut zu. Von der Auseinandersetzung hat er, wie es scheint, nichts mitbekommen.

Er salutiert und sagt:

»Sellmer, Oberfunkmeister! Herr Kap'tän! … Ich höre, Sie fahren uns nach Kiel … Irgendwelche Fragen?«

Helmut schüttelt den Kopf, lächelt freundlich.

»Danke, alles geklärt … Ich dreh nur meine Runde.«

Als Helmut Kehding wieder gegangen ist, sitzt Hagen Koch noch einige Minuten an seinem Tisch und schaut dem Kapitän nach. Dann widmet er sich wieder seinem Gerät.

KAPITEL 8

Draußen vor dem Schiff ist das Gedränge groß. Immer mehr Menschen stellen sich an. Schritt für Schritt rücken sie vor, aber es wird Stunden dauern, bis sie die Gangway erklommen haben. Berge von Koffern, Rucksäcken, Taschen und Kisten stapeln sich auf der Pier. Am hinteren Ladetor sind Wehrmacht-LKWs vorgefahren, auf den Planen das Rote Kreuz. Sanitäter und Soldaten tragen Schwerverwundete die Stelling hinauf. Leichter Verwundete gehen, gestützt auf Stöcke oder einen helfenden Sanitäter. Blutige Verbände an Köpfen, Armen und Beinstümpfen zeigen, wo sie getroffen worden sind. Fünfzigtausend Verwundete liegen im Raum Danzig und Gotenhafen, melden die Feldlazarette, und jeden Tag kommen Hunderte, Tausende dazu. Wer soll die alle hier rausbringen?

Helmut eilt vorbei, treppab zur Pier und kämpft sich durch die Menge, die ihm entgegenströmt. Am Ende des Kais wendet er sich nach rechts, Richtung Marineverwaltungsgebäude. Die KMD ist sein Ziel. Er muss jetzt endlich mit Leonberg sprechen. Vorbei an den salutierenden Wachmatrosen, betritt Helmut Kehding zögernd das Haus. Niemand da. An der Treppe bleibt er stehen, sieht sich suchend um. Da hört er Schritte und Stimmen, die aus einem der Gänge rechts von ihm kommen. Er erkennt Leonbergs tiefen Bariton, und gleich darauf erscheint dieser mit drei jungen Leutnants in der Halle.

Er erkennt Helmut und lacht.

»Meine Herren, wir sehen uns später.«

Mit ausgestreckter Hand kommt er zu Helmut.

»Kapitän Kehding! Was führt Sie zur Kriegsmarine?«

»Moin, Herr Kapitän ... Ich such das Büro meines Bruders.«

Die Antwort kennt er schon, dennoch hat er die Frage gestellt. Er will jetzt endlich wissen, was Harald hier tut. Und bisher wollte oder konnte ihm keiner eine befriedigende Antwort geben.

»Der ist heute noch nicht aufgekreuzt ... Kann ich Ihnen helfen?«

Helmut zögert und senkt die Stimme.

»Sagen Sie ... Welche Aufgaben hat er hier?«

»Das kann ich Ihnen nicht sagen.«

Schon wieder diese ausweichende Haltung, wenn es um Haralds Aufgabe geht!

Helmut bleibt dran:

»Aber Sie wissen es?«

Leonberg strafft sich und schaut ins Leere.

»Wenn er Ihnen nichts gesagt hat ...«

Weiter hinten im Gang fliegt eine Tür auf, und ein Feldpolizist schubst einen älteren Mann rüde vor sich her. Als sie an den beiden Offizieren vorbeikommen, sieht Helmut, dass der Mann ein blaues Auge hat und am ganzen Leib zittert. Irritiert sieht Helmut ihnen nach. Aus der Tür im Gang erscheint Adjutant Lehmann und blickt zu ihnen hinüber.

Leonberg nimmt Helmuts Arm und lotst ihn zur Treppe.

»Kommen Sie!«

Im ersten Stock gehen sie an einem Wegweiser mit der Aufschrift »9. Sicherheitsdivision« vorbei, und Leonberg öffnet eine Tür, auf der »Lagerraum« steht.

Ein erstaunlicher Geräuschpegel schlägt ihnen entgegen. Telefone läuten, Tastenfunk piept. An der linken Wand stehen mehrere Fernschreiber, aus deren Schlitzen ratternd Papierschlangen dringen. Ein Marinehelfer reißt sie regelmäßig ab und bringt sie zu einem Tisch, wo sie weiterverarbeitet werden. Geschäftige Offiziere und Unteroffiziere stehen vor einer riesigen Karte vom

Großraum Ostpreußen / Westpreußen. Die ganze Ostseeküste von Memel bis Stettin ist zu erkennen. Jeder kleine Hafen, jede Flussmündung, jede Mole. Mit Nadeln und Fäden ist der Frontverlauf angezeigt. Präzise sind hydrografische, meteorologische und nautische Daten verzeichnet. Die vorgeschriebenen Wege, auf denen sich alle Schiffe zu bewegen haben, sind mit schwarzen Strichen gekennzeichnet. Jede Schiffsbewegung, Minenfelder – alles wird ständig aktualisiert. Protokolle werden angefertigt und verteilt. Berge von Papier quellen aus den überall herumstehenden Papierkörben.

Leonberg führt Helmut an die große Karte.

»Wann werden Sie in See gehen, wissen Sie das schon?«

»Korvettenkapitän Petri behauptet, er habe Befehl, morgen auszulaufen.«

»Wie bitte? Morgen!? Das ist eine ganz verdammt schlechte Idee ... Was meinen Sie, was zurzeit da draußen los ist.«

Leonberg zeigt auf die Danziger Bucht und auf die kleinen verschiedenfarbigen Nadeln, von denen jede ein Schiff darstellt. Dutzende von ihnen stecken in der Karte.

»Jetzt will alles auf einmal nach Westen, und jeder will Geleitschutz von mir.«

Er bleibt stehen und sieht Helmut ernst an.

»Vier Tage werden Sie warten müssen, mindestens!«

»Die U-Boot-Führung hat den Termin festgelegt, meine Idee war das nicht.«

»Meine Sicherungsschiffe sind noch im Einsatz, und Sie brauchen mindestens drei Minensucher, die Ihnen den Weg freimachen, dazu Torpedoboote ... Alles andere wäre Idiotie ... Einzelne russische U-Boote wagen sich schon bis zu uns vor, obwohl sie wissen, wie riskant das ist. Sie versuchen's trotzdem ... Bei Bornholm hatten wir eines, selbst vor Kolberg.«

»Das weiß die U-Boot-Führung hoffentlich auch.«

»Davon gehen Sie mal aus ... Drei, vier Tage, dann haben Sie Geleitschutz, früher auf keinen Fall.«

»Von mir aus geht das in Ordnung ... mehr Zeit zum Laden ... Außerdem fehlen uns immer noch Rettungsboote, Westen, Eimer, Klopapier und Decken. Wenn wir schon nicht genug Matratzen haben, brauchen wir Decken, so viele wir kriegen können.«

Leonberg sieht Helmut ernst an.

»Das ist ja 'ne Menge. Ich werde sehen, was ich tun kann ... Versprechen kann ich nichts.«

»Da wär noch was.«

Helmut zieht Leonberg zur Seite.

»Ich hab da einen Funkmaat auf der *Gustloff*. Ziemlich neu an Bord. Der Mann macht mir Sorgen, ehrlich gesagt.«

Korvettenkapitän Leonberg schaut ihn ernst an. Seine dicken Augenbrauen haben sich zusammengezogen, seine blauen Augen fixieren Helmut Kehding.

»Letzte Nacht war er nach dem Alarm in der Stadt unterwegs. Ich hab ihn beobachtet. Er hat sich in einen kleinen Elektroladen geschlichen, am Ende vom Hafen.«

Leonberg entspannt sich wieder.

»Er wird eine Freundin in Gotenhafen haben, vielleicht eine verheiratete Frau?«

»Ich muss wissen, dass auf den Mann Verlass ist!«

»Haben Sie ihn nach diesem Laden gefragt?«

»Sicher ... Er hat gelogen. Tut so, als wüsste er von nix. Behauptet, ich müsse ihn verwechseln. Aber ich bin mir hundertprozentig sicher, dass er es war. Er heißt Koch, Hagen Koch. Würden Sie sich über ihn erkundigen? Intern?«

Leonberg neigt sich vor, senkt die Stimme.

»Vorsicht, Kehding, bringen Sie bloß keine Gerüchte in Umlauf! Hier wird jetzt überall Verrat gewittert, und wer erst ins Visier geraten ist, steht schnell an der Wand!«

»Tun Sie mir den Gefallen, Leonberg. Ich muss mich bei dieser Fahrt wirklich auf jeden an Bord verlassen können. Und einen Funker als Wackelkandidaten kann ich nicht gebrauchen.«

Leonberg lächelt beruhigend.

»Ich werd mich umhören. Machen Sie sich keine Gedanken. Kommen Sie, wir hauen hier ab. Ein bisschen frische Luft wird uns guttun.«

KAPITEL 9

Schlange stehen scheint die einzige Aufgabe zu sein, die den Flüchtlingen in Gotenhafen zugedacht ist. Schlange stehen für einen Teller Erbsensuppe, Schlange stehen für einen Löffel Hustensaft, Schlange stehen für eine graue alte Decke, Schlange stehen für einen Platz zum Schlafen … Überall in der Stadt und im Hafen stehen Menschen vor irgendeiner Ausgabestelle, Hunderte, Tausende, Zehntausende.

Im Lagerhaus, in dem Lilli, Kalli und Marianne Unterschlupf gefunden haben, ist es nicht anders. Zusätzlich zur Essenausgabe, der Vermisstenstelle und dem Roten Kreuz hat sich seit dem frühen Morgen noch eine Schlange gebildet. Die längste. In mehreren Schleifen windet sie sich durch die Halle bis zum Kontor.

Das Kontor mit den Glasfenstern ist in eine Ausgabestelle für die Einschiffungskarten umgewandelt worden. Hunderte Hoffnungsvolle stehen an, um die Karte zu ergattern, die sie aus diesem Elend herausbringen soll. Es wird geschoben und gekämpft, und wer sich vordrängelt, wird mit Protestgeschrei und oft auch handgreiflich an seine Position zurückgeboxt. Keiner weiß, wie viele Karten ausgegeben werden. Für jeden hier werden sie nicht reichen, zumal Frauen mit Kindern bevorzugt behandelt werden. Damit nicht das Gesetz des Stärkeren obsiegt, gehen einige Marinehelferinnen die Schlange immer wieder ab und sorgen für Ruhe.

Andere sitzen am Tisch, Kartons mit druckfrischen Bordkarten neben sich. Sie überprüfen die Ausweise und tragen die Namen auf den Karten ein. Marineoberhelferin Berta Burkat steht am Rand und achtet mit Argusaugen darauf, dass alles mit rechten Dingen zugeht und nicht vielleicht eine ihrer Helferinnen, vom

Mitleid überwältigt, heimlich eine Karte an einen Unberechtigten ausgibt.

Sie wandert regelmäßig hinter ihren Helferinnen auf und ab und beobachtet alles genau. Plötzlich greift sie blitzschnell in einen der Kartons und nimmt eine Karte heraus. Sie streicht mit den Fingern darüber und schaut gierig. Doch bevor sie die Karte einstecken kann, kommt eine Helferin, um den Karton zu holen. Mit einem kalten Lächeln legt Berta Burkat die Karte zurück. Keiner sieht ihren enttäuschten Blick, keiner hört das tiefe Seufzen, als die junge Frau mit dem Karton weggegangen ist.

In ihrer Ecke auf dem ersten Boden sitzt Lilli. Sophie liegt immer noch unter der Decke vergraben. Kalli hockt daneben und passt auf, dass keiner beim Durchdrängeln auf sie tritt.

»Wir werden die Sophie nicht allein lassen in der Fremde ... Niemals!«, flüstert Lilli.

»Aber sie lebt doch nicht mehr, Mama. Wir müssen sie begraben. Sie kann doch nicht ewig hier liegenbleiben.«

Lilli schüttelt beharrlich den Kopf. Mit leerem Blick starrt sie vor sich hin.

»Was hab ich getan, Karlchen, dass ich alles verliere?«

»Wir fahren mit der *Gustloff*, Mama ... Da kann sie nicht mit!«

Lilli verbeißt sich die Tränen, sieht ihn kraftlos an.

»Wer wird uns denn haben wollen ... in Kiel?«

»So darfst du nicht reden! Papa kommt auch wieder, zu Hause liegt bestimmt schon ein Brief!«

»Zu Hause. Karlchen, wir haben kein Zuhause mehr.«

Lillis Stimme klingt hoffnungslos.

»Ich träum jede Nacht, wie er durchs Sperrfeuer läuft. Granaten explodieren überall, das Gewehr fällt ihm aus der Hand, und dann sieht er mich an. ›Wein nicht, Lilli ...‹, flüstert er leise, ›wir sind alle verloren ... Aber sag's den Kindern nicht!‹«

Kalli starrt sie entsetzt an. Zum ersten Mal erkennt er, dass der Vater wirklich tot sein könnte. Schnell sagt er:

»Mama, das hast du nur geträumt ...«

Plötzlich kommen Feldpolizisten die Treppe herauf. Die silbernen Schilde um ihren Hals glänzen bedrohlich. Sie gehen durch die Reihen, mustern wachsam jeden Jungen, jeden Mann. Den einen lassen sie aufstehen, durchsuchen ihn grob, dem anderen ziehen sie die Mütze vom Kopf.

»Alter? Papiere!«

Lilli erstarrt. Sie kommen immer näher. Voller Angst zieht sie ihren Sohn fest an sich. Kalli beginnt zu zittern. Er will aufspringen, aber seine Mutter drückt ihn nach unten und lässt ihn nicht los.

Ein älterer Mann, der sichtlich noch nicht sechzig ist, hat sich als Einarmiger getarnt, den rechten Arm im Pullover versteckt. Genauso wie Kalli. Der Feldpolizist reißt ihn hoch, zerrt den versteckten Arm hervor. Ein anderer knallt dem Mann den Gewehrkolben brutal in die Seite. Mit einem lauten Schrei bricht der Mann zusammen, krümmt sich und hält mit schmerzverzerrtem Gesicht seine geschlagene Seite.

»Verräter. Hast wohl gedacht, wir sind blöd und sehen das nicht.«

Die Feldpolizisten greifen nach ihm, zerren ihn hoch und treiben ihn, immer wieder mit dem Gewehr zustoßend, vor sich her. Alle sehen ängstlich weg, keiner sagt was.

Bleich vor Angst zieht Kalli schnell seinen Arm aus dem Hosenbund und steckt ihn in den Ärmel seines Pullovers. Lilli schließt die Augen – jetzt hilft nur noch beten!

Da taucht plötzlich Helmut am Kopf der Treppe auf. Suchend schaut er durch die Halle.

Erleichtert flüstert Kalli:

»Mama! Guck, wer da ist …«

Er zeigt zu Helmut und winkt.

Mit wenigen Schritten ist Helmut Kehding bei ihnen.

»Hallo! … Herr Kapitän!«

»Sie sind noch hier? Guten Tag … Wissen Sie, wo ich Erika finde?«

Schnell steht Lilli auf, neigt sich zu ihm, flüsternd.

»Sie bringt unsere Marianne zum Lazarett.«

Sie hält ihn fest, flehend drückt sie seine Hand.

»Die Feldpolizei! Jetzt werden sie mir den Jungen doch noch nehmen!«

Helmut sieht den Jungen an.

»Na ja, vielleicht klappt's noch mal. Komm mit.«

Lilli lässt sich wieder auf ihr Lager sinken, schlägt die Hände vors Gesicht und weint.

Kalli folgt Helmut auf dem Fuß. Ohne anzuhalten, geht der an den Feldpolizisten vorbei. Als einer Kalli am Arm fasst, sagt Helmut in militärischem Tonfall, aber ohne stehenzubleiben:

»Kehding. Kapitän der *Gustloff*. Der gehört zu mir.«

Der Feldpolizist sieht verwundert auf, lässt Kalli jedoch los. Dieser hastet hinter Helmut her. Ohne weitere Zwischenfälle schaffen sie es, vorbei an den Schlangen und durch das Gewühl in der Halle, auf den Kai hinaus, der voller Menschen ist.

Durchgefrorene, ausgehungerte, übermüdete Frauen, Kinder und Alte irren herum, Soldaten der Wehrmacht, Matrosen, Rote-Kreuz-Schwestern schleppen ihre Habe zu den Schiffen, auf denen sie stationiert sind. Lastwagen mit Verwundeten und Versorgungsgütern bahnen sich im Schritttempo ihren Weg.

Helmut bleibt stehen und blickt sich suchend um. Ein Mast mit Hinweisschildern steht in einiger Entfernung. Dahin geht Helmut Kehding mit schnellem Schritt, Kalli immer hinter ihm. Er kann kaum mithalten. Auf einem der Hinweisschilder steht »LAZARETT II« und es zeigt nach rechts, Richtung Gotenhafen.

Helmut wendet sich zu Kalli um.

»Ich kann dich auch jetzt nicht mitnehmen, hörst du?«

Kalli nickt enttäuscht.

»Ja, macht nix.«

Die Feldpolizisten sind überall. In diesem Moment stoßen sie einen Mann aus einem der Häuser. Mit vorgehaltener Maschinenpistole zwingen sie ihn, mit erhobenen Händen an der Hauswand stehen zu bleiben.

»Komm, schnell weg hier!«

Helmut greift nach Kalli und läuft mit ihm auf eine der Nebenstraßen zu.

Kalli rennt und schaut sich angstvoll nach den Feldpolizisten um. Da rattern plötzlich Schüsse, und der Mann an der Hauswand bricht zusammen. Kalli erschrickt, doch die einsetzende Panik macht ihn schneller. Er überholt Kehding und bleibt in der Seitenstraße hinter einem Lastwagen stehen. Sein Atem geht stoßweise, seine Augen sind weit aufgerissen. Alles Blut ist aus seinen Wangen gewichen.

»Schon gut, Junge. Ist ja noch mal gutgegangen.«

Beruhigend klopft Kehding Kalli auf die Schulter. Als er hochsieht, erkennt Helmut, dass sie in der Straße mit dem Elektroladen sind. Auf der gegenüberliegenden Straßenseite, ein paar Meter entfernt, ist das Schaufenster, vor dem er letzte Nacht gestanden hat. Auch jetzt am Tag scheint das Geschäft merkwürdig verlassen.

»Was ist mit dem Haus?«

Kalli hat Helmuts aufmerksamen, forschenden Blick bemerkt.

»Das wüsste ich auch gern …«

In diesem Augenblick öffnet sich drüben die Ladentür, ein bärtiger Mann kommt heraus, sieht die Straße hinauf und hinunter.

Schnell schiebt Helmut Kalli hinter den Lastwagen.

»Wer ist der Mann?«

»Auch das wüsste ich verdammt gern!«

Helmut lugt um die Ecke: Der Mann ist verschwunden, die Tür wieder geschlossen.

»Kalli! Ich muss weiter, tut mir leid. Geh zurück zu deiner Mutter. Die braucht dich.«

Er streicht dem Jungen väterlich über den Kopf und geht schnell zurück zur Straße am Kai.

Kalli bleibt zurück. Ratlos sieht er Helmut nach.

Zurück zur Mutter! Ist ja ’n toller Rat, denkt er. Da sind doch überall die Feldpolizisten.

Kalli beschließt, erst mal zu bleiben, wo er ist. Zwischen den

Lastern hier in der Nebenstraße kann er sich verstecken, wenn einer kommt. Er hockt sich hin und schaut zu dem Laden rüber. Warum fand der Kapitän den nur so interessant?, fragt er sich. In einer Ecke zwischen ein paar Kisten und dem Hinterrad des Lastwagens richtet sich Kalli einigermaßen ein. Ein paar leere Säcke schützen ihn vor der klirrenden Kälte.

Da geht plötzlich die Tür des Ladens wieder auf, und der bärtige Mann schaut heraus. Kalli folgt seinem Blick die Straße hinunter und sieht, wie ein hochgewachsener Mann im Schatten der Häuser eilig auf das Haus zukommt. Hagen Koch. Immer wieder schaut er sich um.

Grußlos lässt der Bärtige ihn eintreten, schaut zur Vorsicht noch einmal nach draußen und schließt die Tür hinter sich.

Kalli wartet ein paar Minuten, dann kommt er vorsichtig aus seinem Versteck und schleicht zum Laden. Er späht durchs Fenster, doch da ist nichts zu sehen. Ein paar Meter weiter entdeckt er eine Kellertür. Er reibt den Dreck von der Scheibe und sieht hinein. Regale mit vollen Weckgläsern, Säcke und Kisten stehen dort. Kalli hört seinen Magen knurren. So viel Essen! Nicht weit entfernt sieht er einen Draht, der im Rinnstein liegt. Er nimmt ihn, biegt ihn zurecht und beginnt, im Schloss der Kellertür herumzustochern. Es knackt, und die Tür springt auf. Kalli horcht hinein und schleicht leise zu den Regalen. Ausgehungert macht er sich über die Lebensmittel her. Öffnet ein Glas Birnen und eins mit Kirschen. Dann entdeckt er an einer Stange unter der Decke wunderbare Würste, die, zu Ringen gedreht, an einem Stock zum Trocknen hängen. Er greift sich eine und beißt genüsslich hinein. Was für ein unerwartetes Festessen!

Da sind plötzlich Schritte über ihm zu hören. Kalli erschrickt und drückt sich hinter ein paar Säcke, ohne seine Wurst loszulassen. Ängstlich lauscht er auf die Schritte, die oben hin und her gehen. Eine Tür klappt zu, dann ist es wieder still. Zögernd steht Kalli auf, geht zur Treppe und steigt lautlos hinauf. Oben angekommen, horcht er an der Tür, die ins Haus führt. Nichts ist zu hören. Vorsichtig greift er zur Klinke und drückt sie herunter. Die Tür ist nicht verschlossen!

Langsam schiebt er sie auf, einen Spalt nur, und sieht ins Haus. Vor ihm ein Gang hinter dem Laden. An der einen Seite sind Verpackungen aufgeschichtet, darüber hängt ein langes Brett mit Lieferscheinen, die auf Nägeln aufgespießt sind. Gedämpfte Stimmen hinter einer der Türen. Es rauscht wie aus Mamas Volksempfänger, wenn sie keinen Sender findet, dazu hört er ein rhythmisches metallisches Klacken. Morsezeichen, wie beim Postbeamten in Memel, wenn er Telegramme aufgibt. Komisch, denkt Kalli. Was haben die hier denn mit Telegrammen zu tun? Lautlos schiebt Kalli die Tür weiter auf, um mehr zu sehen.

Plötzlich taucht am Ende des Ganges Hagen Koch auf und kommt geradewegs auf ihn zu! Blitzschnell zieht Kalli die Tür wieder zu und horcht. Die Schritte gehen an der Tür vorbei, Kalli atmet auf, sein Herz klopft und ihm ist ganz heiß geworden. Vorsichtig macht er sich auf den Rückweg. In der Speisekammer greift er noch eine Wurst, steckt ein paar Äpfel und ein Glas eingemachte saure Gurken ein und verschwindet so leise, wie er gekommen ist. Die Kellertür zieht er ohne ein Geräusch ins Schloss, und schon ist er um die Hausecke verschwunden.

KAPITEL 10

Erika steht vor dem Lazaretteingang und raucht. Sie trippelt von einem Bein auf das andere, um ihre eisigen Füße zu erwärmen. Sie bleibt kurz stehen, als sich die große Tür wieder öffnet, und sieht in das Gebäude: Im Vorraum liegen Verwundete auf Tragen, Ärzte und Sanitäter untersuchen Verletzte und geben Befehle, was mit ihnen geschehen soll. Krankenschwestern laufen mit Verbandszeug und Infusionsflaschen hin und her. Marianne sitzt immer noch kerzengerade mitten in diesem Chaos auf einer Wartebank und hält sich den Bauch.

Als Erika sich wieder umdreht, sieht sie Helmut kommen. »Hallo, Helmut«, ruft sie freudig.

»Du musst aufs Schiff kommen, jetzt sofort!«

»Das geht nicht. Ich bin mit Marianne hier ... Es hieß, ihr Verlobter sei gekommen, mit einem Verwundetenzug. Wir sind sofort hierher, aber da hatte nur einer den gleichen Namen. Das will sie aber nicht wahrhaben! Und jetzt wartet sie da drinnen.«

Helmut fasst sie an den Schultern, schaut ihr in die Augen und sagt beschwörend:

»Wir laufen aus! Hörst du? Morgen! Hast du noch mal mit deiner Vorgesetzten gesprochen?«

»Die lässt mich nicht gehen ... Treue bis in den Tod! Wir müssten blutsverwandt sein ... oder verheiratet.«

Helmut zieht ein gefaltetes Papier aus der Brusttasche und reicht es ihr.

»Wir sind verlobt ... Das sollte doch genügen!«

Überrascht nimmt Erika das Papier, faltet es auseinander. Unter dem Briefkopf der *Gustloff* liest sie:

Erika Galetschky ist meine Verlobte und somit meine Angehörige. Bei Vorlage dieses Schreibens ist ihr unbedingt und zu jeder Zeit der Zutritt an Bord der Wilhelm Gustloff *zu gestatten.*

Helmut Kehding, Kapitän der Reederei Hamburg Süd und Fahrkapitän der Wilhelm Gustloff.

»Du meinst es wirklich ernst«, stammelt sie. Tränen der Erleichterung, des Glücks steigen ihr in die Augen.

»Mein Gepäck ist noch im Quartier.«

»Hol's ... Zeig der Frau diesen Brief, sie muss ihn nur unterschreiben und abstempeln ... Dann kommst du damit überall durch!«

»Ist gut ... Danke.«

Verwirrt über den geschäftsmäßigen Ton, starrt Erika auf das Blatt Papier, das ihr Leben, ihre Rettung bedeutet.

»Wir nehmen auch Marinehelferinnen mit, heißt es ... Kannst du dich da nicht irgendwie anschließen?«

»Ich kann nicht einfach die Gruppe wechseln ... Und wir haben keinen Marschbefehl!«

»Sag der Frau, sie kriegt saumäßigen Ärger ... Und wenn ich den Seetransportchef persönlich anrufe: Als meine Verlobte muss sie dich gehen lassen!«

Erika wirft ihren Zigarettenstummel auf den Boden, tritt ihn aus und winkt mit dem Schreiben.

»Irgendwie klappt das schon ... Aber ist das alles?«

Helmut stutzt.

»Na hör mal!«

»Nicht gerade sehr romantisch ... für eine Verlobung.«

Er sieht sich um – zu viele Leute, um sie in die Arme zu nehmen und zu küssen! Er zögert kurz, beugt sich vor und flüstert ihr ins Ohr:

»Liebste Erika, Geliebte, möchtest du mich heiraten? Und möchtest du für immer bei mir bleiben?«

Erika strahlt ihn an.

Da ertönt plötzlich ein Schrei aus der Vorhalle, ein Schrei wie von einem zu Tode verwundeten Tier. Erika schrickt zusammen und schaut durch die Tür. Marianne steht vor einer Rot-Kreuz-Schwester und schlägt mit den Fäusten auf sie ein.

»Nein, das glaube ich nicht. Er ist hier, er muss hier sein!«

Ihre Stimme ist hysterisch und laut. Erika läuft zu ihr, nimmt sie in den Arm, entschuldigt sich bei der Schwester.

»Tut mir leid, Schwester. Ich kümmere mich um sie.«

Marianne ist schluchzend in ihren Armen zusammengebrochen.

»Ich will auch tot sein … Warum bin ich nicht tot?«

Helmut ist Erika nachgegangen und steht jetzt etwas unbeholfen herum. Er kann nichts tun.

»Bei uns an Bord wird ein Raum für werdende Mütter eingerichtet … Da gehören Sie hin!«

Marianne will davon nichts hören, sie schüttelt den Kopf.

»Ich geh hier nicht weg … nicht ohne Werner!«

Erika versucht, die Verzweifelte in die Gegenwart zu holen.

»Marianne! Er ist nicht hier, und er kommt auch nicht … Du musst jetzt an dich denken und das Kleine in deinem Bauch! Auf dem Schiff kriegst du was Warmes zu essen und ein richtiges Bett!«

»Ich geh auf kein Schiff! Nie wieder geh ich auf ein Schiff!«

Helmut und Erika sehen sich ratlos an.

»Tut mir leid, Erika … Ich muss zurück, ich bin schon viel zu lange von Bord!«

»Gut, ich kläre das hier, dann hol ich meine Sachen … Kann ich die Lilli Simoneit auch mitnehmen?«

»Das dürfte schwierig werden … wegen des Jungen.«

»Kannst du denn da gar nichts machen?«

Helmut schüttelt den Kopf.

»Ich bin kein Marineoffizier. Der Junge ist fast sechzehn, und an der Front gehen denen die Leute aus.«

»Irgendwie muss das doch möglich sein …«

Helmut sieht gehetzt zur Uhr.

»Du kommst jetzt so schnell wie möglich … bevor sie den Zugang sperren! … Am Schiff fragst du nach mir oder Bootsmann Sterup, der ist vertrauenswürdig, ein guter Mann.«

Schnell nimmt er sie noch in den Arm, küsst sie auf die Wange.

»Ich beeil mich, schließlich sind wir jetzt verlobt!«

»Genau! Muss jetzt aber hurtig los.«

Helmut verschwindet, und Erika nimmt die sich immer noch wehrende Marianne unter den Arm und führt sie aus dem Lazarett. Draußen scheint die Sonne, es ist gleißend hell. Es dauert ein wenig, bis sich ihre Augen an die Helligkeit gewöhnt haben.

»Schau, Marianne. Die Sonne wärmt sogar ein bisschen. Ich versprech dir: alles wird gut, wenn wir erst alle auf der *Gustloff* sind.«

Willenlos lässt sich Marianne von Erika führen. Schwer lastet ihr Gewicht auf deren Arm.

Lilli kommt gerade von der Essenausgabe, wo sie sich einen Teller Suppe und einen Brotkanten besorgt hat. Als sie die Stufen zu ihrem Platz heraufbalanciert, damit sie die Suppe nicht verschüttet, sieht sie Berta Burkat, die mit einem Feldpolizisten ihre Decken durchwühlt. Erschrocken bleibt sie stehen.

Die Marineoberhelferin hat Sophie aufgedeckt und stupst die Kleine an. Erschrocken springt sie hoch.

»Das ist bodenlos! Das Kind ist tot, und es liegt hier schon seit fast zwei Tagen.«

Achtlos lässt Lilli ihren Teller fallen, rennt zu ihrer Tochter und wirft sich schützend über sie.

Die Burkat hält sie fest, drängt sie zur Seite.

»Wegschaffen!«, bellt sie den Feldpolizisten an. Der beugt sich hinunter und nimmt das kleine tote Mädchen auf den Arm.

»Nein! Nein. Lasst mir mein Kind. Es gehört zu mir.«

Lilli weint verzweifelt und will ihm das Kind wieder wegnehmen. Doch die Marineoberhelferin greift sich Lilli, schüttelt sie brutal und faucht sie an.

»Sie haben sich strafbar gemacht. Ein totes Kind hier zu verstecken. Unerhört, das hat ein Nachspiel.«

In diesem Moment erreicht Erika den Boden. Mit einem Blick hat sie die Situation begriffen.

»Lilli, was ist geschehen?«

Sie stürzt zu den sich rangelnden Frauen.

Berta Burkat lässt von Lilli ab, dreht sich um und sagt höhnisch:

»Das Fräulein Galetschky! Von Ihnen war ja nichts anderes zu erwarten: Sie haben zugelassen, dass hier eine Tote versteckt wird!«

Überlaut ist ihre Stimme, damit alle Umstehenden es auch ja mitkriegen.

»Bitte! Erika hat es nicht gewusst!«

Lilli zieht bittend an der Uniform der Marineoberhelferin.

Ärgerlich stößt Berta Burkat Lilli von sich, dreht sich frontal zu Erika.

»Außerdem haben Sie sich schon wieder unerlaubt entfernt ... Jetzt reicht's!«

Sie macht einen Schritt auf Erika zu und steht jetzt ganz nah vor ihr. Erika ist tief erschrocken. Sie weiß nicht, was sie tun oder sagen soll.

»Stehen Sie gefälligst stramm, wenn ich mit Ihnen rede!«, brüllt die Burkat sie an.

Erika nimmt Haltung an.

»Ich musste eine Hochschwangere ins Lazarett bringen ... Ein Notfall«, stottert sie.

»Der Notfall sind Sie, Galetschky!« Und böse grinsend setzt sie hinzu: »Darüber können Sie in der Strafkompanie nachdenken!«

Sie winkt einen jungen Feldpolizisten zu sich.

»Wachtmeister!«

Lilli fasst die Burkat beschwörend am Arm.

»Bitte! Es ist meine Schuld, Erika hat nur getan, was ich gesagt hab!«

Berta Burkat geht darauf nicht ein.

»Vorwärts! Abführen! In Arrest!«

Erika macht einen Schritt zur Seite, als der Polizist sie greifen will. Schnell zieht sie den Brief von Helmut aus der Tasche und hält ihn ihrer Vorgesetzten hin.

»Das geht nicht, ich werde erwartet … Bitte!«

Berta Burkat hält inne, erkennt den offiziellen Briefkopf, reißt das Schreiben an sich. Regungslos liest sie und starrt lange auf das Blatt Papier, ohne ein Wort zu sagen.

Endlich rührt sie sich wieder. Gefährlich ruhig sieht sie Erika an und sagt im Befehlston zum Feldpolizisten:

»Abführen. Sofort abführen und einsperren!«

Erika ist entsetzt. Sie wehrt sich, tritt gegen das Schienbein des Polizisten, versucht sich aus dem harten Griff zu winden.

»Nein! Nein. Das können Sie doch nicht machen!«

»Und wie ich kann«, antwortet Berta Burkat, bevor sie sich abwendet und das Schreiben fein säuberlich zusammenfaltet und einsteckt.

Unter dem andauernden Protestgeschrei von Lilli, die hinter der verhafteten Erika herläuft und immer wieder vom Feldpolizisten abgedrängt wird, wird Erika abgeführt. Die Treppe hinunter, durch die Halle und draußen über den Hof um die Halle herum. Der Polizist öffnet ein Tor mit schweren Riegeln. Krachend schiebt er sie zurück. Die Tür schwingt auf. Ein Gang wird sichtbar und ein paar Stahltüren. Er öffnet eine, stößt Erika in den dunklen Raum, schlägt die Tür wieder zu und schiebt einen Riegel davor.

»Verschwinden Sie, gute Frau«, sagt er zu Lilli und schließt das Tor.

Lilli steht ein paar Minuten verzweifelt vor dem Tor. Dann dreht sie sich um und geht hilflos weinend, die Hände in den Taschen, zurück zur Lagerhalle.

Als Helmut an Bord zurückgekehrt ist, begibt er sich zuerst ins Hospital auf dem A-Deck. Er sorgt sich um seinen Bruder, auch wenn sie sich bisher nur gestritten haben. Aber das taten sie ja schon oft, und dies ändert nichts an der Tatsache, dass sie sich zutiefst brüderlich zugetan sind.

Die letzten freien Betten sind inzwischen belegt worden. Die Krankenschwestern und Sanitäter haben alle Hände voll zu tun. Sie blicken nur kurz auf, als Helmut sich durch die Bettenreihen hindurchschlängelt. Doch als er bei dem Vorhang anlangt, hinter dem sein Bruder liegt, ist das Bett leer.

»Wo ist Kapitänleutnant Kehding?«, fragt er eine Schwester.

Diese zuckt nur mit den Schultern und wendet sich wieder ihrem Patienten zu.

Helmut geht eilig hinunter zu ihrer gemeinsamen Kammer. Leise öffnet er die Tür und knipst das Licht an: Haralds Koje ist leer, und sein Uniformmantel hängt nicht mehr über dem Stuhl. Dann kann er nur in seinem Büro bei der KMD sein, denkt Helmut und macht sich auf den Weg.

Auf der Treppe in der KMD trifft er auf Adjutant Lehmann, der ihn erstaunt ansieht.

»Kapitän Kehding!«

»Ist mein Bruder hier?«

»Ja, ich bring Sie hin. Bitte folgen Sie mir!«

Im zweiten Stock klopft er an eine Tür und tritt ein. Harald steht an seinem Schreibtisch. Er ist dabei, seine Sachen in eine Kiste zu packen, und hält gerade ein Foto seiner strahlenden jungen Frau und der beiden kleinen Töchter in den Händen, das er versunken betrachtet. Den Schmerz des Verlustes spürt er wie an dem Tag, als er die schreckliche Nachricht erhielt. Es war der Tag, an dem in ihm eine Welt zerbrach.

Adjutant Lehmann salutiert und holt Harald damit aus seinen Gedanken.

»Ja?«

»Herr Kaleu, Ihr Bruder …«

»Schon gut … Harald, ich denke, du liegst im Lazarett?«

»Hört, hört, er denkt!«, sagt Harald mit einem abfälligen Blick zu Lehmann.

»Ein U-Boot-Mann legt sich so schnell nicht hin … Außerdem haben unsere Marineärzte Wunderwaffen in ihrer Apotheke … Was willst du?«

Unfreundlich betrachtet er seinen jüngeren Bruder und macht ihm klar, dass der Besuch ihn stört. Er packt weiter seine Kiste und fordert Helmut nicht auf, sich zu setzen.

»Offenbar hältst du mich immer noch für einen Verräter, weil ich eure Uniform nicht anziehe. Denk es meinetwegen, aber finde dich endlich damit ab, dass wir keine Kinder mehr sind … Ich bin als Kapitän hier, auch wenn es dir nicht passt!«

Harald geht ans Fenster und schaut hinaus zur *Gustloff*.

»Warum interessiert dich dieser Oberfunkmaat?«

Helmut ist über den Themenwechsel irritiert, er kann zuerst nicht recht folgen.

»Der Funker … Woher hast du das?«

Harald sieht weiter aus dem Fenster.

»Ach so, verstehe … Korvettenkapitän Leonberg!«

Jetzt räuspert sich der Adjutant hinter ihm.

»Und Erika Galetschky … Wie gut kennen Sie die Frau?«

Helmut beginnt sich unwohl zu fühlen. Eine Gänsehaut läuft ihm über den Rücken.

»Was soll das werden?«

»Nur eine einfache Frage: Wie gut kennen Sie sie?«, wiederholt Lehmann, und sein Ton ist nicht freundlich.

»Nee, Freunde, so nicht!«

Helmut dreht sich um und geht zur Tür, doch Lehmann stellt sich ihm in den Weg.

»Wir sind noch nicht fertig!«, kommt es von Harald. Blitzartig dreht Helmut sich wieder um und starrt seinen Bruder fassungslos an. »Spielst du jetzt Gestapo? Ich bin dein Bruder, Mensch!«

Harald kehrt ohne Eile an den Schreibtisch zurück und setzt sich.

»Die Kriegsmarine ist keine Reisegesellschaft, wir müssen auf uns aufpassen.«

»Und das gibt dir das Recht, mir nachzuspionieren!«

Jetzt schaltet sich Lehmann wieder ein.

»Sie haben doch nach Oberfunkmaat Koch gefragt – er ist ein Vetter der Marinehelferin Galetschky … Wir haben unsere Leute im Blick. Also?«

Helmut schnauft verächtlich.

»Erika schreibt düstere Gedichte, ja und? Sie hat alles verloren in Königsberg, die Eltern, den Buchladen … Aber sie ist keine, die man ›im Blick haben‹ muss!«

»Sie trägt eine Uniform der Kriegsmarine!«

»Sie ist dienstverpflichtet! Wie alle!«

Harald zieht eine Akte heran, die auf seinem Tisch liegt. Er schlägt sie auf, dreht sie wortlos Helmut zu.

»Oberfunkmaat Koch ist seit Kriegsbeginn dabei. Ist letzten Herbst abgesoffen vor Ösel, Tiefflieger … Hat sich in die schwedischen Schären gerettet und in die Heimat durchgeschlagen. Hat sich sofort wieder zum Dienst gemeldet.«

Harald schaut Helmut direkt in die Augen.

»Frau und Töchter sind noch in Memel, heißt es, nicht mehr rausgekommen, als der Russe kam … Oder wollten die vielleicht gar nicht weg?«

»Keine Ahnung, ich kenne die Leute nicht.«

Helmut spürt Wut in sich aufsteigen.

»Es gibt neuerdings Volksgenossen, die meinen, sie müssten diesen Krieg beenden, indem sie auf die eigenen Leute schießen …«, bemerkt Lehmann hinter ihm.

»Sabotage? … Hören Sie, jetzt reicht's! Was hat meine Erika damit zu tun? Gar nichts. Das kann ich Ihnen versichern!«

Harald schlägt schwungvoll die Akte zu und steht auf. Er reibt sich die Hände.

»Na gut … Wann hast du zuletzt gepflegt gegessen?«

»Mir ist der Appetit vergangen.«

Harald kommt um den Schreibtisch herum und legt den Arm um Helmut.

»Nix da, beim Standortkommandeur oben gibt's noch eine stille Reserve … Du hast noch gar nichts von zu Hause erzählt … Wie geht's Mutter?«

Helmut macht sich frei. Seine Wut ist noch nicht verraucht.

»Wenn sie dich hier sehen könnte!«

Er geht zur Tür, doch Adjutant Lehmann stellt sich ihm wieder in den Weg. Helmut dreht sich zu Harald, zieht die Augenbrauen hoch.

Harald gibt Lehmann ein Zeichen, der tritt zur Seite und lässt Helmut gehen.

Ohne Gruß verlässt Helmut das Büro. Bevor die Tür zuschlägt, hört er seinen Bruder sagen:

»Einer muss die Drecksarbeit machen …«

Fassungslosigkeit und Entsetzen wechseln mit einem tiefen Gefühl der Enttäuschung, die Helmut die Tränen in die Augen treiben, als er sich zurück zum Schiff begibt. Was ist nur aus Harald geworden? Wie kann er so etwas tun, solch eine Aufgabe übernehmen?

Helmut spürt weder die klirrende Kälte, noch sieht er die Menschen um sich herum. Wie ein Roboter setzt er einen Schritt vor den anderen, und erst am Kai vor der *Gustloff* kommt er zurück in die Wirklichkeit. Ein metallisches Kreischen weckt ihn aus seinen düsteren Gedanken. Ein Zug der Hafenbahn ist vorgefahren. Auf den offenen Waggons stehen verschiedene Ruderboote und aufgestapelte Flöße. Einer ist vollgestapelt mit Blecheimern. Grinsend steht Sterup auf dem Trittbrett der Lokomotive.

»Fabelhaft! Leonberg hält wenigstens sein Versprechen.« Helmut ist sofort wieder bei der Sache. »Gut gemacht, Bootsmann. Jetzt nichts wie rauf damit.«

Plötzlich zupft ihn jemand am Ärmel. Helmut erschrickt. Kalli steht vor ihm, den Arm jetzt wieder eingesteckt und mit schlabberndem Mantelärmel. Den Schal hat er fest um den Kopf gewickelt. Sein Gesicht ist rot gefroren. Die Nase trieft.

»Hallo!«, sagt er leise.

»Junge! Was machst du denn hier?«

»Ich wollte nur erzählen, dass ich in dem Haus war, bei dem Elektrogeschäft.«

Helmut zieht ihn schnell zur Seite, weg von den Leuten, die vielleicht zuhören könnten.

»Du warst da drin? Ja bist du denn irre?«

»Da ist ein Mann gekommen und ins Haus gegangen, Kriegsmarine!«

»So ein großer Blonder?«

»Ja!«

»Und? Was war los da drinnen?«

»Weiß ich nicht ... Ich hab nur die Stimmen gehört ... und den Rundfunk.«

»Hast du verstanden, worüber gesprochen wurde?«

Kalli schüttelt den Kopf.

»Was lief denn im Rundfunk?«

»Hat nur gerauscht und getackert, wie bei der Post.«

»Du kannst nicht einfach in fremde Häuser einbrechen, Mensch!«

Kalli grinst: »Das hab ich auch noch gefunden.« Er zieht den Zipfel einer Mettwurst aus der Tasche. Und einen der Äpfel, den er Helmut hinhält.

»Behalt den man selber.«

Der Junge hat Nerven! Helmut überlegt fieberhaft, was er mit Kalli anfangen soll.

»Sie wollten doch wissen, was mit dem Haus ist.«

»Ja, aber dass du da gleich reingehst ...«

Helmuts Blick bleibt an den Rettungskuttern hängen, die auf den Eisenbahnwaggons zur Verladung bereitstehen.

Er packt Kalli am Kragen und zieht ihn ganz nah zu sich heran.

»Was ich dir jetzt sage, hab ich nie gesagt. Ist das klar?«

Und dann flüstert er Kalli ins Ohr:

»Siehst du die Boote da drüben? Die werden heute noch auf die *Gustloff* verladen ...«

Kalli schaut ihn verständnislos an.

»Auf die *Gustloff*! Verstehst du!?«

Jetzt hat Kalli kapiert. Aufgeregt nickt er.

»Lass dich nicht erwischen, Junge. Viel Glück!«

Helmut klopft Kalli auf die Schulter und begibt sich zur *Gustloff*. Kalli schaut ihm nach, dann dreht er sich um und geht, als wenn nichts wäre, in Richtung Lagerhalle. Das muss er sofort seiner Mutter erzählen. Beim Gehen zieht er sein Bein nach. Jeder, der ihn beobachtet, hält ihn für ein bedauernswertes junges Opfer dieses unfassbaren Krieges, der schon kleine Jungen zu Krüppeln gemacht hat.

Harald hat das Treffen mit dem Fernglas von seinem Fenster aus beobachtet.

»Mit wem redet der da?«, sagt er laut. »Was ist das schon wieder für eine Kungelei?«

Es klopft an der Tür, und eine Marinehelferin kommt herein.

»Herr Kaleu! Das kam gerade durch.«

Sie händigt Harald ein Schreiben aus und verlässt wieder den Raum. Harald wirft einen kurzen Blick auf das Papier, und sein Gesichtsausdruck wird ernst. Er beißt die Zähne so fest zusammen, dass seine Kiefermuskeln hervortreten. Er greift seine Mütze, und mit dem Papier in der Hand macht er sich auf den Weg. Im Erdgeschoss am Ende der hinteren Treppe öffnet er eine dicke Stahltür. Modriger Geruch schlägt ihm entgegen. Laut hallen seine Schritte von den nackten feuchten Betonwänden wider. Er klettert die Kellertreppe hinunter und verharrt auf der letzten Stufe. Wasser steht zentimeterhoch auf dem Boden. Im übernächsten Kellerraum sieht er die junge Frau und den Mann vom Verhör gestern. Sie stehen nebeneinander vor der fensterlosen nackten Wand. Beide haben eine Binde über den Augen, die Hände sind auf dem Rücken gefesselt. Dem Mann sickert Blut aus einer aufgeschlagenen Lippe, und die Frau hat zerzaustes Haar und eine Wunde an der Stirn.

Adjutant Lehmann tigert unruhig auf und ab, ein Feldpolizist sitzt rücklings auf einem Stuhl. Ein anderer wartet an der Tür mit dem Gewehr in der Armbeuge.

Harald mustert die beiden Gefangenen, winkt Lehmann zu sich herüber und händigt ihm ein Schreiben aus.

»Es ist entschieden. Das Urteil kam grad vom Standgericht.«

Lehmann geht zurück, sehr nah zu den Delinquenten.

»... der Zeuge bleibt dabei: Es war euer Auftrag, den Zaun aufzuschneiden und unser Tanklager in die Luft zu jagen ... Daraus ist ja nun nichts geworden ... Was sollte uns noch um die Ohren fliegen? Raus damit!«

Breitbeinig stellt er sich vor die beiden.

»Bitte! Wir wissen wirklich nichts. So glauben Sie uns doch!« Die Frau klingt panisch und zerrt an ihren Handfesseln.

Harald widert das alles an, nur noch Lüge, Verrat und Feigheit, wo man hinsieht. Seine Bauchschmerzen setzen wieder ein. Er beißt sich auf die Lippe und beginnt die Stufen wieder hinaufzusteigen.

Die Stimme von Lehmann verfolgt ihn nach oben.

»Wie wär's mit der *Gustloff*? Der Zeuge sagt weiter: Das Schiff sei euer nächstes Ziel gewesen, ihr wolltet euch an Bord schleichen ... Der Knall wäre bis Leningrad zu hören gewesen!«

Keiner der beiden antwortet.

Als Harald an der Eisentür angelangt ist, knallen zwei Schüsse. Dann ist es still.

Harald bleibt stehen, lehnt seine Stirn an das kalte Metall und schließt die Augen.

KAPITEL 11

Vor dem Kontorraum stehen die Flüchtlinge immer noch in langen Schlangen an. Unermüdlich nehmen die Marinehelferinnen die Personalien auf und händigen die Bordkarten aus. Die Einschiffung läuft rund um die Uhr. Auf einmal kommen ein paar alte Männer herein und bringen eine Nachricht mit, die die gesamte Organisation zusammenbrechen lässt.

»Die *Gustloff* und die anderen Schiffe nehmen ab sofort auch ohne Bordkarten auf.« Noch zögern die Menschen, das zu glauben, wollen ihren hart erkämpften Platz in der Schlange nicht einfach aufgeben. Nur die ganz hinten laufen sofort zu ihrem Gepäck. Eine der Marinehelferinnen vergewissert sich per Telefon und meldet dann laut, dass alle es hören können:

»Es sind keine Bordkarten mehr nötig. Der Zugang zur *Gustloff* und zu anderen Schiffen ist frei für jeden, der nicht dienstverpflichtet ist.«

Unruhe kommt auf, die geordneten Warteschlangen lösen sich blitzartig auf. Alle rennen durcheinander, suchen ihre Kinder und alten Eltern. Und alle machen sich sofort auf den Weg zum Kai.

Berta Burkat beobachtet das Geschehen und läuft unruhig hin und her. Da sieht sie Lilli auf sich zukommen, und dreht sich schnell weg, will ins Kontor verschwinden. Doch Lilli ist schneller und erreicht sie vor der Glastür. Unwirsch dreht Berta Burkat sich um.

»Ich bitte Sie, lassen Sie Erika laufen, das Mädchen hat schon alles verloren!«

»Extrawürste gibt's bei mir nicht, schon gar nicht für eine wie die Galetschky, die vergiftet die Gemeinschaft!«

Sie winkt eine junge Marinehelferin heran.

»Herkommen! ... Stimmt das? Keine Bordkarten mehr nötig?«

»Ja, Oberhelferin. Die nehmen ab sofort auch so auf!«

Frau Burkat lässt Lilli ohne ein weiteres Wort stehen und marschiert zum Kontorraum.

Lilli ruft ihr böse hinterher: »Die Gemeinschaft! Was ist denn geworden aus der Gemeinschaft? Sehen Sie sich doch mal um!«

Ein dicker Mann in Parteiuniform bleibt stehen und blickt Lilli mit hochgezogenen Augenbrauen an. Schon macht er einen Schritt auf sie zu.

»Ist doch wahr ...«

Doch bevor Lilli sich weiter aufregen kann, taucht plötzlich Kalli auf. Schnell zieht er seine Mutter in eine Ecke.

»Mama! Komm, lass das lieber. Sonst sperren die dich auch noch ein.«

»Karlchen! Wo kommst du denn her?«

Sie nimmt ihn glücklich in den Arm, doch Kalli macht sich los und humpelt die Treppe hinauf zu ihrem Lagerplatz. Er bleibt wie vom Blitz getroffen stehen. Sophie ist weg. Leer liegen die Decken auf dem Boden.

»Wo ist sie?«

»Sie haben sie gefunden und mitgenommen.«

Lilli bricht wieder in Tränen aus.

»Sie geben ihr ein Grab ... mit vielen ... irgendwo ... Mich wollten sie nicht mitgehen lassen.«

»Es ist besser so, Mama, wir können sie sowieso nicht mitnehmen ...«

Flüsternd fügt er hinzu:

»Mama, ich weiß jetzt, wie ich auf die *Gustloff* komme, und du musst auch gehen, Mama! Wir sehen uns auf dem Schiff wieder!«

Alarmiert sieht Lilli ihren Sohn an.

»Du willst dich einschleichen?«

Kalli nickt.

»Hat er dir gesagt, wie? Erikas Kapitän?«

Wieder nickt er nur. Lilli schließt ihn in die Arme und macht mit ihrem Finger ein Kreuz auf seiner Stirn.

»Dann geh, mein Karl ... Geh mit Gott!«

Im Kontorraum steht Berta Burkat und kramt in verschiedenen Schubladen und Kartons. Unruhig lässt sie die Bordkarten, die nun nicht mehr gebraucht werden, durch ihre Finger gleiten wie ein Kartenspiel. Die Warteschlangen haben sich aufgelöst. Jeder strebt zu den Ausgängen, zum Hafen, zur *Gustloff*!

Die junge Marinehelferin betritt den Kontorraum.

»Was tun wir denn nun? Was machen wir mit den Listen?«

»Sortieren nach Nummern. Und zwar fehlerlos!«

Berta Burkat nimmt ihren Mantel und drängt in der Tür an ihr vorbei.

»Ich hab in der Stadt zu tun. Sie halten die Stellung!«

Die Marinehelferin nickt und schaut ihrer Vorgesetzten verwundert nach. Dann setzt sie sich und beginnt, die Listen mit den Namen und Adressen ordentlich zu sortieren.

Es ist drei Uhr nachmittags, und die Dämmerung bricht über Gotenhafen herein. Es hat zu schneien begonnen, dicke Flocken fallen vom Himmel und überziehen alles in wenigen Minuten mit einer weißen Decke. Die mächtige *Gustloff* liegt ruhig am Pier, nur die Lampen über den Eingängen werfen gelbe Lichtkegel. Langsam arbeiten sich die Wartenden Schritt für Schritt vorwärts. Tausende stehen jetzt mit einem Sack, einem Köfferchen, den Kindern oder den alten Eltern im Schneetreiben auf dem Kai. Der Zustrom ist unvermindert, und immer mehr Menschen drängen von hinten nach. Die Zahl der Wachmatrosen ist aufgestockt worden. Überall stehen sie mit ihren glänzenden Knöpfen an den Mänteln und dem Gewehr herum und beobachten die Leute. Feldpolizisten gehen die Reihen ab und greifen hier und dort Männer und Jungen heraus. Dann gibt es jedes Mal Aufruhr unter den Angehörigen, die Mütter, Ehefrauen, Schwestern und Kinder weinen, flehen, bitten und schimpfen, aber es hilft nichts. Die Aufgegriffenen werden weggeführt, und nach kurzer Zeit kehrt resignierte Ruhe ein. Die Menschen sind abgestumpft, frieren, wollen nur noch aufs Schiff. Immer wieder müssen die Matrosen rücksichtslose Drängler stoppen, die sich rigoros durch die Wartenden zu schieben versuchen. Wer weiß, ob die Türen nicht bald wieder geschlossen werden. Der »Blaue Peter«, die Signalflagge, die anzeigt, dass ein Schiff in den nächsten vierundzwanzig Stunden den Hafen verlässt, wird unter den gegebenen Umständen nirgendwo in Gotenhafen gehisst, auch nicht auf der *Gustloff*. Von hier draußen kann niemand sehen, ob das Schiff schon voll ist und wer es noch hineinschaffen wird. Wer oben an Bord gelangt, muss dem Wachmatrosen seine Papiere vorzeigen, ein neuer Strich auf der Liste, und dann hat man mit einem Schritt in das warme Schiffsinnere das Elend der vergangenen Wochen hinter sich gelassen. Geschafft! Gerettet! Jetzt kann es nur noch besser werden.

Kalli schleicht währenddessen um die Eisenbahnwaggons herum. Vorsichtig und immer in Deckung bleibend, sucht er eine Möglichkeit, unbemerkt nah genug an die Boote heranzukommen. Da taucht plötzlich Berta Burkat auf. Sie hat ein kleines Köfferchen in der Hand, bleibt stehen und sieht in Richtung *Gustloff*. Kalli duckt sich erschrocken hinter einen Berg von Gepäckstücken.

Die Marineoberhelferin geht weiter den Kai entlang, vorbei an Lastwagen von Rotem Kreuz und Wehrmacht zur hinteren Stelling der *Gustloff*. Ununterbrochen tragen Marineleute über die eiserne Stelling Verwundete, aber auch Proviant, Gepäck, Säcke und Kisten in die Laderäume des Schiffes. Zivilpersonen haben dort keinen Zutritt und werden abgewiesen. Berta Burkat hat ihre graublaue Uniform an, mit dem vorgeschriebenen Barett auf dem Kopf marschiert sie, ohne zu stocken, auf die Stelling zu. Aus der Manteltasche zieht sie ein Papier und hält es dem Wachhabenden hin. Der liest kurz, schaut die Oberhelferin grinsend an:

»Verlobt mit Kapitän Kehding. Gratuliere!«

Er lässt sie passieren. Berta Burkat steigt die Stelling hinauf und verschwindet ohne einen Blick zurück im Schiff.

In die Nebenstraße hinter dem Lagerschuppen biegt die schwarze Limousine von Kapitänleutnant Kehding, gefolgt von einem Lastwagen. Die Scheinwerfer sind nicht angeschaltet. Vor dem Elektroladen halten sie an. Die Wagentüren fliegen auf, und Adjutant Lehmann und Harald steigen aus. Von der Ladefläche des Lasters springen ein paar Matrosen mit Gewehren herunter und umstellen blitzschnell den dunklen Laden.

Adjutant Lehmann und ein Unteroffizier marschieren durch den Schnee zur Haustür. Laut schallt das Klopfen durch die ansonsten stille Straße. Nichts passiert.

»Aufbrechen!«, befiehlt Lehmann, und der Unteroffizier wirft sich gegen die Tür. Aber erst als noch zwei weitere Soldaten helfen und gegen das Holz treten, splittert der Rahmen, und sie können die Tür aufbrechen. Alle verschwinden im Haus, nur Harald Kehding bleibt draußen stehen und beobachtet die gespenstisch stille Straße.

Nach kurzer Zeit kommt Lehmann zurück.

»Schuss in den Ofen ... Die Vögel sind ausgeflogen!«

Zum Unteroffizier sagt er:

»Nachbarschaft befragen!«

Harald steigt zurück in den Wagen und schlägt wütend die Tür zu. Sein Bauch beginnt wieder zu schmerzen. Er sieht kleine weiße Punkte und beißt die Zähne zusammen. Adjutant Lehmann öffnet die Kellertür und steigt vorsichtig hinunter, während der Unteroffizier bei den Nachbarn klopft. Aber niemand öffnet, und nirgendwo geht Licht an. Die Straße scheint völlig unbewohnt. Harald sitzt allein im Wagen, atmet flach, bis der Anfall abebbt, und starrt ins Leere. Kurze Zeit später stehen alle wieder vor dem Haus.

»Niemand zu finden, keine Nachbarn, nichts.«

Lehmann befiehlt, die Nahrungsmittel aus dem Keller aufzuladen, steigt neben Harald in den Wagen, schaltet die Scheinwerfer an und fährt los.

Kurz vor dem Kai an der *Gustloff* bleibt der Wagen in der Menschenmenge stecken. Zwei Wachmatrosen kommen angelaufen und schieben die Menge auseinander, um Platz zu schaffen. Murrend, aber in Zeitlupe bewegen sich die Menschen und machen eine Gasse frei. Alle schauen auf den schwarzen Wagen, der sich jetzt wieder in Bewegung setzt, auch die Wachmänner an den Waggons sind abgelenkt.

Kalli hockt hinter Kisten und erkennt sofort seine Chance. Mit drei langen Sprüngen ist er an dem nächstgelegenen Rettungsboot. Er schiebt die Persenning zur Seite, klettert hinein und hält den Atem an. Keine Reaktion. Fürs Erste hat er es geschafft. Jetzt müssen sie das Boot nur noch an Deck hieven.

Harald und Lehmann drängen sich durch die Wartenden hindurch und betreten die Halle. Auch hier ist jetzt kaum noch Platz. Überall Menschen. Vom Zahlmeister holt Lehmann die Nummer der Kammer, in der Hagen Koch untergebracht ist. Bemüht, niemanden umzurennen, eilen sie durchs Schilf. Ohne anzuklopfen, betreten die beiden Offiziere die angegebene Kammer. Lehmann schaltet das Licht an, Harald schließt die Tür hinter ihnen.

Hagen Koch setzt sich erschrocken in seiner Koje auf. Er ist vollständig angezogen, blinzelt verschlafen.

»Scheiße! Licht aus! Ich penn!«

»Keine Zeit mehr gehabt, die Uniform auszuziehen?«

Lehmann geht nah an die Koje heran.

»Ich schlaf immer in Klamotten, seit ich abgesoffen bin, verdammt!«

Hagen Koch hebt die Hand über die Augen – jetzt erst erkennt er, wer ihn so rüde aus dem Schlaf geholt hat. Er springt aus seiner Koje und nimmt Haltung an.

»Herr Kaleu!«

»Wie lange liegen Sie hier schon?«

»Seit zwanzig Uhr zehn ... plus minus drei Minuten.«

Der Funker fährt sich mit den Händen durchs Haar und geht einen Schritt weg von Adjutant Lehmann.

»War mal jemand hier?«

»Nein, mein Stubenkamerad hat mich abgelöst.«

»Das Schiff verlassen zwischendurch?«

»Nein ... Bin froh, wenn ich mal pennen kann.«

Harald zieht sich einen Stuhl heran und setzt sich.

»Zum ersten Mal in Gotenhafen?«

»Jawoll, Herr Kaleu!«

»Irgendwelche Kontakte in der Stadt?«

Hagen Koch strafft sich merklich und sieht Harald direkt in die Augen.

»Nein, Herr Kaleu, niemand!«

Harald zögert, beklemmende Stille macht sich breit.

»Genau überlegen, Obermaat!«

Hagen Koch schluckt, schaut aber immer noch Harald an. Lehmann macht einen bedrohlichen Schritt auf ihn zu. Hagen Koch wechselt das Standbein.

»Na ja ... Höchstens eine Kusine aus Königsberg.«

»Die Marinehelferin Galetschky, Erika!« Lehmann ist jetzt ganz nah an Kochs Gesicht.

»Ja ... Aber vor ein paar Tagen hab ich noch gar nicht gewusst, dass sie hier ist!«

»Sie sind in der Stadt gesehen worden, Obermaat ... Vom Schiff gegangen ohne Abmeldung?«

»Ja, das war ein Fehler, tut mir leid ... Aber ich hab meine Kusine seit Jahren nicht gesehen.«

»Warum so geheimnisvoll?«

»Im Funkraum ist noch ein Haufen Arbeit ... Die Kameraden sollen nicht denken, ich zieh um die Häuser, statt mich auszuschlafen.«

Harald setzt sich auf.

»Und was sollen wir denken?«

»Ich versteh nicht, Herr Kaleu … Ich bin ein alter Soldat, ich war schon 1918 in der kaiserlichen Marine, ich weiß, wo ich hingehör!«

»Worüber reden Sie denn so mit Ihrer Kusine?«

»Worüber? Die Familie … Erika hat alles verloren, die Eltern in Königsberg, das Haus, alles weg.«

»Ist bekannt!«

Lehmann schaltet sich wieder ein.

»Ihre Familie ist in Memel geblieben?«

»Jawoll … Das wissen Sie?«

»Nur antworten, Obermaat! Haben Sie Kontakt?«

»Wie denn? Da ist doch seit Tagen der Russe!«

Hagen Koch ist anzumerken, dass jetzt Ärger in ihm hochsteigt.

Lehmann fixiert ihn forschend.

»Selbst mal Kontakt gehabt mit dem Iwan?«

»Nein, zum Glück nicht … Warum fragen Sie das alles? Macht der Zivilist Kehding Stimmung gegen mich?«

»Wie kommen Sie darauf?«

»Er verdreht meiner Kusine den Kopf!«

Harald steht auf.

»Ist es nicht eher umgekehrt?«

Hagen Koch schweigt, zuckt mit den Achseln.

»Warum nehmen Sie Ihre Kusine nicht mit nach Kiel?«

»Erika gehört einer militärischen Einheit an, sie hat Vorgesetzte, die für sie sorgen!«

Harald geht zur Tür, gibt Lehmann ein Zeichen, ihm zu folgen.

»Na gut, Obermaat, weiterschlafen! Falls Ihre Kusine Kontakt aufnimmt: Sofort melden, klar?«

Der Funker nimmt Haltung an, legt die Hand an die Stirn und schlägt die bestrumpften Hacken zusammen, während die beiden Offiziere seine Kammer verlassen. Dann fährt er sich mit der Hand durchs Haar und sucht unter der Koje nach seinen Schuhen.

Überall in den Gängen und Hallen sitzen inzwischen Menschen auf Kisten und Koffern. Die Besatzung hat ihre Quartiere und die Aufenthaltsräume weitgehend geräumt und den Flüchtlingen zur Verfügung gestellt. Trotz aller Bemühungen der Matrosen ist es dennoch unmöglich, die Gänge frei zu halten. Die Deckoffiziere beobachten das Geschehen voller Sorge, alle Rettungswege sind verstopft, sogar auf den Treppenstufen hocken Menschen. Die Rettungswesten, die die Leute jederzeit tragen sollen, machen alles noch komplizierter. Sie sind dick und kantig, und so verhakeln sich diejenigen, die versuchen vorwärtszukommen, mit den anderen. Und schlafen kann man mit den harten korkgefüllten Westen auch nicht. So haben die meisten die Westen wieder ausgezogen und irgendwo hingelegt. Den Kindern sind sie sowieso viel zu groß. Immer wieder kommen Durchsagen, die die Leute ermahnen, die Westen zu tragen.

Zum Abendessen gibt es für jeden Erbsensuppe und Brot. Die Kinder bekommen heiße Milch und Griesbrei auf die an die Mütter ausgeteilten Milchkarten.

Bis tief in die Nacht kehrt auf dem Schiff keine Ruhe ein. Draußen rattern die Ladekräne, und Matrosen verstauen Gepäck und Proviant. Noch einmal mussten Mehl, Zucker, Milch und sechzig weitere Schweinehälften nachgeordert werden. Die Versorgungsabteilung der KMD hat fast alles beschaffen können.

Inzwischen ist ein neuer großer Flüchtlingstreck angekommen, und ein Zug verwundeter Infanteristen aus der Gegend um Elbing/Marienburg läuft auf dem Kai ein. Alle werden aufgenommen. Dazu kommt noch eine Abteilung junger Marinehelferinnen.

Der Einschiffungsoffizier wurde informiert und hat die Gruppe unten im E-Deck in der schiffseigenen Jugendherberge sowie im Schwimmbad untergebracht. Das Wasser ist abgelassen und der Boden mit Matratzen ausgelegt worden.

Kurz nach elf Uhr ist dann auch die letzte Kammer der *Gustloff* besetzt, die Führerkabine auf dem B-Deck. Es ist die am besten ausgestattete und größte Kammer an Bord, für Adolf Hitler vorgesehen, der bisher jedoch noch nie Gebrauch von seinem Privileg gemacht hat. Jetzt richten sich dort die Familie und das Personal von Gotenhafens Oberbürgermeister Schlichting ein, insgesamt dreizehn Personen, Schlichting selbst hat sie an Bord gebracht, sich aber wieder verabschiedet.

»Ich habe Gotenhafen zu verteidigen«, sagt er dem Deckoffizier und geht wieder von Bord. Auch der Kreisleiter der NSDAP-Gotenhafen hat am frühen Abend seine fünf Kinder, ein Dienstmädchen, ein Kindermädchen und seine Frau auf die *Gustloff* begleitet und ist wieder von Bord gegangen. Sie sind in der geräumigen Kammer von Robert Ley einquartiert, die nahe der des Führers liegt.

Nicht weit entfernt wälzt sich Kapitänleutnant Petri in seiner Koje hin und her. Er findet keinen Schlaf. Hasso liegt auf seiner Decke und beobachtet seinen Herrn. Die Unruhe überträgt sich auf ihn. Petri hat kurz vor dem Zubettgehen ein Blitztelegramm des Befehlshabers U-Boote-Ost bekommen, das jetzt auf seinem Arbeitstisch vor dem Fenster liegt. »... drei feindliche u-boote 23 uhr 06 im seequadrat victor toni 4923 rechts oben höhe königsberg – stop – laufen aufgetaucht langsame fahrt kurs nn – stop – sind erfasst werden überwacht – stop – mittlere und westliche ostsee frei von u-booten – stop.«

Beruhigend zu wissen, denkt Petri, und dennoch rühren sich Zweifel im Herzen des erfahrenen U-Boot-Mannes. Er nimmt sich vor, sich wie immer nichts anmerken zu lassen. Der Zivilist Kehding würde nur wieder Schwierigkeiten machen.

KAPITEL 12

Es ist kurz vor Mitternacht. In der Bordwäscherei herrscht immer noch Feierlaune. Alle Wäschemädchen sind versammelt. Auf dem Tisch stehen Flaschen und Gläser. Zwischen den Lampen an der Wand hängt quer durch den Raum eine der Girlanden mit Hakenkreuzfähnchen. Über der Bank hängt ein mit Goldband geschmücktes großes Porträt von Wilhelm Gustloff in Parteiuniform. Einige Matrosen stehen herum, auch Bootsmann Sterup ist da. Ortsgruppenleiter Escher hält eine Flasche Sekt in der Hand und schaut auf die Schiffsuhr neben dem ebenfalls geschmückten Bild des Führers. Als der Zeiger die Zwölf erreicht, knallt der Korken aus der Flasche, und alle jubeln laut auf. Es ist der 30. Januar 1945. Traudl schenkt die Gläser voll und teilt sie aus, als die Tür aufgeht und Hagen Koch fröhlich grüßend eintritt. Sofort ist Traudl an seiner Seite und drückt ihm ein Glas in die Hand. Hagen Koch legt einen Arm um ihre Schulter und flüstert ihr was ins Ohr. Kreischendes Gekicher ist die Folge.

Ortsgruppenleiter Escher setzt gerade zu eine Rede an, da öffnet sich wieder die Tür. Diesmal zaghaft. Berta Burkats Kopf erscheint. Unsicher sieht sie hinein, dann tritt sie ganz ins Zimmer. Sie hat immer noch ihren Koffer dabei. Escher erkennt die Streifen der Oberhelferin.

»Ja, bitte?«

»Ortsgruppenleiter?«

Escher mustert sie wohlwollend lächelnd.

»Das bin ich.«

»Ich hab mir sagen lassen, Sie könnten Unterstützung brauchen … für die Feier zum Jahrestag?«

»Unterstützung? Soso ... Der Name?«

»Burkat ... Berta Burkat aus Kolberg.«

Escher mustert sie unverhohlen von Kopf bis Fuß, die Oberhelferin lächelt und schlägt keusch die Augen nieder.

»Aus Kolberg, na ... Sie sehen aus wie eine verdiente Parteigenossin ... Wo soll's denn hingehen?«

»Ich bin da, wo ich gebraucht werde.«

Escher atmet tief durch, ihm gefällt der Gedanke, eine solch verdiente Mitarbeiterin zur besonderen Verfügung zu haben.

»Ja wunderbar. Dann kommen Sie, Oberhelferin, und setzen Sie sich zu mir.«

Die Wäschemädel und die anderen Gäste heben ihre Gläser und beginnen zu singen:

»Hoch soll er leben, hoch soll er leben, dreimal hoch ...«

Escher reicht Berta Burkat rasch ein Glas und stößt mit ihr an. Gemeinsam fallen sie in den Gesang ein:

»Er le-ebe, er le-ebe, er lebe dreimal hoch, hoch, hoch!«

Escher nimmt Haltung an, prostet dem Gustloff-Porträt an der Wand zu.

»Auf den 50. Geburtstag des treuen Kameraden Wilhelm Gustloff! Er starb fürs Vaterland, er lebt in uns allen für immer! Hurra!«

Alle Anwesenden schreien: »Hurra! Hurra! Er lebe hoch!«

Mit einem Knall fliegt die Tür auf und schlägt gegen den Rahmen. Harald Kehding kommt herein, gestützt auf Adjutant Lehmann. Er ist bleich, und Schweiß steht ihm auf der Stirn. Sein Magen brennt wie Feuer, doch er sagt:

»Los, Lehmann, jetzt lassen wir noch mal so richtig die Sau raus!«

Escher lässt die Burkat stehen und will Lehmann helfen, den Kapitänleutnant zu einem Stuhl zu schleppen, doch Harald schüttelt sie beide ab und geht steif, aber aufrecht zur Bank.

»Champagner, Ortsgruppenleiter!«

Escher bringt ihm schnell ein volles Glas.

»Trinken Sie, Kaleu, das hält den Mann fidel!«

Harald schließt die Augen, stürzt hintereinander zwei, drei Gläser hinunter und hält es Escher zum Auffüllen gleich wieder hin. Gemischt mit den starken Schmerzmitteln, gelangt der Alkohol schnell in sein Blut. Schon nach wenigen Minuten klingt seine Stimme angetrunken.

»Hören Sie, Escher ... Schiffe tauft man nach Sternen: Orion, Sirius, Aldebaran ... Nach den Schönheiten der Erde: Kap Arkona, Feuerland ... Oder nach eleganten Kap'tänsfrauen! Warum in Gottes Namen: Will-Helm-Gust-Loff? ... Ein Schiff, Escher!«

Verständnislos glotzt Escher ihn an. Stille. Die anderen sind irritiert. Lehmann versucht zu retten, was nicht mehr zu retten ist.

»Kaleu Kehding. Es wird Zeit. Wir müssen morgen früh raus.«

Er nimmt Harald wieder unter den Arm, und beide verlassen die Kammer. Die Gesellschaft kehrt zurück zu ihrer fröhlich-lauten Feier. Nur Escher schaut immer noch konsterniert, und Bootsmann Sterup grinst verstohlen in seiner Ecke.

Früh am Morgen, gleich nach dem Frühstück, gehen Kapitän Johannsen und Helmut Kehding zusammen auf die Brücke. Das Wetter hat sich verschlechtert. Tief hängen die Schneewolken über dem Hafenbecken. Die Sicht ist trüb, kaum ist das Licht am Ende der Hafenausfahrt zu erkennen. Das Thermometer ist noch einmal gefallen. Draußen sind jetzt sechsundzwanzig Grad minus, das ganze Schiff ist mit einer dicken Eiskruste überzogen. Die beiden Kapitäne überprüfen die Instrumente, schalten die Positionslichter ein und aus, rufen per Telegraf im Maschinenraum an. Alles funktioniert, keine technischen Fehler zu entdecken. Doch ein wichtiger Test fehlt noch.

Kapitän Johannsen nimmt den Hörer des Bordtelefons ab und macht seine Durchsage, die auf allen Decks aus den Lautsprechern zu hören ist:

»Achtung, Achtung, wir führen jetzt eine Schottenschließübung durch. Das Schließen der Schotten wird durch drei kurze Klingelzeichen angekündigt.«

Noch einmal wiederholt er die Durchsage, dann drückt er dreimal kurz auf den Knopf, der die Klingelzeichen ertönen lässt, und legt am Telegrafen den Hebel um auf »Schotten dicht«. Mit einem ungeheuren Rumpeln schieben sich die dicken Stahlplatten auf den drei untersten Decks zu. Auf der elektrischen Leuchttafel blinken gleichzeitig die Lichter auf, die beweisen, dass die Platten eingerastet sind. Bis hinauf zum C-Deck ist die *Gustloff* jetzt wasserdicht, vertikal und horizontal. Sollte es irgendwo einen Wassereinbruch geben, läuft der Abschnitt nur bis zum nächsten Schott voll.

Johannsen gibt über Bordfunk Entwarnung und öffnet die Schotten wieder.

»Klappt einwandfrei. Alles in Ordnung!«

Helmut nickt zufrieden und geht hinüber in den Kartenraum. Er sucht sich die Karte ihres Ostseeabschnitts heraus, breitet sie auf dem Tisch aus und greift nach Zirkel und Dreiecklineal. Mit dem Finger folgt er den eingezeichneten Zwangswegen, die die Kriegsmarine vorschreibt. Hinter der Halbinsel Hela führt der eine direkt unterhalb der pommerschen Küste entlang, der andere, der Tiefwasserweg, parallel etwa zehn Meilen draußen auf See. Konzentriert nimmt Helmut Kehding einen Kurs an der Kompassrose und überträgt ihn mit den Dreiecken auf die Karte. Hela-Spitze bis Zwangswegtonne 1. Mit dem Bleistift zieht er eine feine Kurslinie. Dann zögert er und lässt den Bleistift nervös zwischen den Fingern tanzen.

Johannsen schaut herein.

»Probleme, Herr Kehding?«

»Allein da draußen ohne Sicherungsschiffe der 9. SD? Das ist unverantwortlich!«

Johannsen tritt an die Karte, blickt auf die Kurslinie, die Helmut gezogen hat.

»Herr Kehding, wir sind hier nur die Saaldiener ... Die U-Boot-Leute zahlen für die Musik!«

»Sie meinen, Sie würden trotzdem fahren, auch ohne entsprechendes Sicherungsgeleit?«

»Ich fürchte, das haben wir nicht zu entscheiden, oder verfügen Sie über eigene Sicherungsschiffe? Warten wird die U-Boot-Führung nicht, keinen einzigen Tag.«

Helmut mustert ihn und zögert, doch dann stellt er die Frage:

»Was war das für eine Geschichte in Mombasa?«

»Das hat man Ihnen natürlich nicht verschwiegen.«

Müde sieht er Helmut an.

»Im Seetransportstab haben sie es mir erzählt, als klar war, dass ich hierher zu Ihnen fliege.«

»Na dann wissen Sie ja, dass ich dem Engländer geschworen habe, kein Schiff mehr zu führen, das haben die schriftlich. Sie haben mir die Pistole auf die Brust gesetzt: ins Lager oder in die Freiheit … Für den Preis, kein Schiff mehr zu führen, solange Krieg ist.«

»Verstehe. Sie brauchen mich hoffentlich nicht nur als Strohmann.«

»Unsinn, hier wird ein Mann gebraucht, der die Ostsee kennt, das wissen Sie.«

Nachdenklich geht Helmut ein paar Schritte.

»Sie sind jung, Herr Kehding … Sie glauben gar nicht, wie mir der Zirkus hier zum Hals raushängt … Schon seit vier Jahren sitz ich auf dem Trocknen … Sie kennen auch die Linienfahrt … Rio, Montevideo, Buenos Aires … Was da los war … So hab ich mir das Ende bestimmt nicht vorgestellt: als besserer Hausmeister für diese Herren …«

Traurig fügt der alte Kapitän hinzu:

»Ich hab auf See nichts mehr verloren.«

Helmut bleibt stehen, sieht ihn an.

»Ich muss mich darauf verlassen können, dass ich in der Schiffsführung freie Hand habe!«

»Haben Sie, Herr Kapitän!«

Plötzlich ist Hasso da und schnüffelt herum. Keine zwei Sekunden später folgt Petri.

»Guten Morgen, die Herren … Komme direkt vom Chef der

U-Boot-Ausbildung. Entscheidung wie folgt: Auslaufen heute, zwölf Uhr dreißig!«

Johannsen verzieht keine Miene. Helmut richtet sich alarmiert auf.

»Kehding, jetzt gucken Sie nicht so! Sicherungsgeleit erfolgt durch eigene Hilfsschiffe der U-Boot-Waffe. Treffen Sie Ihre Vorbereitungen!«

Lässig legt Petri die Hand an die Mütze und geht hinaus. Hasso folgt ihm auf dem Fuß. Er weiß, dass es nach draußen an die frische Luft geht, und freut sich. Helmut sieht fragend Johannsen an, doch der wendet sich müde ab und sagt kein Wort.

Auf dem Sonnendeck werden die Boote mit dem Bordkran hochgezogen und miteinander vertäut. Matrosen stapeln die schweren Flöße übereinander und sichern sie mit dicken Tauen. Bootsmann Sterup überwacht die Arbeit seiner Männer. Er packt hier und da mit an und treibt die anderen gnadenlos an.

»Nicht einschlafen, Freunde! Rauf mit den Booten!«

Helmut Kehding kommt von der Brücke, um zu sehen, ob alles funktioniert und genügend Rettungsboote da sind. Überall trifft er auf Passagiere, die herumstehen und dem Treiben zuschauen.

»Hallo! Sie bleiben bitte unter Deck, in den Räumen, die Ihnen zugewiesen wurden! Hier oben ist bis zur Ausfahrt gesperrt! Es ist viel zu gefährlich, hier herumzustehen!«

Die Leute verziehen sich folgsam. Bootsmann Sterup kommt Helmut entgegen.

»Wie läuft's, Bootsmann?«

»Kapitänleutnant Leonberg hat für uns scheinbar alles requiriert, was zu haben war. Sechstausend Westen und sogar einige von unseren eigenen Booten haben wir wiedergekriegt. Und drei Kutter.«

»Bestens. Ich werd mich bei ihm bedanken. Sehen Sie zu, dass alles fest verzurrt ist. Wär 'ne Katastrophe, wenn die Boote sich selbstständig machten.«

»Geht klar, Kapitän.«

Als Helmut sich schon wieder abwendet, hält Sterup ihn zurück.

»Herr Kap'tän, wegen der dienstlichen Aufgaben Ihres Bruders … Mir ist noch was eingefallen.«

Helmut dreht sich zurück zu ihm und tritt dicht an den Bootsmann heran.

»Paar Tage bevor Sie an Bord gekommen sind, mussten wir das ganze Schiff durchsuchen, alle Decks, von vorn bis achtern. Der Befehl kam von Petri, aber organisiert hat's Ihr Bruder.«

Er sieht sich kurz um, spricht noch leiser.

»Allgemeine Sicherheitsvorkehrung, hieß es, aber gesucht wurden versteckte Sprengsätze!«

»Sprengsätze? Du lieber Himmel. Gab es eine Sabotagedrohung?«

»Keine Ahnung, uns sagt von denen ja keiner was!«

»Na gut. Irgendwas gefunden?«

Sterup schüttelt nur den Kopf.

»Danke. Weitermachen!«

KAPITEL 13

Vor der dicken Stahltür zu Erikas Gefängnis schiebt ein junger Feldpolizist Wache. Frierend vertritt er sich die Füße und geht langsam auf und ab. Dabei bläst er immer wieder seinen warmen Atem in die zusammengelegten Hände. Seine Handschuhe sind durchlässig wie ein Fischernetz, und er kann kaum noch die Finger bewegen.

Hinter der nächsten Ecke steht Lilli und beobachtet ihn schon eine ganze Weile. Sie hat zwar keinen Plan, will aber unbedingt zu Erika, bevor sie sich mit Marianne zur *Gustloff* aufmacht. Vielleicht ist ja noch was zu machen. Sie kann die junge Königsbergerin doch nicht einfach ihrem Schicksal überlassen. Sie hat ihnen so lieb geholfen und ist deshalb jetzt in größten Schwierigkeiten.

Der junge Feldpolizist ist stehen geblieben und steckt sich gerade umständlich eine Zigarette an. Lilli kommt aus ihrem Versteck und geht mit dem Bündel unter dem Arm auf ihn zu. Er blickt misstrauisch auf, als er die knirschenden Schritte auf dem Schnee hört. Vor der verriegelten Stahltür bleibt Lilli stehen.

»Die Klos sind da drüben, gute Frau.«

Lilli schüttelt den Kopf und sieht ihn mit einem hinreißenden Lächeln an.

»Die suche ich gar nicht.«

Der Soldat schluckt irritiert und bietet ihr eine Zigarette an. Lilli nimmt sie, lässt sich Feuer geben und sieht ihm in die Augen, während sie den Rauch mit runden Lippen aufreizend ausbläst. Eine Weile rauchen beide schweigend. Dann beugt sich Lilli zu ihm hin, stellt sich auf die Zehen und flüstert ihm ins Ohr:

»Na, mein schöner Soldat. Ich könnte es dir ein bisschen gemütlicher machen als hier draußen in der Kälte. Was meinst du?«

Der Mann grinst überrascht. Er schaut ein wenig verlegen, doch dann nickt er und öffnet die Scharniere, lässt sie eintreten und schließt hinter ihnen wieder ab. Es ist dunkel und riecht nach Kuh. Der Soldat schaltet das Licht an und geht vor Lilli den Gang entlang. Lilli folgt ihm und versucht herauszufinden, hinter welcher der schwerverriegelten Türen wohl Erika eingesperrt ist.

Am Ende des Ganges öffnet der Soldat eine der Türen und macht eine einladende Geste. Lilli gibt sich einen Ruck, lächelt ihn verführerisch an und geht hinein. Der Raum ist leer, nur ein Bündel Stroh liegt in der einen Ecke. Der junge Feldpolizist zieht seinen Mantel aus, legt sein Koppel mitsamt der Pistole ab und setzt sich auf das Stroh. Erwartungsvoll sieht er Lilli an. Die beginnt ihren Mantel aufzuknöpfen, zieht ihr Tuch vom Kopf und bückt sich, als wolle sie den Mantel ablegen. Doch stattdessen greift sie blitzschnell nach dem Koppel, stürzt zurück in den Gang und schlägt die Tür zu. Schnell schiebt sie den Riegel vor. Mit rasendem Herzen lehnt sie sich an die Wand. Eine kurze Schrecksekunde und der Soldat beginnt, von innen gegen die Tür zu schlagen und laut zu toben.

»Sofort aufmachen. Sind Sie verrückt geworden? Dafür kann ich Sie erschießen lassen.«

Doch Lilli wartet nicht lange, und nachdem sie sich versichert hat, dass er da nicht wieder herauskommt, rennt sie zurück durch den Gang.

»Erika, Erika. Wo bist du? Ich bin's, Lilli. Wo bist du?«

Irgendwo in der Mitte des Gangs hört sie jemanden gegen die Tür schlagen.

»Lilli, Lilli. Hier bin ich. Hier, hier!«

Lilli findet die Tür, schiebt den Riegel zurück, und Erika stürzt heraus und fällt ihr um den Hals.

»Lilli, wie hast du mich gefunden? Wo ist der Wachsoldat?«

»Erzähl ich dir später. Komm, nichts wie raus hier. Schnell.«

Ohne sich umzusehen, rennen die beiden Frauen zur Stahltür.

Vorsichtig schauen sie hinaus. Niemand da. Sie treten auf den Hof und verschließen die Tür hinter sich. Mit ein paar Schritten sind sie auf dem Hof hinter der Lagerhalle.

»Pst, Marianne, Marianne. Bin wieder da.«

Hinter einer der Klokisten kommt Marianne hervor und fällt Erika um den Hals.

»Sie hat's geschafft. Sie hat's doch tatsächlich geschafft.«

Doch Lilli zieht sie zurück.

»Los, wir müssen hier weg, bevor einer Erika erkennt!«

Zusammen eilen die drei Frauen, Marianne in der Mitte, zum Kai und reihen sich in den Strom ein, der sich zur *Gustloff* schiebt. Die Frauen unterhalten sich flüsternd, damit keiner mithören kann.

»Sobald du auf dem Schiff bist, hast du nichts mehr zu befürchten, er ist der Kapitän!«

»Aber die Feldpolizei wird mich suchen, da kann Helmut mir auch nicht mehr helfen!«

»Dann zieh diese Uniform aus!«

»Wie denn? Ich hab nichts anderes!«

Lilli bleibt stehen, zieht kurzerhand ihren Wintermantel aus.

»Nein, Lilli, das geht doch nicht.«

»Und ob das geht. Gib mir deine Wolldecke. Bis zum Schiff wird das reichen.«

Widerstrebend tauscht Erika ihre Wolldecke mit dem dicken braunen Wintermantel.

»Na bitte ... Jetzt sieht man deine Uniform nicht sofort. Los, weiter!«

»Auf dem Schiff muss ich so schnell wie möglich zu Helmut, er muss mich verstecken!«

»Das wird er ... Am Tor sagen wir, wir können nicht stehenbleiben, Marianne sei schon in den Wehen!«

Sie beschleunigen ihren Schritt. Marianne stöhnt und kann kaum mithalten. Doch sie drängen an den anderen Flüchtlingen vorbei.

»Bitte macht Platz. Die Frau ist in den Wehen. Bitte.«

Die meisten lassen sie mitleidig schauend durch, andere gehen murrend und unwillig zur Seite.

Vor dem Schiff stehen jetzt alle paar Meter Wachsoldaten und sorgen für geordnete Abläufe. Mittendrin schieben sich Lilli, Erika und Marianne immer weiter nach vorn. Doch dann verstellt ihnen die Torwache den Weg.

»Halt, umkehren! Wenn die Frau schon Wehen hat, gehört sie ins Lazarett und nicht auf das Schiff.«

»Da kommen wir gerade her ... Wir werden erwartet auf der *Gustloff*: Lassen Sie bitte Kapitän Kehding rufen!«

Lilli stellt sich mit Marianne so vor den Wachmann, dass Erika hinter Ihnen kaum zu sehen ist.

»Wie stellen Sie sich das vor? Sie sehen doch, was hier los ist!«

Er sieht Erika an und stutzt plötzlich. Greift nach vorn und öffnet ihren Mantel.

»Aha, Marinehelferin! Welche Einheit? Wo eingesetzt?«

Erstarrt vor Angst, sucht Erika nach Worten, ihr Blick geht zum Schiff, wo gerade am hinteren Ladetor eine Einheit Marinehelferinnen mit ihrer Führerin die Stelling hochsteigen.

»Ich hab nur der schwangeren Frau geholfen ... Meine Einheit geht sowieso aufs Schiff ... da hinten!«

Erika zeigt auf die Einheit und hofft, betet inständig, dass der Mann ihr glaubt.

Die Torwache sieht sich um, winkt einem Wachmatrosen zu. Als er ankommt, raunt er ihm etwas ins Ohr, der läuft los Richtung Ladetor. Panisch sieht Erika die beiden Frauen an.

Marianne hält sich laut stöhnend den dicken Bauch.

»Ich muss weiter ... Bitte!«

Lilli greift ihr unter den Arm und schiebt sie voran.

»Sie sehen doch, die Frau kann es nicht mehr halten!«

Die Torwache winkt Lilli und Marianne durch. Doch als Erika wie selbstverständlich mitgehen will, hält er sie am Ärmel zurück.

»Sie bleiben hier, junge Frau!«

Lilli und Marianne werden von der Menge fortgeschoben. Lilli sieht sich um.

»Sag Helmut, dass ich hier bin!«, ruft Erika hinterher, dann sind sie im Gedränge verschwunden.

Vom Ladetor kommt der Wachmatrose mit der Führerin der Gruppe zurück. Die Frau schüttelt schon von weitem den Kopf! Verzweifelt sieht Erika sich um, gleich wird sie auffliegen, dann ist es vorbei. In diesem Moment kommt ein SS-Offizier mit einer Dame im Pelzmantel ans Tor. Die Wache ist für eine Sekunde abgelenkt. Erika nutzt die Sekunde und taucht in der Menge unter. Als die Führerin eintrifft, ist Erika verschwunden. Ratlos sehen sich der Wachmatrose und der Torsoldat an.

Erika geht geduckt und hält den Blick gesenkt. Den Mantel hat sie schnell wieder zugeknöpft. Dann erkennt sie, dass vorn an der Stelling schon wieder Feldpolizei steht und jeden, der hinaufsteigt, genau kontrolliert.

Was nun? Erika sieht sich nach einem Versteck um. Nichts. Nur Köpfe von Hunderten Menschen vor ihr, neben ihr und hinter ihr. Da biegt ein Rot-Kreuz-Wagen langsam auf den Kai ein und fährt im Schritttempo an den Flüchtlingen entlang zur hinteren Ladeluke. Als er auf Erikas Höhe ist, springt sie hin, reißt kurz entschlossen die Hecktür auf, steigt hinein und wirft die Tür hinter sich zu. Sie findet sich zwischen drei wimmernden Schwerverwundeten wieder. Ihre Verbände sind blutgetränkt, der eine hat keine Beine mehr. Der andere liegt bewusstlos auf einer Trage. Die anderen beiden starren sie an. Einer greift tränenblind nach ihrer Hand. Erika hockt sich hin. In einer Ecke findet sie einen blutverschmierten Kittel. Sie zieht ihren Mantel aus und den Kittel über. Dann beginnt sie, leise mit dem verzweifelten, unglücklichen Mann zu reden.

Kalli hat die Nacht frierend in der Backskiste im Rettungsboot verbracht. Zeitweilig schlugen seine Zähne so hart aufeinander, dass er Angst hatte, er würde entdeckt. Gegen Morgen hat er seine geklaute Wurst gegessen und das Glas Gurken aufgemacht. Keine so gute Idee, denn nun hat er brennenden Durst. Seit einiger Zeit herrscht draußen rege Betriebsamkeit. Befehle und das Drehen von Maschinen dringen an Kallis Ohr. Vorsichtig klettert er aus seiner Kiste und kriecht zum Dollbord. Er hebt die Persenning mit dem Finger ein paar Zentimeter an und lugt hinaus. Auf der Pier ist die Verladung der Boote ins Stocken geraten, der Menschenandrang zum Schiff ist kaum noch zu beherrschen. Überall laufen Matrosen herum, die versuchen, die Massen zu bändigen. Links ragt die mächtige graue Bordwand der *Gustloff* auf. Ob das Schiff all diese Menschen aufnehmen kann? Kalli hofft, dass wenigstens seine Mutter und Marianne es auf das Schiff schaffen werden. Ein Kübelwagen fährt rasant vorbei, rutscht, als er bremst, auf dem eisigen Boden. Ein Adjutant springt heraus, dann ein Korvettenkapitän. Die Wachmatrosen salutieren. Der Korvettenkapitän scheint ungehalten. Mit starkem Schritt steigt er die Stelling hoch.

Plötzlich wackelt das Boot, und Stimmen kommen näher. Kalli kriecht, so schnell er kann, zurück in seine Kiste. Kaum hat er den Deckel geschlossen, hört er, wie sich die Matrosen am Boot zu schaffen machen. Angstvoll kauert Kalli in der engen Kiste. Mit den Beinen stemmt er sich gegen die Wand, damit er nicht hin und her geschüttelt wird. Und dann hebt sich mit einem Ruck das Boot schwankend in die Höhe. Kalli ist erleichtert, nun wird er endlich aufs Schiff gebracht.

Kapitänleutnant Leonberg von der 9. Sicherungsdivision ist in Rage. Mit hochrotem Kopf geht er in der Offiziersmesse auf und ab und bringt die Gläser im Schrank zum Klirren. Kommandant Petri lehnt lässig gegen die Anrichte, Hasso liegt zu seinen Füßen, die Ohren aufgestellt. Er folgt jeder von Leonbergs Bewegungen mit den Augen.

»Heute Mittag! Das ist nicht zu fassen! Sie tragen die Verantwortung für Tausende Zivilisten!«

»Zunächst bin ich mal verantwortlich für meine U-Boot-Männer, die dringend in Kiel gebraucht werden, um die Kriegslage zu wenden!«

Leonberg bleibt stehen und sieht Petri an.

»Ich fürchte, Sie unterschätzen die Lage, Petri.«

»Unsere U-Aufklärung hat mich informiert: Feindliche Boote sind im Bereich unserer Fahrtroute nicht zu erwarten, unsere Jäger würden die zur Hölle schicken, das weiß der Russe auch.«

Petri hält Leonberg das Blitztelegramm hin, das ihn am frühen Morgen erreicht hat. Von dem Telegramm am späten gestrigen Abend sagt er vorsichtshalber nichts.

»Die Lage ist wirklich nicht schlecht. Dies kam vorhin vom Kommando: Das für die Fahrt der *Gustloff* vorgesehene Gebiet ist abgesucht und frei von feindlichen U-Booten.«

Petri schaut von seinem Telegramm hoch, dann liest er weiter: »Das Gebiet wird weiterhin überwacht. Die in der Ostsee vorhandenen Boote sind erfasst. Nach allen vorliegenden Erkenntnissen würde die *Gustloff* bei einer Marschfahrt von zehn Seemeilen und einer Abfahrt gegen vierzehn Uhr das Gebiet einer möglichen U-Boot-Gefahr hinter sich gelassen haben.«

»Hoffentlich sieht der Feind das auch so. Sie fahren mit Tarnanstrich und Flakgeschützen, die *Gustloff* ist kein Zivilschiff mehr!«

Leonberg ist weiterhin beunruhigt, und Helmut nickt zustimmend. Er hat die Hoffnung auf einen Aufschub noch nicht aufgegeben. Und wenn einer das erreichen kann, dann Leonberg. Seine Versuche, Petri zur Vernunft zu bringen, haben nicht gefruchtet. Der lässt sich von einem Handelskapitän nichts, aber auch gar nichts sagen. Aber auch die Bemühungen des Korvettenkapitäns bleiben ohne Wirkung.

»Wir fahren mit eigenen Sicherungsschiffen; die U-Boot-Waffe kann auf sich selbst aufpassen!«

»Ich beschwöre Sie, Petri: Warten Sie zwei Tage, dann haben Sie einen Geleitzug, der so abgesichert ist, dass wir alle ruhig schlafen können!«

Korvettenkapitän Petri schüttelt den Kopf.

»Tut mir leid, die Zeit hab ich nicht. Dönitz will seine U-Boot-Männer in Kiel sehen.«

»Die Zeit, Petri, ist eine sehr relative Sache …«

»Wie gesagt, unsere Männer werden im Kampf gebraucht.«

Schweigen in der Runde. Leonberg hat aufgehört, hin und her zu wandern.

Helmut versucht Leonberg zu Hilfe zu kommen.

»Ich hörte, dass das Schiff neulich nach Sprengsätzen durchsucht wurde. Gab es oder gibt es Sabotagedrohungen?«

»Eine allgemeine Sicherheitsvorkehrung, mehr war das nicht«, erklärt Kapitän Johannsen. Doch Leonberg sieht ihn und Petri alarmiert an.

»Warum wissen wir nichts davon. Wer hat …«

Petri fällt ihm ins Wort:

»Wir haben unsere Sicherheit im Griff, das glauben Sie mir mal!«

Leonberg lässt die Schultern sinken.

»Na, wenn Sie's sagen?«

»Jeder weitere Tag wär einfach zu viel. Sie sehen ja, was jetzt schon hier an Bord los ist.«

Seufzend steht Johannsen auf und beendet damit die Auseinandersetzung.

»Eben … Morgen Abend sind wir in Kiel!«

»Kap'tän Leonberg, wir wissen Ihre Bemühung zu schätzen, glauben Sie mir.«

Petri klingt jetzt versöhnlich.

»Unser Sicherungsgeleit erfolgt durch Torpedoboot *Löwe* sowie zwei T-Fangboote, neue Minensucher der U-Aufklärung begleiten uns so lange wie nötig. Nutzen Sie Ihre Schiffe anderweitig!«

Ohne ein weiteres Wort und ohne die ausgestreckte Hand Petris zu beachten, verlässt Leonberg die Messe. Sein Adjutant spurtet ihm hinterher. Und auch Helmut beeilt sich, ihn einzuholen.

»Kap'tän Leonberg!«

An der Treppe erreicht er ihn.

»Sie haben's gehört: Die stemmen alles allein!«

»Offenbar hat die U-Boot-Waffe ja diese Schiffe.«

Leonberg sieht Helmut besorgt an.

»Hoffen wir mal. Wenn hier jeder nur sein Süppchen kocht, können wir die Leute da draußen gleich nach Sibirien schicken!«

Gemeinsam gehen sie weiter, die Treppe hinunter bis zum Foyer, das voller Menschen und Gepäck ist. Noch läuft die Einschiffung reibungslos. Die Kammern sind schon lange alle belegt. Die Neuankömmlinge werden jetzt in den großen Sälen und der Turnhalle untergebracht.

Der Adjutant von Leonberg macht einen Weg frei. Er entschuldigt sich und schiebt die Menschen vorsichtig zur Seite.

»Sind wir die Einzigen, die heute nach Westen fahren?«

»Die *Hansa* ist in Ihrem Geleit. Außerdem geht die *Admiral Hipper* in See mit seinen Geleitschiffen, modernsten Einheiten wie *T 36*, warum?«

»Kann man sich da nicht anschließen?«

»Die sind viel zu schnell für eure Salondampfer! Die *Hipper* ist ein Kriegsschiff und ein Kraftpaket. Der Schwere Kreuzer ist ein Leckerbissen für den Feind! Außerdem hat er selbst über tausend Kinder an Bord, aus Danzig.«

Am Ausgang bleibt Leonberg stehen und streckt Helmut die Hand hin.

»Kap'tän Kehding, nächste Woche sehen wir uns wieder! Hier an der Pier! Auf diesem Schiff!«

Helmut ergreift die ausgestreckte Hand und nickt entschlossen.

»Versprochen, Leonberg. Und vielen Dank für alles.«

Helmut macht eine Bewegung mit dem Kopf in Richtung der Rettungsboote, die unten noch auf Verholung warten.

»Schon gut! Und nicht vergessen: Sie bringen mir 'ne Flasche Rum aus Flensburg mit!«

Lachend geht er die Stelling hinunter. Helmut ruft ihm nach:

»Ein ganzes Fass!«

Als er sich gerade wegdrehen will, entdeckt er Lilli und Marianne an der Eingangskontrolle. Er bugsiert sich durch die Menschenmenge und fängt sie ab.

»Frau Simoneit!«

Lilli atmet erleichtert auf, als sie ihn sieht, und setzt Marianne schnell auf ihrem Bündel ab.

»Sie kommen spät … Was ist passiert?«

»Erika ist draußen am Tor, Sie müssen ihr helfen!«

»Warum am Tor?«

»Laufen Sie, bevor die Feldpolizei sie wegbringt!«

Helmut versteht nicht, rennt aber trotzdem los. Mühsam kämpft er sich durch die Flüchtlinge, die ihm auf der Stelling entgegendrängen.

Atemlos erreicht er die Torwache.

»Sagen Sie, hat eine junge Frau nach mir gefragt, Kap'tän Kehding?«

»Marinehelferin?«

»Ja. Wo ist sie?«

»Gute Frage, das wüsste ich auch gern. Die ist wohl in die Stadt zurück … Hier hat sie nichts zu suchen!«

»In die Stadt zurück!«

Erschrocken sieht er hinüber nach Gotenhafen. Enttäuscht und mit sorgenvollen Gedanken macht er sich wieder auf, zurück zu seinem Schiff. Was ist nur geschehen? Er hatte ihr doch den Brief gegeben. Einen Freipass zur *Gustloff*! Hat sie ihn verloren? Das kann er sich nicht vorstellen. Aber was ist dann passiert? In die Stadt gegangen! Unmöglich! Fragen über Fragen schießen in seinem Kopf hin und her.

Zurück im Foyer, trifft er Lilli wieder, die auf seine Rückkehr gewartet hat.

»Sie ist weg, weiß der Teufel wo …«

»Aber sie kann doch nicht zu ihrer Gruppe zurück nach dem Ausbruch!«

»Ausbruch! Welcher Ausbruch?«

»Die Vorgesetzte von Erika, diese unfreundliche Überkorrekte, die hat Erika festnehmen lassen.«

»Was? Wieso?«

Helmut ist vollkommen konsterniert.

»Wegen der Sophie. Weil wir sie nicht abgeliefert haben. Erika haben sie eingesperrt. Und heute Morgen habe ich sie befreit.«

»Befreit? Wie denn?«

»Mit einem Trick!«

Eine Durchsage unterbricht Lilli abrupt.

»Achtung! Achtung! Alle wehrfähigen Männer im Alter von fünfzehn bis fünfundsechzig haben sich umgehend auf dem Sonnendeck zu melden! Achtung! Achtung ...«

»Verflucht! Ich muss auf die Brücke, es geht los! Hat man Ihnen schon einen Platz zugewiesen?«

»Irgendwo oben im Großen Saal, haben sie gesagt.«

»Kommt gar nicht in Frage. Sie nehmen meine Kammer. Kommen Sie mit!«

Helmut greift sich die Bündel der beiden Frauen, Lilli nimmt Marianne unter den Arm und folgt ihm. So schnell es geht, dirigiert Helmut die Frauen zu seiner Kammer. Überall, auf den Gängen, in jeder Kammer, jedem Bett, auf dem Boden, den Bänken und Stühlen, sind Flüchtlinge untergebracht. Kinder liegen oft zu fünft in den Kojen, Mütter und ältere Töchter teilen sich ein Bett oder haben sich mit Decken auf dem Fußboden eingerichtet. Schon jetzt riecht es ziemlich streng. Tausende Menschen und nur hundertfünfundvierzig Toiletten, hundert Brausen und fünfzig Badezimmer. Das ist einfach zu wenig. Die Eimer, die Helmut bei Leonberg bestellt hatte, stehen überall herum, Matrosen versuchen, sie regelmäßig einzusammeln und zu leeren, doch bei so vielen Menschen kommen sie nicht nach. Und viele der Flüchtlinge aus Ostpreußen haben Durchfall, vor allem die Kinder und die Alten. Die hygienischen Zustände auf dem Schiff sind schon jetzt schauerlich.

Helmut erreicht seine Kammertür und schließt auf.

»Ich kann die Kammer bis Kiel nicht nutzen, fühlen Sie sich wie zu Hause!«

Lilli sieht sich ungläubig um.

»Wir sind auf der *Gustloff*! Ich kann es noch gar nicht fassen. Wie können wir das je wiedergutmachen?«

Lilli bugsiert Marianne auf das Bett von Harald. Sie atmet erleichtert auf, hält sich den Bauch und schließt die Augen.

Helmut sieht sie mitleidig an.

»So kann sie ihr Kind gesund zur Welt bringen … Ich guck noch mal herein, bevor wir Kiel anlaufen, morgen Vormittag.«

Lilli hält ihn zurück.

»Wo ist mein Junge?«

Helmut schaut sich um, schließt die Kammertür und beugt sich zu Lilli hinunter, leise sagt er ihr ins Ohr:

»In einem der Kutter, die auf dem Sonnendeck festgezurrt sind. Aber seien Sie vorsichtig!«

Laut sagt er, mit der Hand an der Türklinke: »Machen Sie es gut. Bis morgen früh.«

Auf dem Sonnendeck halten Feldpolizisten und Soldaten des Sicherheitsdienstes eine Handvoll zitternder Gestalten in Schach, die einen schon Greise, die anderen noch Kinder. Dem Aufruf ist natürlich keiner freiwillig gefolgt. Aber die Feldpolizisten sind durch alle Decks und Kammern gegangen und fündig geworden. Jeden, der sich nicht schnell genug versteckt hat oder nicht gut genug verkleidet war, ist aufgegriffen worden. Jetzt stehen sie frierend in der Kälte. Was nun kommt, ist jedem klar, ob jung oder alt. Ab zum Volkssturm, Hitlers letztem Aufgebot irgendwo in Danzig oder Gotenhafen oder wer weiß wo. Ihre Angehörigen werden sie wohl niemals wiedersehen. Der Geschützdonner der nahenden Front ist jetzt ununterbrochen zu hören.

Der Feldwebel lässt seine Gefangenen strammstehen.

»Hacken zusammen! Ich werd euch Beine machen, ihr Feiglinge!«

Zwei Polizisten beginnen mit der Durchsuchung.

Helmut kommt auf seinem Weg zur Brücke an ihnen vorbei, und seine Miene verfinstert sich. Heldenklau! Die armen Kerle.

Schnell geht er an der Gruppe vorbei, und als er bei den Rettungsbooten ankommt, schaut er sich um und hebt vorsichtig eine Persenning hoch. Niemand zu sehen. Auch der nächste Kutter ist leer. Nur das Kerngehäuse eines Apfels liegt unter einer der Bänke. Helmut lächelt und wendet sich ab.

»Rechts um und marsch!«

Die Feldpolizisten lassen die Gefangenen abmarschieren. Der Feldwebel sieht Helmut an, stutzt und kommt zu ihm herüber.

»Was ist damit?«

»Rettungskutter, da kommt keiner ran!«

Der Feldpolizist zögert kurz, macht dann jedoch kehrt und folgt den anderen.

Helmut wartet, bis keiner mehr zu sehen ist, und sieht noch einmal in den Kutter mit dem Kerngehäuse.

»Kalli, Kalli, bist du hier?«

Langsam hebt sich der Kistendeckel, ein Paar helle blaue Augen werden im Spalt sichtbar.

Helmut und Kalli schauen sich an. Helmut nickt und grinst beruhigend, dann wendet er sich schnell ab und verlässt das Sonnendeck.

Auf dem Brückennock bleibt er stehen und schaut hinunter auf die Pier vor der *Gustloff*.

Mit der Ruhe und dem stoischen Anstehen ist es dort unten jetzt vorbei. Tumultartige Szenen spielen sich ab. Frauen, Kinder und alte Leute kämpfen sich nach vorn und versuchen mit Gewalt, an das Schiff heranzukommen. Einige halten ihre Säuglinge und Kleinkinder über den Köpfen, damit sie nicht zerquetscht werden. Wenn jemand stolpert und hinschlägt, hilft ihm keiner wieder auf. Alle steigen rücksichtslos über die Liegenden und treten auf sie. Das Geschrei und das Flehen der verzweifelten Mütter dringen bis hinauf zu Helmuts Ausguck. Die Wachmatrosen haben mit vorgehaltenen Karabinern eine Kette gebildet und versuchen das Tor zu schließen. Vergeblich. Der Ansturm der Massen ist zu groß.

»Ich komm ja wieder«, sagt Helmut tonlos.

Mit einem unglücklichen Seufzer greift er zu seinem Fernglas und sieht angespannt zur Stadt hinüber. Im Schneetreiben kann er kaum etwas erkennen.

Erika! Wo bist du bloß abgeblieben?

Der Bordlautsprecher knackt.

»Achtung! Achtung! Fremde von Bord! Wir laufen aus! Fremde von Bord! Wir laufen aus! Achtung! Achtung!«

Ein entsetzliches Geheul wie das eines Wolfsrudels, nur viel, viel lauter, dringt von den Flüchtlingen am Kai herauf. Auch sie haben die Durchsage gehört. Ihnen ist klar: Wer jetzt nicht schon auf dem Schiff ist, wird es nicht mehr schaffen. Das Eingangstor der *Gustloff* wird mit einem lauten metallischen Schlag an die Bordwand gezogen und mit den Riegeln fest verschlossen.

Schweren Herzens setzt Helmut das Fernglas ab, gibt sich einen Ruck, greift zum Bordtelefon und erteilt mit fester Stimme seinen Befehl an die Mannschaft:

»Alle Stationen: klar vorn und achtern!«

Dann geht er auf die Brücke, wo Kapitän Johannsen, der Steuermann, der Erste Wachoffizier und zwei Matrosen ihre Positionen eingenommen haben. Die letzten Vorbereitungen laufen mit der üblichen Ruhe und Routine.

KAPITEL 14

Um elf Uhr zwanzig meldet sich der Hafenlotse auf der Brücke. Immer wieder gibt es neue Durchsagen per Bordlautsprecher. Die Passagiere werden aufgefordert, die Schwimmwesten zu tragen. Wer noch keine hat, soll sich bei den Ausgabestellen eine besorgen. Verlorengegangene Kinder werden gesucht, gefundene ausgerufen, damit die Mütter sie abholen.

Matrosen gehen durch Säle und Decks und machen die Fenster und Oberlichter dicht und dunkel.

»Achtung, eine Durchsage! Bitte alle Bullaugen in den Kammern schließen und die Verdunkelung vorziehen. Das Rauchen ist auf allen Decks und in allen Kammern strengstens verboten, auch auf den Außendecks. Bitte beachten Sie das zu jeder Zeit.«

Diese Durchsage wird in bestimmten Abständen immer wieder durchgegeben. Es ist von ungeheurer Wichtigkeit, dass die Leute dies einhalten. Und je öfter es wiederholt wird, umso besser prägt es sich ein. Kein Licht, auch nicht die Glut einer Zigarette, darf nach dem Dunkelwerden sichtbar sein.

Der Zahlmeisterassistent Heinz Schön hat die Listen von den Einschiffungsoffizieren, Marinehelferinnen und Wachmatrosen an den Eingängen eingesammelt und beginnt damit, die vielen Striche auszuzählen. Die Anzahl der Passagiere muss dem Kapitän, der Hafenbehörde, der KMD, der 2. ULD-Kommandantur und der Reederei mitgeteilt werden. Heinz Schön weiß, dass er eine genaue Zahl wohl nicht wird errechnen können. Klar ist nur, dass 7956 Menschen mit Bordkarten, 918 Männer der U-Boot-Lehrdivision, 373 Marinehelferinnen und 173 Mannschaftsmitglieder an Bord sind. Doch nachdem das Schiff auch für Flüchtlinge ohne

Bordkarte freigegeben worden ist, kann man unmöglich sagen, wie viele Passagiere es insgesamt sind. Vor allem in den letzten Stunden war die Situation an den Toren chaotisch. Der zur Überkorrektheit erzogene Zahlmeisterassistent ist verzweifelt. Wie soll er so zu einer verlässlichen Aussage kommen? Die Einschiffungsoffiziere schätzen, dass in den letzten zwanzig Stunden noch mal rund zweitausenddreihundert Menschen an Bord gekommen sind, das meinen auch die Marinehelferinnen. Noch mal und noch mal geht Schön seine Listen durch. Er kann es kaum fassen: Auf der *Wilhelm Gustloff*, ausgelegt für vierzehnhundert Passagiere, müssen jetzt über zehntausend Menschen sein, so viel wie Eckernförde oder Pillau Einwohner hat. Eine ganze Kleinstadt befindet sich an Bord.

Die Pier vor dem Schiff ist jetzt vollständig geräumt, die Absperrkette der Wachmatrosen wurde weit nach hinten verlegt. Durchbrüche verzweifelter Flüchtlinge müssen auf jeden Fall verhindert werden. Die Lastwagen des Roten Kreuzes und der Wehrmacht fahren ab. Auch die feste Holzstelling zum Haupteingang des Schiffes ist eingezogen worden. Nur die hintere Stahlstelling steht noch. Am offenen Ladetor wartet Bootsmann Sterup mit einigen Matrosen auf den Befehl, auch dieses Tor zu schließen. Da sieht er, wie sich der Adjutant Lehmann durch die Absperrkette manövriert und die Pier heruntergelaufen kommt. Er scheint etwas zu rufen und winkt. Schwer atmend kommt er die Stelling heraufgehetzt. Als er Sterup erkennt, bleibt er stehen und hält ihm eine flache Ledermappe hin.

»Sofort zu Kapitän Kehding! Dienstlich! Auf direktem Wege!«

Sterup schnappt sich die Mappe.

»Zu unserem Kehding oder zum Bruder?«

»Zu Kap'tänleutnant Kehding, Mann! Ich mach Sie persönlich verantwortlich, dass er diese Papiere bekommt. Ihr Name?«

Sterup dreht sich weg.

»Ja, ja, du mich auch …«

Er gibt den Matrosen ein Zeichen. Sie schließen das Seitentor und legen den Sicherheitshebel um. Verdutzt steht Lehmann vor dem verschlossenen Tor.

Es ist jetzt zwölf Uhr. Männer von der Hafenwacht kappen die elektrischen Kabel, die Telefonleitungen und alle weiteren Landanschlüsse, die die *Gustloff* wie eine Nabelschnur vier Jahre lang vom Pier aus mit Strom, Dampf und Wasser versorgt haben.

Weiter hinten am Außenkai sind auf der *Hansa* die gleichen Vorbereitungen zum Ablegen im Gang. Sie soll mit der *Gustloff* und den beiden Begleitschiffen gemeinsam gen Westen marschieren. Die *Hansa* zuerst bis Heela-Reede. Dort soll sie auf die anderen warten So lautet der Befehl. An Bord die Seeoffizier-Schul-Kompanie und die Ingenieur-Kompanie sowie das gesamte Lehrmaterial der 2. ULD. Auch auf der *Hansa* durften die Marineleute ihre Angehörigen mit an Bord nehmen, und dann kamen die Flüchtlinge. Viele haben Familienmitglieder auf der *Gustloff*. Weil auf der *Gustloff* die Säuglingsstation eingerichtet wurde, haben die Einschiffungsoffiziere der *Hansa* die Schwangeren und Mütter mit Kleinstkindern auf dieses Schiff geschickt. Die älteren Kinder bleiben mit der Großmutter oder dem Großvater auf der *Hansa*. Als die Tore geschlossen werden, hat die *Hansa* rund fünftausend Menschen an Bord. Überall im Hafen sind die kleinen und großen Schiffe vollgestopft mit Menschen und machen sich bereit, in den nächsten Tagen auszulaufen. Die Kapitäne melden der KMD ihre Passagierzahlen: Die *Deutschland* hat schon jetzt über achttausend Passagiere an Bord, die *Cap Arcona* neuntausend und der Dampfer *Hamburg* rund fünftausend, und die Einschiffung ist noch nicht beendet. Trauben von Menschen stehen vor den Aufgängen, und als bekannt wird, dass die *Wilhelm Gustloff* und die *Hansa* jetzt auslaufen, werden die Menschen auf den Kais und in den Lagerschuppen, wo immer noch Zehntausende Flüchtlinge warten, unruhig. Die Wachmatrosen und Feldjäger haben alle Hände voll zu tun, damit keine Panik ausbricht und die Schiffe nicht gestürmt werden.

Inzwischen laufen im Maschinenraum die Hilfsdiesel warm, der ganze Raum bebt. Die Tankanzeigen stehen auf voll. Eintausendfünfhundertachtzig Tonnen Diesel lagern in den Tanks.

Ingenieure und Matrosen laufen hin und her, prüfen die Aggregate, wischen mit Lappen an bestimmten Stellen, um zu sehen, ob irgendwo Öl ausläuft. Aber bisher gibt es keine undichten Stellen, und alles läuft nach Plan. Die lange Liegezeit scheint den gigantischen Getrieben und den vier Motoren nicht geschadet zu haben. Die neuntausendfünfhundert PS starken MAN-Diesel-Motoren, hoch wie ein Haus, werden erst angeworfen, wenn das Schiff im Hafenbecken schwimmt. Das wird noch aufregend werden. Doch der Erste Ingenieur vertraut auf die deutsche Wertarbeit und seine gute Wartung und erwartet keine Probleme.

Im Funkraum laufen ebenfalls die Drähte heiß: An drei Funkplätzen sitzt je ein Funker. Alle haben die Kopfhörer aufgesetzt, horchen, senden und empfangen, hochkonzentriert. Endlos viele Nachrichten gehen zu dieser Zeit hin und her. Drei Wellenlängen sind geschaltet: die U-Boot- und die Flug-Sicherung und eine Welle mit dem Decknamen »Orange«. An einem Extratisch sitzen zwei Funker, neben ihnen die ENIGMA, mit deren Hilfe sie die eingehenden Nachrichten entschlüsseln bzw. die ausgehenden verschlüsseln. Kapitänleutnant Petri hat dem Oberfunkmaat am Morgen die geheimen Codes für den heutigen Tag übergeben.

Hunderte Passagiere haben sich an den Oberdecks eingefunden, um das Ablegen zu beobachten. Für die Kinder ist es ein aufregendes Abenteuer, während die Erwachsenen Tränen in den Augen haben, als sie einen letzten Blick auf ihre Heimat werfen. Werden sie sie jemals wiedersehen?

Auf dem Sonnendeck stehen auch Lilli und Marianne. Auch sie wollen noch einmal das Land sehen, in dem sie ihre Kindheit, ihre Jugend verbracht haben, wo die Vorfahren in ihren Gräbern schlafen und ihr Heim und der Herd stehen.

Marianne sieht tränenblind auf die Stadt, in der ihre letzte Hoffnung auf ein Wiedersehen mit dem Vater ihres Kindes nicht in Erfüllung gegangen ist. Lilli schaut immer wieder zu den Rettungsbooten, die in Reih und Glied in der Mitte des Decks festgezurrt sind. Sie will unbedingt nach Kalli sehen, aber Marianne hält sie fest.

»Untersteh dich! Du kannst da jetzt nicht hingehen.«

»Aber was ist, wenn mein Karlchen nun gar nicht auf das Schiff raufgekommen ist?«

Mariannes Antwort geht in einem langen Signalton vom Typhon am Schornstein der *Gustloff* unter, der Ton hallt durch den ganzen Hafen.

»Jetzt kann uns nichts mehr passieren, Lilli, meine Güte, wir sind auf der *Gustloff*!«

Marianne atmet die Seeluft mit geschlossenen Augen tief ein.

Lilli schaut starr vor sich hin.

»Gott allein weiß, was geschehen wird, aber er hat uns bestimmt nicht so weit kommen lassen durch Eis und Schnee und alles Elend, wenn es kein gutes Ende haben soll.«

Immer wieder wandert ihr Blick zu den Rettungsbooten. Ein Matrose schlägt gerade Holzkeile zwischen die Flöße, um sie miteinander zu verkeilen.

»Bei Legitten haben sie zwei aufgehängt, die waren so alt wie Kalli. Die wollten auch nicht Soldaten werden. Marianne, es ist so kalt hier draußen. Was ist, wenn er auch schon erfroren ist wie sein Schwesterchen?«

»Er schafft es, Lilli, du musst nur daran glauben!«

»Es ist leicht zu glauben, Mariannchen, bis der liebe Gott dir ein Kind nimmt …«

In diesem Moment tritt Ortsgruppenleiter Escher in fein gebügelter Parteiuniform ins Freie. An seinem Arm führt er Berta Burkat. Wie bei einem Vergnügungsausflug schreiten die beiden an Lilli und Marianne vorbei. Die ducken sich und schauen schnell in die andere Richtung.

»Was für ein Schiff! Diese Größe, diese Kraft«, säuselt die Oberhelferin.

Escher bleibt stehen und schaut zum Schornstein hinauf.

»Ja, die Partei weiß, was sie uns schuldet. Lieber wäre mir eine KdF-Fahrt nach Madeira, aber die deutsche Ostsee ist auch nicht zu verachten. Obwohl das natürlich keine Vergnügungsfahrt wird. Gestern Abend haben sie mein Büro requiriert. Jetzt liegt da eine Flüchtlingsfamilie auf Strohsäcken. Aber wir müssen eben alle Opfer bringen. Nicht wahr, Oberleiterin? Sie sind aus Kolberg, sagen Sie?«

»Einem kleinen Dorf bei Kolberg ... Lestin.«

»Ah ja ... Was führt Sie eigentlich nach Gotenhafen?«

Berta Burkat windet sich, ihr kommt das Gespräch vor wie ein Verhör.

»Nach Gotenhafen? Mich? Äh ... eine Verwendung ... Das heißt, ich bin auf der Durchreise ...«

»Ja, ja, Sie sind da, wo Sie gebraucht werden ... Das hab ich schon verstanden.«

PG Escher scheint nichts zu bemerken und schreitet weiter an der Reling entlang.

Um zwölf Uhr fünfundvierzig kommt wieder ein langanhaltender hoher Pfeifton über die Bordanlage und eine Durchsage: »Achtung, Achtung. Alle fertig machen. Wir laufen aus.«

Auf einer der Damentoiletten im B-Deck steht Erika vor dem Spiegel und schaut in ihr bleiches Gesicht. Sie trägt immer noch den blutigen Kittel. Nachdem sie mit den Verwundeten aufs Schiff gelangt ist, hat sie sich aus dem Lazarett hierher geflüchtet und sich auf dem Klo eingesperrt. Sie ist auf der *Gustloff*. Aber wie soll's jetzt weitergehen? Wie kann sie Helmut erreichen? Der hat jetzt doch alle Hände voll zu tun und keine Zeit für ihre Probleme.

Die Tür vom Gang fliegt auf, und eine Frau mit ihren Kindern kommt herein. Schnell verzieht sich Erika in eine der Kabinen und setzt sich auf den Klodeckel. Jetzt erst fällt ihr auf, dass sie noch den Kittel trägt. Schnell zieht sie ihn aus und stopft ihn hinters Porzellanbecken.

Es ist dreizehn Uhr. Vier Schlepper gehen an der *Gustloff* längsseits. Die Männer von Bootsmann Sterup machen das Schleppgeschirr klar und werfen die Wurfleinen zu den Schleppern hinüber. Im Ausguck drückt Helmut erneut den Hebel mit dem Messingknauf, und wieder hallt das Typhon durch den Hafen.

Der erste Wachoffizier macht Meldung.

»Schlepper sind fest, Kap'tän.«

Helmut nickt.

»Leinen los, vorn und achtern!«

Der Wachoffizier greift zum Bordtelefon und gibt den Befehl weiter.

Helmut beugt sich vor und sieht aus der Höhe nach unten, um das Ablegen zu überwachen. Alle Decks sind jetzt voller Menschen, trotz des Schneetreibens und der frostigen Temperatur. Am Kai lösen sieben Männer der 2. ULD, darunter ein Oberleutnant, die Trosse von den Pollern. Sie sind derart vereist, dass mehrfach mit einem Riesenhammer draufgeschlagen werden muss, damit sie sich bewegen lassen. Die Männer sind zu einem Sonderkommando abkommandiert und mussten von Bord gehen. Sie haben den Auftrag, die Anlagen der 2. ULD in Oxhöft zu sprengen, damit sie nicht der Roten Armee in die Hände fallen.

Oben an Deck des Vorschiffs setzen Matrosen den Motor der Winsch in Gang, um die armdicken Taue an Bord zu ziehen und ordentlich auf die riesigen Trommeln aufzuwickeln. Die Männer der ULD grüßen militärisch und rufen: »Hurra, hurra, hurra«, dann wenden sie sich ab und gehen die Pier hinunter.

Die Matrosen melden: »Schiff klar, vorn und achtern«, der Hafenlotse gibt das per Funk an die wartenden Schlepper weiter. Die ziehen an, und die *Gustloff* bewegt sich langsam, ganz langsam vom Kai weg. Gurgelnd dreht das braune Hafenwasser schäumende Wirbel zwischen Schiffsleib und Kaimauer. In den vier Jahren Liegezeit hat sich eine Menge Hafenschlick angesammelt, der nun durcheinandergewirbelt wird.

Gerade als Helmut sich abwenden will, sieht er unten vor der Absperrkette aufgeregt einen Mann winken. Es ist Lehmann. Er erkennt Helmut und ruft irgendetwas. Doch die Entfernung ist zu groß, die Geräuschkulisse zu laut. Da fährt der Wagen von Korvettenkapitän Leonberg vor. Er steigt aus, streckt Helmut lachend beide Daumen hoch und salutiert. Helmut winkt, und sein letzter Blick zurück fällt auf die Pier, auf der Schlitten, Gepäck und Hunderte leerer Kinderwagen stehen geblieben sind.

Das Schiff liegt jetzt mitten im Hafenbecken, der Bug Richtung See.

Da taucht aus dem Nebel der Ostsee ein Schiff auf und geht an der *Gustloff* längsseits. Hunderte Flüchtlinge stehen an Deck des kleinen Dampfers, an dessen Bug *Reval* zu lesen ist. Er kommt aus Pillau und ist wie alle Boote aus Ostpreußen weit über die Grenze beladen. Dreihunderttausend Flüchtlinge hat die kleine Hafenstadt am Morgen gemeldet. Die Menschen auf der *Reval* schreien und winken:

»Nehmt uns mit, nehmt uns mit.«

Helmut kann die Verzweifelten nicht abweisen. Er gibt Befehl, sie aufzunehmen, und die Fallreeps werden herabgelassen. Die Menschen klettern an Bord. Manche schaffen es nicht mehr allein, denn sie sind erschöpft und durchgefroren. Die Matrosen der *Gustloff* ziehen und zerren und helfen den Ermatteten an Bord. Noch einmal sechshundert muss Zahlmeisterassistent Heinz Schön in seiner Liste hinzufügen.

Nach zwanzig Minuten ist die Übernahme der neuen Flüchtlinge beendet. Sie werden sofort ins Warme, in die Speisehalle geführt und bekommen erst einmal einen Teller heiße Suppe und Tee. Um die Verletzten und Erfrorenen kümmern sich die Schwestern und Ärzte im Lazarett.

Inzwischen haben die Schlepper die Schlepptrossen gelöst, und Helmut gibt Befehl zum Anlassen der Motoren. Ein kritischer Moment. Werden sie anspringen? Ein lautes Brummen aus den Tiefen des Schiffes beantwortet die Frage. Ein Zittern und Vibrieren läuft durch das Schiff, und die Motoren beginnen ihre Arbeit. Aus dem Schornstein quillt eine dicke schwarze Wolke in den grauen Winterhimmel, doch nach ein paar Minuten sind die Abgase nur noch grauweißer Dampf. Der Motor hat sich frei gelaufen und beginnt seinen lautstarken Rhythmus. Die mächtigen Zwillingsschrauben drehen sich ruhig und gleichmäßig.

»Sechsundvierzig, halbe Fahrt!«

Helmuts Befehl wird via Telegraf in den Maschinenraum weitergegeben, und die *Wilhelm Gustloff* läuft in langsamer Fahrt aus dem Oxhöfter Hafen. Am Molenkopf grüßt das mächtige Schiff mit einem letzten langanhaltenden Sirenenton, der von den Hafengebäuden und den Hügeln über dem Hafen widerhallt. Zwei Torpedofangboote erwarten die *Gustloff* an der Ansteuerungstonne und fahren voraus. Sie sollen sie durch die Danziger Bucht bis zur Halbinsel Hela begleiten. Der Wind ist stark, und die Fangboote kämpfen gegen den Wellengang an. Wie wird das gehen, wenn sie auf offener See sind? Schon jetzt kommen die Boote kaum vorwärts. Treibgut gleich, tanzen sie auf dem Wasser.

Wenig später betritt ein Läufer von der Brücke den Funkraum.

»Nachricht von Korvettenkapitän Petri an die Landfunkstelle. Eilt! Ich soll auf Antwort warten.«

Ein Funker greift sich das Papier und beginnt zu funken:

»Habe beide Torpedofangboote wegen schwerer See entlassen – stop – wo bleibt Geleit?«

Es dauert nicht lange, und die Antwort ist da:

»Stoppen bei Hela. Geleit kommt nach.«

Die Passagiere haben sich aus dem Schneetreiben auf den Außendecks zurück ins warme Innere der *Gustloff* begeben. Die Glocke zum Mittagessen hat schon vor einiger Zeit geläutet.

Nur Lilli ist noch auf dem Sonnendeck. Sie hat sich bis zu den

Rettungsbooten vorgearbeitet, hockt jetzt im Windschatten und wartet auf den richtigen Augenblick. Oben auf dem Brückendeck stehen Wachmatrosen mit Gewehren und sichern das Flakgeschütz. Rechts und links an den Freitreppen suchen junge Fähnriche mit Ferngläsern den Horizont ab.

Kalli kauert in seiner Kiste und friert erbärmlich. Er bibbert, und seine Zähne schlagen aufeinander. Verzweifelt legt er die klammen Finger zusammen und beginnt zu beten.

»Lieber Gott, mach bitte, dass meine kleine Schwester im Himmel keine Angst hat, sie fürchtet sich immer so bei fremden Leuten, und lass mich die Mama bitte wiederfinden … Und dass wir zusammenbleiben und dass kein Krieg mehr ist …«

Er verstummt. Draußen ist Bewegung zu hören und ein rhythmisches Klopfen.

Lilli bewegt sich an den Booten entlang und schlägt leise gegen die Rümpfe.

Und da, endlich. Beim dritten Boot kommt zaghaft eine Antwort. Derselbe Rhythmus!

Vorsichtig sieht Lilli sich um. Wachmatrosen und Fähnriche sind beschäftigt, niemand sieht herüber. Lilli reckt sich. Um in das Boot hineinzusehen, muss sie sich auf die Zehenspitzen stellen.

»Pst. Kalli, bist du hier drin?«

Der Backkistendeckel hebt sich zögernd, dann taucht der Kopf ihres Sohnes auf. Lilli schreit fast auf vor Freude. Schnell hält sie sich die Hand vor den Mund.

»Kalli! Ich bin's, Mama. Bleib, wo du bist, hier sind überall Soldaten!«

Schnell nimmt sie ihr wollenes Kopftuch ab und wirft es in das Boot. Dann verschwindet sie in Richtung Eingangstür. Kalli steigt, ohne ein Geräusch zu machen, aus seiner Kiste. Er angelt sich das Kopftuch, setzt seine Mütze ab und steckt sie in die Manteltasche. Dann schaut er vorsichtig über den Rand des Bootes. Die Wachmänner haben die Köpfe zusammengesteckt und zünden sich trotz des strengen Verbots hinter der hohlen Hand Zigaretten an.

Sie sind mit sich vollauf beschäftigt. Kalli klettert aus dem Boot und hockt sich in den Windschatten.

Im Funkraum herrscht weiterhin Hochbetrieb. Alle Funker haben ihre Kopfhörer auf, notieren, horchen, notieren. Die fertigen Meldungen bringen sie dem Oberfunkmeister, der quittiert den Empfang auf einem Klemmbrett und winkt einen Seekadetten heran.

»Zur Brücke. Kapitän Kehding.«

Der Kadett rennt los, vorbei an Hagen Koch, der gähnend den Raum betritt. Müde fährt er sich durchs Haar.

»Na, Oberfunkmeister, wie läuft's?«

»Sie sollen sich doch ausschlafen, Obermaat, Sie übernehmen die zweite Hälfte der Nacht!«

»Schlafen kann ich, wenn ich tot bin ... Ich krieg kein Auge zu, bevor wir in Kiel sind!«

»Das tun wir wohl alle nicht.«

»Moin, Oberfunkmeister, auf ein Wort, bitte!«

Überrascht drehen die beiden Männer sich um, Harald Kehding steht in der Tür.

»Herr Kaleu?«

Harald nimmt den Oberfunkmeister zur Seite und übergibt ihm das Papier, das er in der Mappe von Lehmann gefunden hatte. Hagen Koch sieht interessiert zu und versucht mitzuhören. Harald schiebt den Oberfunkmeister noch etwas mehr zur Seite und wirft Hagen Koch einen bösen Blick zu.

»Können Sie das entschlüsseln?«

Der Oberfunkmeister liest und sieht fragend hoch.

»Das ist ein Code, den ich nicht kenne.«

»Deshalb bitte ich Sie ja, es zu übersetzen.«

»Walhall! Das einzig lesbare Wort. Das sind wir, das ist die *Gustloff*.«

»Genau! Deshalb müssen wir unbedingt herausfinden, was der Zahlen- und Buchstabensalat bedeutet.«

»Wo kommt denn das her?«

»Hat die Abwehr in Gotenhafen aufgefangen, kurz vor unserer Abfahrt.«

»Gut. Wir werden unser Bestes tun.«

»Davon gehe ich aus, Oberfunkmeister. Und bitte schnell!«

Harald legt die Hand an die Mütze und verlässt den Funkraum. Der Oberfunkmeister geht zu einem der Männer an der ENIGMA und weist ihn an, sich mit dem Papier von Harald zu beschäftigen. Hagen Koch geht langsam, extrem langsam vorbei und schaut neugierig auf das Blatt. Dann setzt er sich an seinen Platz, stülpt sich die Kopfhörer über und lauscht in den Äther.

KAPITEL 15

Erika hat sich Lillis Wintermantel wieder übergezogen und ist aus dem Damenklo herausgekommen. Vorsichtig geht sie den Gang hinunter. Überall laufen Menschen herum, viele hocken auf ihren Gepäckbündeln. Es ist kaum ein Durchkommen. Im Lautsprecher kracht es, und dann hört man:

»Der kleine Walter Suppa aus Königsberg sucht seine Mutter. Er kann an der Meldestelle auf dem B-Deck abgeholt werden. Frau Kaminski aus Allenstein sucht ihre Kinder Helmut und Berta. Sie sind elf und dreizehn Jahre alt und tragen blaue Mäntel. Bitte meldet euch beim Roten Kreuz auf dem A-Deck.«

Erika versucht, möglichst wenig aufzufallen. Sie sucht den Weg zur Kommandobrücke. Angespannt sieht sie sich um. Da entdeckt sie an der Wand einen Decksplan. Davor drängeln sich Leute, die auch versuchen, sich in dem großen Schiff zu orientieren. Wo sind die Speisesäle, die Unterkünfte, die Waschräume? Erika schiebt sich hin und mustert den Plan:

B-Deck. Sie ist auf dem B-Deck! Sie entdeckt die Treppe, da rauf, dann über das A-Deck weiter zum Unteren Promenadendeck, zum Oberen Promenadendeck, Sonnendeck – und da endlich: »Kommandobrücke«.

Gott, ist das weit! Das schaff ich nie, ohne entdeckt zu werden, denkt sie. Aber den Versuch ist es wert. Was bleibt ihr auch übrig. Sie muss Helmut sehen. Nur er kann ihr jetzt helfen, kann für sie bürgen oder sie einfach nur verstecken …

Bis zur ersten Treppe ist es nicht weit. Erika geht mit gesenktem Blick. Den Mantelkragen hat sie hochgeschlagen. Es ist heiß, und der Schweiß rinnt ihr den Rücken hinunter. Sie bemerkt den

Oberfähnrich nicht, der nur ein paar Meter neben ihr geht und sie misstrauisch betrachtet. Am Ende der Treppe fängt er sie ab.

»Moment, junge Frau … Wohin so eilig?«

Erika erstarrt.

»Mein Verlobter, er erwartet mich.«

Sie lächelt, zeigt nach oben und will schnell weiter. Doch der Mann stellt sich ihr in den Weg, mustert sie von Kopf bis Fuß – unter dem Mantel ist die Uniform zu sehen.

»Keine Dienstmütze?«

»Vergessen … Bei meinem Gepäck.«

Erika lächelt verkrampft, zieht schnell den Mantelaufschlag enger zusammen.

»Im Mantel? Hier drinnen ist es brüllend warm.«

»Mir ist immer kalt … Wie gesagt, ich werde erwartet.«

Sie schlängelt sich an ihm vorbei und sieht zu, dass sie wegkommt. Mit ein paar Sprüngen eilt sie die Treppe hinauf. Der Oberfähnrich schaut ihr nach, zuckt dann mit den Schultern und geht in Richtung Lazarett.

Was Erika nicht bemerkt, ist, dass Berta Burkat und Parteigenosse Escher aus dem Aufzug steigen und auf sie zukommen.

»Das darf doch nicht wahr sein!«

Wie vom Blitz getroffen, bleibt Berta Burkat stehen. Sie hat Erika entdeckt. PG Escher folgt ihrem Blick.

»Kennen Sie die junge Dame?«

»Eine Königsbergerin … Gift für die Gemeinschaft.«

»Wieso ist sie auf dem Schiff?«

Die Marineoberhelferin schluckt nur trocken und tut ahnungslos. Ihren Blick wendet sie nicht ab von Erika.

»Desertiert? Eine Drückebergerin!«

Schon eilt Escher weiter.

»He! Moment! Fräulein!?«

Erika dreht sich erschrocken um. Sie sieht den Mann in brauner Uniform auf sich zukommen, und dahinter erkennt sie die Burkat. Nur für eine Schrecksekunde verharrt sie regungslos. Dann stürzt sie davon und verschwindet in der Menge. Hinter sich hört sie den Parteimann rufen:

»Stehen bleiben! Festhalten die Frau! Wache!«

Niemand reagiert, es ist keine Wache in der Nähe, die den Befehl ausführen könnte. Berta Burkat atmet auf. Gefahr gebannt. Das hätte auch für sie schiefgehen können. Die Galetschky wird ihren Trick verraten. Und was dann? Escher kommt zu ihr zurück.

»Name der Frau?«

Sein Ton ist nur noch offiziell.

»Galetschky, Erika, Studentin ... Sie hat sich hier einen Kapitän angelacht, einen Zivilisten.«

Escher stutzt, und dann breitet sich ein ironisches Grinsen auf seinem wohlgenährten Gesicht aus.

»Ach, sieh mal an, der ›Herr‹ Kehding!«

Auf der Brücke sind die Lichter abgeblendet. Noch ist es draußen heller als hier drinnen. An den Schalttafeln glühen die Lämpchen grün und rot. Läufer, Signalgast, Wachoffizier und Rudergänger stehen an ihren Plätzen. Keiner redet. Es ist still, nur die Lüftung rauscht leise, und das dumpfe Brummen der Motoren ist zu hören. Trotz des erheblichen Seegangs pflügt die *Gustloff* dank ihrer modernen Schlingerdämpfungsanlage ruhig durch die Wellen. Die Kimm liegt fast unbewegt vor der Fensterfront. Wilhelm Johannsen starrt finster auf die bleigraue neblige See der Danziger Bucht. Seit die *Gustloff* den Kai verlassen hat, steht er hier oben auf der Brücke am mittleren Fenster, das Fernglas baumelt vor seiner Brust. Das gesamte Auslaufmanöver hat er seinem Fahrkapitän Kehding überlassen und sich, wie versprochen, nicht eingemischt. Er kommt sich alt und nutzlos vor. Ihm ist klar, dass dies wohl seine letzte Reise sein wird. Die *Gustloff* ist jetzt Flüchtlingstransporter und wird in Zukunft nirgends anderswo als in der Ostsee fahren. Und das ist nicht sein Revier. Die Reederei wird ihn ablösen lassen, wenn sie in Kiel anlegen, und das Kommando einem Jüngeren übertragen. Wahrscheinlich Kehding. Der ist agil und kennt die Gewässer.

Korvettenkapitän Petri sucht drei Fenster weiter mit seinem Fernglas konzentriert den Horizont ab. Der Schäferhund steht wie immer nicht weit von seinen Stiefeln.

»Verdammte Suppe da draußen, viel Sicht ist nicht.«

Johannsen sagt das, ohne seinen Blick zu wenden.

»Solange wir keinen sehen, sieht uns auch keiner.«

»In Kiel gebe ich einen aus, mit allem Drum und Dran!«

Petri setzt das Glas ab.

»Klingt gut. In Kiel gibt's noch Etablissements ... Das wird die Nacht Ihres Lebens!«

Beide Männer lachen, doch wirklich befreit klingt es bei beiden nicht.

»Dann soll der Kehding mal auf die Tube drücken!«

Johannsen dreht sich wieder der Scheibe zu und starrt weiter in den nasskalten Januartag.

Helmut kommt von draußen rein, schüttelt seine Mütze aus und hängt den nassen Mantel an einen Haken an der Tür.

»Sauwetter.«

Am Steuerstand wartet die letzte Wettermeldung auf ihn. Wind: Westnordwest 6 bis 7, abends auf West drehend und auf 5 fallend, Seegang 4, Schneefall Sicht 1 bis 3 Seemeilen, leichter bis mittlerer Frost.

Helmut kontrolliert das Barometer. Er hat das Gefühl, dass es anders kommen wird. Schon jetzt schlagen Graupel und Eiskristalle gegen die Fensterfront, und das gesamte Schiff ist mit einer immer dicker werdenden Eisschicht überzogen.

»Luftdruck fällt! Wenn wir um Hela rum sind, geht's stramm gegen an.«

»Lieber wäre man da schon durch ... Wo bleibt Ihr Sicherungsgeleit, Petri?«

Kapitän Johannsen bewegt sich nicht weg von seinem Standort am Fenster. Und auch der Korvettenkapitän bleibt auf seinem Beobachtungsposten.

»Wartet vor Hela auf uns. Keine Sorge, Johannsen, wir kriegen den Dampfer heil nach Kiel, wir brauchen keine Kindermädchen!«

»Hoffentlich sieht der Russe das auch so.«

»Wenn im schönen deutschen Reich gar nichts mehr geht, auf die U-Boot-Waffe ist Verlass! Bevor uns der Russe gefährlich werden kann, sind wir in Kiel! Was meinen Sie, Kehding? Als Mann mit Ostseeerfahrung!«

»Ein reguläres Sicherungsgeleit wäre mir lieber.«

»Im Krieg muss man improvisieren können ...«

Vom Gang zum Funkraum kommend, betritt Harald die Brücke.

»Herr Kap'tän!«

Beiläufig grüßt er die Männer und steuert direkt auf den Korvettenkapitän zu. Er nimmt ihn zur Seite und unterhält sich leise mit ihm. Helmut schaut von seinem Steuerstand hinüber und wundert sich, was die beiden da zu tuscheln haben.

»Zu mir mal, bitte!«

Petri winkt Helmut und Johannsen zu sich.

»Was gibt's?«

Harald weicht Helmuts Blick aus.

»Mein Adjutant in Gotenhafen hat einen Funkspruch abgefangen. Er ist mir beim Ablegen gebracht worden.«

»Was sagt der Funkspruch?«

»Verschlüsselt, in keinem uns bekannten System!«

Petri schaut besorgt von einem zum anderen. Johannsen ist der Einzige, der nicht besonders interessiert scheint.

»Dann muss der auch nicht echt sein. Die Luft ist voller Funksignale, da ist viel Murks unterwegs!«

»Ja, sicher, aber ein Wort war unverschlüsselt.«

»Aha, und welches?«

»Walhall!«

Helmut stutzt.

»Walhall? Was soll das denn heißen?«

Johannsen klärt ihn auf:

»Das sind wir. Walhall ist unser Deckname.«

Jetzt schauen sich alle alarmiert an.

»Irgendein Hinweis auf den Absender?«

Helmuts Frage hängt im Raum. Harald schüttelt den Kopf.

»An der Entschlüsselung wird mit Hochdruck gearbeitet … Wir sollten das Schiff noch mal durchsuchen.«

»Auf was?«

»Verdächtige Personen, versteckte Sprengladungen …« Der Korvettenkapitän klingt ernst.

Helmut erinnert sich an das Gespräch mit Sterup.

»Also gab es ernsthafte Sabotagedrohungen? Das hätte ich längst wissen müssen!«

Harald und Petri sehen sich kurz an, dann sagt Petri:

»Sie fahren uns einfach nach Kiel, Herr Kehding!«

In Helmut steigt kalte Wut hoch. Johannsen sieht das und bemüht sich, die Wogen zu glätten.

»Also? Worauf warten Sie, Petri? Suchen Sie! Und wir, Kapitän Kehding, kümmern uns ums Geschäft.«

Johannsen geht zurück an sein Fenster, und auch Helmut dreht sich auf dem Absatz um. Im Vorbeigehen nimmt er sein Fernglas und beginnt den Horizont abzusuchen und dabei seine Gefühle in den Griff zu bekommen. Die Situation ist heikel genug. Ein ausgewachsener Streit würde zu mehr Unbill führen. Also: Soll die Kriegsmarine ihre Arbeit machen, er wird das Schiff sicher nach Kiel bringen. Nur das ist seine Aufgabe, und darauf wird er sich von nun an ausschließlich konzentrieren. Basta!

Hinter sich hört er, wie Petri seine Kommandos gibt.

»OvD! Mitkommen.«

Zackig schiebt er die Tür zur Steuerbordnock auf und verlässt zusammen mit Harald die Brücke.

Helmut sieht zur Uhr. Vierzehn Uhr fünfunddreißig.

»Wie viele Menschen haben wir jetzt tatsächlich an Bord, Kehding? Hat überhaupt noch jemand einen Überblick?«

»Alle Decks sind belegt, jede Kammer, jeder Saal, die Mannschaft hat weitgehend ihre Quartiere geräumt. Am Eingang haben sie bei rund siebentausend aufgehört zu zählen. Ein paar mehr dürften es aber noch geworden sein.«

»Mit den *Reval*-Leuten haben Sie ja Ihre zehntausend dann zusammen. Zufrieden?«

Helmut zögert, sieht ihn an.

»Kann man im Krieg zufrieden sein?«

»Mir wär's auch lieber, die Leute würden friedlich zu Hause sitzen.«

»Dafür ist es wohl ein paar Jahre zu spät.«

Harald eilt die Treppen hinunter zu seiner Kammer. Er will seinen Mantel und seine Pistole holen. Petri stellt derweil in seinem Kommandoraum die Suchmannschaft zusammen. Harald hat den Kammerschlüssel schon in der Hand, doch als er ihn ins Schloss steckt, stellt er verwundert fest, dass die Tür nicht abgeschlossen ist. Überrascht tritt er ein, knipst das Licht an und schließt die Tür hinter sich. Auf seiner Koje liegt eine fremde Frau! Sie ist vollständig angezogen und hat wohl geschlafen, denn nun schrickt sie hoch und starrt Harald mit großen braunen Augen an. Harald erkennt ihren mächtigen Bauch unter der verrutschten Bettdecke.

»Wen haben wir denn da?«

»Erdmann, Marianne Erdmann … Entschuldigen Sie. Erikas Verlobter hat uns seine Kammer überlassen.«

»Erikas Verlobter? Soso.«

Er mustert sie einen Augenblick und lächelt die Schwangere an.

»Der junge Mann ist mein Bruder und die Kammer eigentlich meine. Harald Kehding.«

Marianne will aufstehen und das Feld räumen. Sie hat ihn erkannt. Derselbe Mann wie auf den Fotos an der Wand.

»Oh ja, die Fotos … Entschuldigung, ich hab Sie nicht sofort erkannt, ich bin schon weg.«

Sanft drückt Harald sie auf die Koje zurück.

»Nein, nein, die Kammer gehört Ihnen.«

Er geht zur Wand, nimmt die Fotos ab und steckt sie ein. Dann schließt er seinen Schrank auf, kramt darin herum. Er findet seine Pistole, legt sie in seine Reisetasche, wirft ein paar Klamotten drauf und schließt die Tür wieder.

Er zeigt auf Mariannes hochschwangeren Bauch.

»Wann ist es denn so weit?«

Marianne lächelt verlegen und streicht sich über den Bauch.

»Lange mag er nicht mehr warten.«

»Ein ›Er‹, das wissen Sie schon?«

»Mein Mann wünscht sich einen Jungen. Er ist an der Front, aber ich hab schon seit Weihnachten nichts mehr von ihm gehört ...«

Sie lächelt Harald an.

»Sie sehen auch aus wie ein Familienmensch.«

Sie zeigt dahin, wo die Fotos hingen.

Harald lacht, stellt seine Reisetasche auf einen Stuhl und sucht den Mantel.

»Tu ich das? Ich hatte zwei Töchter. Meine Frau war mit ihnen in Hamburg, Juni 43 ... Da steht nichts mehr.«

Marianne schaut ihn mitleidig an.

»Das tut mir leid. Wir sind aus Tilsit, Lilli Simoneit und ich ... Sie hat mich aufgesammelt ... Sonst wäre ich nicht hier.«

Jetzt ist Harald wieder aufmerksam.

»Kontakt mit dem Russen?«

Marianne zögert und schaut auf ihre Bettdecke, deren eines Ende sie zu einer Wurst dreht. Leise erzählt sie:

»Meine Schwägerin war in Nemmersdorf, im Oktober ... Was sie durchgemacht hat ... Ihr Mann musste zusehen ... Dann haben sie ihn mit dem Spaten erschlagen.«

Sie räuspert sich, richtet sich auf und macht eine Bewegung mit der Hand, als wollte sie die Bilder in ihrem Kopf wegwischen.

»Ich bin mit Lilli und den Kindern über die Bucht von Pillau herüber ... Lillis kleine Sophie hat's nicht geschafft, sie ist bei der Überfahrt erfroren.«

Hilflos sieht sie Harald an.

»Die *Gustloff* kann nicht untergehen, nicht wahr?«

»Keine Angst, wir passen schon auf Sie auf!«

Haralds Stimme ist weich. Die Frau erinnert ihn irgendwie an seine Frau, obwohl sie ganz anders aussieht. Schnell greift er nach seiner Tasche und geht zur Tür. Er schaut noch einmal zurück zu Marianne.

»Wird schon alles gutgehen. Viel Glück für den Kleinen.«

Und mit einem letzten Lächeln verlässt er die Kammer, und Marianne ist wieder allein.

KAPITEL 16

Vor der Kammer wendet Harald sich nach rechts und geht den Gang hinunter zur Wäscherei. Escher habe ihn sprechen wollen, hat ihm der Deckoffizier gesagt. Die Mädchen sind damit beschäftigt, die Girlanden für die Jahresfeier aufzuhängen. Statt der Wäscheleinen flattern jetzt die Hakenkreuzwimpel, und an der Wand hängt ein großes Führerporträt. Sogar das Klavier aus dem Tanzsaal haben sie hier heruntergeschafft.

Ortsgruppenleiter Escher begutachtet die Fortschritte und unterhält sich gerade mit Berta Burkat, als Harald dazukommt.

»Kaleu Kehding!«

Freudig streckt er die Hand aus, Harald schlägt nur kurz ein.

»Was gibt's denn?«

Berta Burkat geht zum Klavier, setzt sich und beginnt zu klimpern. Doch Harald merkt, dass sie lange Ohren macht. Er nimmt Escher ein Stück zur Seite. Escher sieht sich um, vergewissert sich, dass niemand zuhört.

»Man hört, Sie durchsuchen das Schiff nach verdächtigen Elementen?«

Harald nickt kurz.

»Ich hätte da jemanden beziehungsweise die Parteigenossin Burkat.«

Er zeigt zur Burkat, die immer noch klimpert und herübersieht.

»Sie hat eine Gruppe Marinehelferinnen geführt, deren Einsatz in Gotenhafen noch nicht beendet ist … Trotzdem hat sich eine junge Dame von der Truppe abgesetzt und hier aufs Schiff geschlichen … Die Frau ist bekannt für ihre defätistische Einstellung!«

Harald atmet genervt durch. Es widert ihn an, den Polizisten zu spielen, für die Sicherheit der Marine, das mag noch angehen, aber nicht für diesen Parteifuzzi.

»Wo ist die Frau?«

»Das ist das Problem: Sie hat uns gesehen und ist sofort untergetaucht.«

»Und wie heißt sie?«

Escher zieht einen Notizzettel aus der Tasche und hält ihn Harald hin. Auf dem Zettel steht: Erika Galetschky.

»Erika Galetschky?!«

Wie von einer Nadel gestochen, ist Harald plötzlich hellwach.

Escher entgeht seine Reaktion nicht. Er nickt finster.

»Man muss die Person aus dem Verkehr ziehen!«

Harald eilt schon, den Zettel in der Hand, grußlos zur Tür.

»Ich sehe, was ich machen kann.«

Bei der Durchsuchung des Schiffes können Petris Männer auch nach Erika suchen. Harald wundert sich über diese Koinzidenz von Fällen. Zufall!? Harald glaubt nicht an Zufälle.

Der Ortsgruppenleiter sieht Harald zufrieden nach. Berta Burkat ist vom Klavier aufgestanden und zu ihm zurückgekommen.

»Danke, Ortsgruppenleiter.«

»Wofür?«

»Es ist gut, einen starken Mann an seiner Seite zu wissen.«

Sie mustert ihn aus dem Augenwinkel.

»Parteigenossin Burkat, Sie sind hier, um die Feierlichkeiten zu unterstützen, auf meinen ganz persönlichen Wunsch … Irgendwelche Zweifel?«

Die Burkat lächelt ihn an.

»Nein, nein … Sie werden mit mir zufrieden sein, ganz bestimmt.«

Bevor Harald sich mit Petri trifft, will er dem Funker noch einmal auf den Zahn fühlen. Hagen Koch steht an der Reling und macht Pause. Als er Harald kommen sieht, nimmt er Haltung an.

»Die Verschlüsselung von Ihrem Papier macht uns Kopfzerbrechen, Kaleu. Aber die Kameraden arbeiten dran!«

Harald mustert Hagen Koch kühl und kommt gleich zum Punkt.

»Wo steckt Ihre Kusine?«

»Erika?«

»Wo versteckt sie sich?«

»Erika versteckt sich nicht, sie ist in Gotenhafen geblieben, wo sie hingehört: Im Dienst!«

Harald wendet seinen Blick nicht von Kochs Gesicht. Nach einer kurzen Pause fragt er:

»Wie gut kennen Sie Ihre Kusine?«

»Sie war mal wie eine kleine Schwester für mich, aber über die Jahre ist der Kontakt ziemlich eingeschlafen.«

»Wie das?«

»Der Vater hat Erika immer sehr beeinflusst, nicht gerade zum Guten, ein Buchhändler.«

»Sie riskiert einiges: Ausbruch, Desertion ... Koch, ich geb Ihnen diese eine Chance!«

Jetzt ist der Funker alarmiert. Er erinnert sich noch an die letzte Befragung des Kapitänleutnants und die Drohungen des Adjutanten!

»Ich weiß wirklich nicht, was Sie von mir wollen!«

»Aber Sie wissen, was wir mit Saboteuren machen.«

»Mit so einem Dreck hab ich nichts zu tun!«

»Wann haben Sie Ihre Kusine zuletzt gesehen?«

»Herr Kaleu, ich bitte Sie!«

»Wann?«

»In Gotenhafen, in der Nacht, als ich von Bord gegangen war, nach dem Luftalarm ... Sie hat sich küssen lassen, auf offener Straße.«

Harald lässt sich nicht anmerken, dass er genau weiß, von wem sie sich hat küssen lassen.

»Erika legt sich gern mit den Leuten an, vor allem mit denen, die das Sagen haben.«

Harald sagt nichts dazu. Er nickt nur und sieht über das Schiff hinaus auf die See.

»Wenn Sie was hören, Koch, sofort zu mir!«

Einmal noch schaut er Hagen Koch drohend in die Augen, dann geht er ohne ein weiteres Wort.

Im Kommandoraum hat Petri seine Leute in zehn Gruppen aufgeteilt, zu je drei Mann. Für jedes Deck eine Gruppe. Sie machen sich gerade bereit, als Harald dazukommt.

»Vom Keller bis zur Brücke. Ich will, dass jeder Zentimeter untersucht wird. Und schnell. Alles Verdächtige sofort melden.«

Harald winkt dem Korvettenkapitän. Der unterbricht seine Befehlsausgabe und kommt zu ihm. Harald unterrichtet Petri leise von Erikas Anwesenheit an Bord. Petri wendet sich wieder den Suchtrupps zu.

»Und, Männer. Noch was. An Bord ist eine Marinehelferin. Unerlaubtes Entfernen von der Truppe. Blond, groß, aus Königsberg. Galetschky, Erika. Wahrscheinlich brauner Mantel, trägt darunter Helferinnenuniform. Bei Antreffen festnehmen! Abrücken!«

Die Männer salutieren und verlassen den Raum.

»Was ist das jetzt wieder für eine Geschichte, Kehding?«

Harald erzählt dem Korvettenkapitän schnell, was er in Gotenhafen über den Elektroladen herausgefunden hat. Und von seinem Verdacht gegen Erika und ihren Vetter. Über die Beziehung seines Bruders zu Erika sagt er nichts. Petri ist sehr beunruhigt und beginnt im Raum auf und ab zu gehen. Sein Hund folgt ihm mit Kopfbewegungen wie ein Zuschauer bei einem Tennisturnier.

Lilli und Kalli, der jetzt mit Kopftuch als Mädchen verkleidet ist, haben es bis zu der Kammer der Kehding-Brüder geschafft. Keiner hat sie aufgehalten, ja nicht mal aufgefallen sind sie. Alle Flüchtlinge an Bord tragen zusammengewürfelte Kleidung, Pullover und Jacken übereinander, Hüte, Mützen, Kopftücher. Ob

Junge oder Mädchen, kann man kaum erkennen, solange sie ihre Kopfbedeckungen tragen. Und da jeder sich um sich und seine Angehörigen kümmert, geht Lilli mit Kalli an der Hand im Gedränge unter. Lilli zieht ihren Sohn schnell in die Kammer und schließt die Tür hinter sich.

Marianne liegt ausgestreckt auf dem Fußboden und atmet angestrengt.

»Mariannchen! Was machst du da?«

»Der Kleine strampelt wie ein Hundertmeterläufer!«

»Gut so! Guck, wen ich mitbringe!«

Sie zieht Kalli das Kopftuch ab, und Kalli grinst breit.

Marianne stemmt sich vom Fußboden hoch, richtet sich auf und schließt Kalli in die Arme, so weit es der dicke Bauch zulässt.

»Karl! Du hast es geschafft!«

Sie dreht sich mit ihm, wie zum Tanz. Doch schon nach ein paar Schritten krümmt sie sich und hält wieder ihren Bauch.

»Wir wollen mal nicht übertreiben, Mariannchen!«

Lilli hilft Marianne zur Koje zurück.

Kalli klettert in die freie Koje und verkriecht sich tief unter die Bettdecke. Lilli legt ihm noch ihre Decke obendrauf, und so dauert es nicht lange und Kalli hört auf zu bibbern. Wohlige Wärme macht sich breit, und bald ist er tief eingeschlafen. Lilli sitzt auf einem der Stühle und beobachtet ihren wiedergefundenen Sohn. Sie kann das Glück noch gar nicht fassen. Still legt sie die Hände zusammen und betet ein inniges Dankgebet.

Im Großen Festsaal ist der Boden mit Matratzen bedeckt, und es riecht durchdringend nach nassen Mänteln und ungewaschenen Menschen. Auch hier stehen in regelmäßigen Abständen Blecheimer zwischen den Reihen, für alle, die den Seegang nicht vertragen. Frauen, Kinder und Alte hocken zusammen oder liegen erschöpft unter den graubraunen Militärdecken, die an alle ausgegeben worden sind. Skurril sieht das aus. Wer die Augen öffnet, sieht die glitzernden ausladenden Lüster über sich an der Decke und an der Wand die Gemälde mit den Szenen deutscher Landschaften oder starken Bauern hinter edlen Rössern, die die deutsche Scholle pflügen. Die edlen Brokatvorhänge vor den Fenstern bewegen sich leise. Der eierschalenfarbene Schleiflack der Kassettenverkleidung oder das auf Hochglanz polierte Nussbaumfurnier lassen erahnen, wie edel und teuer dieses Schiff ausgestattet war. Erika bleibt in der Eingangstür stehen und sieht sich gehetzt um. Fürs Erste ist sie ihren Verfolgern entwischt. Sie schrickt hoch, als eine Flüchtlingsfrau sie anspricht.

»Können Sie mir helfen? Meine Tochter ist auch Marinehelferin, sie soll auf dem Schiff sein: Sabine Schawitz!«

»Tut mir leid, die kenn ich nicht.«

Unsicher sieht sie sich um. Eine Schwester vom Roten Kreuz schaut zu ihnen herüber.

»Vielleicht fragen Sie mal die Schwester da?«

Die Schwester kommt zu ihnen hinüber.

»Was tun Sie hier, Fräulein? Dienstpapiere?«

Erika sucht nach Worten, als plötzlich neben ihnen ein Geburtstagsständchen gesungen wird. Mehrere Frauen scharen sich um ein kleines Mädchen am Boden.

Erika schaltet blitzschnell. Lächelnd zeigt sie zu der singenden Gruppe und geht zu ihnen, als gehörte sie dazu. Schnell fällt sie in das Lied mit ein. Die Rot-Kreuz-Schwester lotst die Flüchtlingsfrau zu ihrem Tisch in der Ecke. Erika bleibt bei den Feiernden, während die Mutter dem Kind ein Päckchen überreicht und alle gerührt zuschauen, wie das Kind glücklich sein Geschenk auspackt. Niemand beachtet Erika weiter. Im richtigen Moment macht sie sich wieder auf und geht zurück in den Gang. Sie lehnt sich an die Wand und atmet erst einmal durch. So geht es nicht. Sie lauscht der Unterhaltung neben sich.

Ein alter Mann redet mit einer Frau in grauer Strickjacke.

»Sie bringen uns nach Flensburg, heißt es, wir halten nur in Kiel ... Flensburg wird nicht angegriffen!«

Die Frau geht gar nicht auf das, was er sagt, ein.

»Wir hatten eine Bäckerei in Neukuhren … Hauptsache, sie geben uns Arbeit, da, wo wir hinkommen.«

Eine junge Mutter, die ein schlafendes Kleinkind im Arm hält, während sich drei weitere an ihrem Rockzipfel klammern, mischt sich ein:

»Unsinn, wir bleiben nicht lange fort, der Russe wird zurückgeschlagen, frische Armeen stehen bereit, der Führer lässt neue Wunderwaffen entwickeln!«

Die Frau in der Strickjacke sagt leise:

»Ich hab sie erlebt, die Russen, was die einmal haben, lassen sie nicht wieder los …«

Erika entfernt sich leise und schaut den Gang hinunter. Völlig verstopft, überall Leute. Um die Ecke biegt ein eifriger junger Fähnrich mit einem Trupp Matrosen im Schlepptau und versucht sich einen Weg zu bahnen. Erika strafft sich unwillkürlich.

»Achtung! Gesucht wird eine Marinehelferin, Ende zwanzig, dunkles Haar, brauner Mantel über der Uniform! Wer was gesehen hat, vortreten!«

Niemand meldet sich, jeder ist mit sich selbst beschäftigt. Erika macht sich vorsichtig auf den Rückzug. Möglichst unauffällig schiebt sie sich mit dem Rücken an der Wand entlang. Gerade als sie schon denkt, sie habe es geschafft, kurz vor der Ecke zur Halle, ruft der Fähnrich ihr nach:

»Hallo! Sie da!? Stehen bleiben!«

Erika gibt Gas und hastet die Treppe hinunter, ohne Rücksicht auf die Leute, die sie zum Straucheln bringt und die hinter ihr her schimpfen.

KAPITEL 17

An Backbord voraus taucht die Landzunge von Hela aus dem Küstennebel auf. Mehrere Schiffe, große und kleine, Marinekreuzer und Tanker, Kümos, Fischtrawler und Dampfer, liegen hier auf Reede, warten auf Übernahme von Brennstoff und Proviant und auf die Zuteilung von Sicherungsgeleit durch die 9. Sicherungsdivision. Die meisten kommen mit ihrer menschlichen Fracht aus den Häfen Ostpreußens und liegen schon länger, manche sogar seit Tagen. Gotenhafen oder Danzig wurde ihnen wegen Überfüllung verwehrt, so mussten sie hier draußen am Rande der Bucht bleiben. Ein paar von den schnellen Handelsschiffen wagen den Alleingang, damit die vielen Menschen nicht warten müssen und auch, weil die Kapitäne sich möglichen Bombenangriffen nicht aussetzen wollen. So ist das Eisenbahnschiff *Deutschland* schon gestern ohne Sicherungsgeleit nach Westen gefahren, und der Ostasienschnelldampfer *Potsdam* eilte, von Königsberg kommend, unter der Grenze der schwedischen Hoheitsgewässer und oberhalb von Bornholm entlang. Beide Schiffe sind schneller als etwaige Verfolger und auch als irgendwelche Sicherungsboote.

Kapitän Johannsen sieht durch sein Fernglas.

»Hela voraus! Da liegt die *Hansa*. Aber sehen Sie irgendwelche Sicherungsschiffe, Kehding?«

»Nein!«

Auch Helmut hat sein Fernglas an den Augen und sucht. »Ich auch nicht, verflucht. Hier wartet keiner auf uns. Die da draußen liegen alle auf Anker, soweit ich erkennen kann.«

Johannsen setzt sein Fernglas ab.

»Das darf doch nicht wahr sein! Menschenskinder! Wenn wir's bloß schon hinter uns hätten!«

»Ohne Sicherungsgeleit fahr ich nicht weiter, und ich denke, das sehen Sie genauso?«

Fragend sieht Helmut zu Johannsen. Doch es kommt keine Antwort.

Ein Läufer aus der Funkbude bringt die Meldung, dass die Sicherungsschiffe in Gotenhafen eingelaufen sind und Brennstoff aufnehmen. Sie werden in Kürze ablegen. Der Signalgast betritt die Brücke und bringt die nächste Hiobsbotschaft. Er hatte mit der *Hansa* per Winkspruch kommuniziert.

»*Hansa* hat Maschinenschaden. Auslaufen verzögert sich!«

»Verdammter Mist!«

Johannsen flucht leise vor sich hin. Helmut überlegt nicht lange.

»Schlage vor, wir warten.«

Keine Reaktion von Johannsen. Genervt schüttelt Helmut den Kopf, dann ruft er seinen Befehl aus.

»Wir warten. Maschinen: Stopp! Vorschiff: Anker klar machen!«

Der Rudergänger wiederholt den Befehl und führt ihn aus. Schrill klingelt der Maschinentelegraf, als er den Hebel auf Stopp legt. Sofort ist das Aufstoppen im Schiff zu spüren. Kurz darauf rasseln die dicken Ketten über das Deck, und der tonnenschwere Anker versinkt im Meer.

Damit unter den Passagieren keine Panik aufkommt, weil das Schiff plötzlich anhält, greift Helmut zum Hörer, und über die Bordanlage ist auf allen Decks zu hören:

»Achtung, Achtung! Es besteht kein Grund zur Beunruhigung. Die Fahrt wird in Kürze fortgesetzt. Wir warten auf Geleitfahrzeuge.«

Helmut kann es mit dem schweigenden Johannsen nicht mehr aushalten. Er greift sich seinen Mantel, zieht die Schirmmütze so tief es geht ins Gesicht und tritt hinaus. An der Reling der Backbordnock atmet er die kalte, würzige Seeluft tief ein. Und obwohl der Eisregen ihn plagt, spürt er neue Klarheit im Kopf. Seine düsteren Gedanken verschwinden. Er schaut hinüber zu den anderen Schiffen. Eines wird gerade aufgetankt, an anderen legen kleinere Versorgungsboote an. Von Hela kommen Kutter und bringen Flüchtlinge zu den Schiffen. Viele Menschen waren an Land gebracht worden, als klar war, dass ihre Schiffe mehr als nur einen Tag warten mussten. Auf dem Stützpunkt einer Wehrmachteinheit zur Verteidigung der Danziger Bucht sind sie verpflegt worden und werden zum Auslaufen ihrer Schiffe wieder zurückgebracht. Vom Niedergang hinter Helmut sind Schritte zu hören. Haralds Kopf taucht auf.

»Worauf wartest du?«

»Sicherungsgeleit. Ist der Funkcode geknackt?«

»Ist in Arbeit.«

»Schon irgendwas gefunden von wegen Sabotage?«

Harald lehnt sich neben ihm an die Reling. Ohne seinen Bruder anzusehen, sagt er:

»Wir suchen eine Frau.«

»Was für eine Frau?«

»Helmut, wenn du mir gegenüber nicht offen bist, kann ich für nichts garantieren!«

»Wovon redest du?«

Harald stößt sich von der Reling ab und steht jetzt Helmut gegenüber.

»Wo ist sie?«

»Wer, verdammt?«

Harald hält seinen Blick fest.

»Wer wohl? Erika Galetschky!«

»Harald! Sie ist nicht an Bord, Erika ist in Gotenhafen geblieben, da ist was schiefgegangen!«

»Schiefgegangen, ach ja …«

Er atmet tief durch.

»Sie hat keinen Marschbefehl.«

»Ja und? Ich wollte sie mitnehmen!«

»Warum nicht Oberfunkmaat Koch, der ist doch ihr Vetter?«

»Er wollte auf keinen Fall, dass sie mitfährt. Harald, ich werde die Frau heiraten!«

Harald reagiert nicht. Nach ein paar Sekunden Stille fragt er:

»Seit wann kennst du den Oberfunkmaat?«

Die Fragerei geht Helmut auf die Nerven. Ungehalten antwortet er:

»Was spielt das für eine Rolle? Seit ich hier bin.«

»Was weißt du über den Elektroladen in Gotenhafen?«

»Nichts. Was willst du eigentlich?«

»Erika Galetschky ist an Bord! Sie hat sich eingeschlichen, so viel wissen wir. Was haben die vor? Sie und ihr Vetter?«

Helmut dreht sich ruckartig um. Erika ist doch an Bord! Sie hat es geschafft! Helmut ist ganz aufgeregt. Doch seinem Bruder will er das nicht zeigen. Seine Befragung geht ihm jetzt endgültig gegen den Strich.

»Du siehst Gespenster, Harald, leg dich ins Lazarett und vergiss Erika!«

»Du weißt aber nicht, dass sie hier ist; offenbar sagt sie dir nicht alles.«

»Mein Gott noch mal. Bisher hat mir keiner gesagt, dass sie an Bord ist. Und bei dem Durcheinander habe ich sie noch nicht treffen können. Das ist alles. Sabotage! Erika! Du spinnst doch!«

Helmut will gehen, aber Harald hält ihn am Ärmel zurück.

»Wie gut kennst du sie wirklich?«

»Hörst du mir nicht zu? Ich kenn sie seit dem Sommer, das weißt du, aus Königsberg. Wenn sie wirklich an Bord ist, dann meinetwegen! Die einzigen Menschen, die sie noch hat, sind auf diesem Schiff!«

»Oberfunkmaat Koch?«

»Der bedeutet ihr nichts.«

»Wir sind im Krieg, Kleiner, der Feind ist überall!«

Wie Kampfhähne sehen sie einander an.

»Aber nicht zwischen dir und mir!«

Harald lässt das so stehen und sieht auf die offene See hinaus.

»Es gab Hinweise, dass etwas gegen die *Gustloff* geplant ist. Vielleicht Gerüchte, vielleicht auch nicht.«

Helmut wischt sich mit den Händen über das Gesicht.

»Harald! Erika bedeutet mir mehr, als du dir vorstellen kannst, also lass sie in Ruhe!«

»Wer sagt dir, dass sie dich nicht benutzt?«

»Das braucht mir keiner zu sagen. Das spüre ich!«

Und mit Nachdruck setzt er hinzu:

»Lass sie in Ruhe. Ich warne dich. Oder du hast keinen Bruder mehr!«

Harald mustert seinen kleinen Bruder und schweigt.

Helmut dreht sich weg und geht den Niedergang hinunter. Lilli, schießt es ihm durch den Kopf. Wenn einer weiß, ob Erika an Bord ist und wo, dann Frau Simoneit. So schnell er kann, arbeitet er sich zu seiner Kammer vor. Jeder Frau, die ihm begegnet, schaut er ins Gesicht, aber Erika ist nicht zu entdecken. Er muss sie erwischen, bevor es sein Bruder tut. Ohne anzuklopfen, stürzt er in die Kammer.

»Wo ist Erika?«

»Das wissen Sie doch! In Gotenhafen.«

»Nein, es heißt, sie sei an Bord!«

Lilli, Marianne und Kalli, der erschrocken aus seinen Decken hervorsieht, schauen den Kapitän überrascht an.

»Ja, wie denn das? Wo ist sie denn dann bloß?«

»Frau Simoneit, es ist wichtig, dass wir sie zuerst finden.«

Seine Betonung liegt auf dem Wort wir.

»Wieso zuerst?«

»Erika wird von der Sicherheit auf dem ganzen Schiff gesucht.«

Lilli schlägt sich die Hände vor den Mund.

»Oh Gott, es ist meine Schuld, ich hab sie aus dem Arrest befreit!«

Helmut ist tief besorgt.

Was für ein Durcheinander! Er muss Erika finden. Schneller als schnell! Aber er muss auch wieder auf die Brücke …

»Deswegen wird sie aber nicht gesucht …«

»Ja, weswegen denn dann?«

Helmut zögert, will es Lilli erklären, entscheidet sich anders und antwortet nicht. Er hat die Klinke schon wieder in der Hand.

»Ich muss auf die Brücke. Wenn Sie irgendwas von ihr hören: Sofort zu mir!«

Die drei sehen ihm erschrocken nach. Marianne fängt an zu weinen. Leise sagt sie:

»Alles geht kaputt … Ich will nach Hause … Mein Kleiner hat keinen Vater mehr …«

Lilli nimmt schnell ihr Gesicht in beide Hände und nickt ihr ermunternd zu.

»Du bist auf der *Gustloff*, Kindchen … Denk an die vielen, die noch in den Trecks laufen, durch Eis und Schnee ins Ungewisse …«

Marianne atmet tief durch und versucht zu lächeln.

»Ja, du hast Recht. Ich will ja auch nicht undankbar sein.«

»Morgen, Kinder, sind wir in Flensburg. Da ist der Krieg weit weg!«

Im Schwimmbecken im Bug des E-Decks haben sich die verschiedenen Züge der Marinehelferinnen eingerichtet. Wie bei einem Ausflug laufen die Mädchen durcheinander, schauen sich die Quartiere der anderen an, sitzen herum und erzählen sich, was sie in den letzten Monaten erlebt haben. Alle sind bester Stimmung, denn alle sind glücklich, dem drohenden Unheil der anrückenden Front entkommen zu sein. Für die aus dem Westen des Reiches geht es jetzt zurück nach Hause oder zumindest in heimatliche Gefilde. Die Mädchen, die aus den östlichen Gauen stammen, sind nicht ganz so euphorisch. Schließlich bringt sie dieses Schiff ja weiter weg von ihrer Heimat. Sie machen sich Sorgen um ihre Angehörigen, von denen sie seit Tagen keine Nachricht mehr haben und denen die meisten von ihnen auch nicht mitgeteilt haben, dass sie auf die *Gustloff* gehen. Dafür kam die Meldung zu plötzlich. Aber ihre Kameradinnen geben sich Mühe, gute Stimmung zu verbreiten, und die Mädchen lassen sich anstecken. Interessiert besehen sich alle die einzige schwimmende Jugendherberge des Reiches. Und natürlich das luxuriöse Schwimmbad mit den blau-türkis melierten Kacheln, die extra angefertigt worden sind. Die Säulen rund um das Becken und das gläserne Oberlicht über die gesamte Breite lassen es hier wie in einem römischen Bad erscheinen. Auch das mystische Mosaik mit Seejungfern und Neptun in seinem schwimmenden Wagen, gezogen von drei prächtigen Rössern, beeindruckt sehr, auch wenn der Fußboden jetzt mit Matratzen, Feldbetten und Unmengen von Gepäck belegt ist. Dass sie hier schon unterhalb der Wasseroberfläche sind, bemerken die Marinehelferinnen nicht. Fenster gibt es logischerweise keine, und das große Oberlicht weckt die Illusion, als schiene direkt über ihnen die Sonne.

Berta Burkat hat sich in der Wäscherei losgeeist und ist mit der Bemerkung weggegangen, die Marinehelferinnen im E-Deck zu den Feierlichkeiten einladen zu wollen. In Wahrheit will sie sehen, ob sich Erika vielleicht dort unten versteckt. Aufmerksam suchend, blickt sie sich auf ihrem Weg um. Kein Detail entgeht ihr. Sie folgt den Schildern »Schwimmbad« mehrere Treppen hinunter, vorbei an der Schlachterei und der Bordbäckerei im C-Deck, wo es verführerisch nach frischem Brot riecht, steigt hinab in den Bauch des Schiffes. Auch hier überall einquartierte Flüchtlinge und drangvolle Enge. Der Speiseraum der Besatzung ist genauso umgewandelt worden wie die herrschaftlicheren Hallen oben auf dem Unteren Promenadendeck. Die Maschinengeräusche werden immer lauter. Und dann steht sie im Vorraum zum Schwimmbad. Damen- und Herrenumkleideräume gehen links und rechts ab. Suchend schaut sie sich um und entdeckt eine Führerin, die ihr mit Decken unterm Arm entgegenkommt.

»Gertrud!?«

Die Führerin bleibt wie angewurzelt stehen.

»Was machst du denn hier? Das ist ja eine Freude.«

Berta Burkat breitet die Arme aus und geht freudig auf die Kollegin zu.

»Ich hör gerade, dass Marinehelferinnen auf dem Schiff sind, und da wollte ich nachsehen kommen, ob ich jemanden kenne.«

Die Führerin erwidert die Umarmung.

»Wir werden verlegt, nach Kiel ... Aber was machst du hier, ich denk, du hältst die Stellung in Gotenhafen?«

»Na ja, Glück muss der Mensch haben.«

Die Führerin hält Berta Burkat ein wenig von sich weg.

»Du siehst müde aus.«

»Ja, es waren anstrengende Tage. Ich habe die Einschiffung beaufsichtigt.«

Auf dem Gang erscheint einer von Petris Suchtrupps, angeführt von einem jungen Fähnrich. Bei den beiden Frauen bleibt er stehen und grüßt zackig.

»Entschuldigung, die Damen, wir suchen eine entlaufene Marinehelferin, möglicherweise hält sie sich hier unten bei Ihnen versteckt.«

Berta Burkat rückt ihr Barett zurecht und gibt sich ganz dienstlich.

»Na los, sehen Sie nach und finden Sie sie!«

Der Fähnrich führt seinen Trupp weiter zum Schwimmbad und gibt Befehl, die Umkleiden zu kontrollieren. Vor dem Damenbereich stoppt er kurz, dann klopft er laut.

»Achtung! Kontrolle. Wir kommen jetzt rein.«

Er grinst seinen Soldaten an und geht ohne Zögern hinein. Lautes Gekreische und Gekicher dringt in den Vorraum.

Die Führerin beugt sich zu Berta Burkat vor. Mit gesenkter Tonlage fragt sie:

»Eine von deinen?«

»Ach i wo.«

Schnell wechselt sie das Thema.

»Hast du gehört, auf dem Haff sollen die Russen regelrecht Treibjagd auf die Trecks machen ... In Elbing haben sie Frauen und Mädchen zusammengetrieben.«

Die Führerin nickt erschüttert.

»Ja, man hört die ungeheuerlichsten Dinge! Ich bin froh, meine Mädchen da rauszuhaben.«

Berta lächelt gequält.

»Übrigens. Heute Abend ist in der Bordwäscherei und im Gang davor die Feier zum Jahrestag. Der Ortsgruppenleiter lässt euch sagen, ihr seid herzlich eingeladen. Gegen acht. Mach's gut. Bis dahin.«

Berta verabschiedet sich und geht die vielen Treppen und Gängen wieder hinauf. In der Wäscherei angekommen, atmet sie auf. Unten im Schiffsbauch fühlte sie sich irgendwie eingesperrt. Hier oben, mit der Möglichkeit, in den Kammern aus den Bullaugen hinauszuschauen, auch wenn das verboten ist, ist es sehr viel angenehmer, und die Beklemmung lässt nach.

KAPITEL 18

Eine neue Nachricht erreicht die Brücke. Die Landesfunkstelle Gotenhafen-Oxhöft lässt anfragen, wie lange die *Wilhelm Gustloff* noch bei Hela warten wird und ob die Möglichkeit besteht, weitere zweitausend Flüchtlinge aufzunehmen.

»Das könnte denen so passen.«

Korvettenkapitän Petri handelt blitzschnell. Dem Signalgast gibt er Order, bei der *Hansa* zu fragen, wann sie wieder fahrbereit ist. Die Antwort ist nicht befriedigend.

»Ruderlage defekt. *Hansa* nicht fahrbereit. Reparaturzeit unbestimmt. Fahren Sie allein weiter. Gute Reise.«

Entsetzt schauen die Männer auf der Brücke sich an. Für Johannsen steht fest:

»Das war's dann wohl. Wir warten hier, bis die *Hansa* wieder klar ist.«

Petri ist aber ganz anderer Meinung.

»Kommt nicht in Frage. Wir marschieren los, sobald das Geleit hier ist. Ich habe keinen Tag zu verschenken.«

»Aber es ist doch besser mit der *Hansa* und einem vernünftigen Geleit der SD. Korvettenkapitän Leonberg hat für morgen, spätestens übermorgen freie Minensucher für uns angekündigt.«

Petri macht eine Handbewegung, als würde er die Widerworte in der Luft wegwischen. Wieder bringt ein Läufer die Meldung der Landesfunkstelle wegen der Flüchtlinge.

»Die warten auf Antwort, Kap'tän.«

»Na man immer langsam mit den jungen Pferden.«

Zusammen mit dem Läufer geht Petri zur Funkbude und beginnt, mit seiner vorgesetzten Dienststelle, dem Führer U-Boot-

Ausbildung und der Seekriegsleitung zu funken. Das dauert, denn jede Nachricht muss, hin wie her, zuerst verschlüsselt und dann wieder entschlüsselt werden. Die Leitungen glühen, und die Funker kommen mit dem Übersetzen kaum nach. Ungeduldig reißt Petri ihnen die Zettel aus den Händen. Der Oberfunkmeister steht mit seinem Klemmbrett daneben.

Endlich treffen die beiden Geleitfahrzeuge ein. Beunruhigt betrachtet Johannsen die kleinen Schiffe: Torpedofangboot *TF1* und Torpedoboot *Löwe*. Der Erste Wachoffizier kann sich eines Kommentars nicht enthalten.

»Ziemliche Rostlauben. *Löwe* haben sie 1940 in Norwegen erbeutet, und *TF 1* hat bisher nichts anderes gemacht, als verschossene Übungstorpedos aus dem Wasser zu fischen.«

Johannsen sagt nichts dazu. Zuckt nur mit den Schultern.

Petri kommt zurück.

»Wir haben keine Zeit zu verlieren. Befehl aus Kiel: Abmarsch. Kapitän Johannsen, jetzt ist es Ihre Entscheidung.«

Wilhelm Johannsen schaut seinen Ersten Offizier an, dann Korvettenkapitän Petri. Er atmet tief durch.

»Na denn. Je schneller daran, desto schneller davon! Vorschiff. Anker klarmachen. Signalgast: Begleitschiffen melden, es geht los.«

Kapitän Johannsen begibt sich neben den Steuerstand und blickt voraus auf die bleigraue See. Ratternd zieht die Winsch die Ankerkette ein.

»Rudergänger: Neunzig Grad, langsame Fahrt!«

Der Steuermann übernimmt den Befehl und führt ihn aus. Am Maschinentelegrafen legt er den Hebel um.

»Mittlere, neunzig … liegt an.«

Am Heck der *Gustloff* beginnen die mächtigen Zwillingsschrauben sich zu drehen. Weiß schäumt das Seewasser auf. Aus dem Schornstein bläst eine grauschwarze Wolke. Die *Gustloff* nimmt wieder Fahrt auf. Hundert Meter vor dem Bug setzen sich die beiden Geleitschiffe in Position und stampfen ebenfalls los. In der

KMD in Gotenhafen legt eine Marinehelferin ein Funktelegramm auf den Tisch von Korvettenkapitän Leonberg. Der liest und wird ganz blass. Auf dem Papier steht:

»*Gustloff* ist ankerauf gegangen, setzt Fahrt allein fort. *Hansa* bleibt zurück!«

Korvettenkapitän Petri steht in seiner Ecke an der Fensterfront und hält das Fernglas vor die Augen. Hasso liegt, wie alle Hunde, die nichts verpassen wollen, mitten vor der Ausgangstür. Erschrocken springt er auf, als Helmut außer Atem angehetzt kommt. Er war noch auf dem A-Deck, als er die Ankerkette hörte und spürte, wie die Maschinen wieder hochgefahren wurden. Was, verdammt, geht da oben vor? Jetzt steht er auf der Brücke und starrt die anderen konsterniert an.

»Wieso fahren wir weiter?«

»Befehl vom Kommandeur der U-Ausbildung!«

Johannsen gibt sich ungerührt. Petri schaut weiter durch sein Fernglas.

»Wir haben keine Zeit zu verlieren.«

Helmut wirft Johannsen einen zweifelnden Blick zu. Er tritt an die Fensterfront, greift nach seinem Fernglas und sieht hinaus. Vor der *Gustloff* kämpfen die zwei kleinen Schiffe gegen den Wellengang. Winzig sehen sie von hier oben aus. Helmut schwenkt sein Glas nach rechts, dann nach links. Andere Boote sind nicht zu erkennen.

»Das ist hoffentlich nicht das Sicherungsgeleit, von dem Sie gesprochen haben, Herr Kapitän?«

»Begnügen Sie sich mal mit dem, was Sie haben ... Was meinen Sie, wo in den letzten Stunden überall das Telefon geklingelt hat? Bis hoch zur Seekriegsleitung!«

»Das kann doch wohl nicht Ihr Ernst sein! Mit den zwei Booten da draußen sollen wir bis nach Kiel? Und wo ist die *Hansa*?«

Helmut ist fassungslos. Hilfesuchend sieht er zu Johannsen hinüber.

»*Hansa* bleibt mit Ruderschaden. Unsere Minensucher sind im

Einsatz vor Pillau. Wir können keine zwei Tage warten, bis sie wieder frei sind, Herr Kehding.«

Dann setzt er noch hinzu:

»Und in Wahrheit haben wir gleich nur noch ein Boot. Das Fangboot muss wieder abdrehen, die haben gerade Wassereinbruch wegen eines Risses in der Schweißnaht gemeldet und kehren zurück nach Gotenhafen. Aber wir haben Torpedoboot *Löwe*, das muss genügen.«

»Das nennen Sie ein Sicherungsgeleit?!«

Plötzlich springt Petri auf und kommt zu Helmut hinüber. Ganz nah. Sein Ton ist schneidend.

»Was wollen Sie? Wir führen Krieg, und den wollen wir gewinnen ... Oder wollen Sie das etwa nicht?«

»Das ist nicht die Frage, ich ...«

Der Korvettenkapitän fällt ihm ins Wort.

»Das ist die einzige Frage! Wir haben Marschbefehl, und wenn Sie sich dem widersetzen, muss ich Sie in Arrest nehmen!«

Ihre Blicke treffen sich. Beide Männer funkeln sich böse an. Unten knurrt grollend der Hund.

»Warum haben Sie mich überhaupt angefordert?«

»Das ist nicht auf meinem Mist gewachsen, glauben Sie mir!«

Er dreht sich ruckartig um und geht wieder in seine Ecke. Johannsen tut, als hätte er nichts mitbekommen. Helmut wendet sich an den alten Kapitän.

»Wir sind praktisch ungeschützt ... Wie stellen Sie sich das vor? Sollen wir beten?«

Keine Antwort, stattdessen schauen beide Männer, Johannsen und Petri, in Fahrtrichtung der *Gustloff*.

Bei Marianne haben die Wehen eingesetzt. Sie liegt in Haralds Koje und beißt die Zähne zusammen. Lilli hält ihre Hand und zählt mit, bis die nächste Wehe beginnt.

»Ja, Mariannchen, der liebe Gott hat es uns schwergemacht, auf diese Welt zu kommen.«

Sie streicht ihr über den Kopf, tupft mit einem feuchten Lappen die schweißnasse Stirn ab. Aus der anderen Koje schaut Kalli gebannt zu. Er hat noch nie gesehen, wie eine Frau ein Kind bekommt. Und er ist einigermaßen eingeschüchtert über die Vorgänge. Tut es wirklich so weh, ein Kind zu kriegen?

Plötzlich klopft es an der Tür, und jemand drückt die Klinke herunter. Es klopft noch einmal, jetzt fordernder. Erschrocken starrt Kalli seine Mutter an. Lilli ist aufgesprungen.

»Komm, Jungchen, schnell.«

Zur Tür ruft sie:

»Wer ist denn da?«

»Harald Kehding! Machen Sie auf!«

»Sofort! Moment bitte, ich zieh mir etwas über!«

Schnell bugsiert sie Kalli in Mariannes Koje.

»Leg dich flach an die Wand, los, los.«

Dann dreht sie Marianne im Bett auf die Seite, Gesicht zur Wand, und deckt beide zu. Jetzt sieht es so aus, als ob nur Marianne mit ihrem dicken Bauch im Bett liegt. »Keinen Mucks«, flüstert sie, »ich wimmel ihn ab!«

Sie nestelt an ihrer Kleidung, eilt zur Tür, löscht das Kammerlicht, entriegelt und öffnet einen kleinen Spalt breit.

»Guten Tag.«

Harald versucht hereinzuspähen.

»Was macht das Kleine?«

»Marianne kann endlich schlafen.«

Lilli schlüpft auf den Gang hinaus. Die Tür hält sie hinter sich zu.

»Womit kann ich Ihnen helfen?«

Harald drängt sie zur Seite, stößt die Tür auf und macht drinnen Licht und schaut Lilli an.

»Sie sind wer?«

»Lilli Simoneit. Aus Tilsit. Marianne ist meine Kusine.«

Haralds Blick schweift suchend durch die Kammer. In seiner Koje liegt dick und zugedeckt Marianne und rührt sich nicht.

Schnell löscht er das Licht wieder, zieht die Tür hinter sich zu und mustert Lilli. Mit gedämpfter Stimme sagt er:

»Versuchen Sie nicht, mit mir zu spielen, gute Frau, das wird Ihnen schlecht bekommen!«

Lilli schluckt.

»Wo versteckt sich Erika Galetschky?«

»Erika? Ich weiß nicht, was Sie meinen ... Die Arme musste zurückbleiben in Gotenhafen.«

»Wie gut kennen Sie die Frau?«

»Drei, vier Tage, seit wir in Gotenhafen angekommen sind ... Erika hat uns sehr geholfen ... Wir sind beide geborene Königsbergerinnen.«

»Alte Verbindungen zu diesem Buchhändler?«

»Nein, nein, nein ... Ich kenne die Familie gar nicht ... Wie gesagt, Erika war am Hafen, als wir von Pillau herüberkamen.«

Lilli spürt Haralds Misstrauen mehr, als sie es ihm ansieht.

»Ihr Mann steht im Kampf?«

Lilli nickt.

»Wir haben seit November nichts von ihm gehört ... Er ist Lehrer ... Wir beide sind Lehrer ... in Tilsit ... Da wollen wir uns wiedersehen ... in unserem Haus ... der kleine Garten ... zum Fluss ...«

Mehr bringt sie nicht heraus, beißt sich auf die Lippen. Tränen laufen ihr die Wangen herab.

»Wird schon werden.«

Ihre Gefühle überfordern ihn. Er klopft ihr auf die Schulter. Mit milderer Stimme fügt er hinzu:

»Erika Galetschky soll auf dem Schiff sein ... Wenn Sie irgendwas hören: Melden Sie mir das, nur mir!«

Lilli nickt.

»Ja, verstanden, Herr Kehding. Entschuldigung: Kapitänleutnant Kehding!«

»Schon gut, Frau Simoneit. Kümmern Sie sich um die Schwangere ...«

Harald schaut sich noch einmal um und geht. Leise schließt Lilli die Tür hinter sich.

Im Funkraum klickern die Morsetasten. An allen Plätzen wird gearbeitet. Hagen Koch hat seine Kopfhörer auf, aber noch keinen Dienst. Er hat Rufbereitschaft. Verstohlen beobachtet er den Oberfunkmeister, der in der hinteren Ecke mit einem älteren Marinefunker über dem verschlüsselten Text von Harald sitzt. Diverse Methoden und Hilfsmittel haben sie schon ausprobiert, aber bisher hat nichts funktioniert. Wieder ist ein Versuch fehlgeschlagen. Der Oberfunkmeister streckt sich.

»Es ist wie verhext. Ich glaube, es ist besser, wir geben es nach Gotenhafen durch. Die haben mehr Möglichkeiten und werden vielleicht aus dem Buchstabensalat schlau.«

Da steht Harald in der Tür.

»Hat sich meine Dienststelle gemeldet?«

»Noch nicht. Aber wir kriegen zunehmend Probleme. Unsere Antennen vereisen schneller als gedacht.«

Von seinem Funkplatz aus hat auch Hagen Koch Harald kommen sehen. Ostentativ sieht er zur Uhr, streift den Kopfhörer ab und geht unauffällig zur Tür.

Harald nimmt es genau wahr, tut aber, als merke er es nicht.

»Da kommt nichts mehr durch?«

Der Oberfunkmeister schüttelt den Kopf.

»Ich kann für nichts garantieren.«

»Na Prost! Auf Westkurs, gegen den Wind, wird's noch kälter ... Hoffen wir mal, dass wir dann keinen Funkverkehr mehr brauchen.«

Hagen Koch hat jetzt die Funkbude verlassen. Harald sagt eilig:

»Versuchen Sie's weiter.«

Schnell folgt Harald dem Funker nach draußen. Aber als er auf dem Umgang steht, ist von Hagen Koch nichts mehr zu sehen. Erstaunlich flink der Mann, denkt Harald und steigt den Niedergang zum Oberen Promenadendeck hinunter. Suchend eilt er durchs Schiff, hat seine Augen und Ohren überall, hört hier einem Gespräch zu, schaut dort in eine offene Kammertür. Die Flüchtlinge haben sich weitgehend eingerichtet, und viele liegen schlafend in den Kojen, auf den Gängen, in den Hallen und Speisesälen. Je weiter Harald die Decks hinuntersteigt, desto weniger frische Luft gibt es. Durch den einsetzenden Seegang der Ostsee spürt man jetzt die Bewegungen des Schiffes. Nur ganz leicht, aber das reicht für die meisten Landratten. Viele sind seekrank und liegen stöhnend auf ihren Plätzen. Die ausgegebenen Eimer reichen nicht aus. Alle Toiletten und Waschräume sehen verheerend aus. Immer wieder schließen die Deckmatrosen die Räume und setzen sie insgesamt unter Wasser, um das Schlimmste wegzuspülen. Die Bullaugen müssen verschlossen gehalten werden, und für die Tausenden atmender Menschen reicht die Lüftungsanlage nicht aus. Es ist heiß und stinkt bestialisch. Dadurch wird den Menschen noch unwohler. Dem Kapitänleutnant Kehding macht Gestank eigentlich nicht viel aus. In seinen U-Booten hat es auch nicht gerade nach Blümchen gerochen. Aber das hier ist auch für ihn kaum zu ertragen.

An einer Stahltür, auf der KEIN ZUTRITT! steht, fällt Harald auf, dass der Riegel offen steht. Er zieht die Tür auf und zückt eine kleine Taschenlampe, die er immer bei sich trägt. In seinem Lichtstrahl erkennt er einen Lagerraum: Regale mit allerlei Zeugs, Ersatzbirnen, Wischlappen, Klopapier. Gestapelte Stühle. Auf der Erde hockt ein alter Mann mit seiner Frau, geblendet legen sie die Hände vor die Augen. Müde und abgekämpft blicken sie hoch.

»Was machen Sie da?«

»Bitte, wir ertragen es nicht mehr, diese Menschen überall, wir waren seit Wochen nicht allein.«

»Hier ist kein Zutritt, guter Mann. Das müssen Sie respektieren. Tut mir leid. Rauskommen!«

Er zieht die beiden Alten hoch, schiebt sie hinaus und verriegelt die Tür. Eingeschüchtert stehen sie im überfüllten Gang und schauen Harald ängstlich an. Doch der hat keinen Blick mehr für sie. Er hat gefunden, was er gesucht hat. Hagen Koch kommt eilig die Treppe am Ende des Gangs herauf, sieht sich nervös um und verschwindet um die Ecke. Harald beschleunigt seinen Schritt, springt über eine am Boden lagernde Familie und hastet hinter Koch her. Den scharfen Schmerz in seinem Bauch versucht er zu vergessen. Er beißt die Zähne zusammen und lugt um die Ecke. Gerade noch kann er sehen, wie eine Verbindungstür ins Schloss fällt. Schon ist Harald da, lautlos öffnet er die Tür und gleitet hindurch. Er steht im hinteren Teil der Bordwäscherei. Vorn ertönt Klaviermusik, und ein kleiner Damenchor singt »Ännchen von Tharau«, nicht auf Samländisch natürlich, sondern auf Hochdeutsch:

Krankheit, Verfolgung, Betrübnis und Pein
Soll unsrer Liebe Verknotigung sein.
Recht als ein Palmenbaum über sich steigt,
Je mehr ihn Hagel und Regen anficht;
So wird die Lieb' in uns mächtig und groß
Durch Kreuz, durch Leiden, durch allerlei Not.

Gegenüber lehnt Hagen Koch an der Türfüllung und lauscht dem Gesang.

Würdest du gleich einmal von mir getrennt,
Lebtest, da wo man die Sonne kaum kennt;
Ich will dir folgen durch Wälder, durch Meer,
Durch Eisen, durch Kerker, durch feindliches Heer.

Hagen Koch sieht sich um und geht in den Raum hinein. Harald folgt ihm, wirft dabei fast einen Stapel Wäschekörbe um und bleibt vorsichtig an der Tür stehen. Er späht um die Ecke. Wäschemädel Traudl sitzt am Klavier und greift in die Tasten. Berta

Burkat steht mit vier anderen Mädels neben dem Instrument und singt beherzt:

Ännchen von Tharau ist's, die mir gefällt,
Sie ist mein Leben, mein Gut und mein Geld.

Von der Decke hängen Girlanden und Hakenkreuzfahnen. Die Luft ist voll Dampf, und es riecht nach Alkohol. Der Oberfunkmaat zieht Traudl vom Klavier. Der kleine Chor singt auch ohne Klavierbegleitung weiter, während Traudl mit Hagen Koch hinter einer Tür verschwindet.

Harald tritt in den Raum und geht zur Kammer des Ortsgruppenleiters. Der sitzt am Schreibtisch und zeichnet irgendwelche Papiere ab.

»Kaleu Kehding! Was kann ich für Sie tun?«

»Was führt Funkmaat Koch zu Ihnen? Um diese Zeit?«

»Funkmaat Koch? Der ist nicht hier, tut mir leid.«

»Wie gut kennen Sie den Mann?«

»Nun ja … Er ist erst ein paar Tage an Bord und sehr beliebt bei den Damen.«

Harald geht zurück in den Raum und durchquert ihn mit schnellem Schritt bis zur Tür, hinter der die beiden verschwunden sind. Berta Burkat hat aufgehört zu singen und beobachtet das Geschehen mit Skepsis.

Harald reißt die Tür auf.

Hagen Koch steht mit heruntergelassenen Hosen vor Traudl, die es sich in einem Haufen Wäsche hübsch bequem gemacht hat. Die Bluse hat sie abgelegt, und ihre nicht unattraktiven großen Brüste stecken in einem roten BH mit Spitze. Erschrocken schauen die beiden Harald an.

Der wirft die Tür wieder zu. Er könnte platzen vor Wut. So eine Blamage. Hinter ihm sagt PG Escher:

»Ich wusste nicht, dass er hier ist, tut mir leid!«

Harald atmet hörbar durch und verlässt wortlos die Wäscherei.

»Haben Sie diese Galetschky erwischt?!«, ruft Escher ihm hinterher, bekommt aber keine Antwort mehr. Misstrauisch sieht er dem Kapitänleutnant nach.

»Erwarte Sie zur Führerfeier, Herr Kaleu!«

Oberhelferin Burkat schiebt sich neben ihn und fragt gedämpft.

»Hat er sie?«

»Ich frag mich grad, ob er das überhaupt will ... Schließlich hat sie sich seinen Bruder geangelt, oder?«

Hinter der Tür in der Wäschekammer knöpft Hagen Koch seine Hose zu.

»Ihr Männer seid auch nicht mehr das ...«

Sie setzt sich auf, bedeckt ihre Nacktheit mit ihrer Bluse.

»Wann holen wir's nach?«

»Weißt du, wo meine Kammer ist?«

Traudl nickt freudig.

»Ist das eine Einladung?«

»Halb neun, neun ... Auf keinen Fall später, klar?«

»Wenn wir dann schon mit der Feier durch ...«

Er fällt ihr ins Wort.

»Ich sagte: Auf keinen Fall später! Und bring deinen Koffer mit ... Und kein Sterbenswort! Zu keinem!«

Hart greift er Traudl ans Kinn und sieht ihr in die Augen.

»Ich zieh alles an, was ich hab ... Wenn du's mir wieder ausziehst!«

KAPITEL 19

Je höher es im Schiff geht, desto mehr Platz haben die Menschen. In den großen Hallen, den Salons und auf dem verglasten Promenadendeck ist es zwar auch voll, aber es herrscht keine so große Enge. Hier oben laufen viel mehr Uniformierte, Wehrmacht, Marine, Matrosen und Sanitätspersonal, herum. Und auch die ohne Uniform sehen anständiger angezogen aus als die Flüchtlinge unten. Sind wahrscheinlich die Angehörigen aus Gotenhafen und die Parteileute, denkt Erika. Die mussten nicht im Boot aus Pillau oder im Pferdewagen und zu Fuß übers Haff und aus Elbing flüchten. Die sind von ihrer Wohnung in Gotenhafen trockenen Fußes zum Schiff gekommen und haben die guten Kabinen auf den oberen Decks bekommen.

Erika hat es bis zum A-Deck geschafft. Einmal noch musste sie dem jungen Fähnrich aus dem Weg gehen und hat in einer Schlange vor dem Aufzug gewartet, bis er vorbeigelaufen war. Sie hat ihren Mantel ausgezogen, damit er sie nicht verrät, und trägt ihn über dem Arm. Sie bemüht sich, zielstrebig zu wirken, um nicht aufzufallen, und sieht sich suchend um. An der Treppe nach oben zum Unteren Promenadendeck stehen jetzt doppelte Wachen. Erika steckt in der Falle. Und jetzt kommt auch noch Berta Burkat vom unteren Deck herauf. Die perfekt sitzende Wasserwelle im braunen Haar ist unverkennbar. Noch hat sie sie nicht entdeckt, schlägt aber ihre Richtung ein. Panik steigt in Erika auf. Wohin? Was jetzt? Verdammt! Sie entdeckt eine Tür mit Messingschild »Zutritt nur für Mannschaft« und läuft hin. Die Tür ist nicht abgeschlossen, und wie der Blitz ist Erika dahinter verschwunden. Atemlos steht sie auf einer Plattform. Nachdem sich ihre Augen an das schummrige Licht gewöhnt haben, erkennt sie, dass sie in einem Schacht steht, der von ganz unten heraufführt. Viele Meter über sich sieht sie einen ovalen Lichtkegel. Tageslicht? Es ist heiß, und die Maschinen dröhnen ohrenbetäubend von unten herauf. Eine Leiter aus Steigeisen führt nach unten wie nach oben. Erika kann nicht mehr. Verzweifelt schließt sie die Augen und lehnt sich an die kalte Stahlwand. Sie lockert ihren Hemdkragen. Ihre Finger berühren die Halskette. Sie zieht den kleinen Kompass hervor und umschließt ihn mit der Faust. Helmut! Ich muss zu ihm! Noch ein paar Sekunden verharrt sie so. Dann zieht sie sich den Mantel wieder über und macht sich an den Aufstieg. Sie muss immer wieder anhalten und Luft schnappen. Es kommt ihr wie eine Ewigkeit vor, aber irgendwann hat sie es geschafft. Die letzte Plattform ist erreicht. Der Schornstein geht noch einige Meter weiter, und in dem Himmelsausschnitt, der nun zu erkennen ist, funkeln schon Sterne. Erika öffnet die Stahltür zu ihrer Linken und schaut vorsichtig hinaus. Eisige Kälte schlägt ihr entgegen. Sie steigt hinaus und schließt leise die Tür. Ganz in der Nähe wühlen drei Matrosen in großen Deckskisten und holen alte Schwimmwesten heraus. Ein Bootsmann steht bei ihnen und sortiert die Westen. Plötzlich sieht er sich um. Erika verdrückt sich blitzschnell in eine Ecke.

»Hallo! Wer ist da?«

Schritte kommen näher.

Erika drückt sich tiefer in den Schatten. Doch der Bootsmann hat sie entdeckt.

»Hoppla, was ist das denn? Sie haben hier oben nichts zu suchen!«

Erika kommt vorsichtig aus der Ecke. Jetzt haben sie mich, denkt sie.

»Ja. Bitte ...«

Sie wagt kaum den Blick zu heben.

»Fräulein Galetschky?«

Der Mann ist Bootsmann Sterup, er hat Erika erkannt und sie ihn. Sie atmet erleichtert auf.

»Sie gehören zur Zivilbesatzung, nicht wahr? Ich hab Sie neulich schon gesehen, am Hafen.«

»Ebenso … Sie wollen zu Kap'tän Kehding, nehm ich an?«

Erika nickt.

»Er hat Sie sehr vermisst in Gotenhafen … Wie sind Sie an Bord gekommen? Nicht durch die Vordertür jedenfalls!«

»Sagen Sie ihm, dass ich hier bin … bitte!«

Sterup zögert nur kurz. Er sieht sich um und vergewissert sich, dass keiner sie beobachtet.

»Na gut … Warten Sie hier. Wenn einer kommt, dann verstecken Sie sich hier.«

Sterup zeigt auf eine Nische hinter einer der Deckskisten. Er lächelt Erika beruhigend zu und ist verschwunden.

Im Kartenraum beugt sich Helmut über den Ersten Wachoffizier, der mit seinen Dreiecken einen Kurs berechnet. Mit dem Bleistift zieht er eine Linie von Hela bis zum Leuchtfeuer Rixhöft. Dann beginnt er neu und zeichnet eine zweite Kurs-Linie südwestlich, nahe der Küste bis zur Stolpebank. Der Wachoffizier setzt den Bleistift ab und sieht Helmut an.

»Sieht gut aus. Die neuen Wetterwerte gleich ansagen!«

»Klar.«

Helmut kehrt zurück auf die Brücke. Männer der Kriegsmarine und der zivilen Seefahrt tun hier jetzt Dienst. Die Wachoffiziere und der Signalgast sind von der *Gustloff*-Mannschaft, der Obersteuermann gehört zur Kriegsmarine, wie die zwei Matrosen.

»Rudergänger: Neuer Kurs: Zweihundertfünfzig – und ab geht's nach Westen!«

Am Steuerstand führt der Obersteuermann den Befehl sofort aus – mit Blick auf den Kompass dreht er ein.

»Neuer Kurs: Zwofuffzig!«

Wilhelm Johannsen steht wie immer in seiner Ecke und schaut in die heraufziehende Nacht. Im horizontlosen Grau der Ostsee rollen die Wellen mit Schaumkronen heran. Nicht weit voraus kämpft das Torpedoboot *Löwe* mit stampfendem Motor ganz allein schwer gegen Wind und Wellen.

»Ein Hund führt einen Riesen durch die Nacht«, murmelt er.

Helmut hat nur einen kurzen Blick für den alten Kapitän. Zum Signalgast an der Tür sagt er:

»Meldung an T-*Löwe*! Neuer Kurs ...«

Der Mann nimmt seine Stockflaggen und will gehen.

»Stopp! Warten!«

Korvettenkapitän Petri steht in der Tür zum Gang und fällt Helmut ins Wort.

»Keine Meldung! Rudergänger: Nordwest-Kurs halten!«

Überrascht fährt Helmut herum.

»Wie bitte?!«

Der Signalgast lässt die Flaggen sinken und kehrt in die Wartestellung zurück.

Am Steuerstand macht der Obersteuermann die Kursänderung rückgängig. Die Kompassrose kreiselt zurück in ihre alte Position.

Helmut wiederholt seine Ansage:

»Rudergänger: Neuer Kurs: Zweihundertfünfzig!«

Der Obersteuermann schaut hilflos zwischen den beiden Offizieren hin und her. Wilhelm Johannsen rührt sich nicht.

»Wir bleiben auf dem Tiefwasserweg! Volle Fahrt und Zickzackkurs ... Keine Diskussion!«

Helmuts Blick fliegt zu Johannsen. Der schaut weiter hinaus ins Dunkle.

»Ich fürchte, das haben Sie nicht zu entscheiden, Korvettenkapitän. Ich hab mich für den Küstenweg entschieden, aus guten Gründen!«

»Der kostet zu viel Zeit, und die haben wir nicht!«

Helmut versucht, seine Stimme normal klingen zu lassen.

»Das sind drei, vier Stunden mehr, dafür fahren wir auf maximal zwölf Metern Wasser. Mit unserem Tiefgang von sechs vorn und sieben Meter achtern reicht das aus. Notfalls könnten wir das Schiff auf Grund setzen und die Passagiere an den Strand bringen.«

Wilhelm Johannsen setzt sich in Bewegung und kommt langsam zu ihnen herüber. Petri beachtet ihn nicht.

»Wenn überhaupt mit Feindberührung zu rechnen ist, dann durch Flieger, und die gibt es nur an der Küste!«

»Bei dem Wetter fliegt nicht mal der Russe ... Und wozu haben Sie die Flakgeschütze aufgenommen?«

Johannsen ist abwartend hinter Helmut stehen geblieben und betrachtet scheinbar seine Schuhspitzen. Helmut tritt einen Schritt zur Seite, um den Kapitän in die Diskussion einzubinden. Doch der sagt nichts.

»An der Küste sind wir vor U-Booten sicher!«

»Die U-Boot-Aufklärung überlassen Sie mal lieber uns. Westlich von Memel gibt es keine russischen Boote!«

»Die Sicherungsdivision hat da andere Erkenntnisse ...«

»Ich diskutiere das nicht mit Ihnen, Kehding: Es bleibt beim Tiefwasserweg, Zickzack, und Punkt!«

»Zickzackkurse mit diesem Schiff? Das Schiff ist zweihundert Meter lang, das funktioniert nicht! Wir kämen bei diesem Seegang vom geräumten Weg ab. Und Sie wollen doch wohl nicht riskieren, dass wir auf eine Mine laufen, oder?«

»Dann eben nicht Zickzackfahrt, dafür dann aber Höchstgeschwindigkeit.«

Jetzt hebt Johannsen beschwichtigend die Hände.

»Langsam, Petri ... Höchstgeschwindigkeit ist ganz und gar ausgeschlossen, das wissen Sie ... Unsere geflickte Wellenhose würde uns um die Ohren fliegen ... Maximal zwölf Knoten, mehr nicht! Ich will nicht da draußen liegenbleiben wie eine Schießbudenfigur!«

»Wir müssen aber auf jeden Fall schneller sein als jedes U-Boot.«

Mit einem Blick zu Helmut fügt er hinzu:

»Nur zur Sicherheit! Wenn wir schnell genug sind, kann nichts passieren. Bisher ist noch keiner der schnellen Liner, weder bei uns noch bei den anderen, abgeschossen worden, wenn sie volle Kraft gelaufen sind. Das soll auch so bleiben.«

Johannsen bleibt bei seiner Meinung:

»Zwölf Knoten und mehr nicht.«

Petri schaut von einem zum anderen. Dann zuckt er die Schultern und sagt:

»Aber es bleibt beim Zwangstiefwasserweg Achtundfünfzig!«

Abrupt wendet er sich ab und geht zur Fensterfront, greift zum Fernglas.

»Nein, tut mir leid, wir fahren unter der Küste!«

Helmut versucht, von Johannsen Zustimmung zu erhalten. Der holt tief Luft und sagt gedämpft:

»Ist gut, Herr Kehding, das ist eine taktische Entscheidung. Wenn Sie sich dann wieder auf den Fahrbetrieb konzentrieren?«

Er geht zum Obersteuermann, der sich seine Verwunderung über diese merkwürdige Diskussion nicht anmerken lässt und stoisch an seinem Ruder steht.

»Rudergänger: Kurs halten! Wir bleiben auf dem Tiefwasserweg, mittlere Fahrt!«

Helmut wird energisch.

»Ich protestiere, Herr Kapitän. Der Fahrweg ist eine Entscheidung der Schiffsführung … Sie hatten mir Ihr Wort gegeben!«

Johannsen bleibt beim Rudergänger stehen und sieht Helmut nicht an.

In diesem Moment öffnet sich die Schiebetür, und Bootsmann Sterup kommt in einem Schwall eisiger Luft herein. Er eilt zu Helmut und flüstert ihm ins Ohr:

»Herr Kap'tän, Sie müssen mitkommen. Erika Galetschky wartet auf dem hinteren Deck.«

Helmut wendet sich eilig um. Er schaut den Bootsmann an, sieht dann zu Johannsen. Hier kann er nichts mehr ändern. Laut sagt er:

»Na los, Bootsmann. Dann zeigen Sie mir mal das Problem!«

Zusammen verlassen die beiden die Brücke. Nach ein paar Metern entkrampfen sich Helmuts Finger. Erst jetzt fällt ihm auf, dass er die Hände zu Fäusten geballt hatte.

Frierend kauert Erika in der Ecke zwischen Schornstein und Deckskiste und flüstert sich mit geschlossenen Augen Mut zu. Sie hat wieder den kleinen Kompass in der Hand, an dem sie sich festhält wie an einer Rettungsleine.

»Bitte, bitte, bitte. Mach, dass er kommt …«

Dann endlich hört sie Schritte. Vorsichtig schaut sie in die Dunkelheit und versucht zu erkennen, wer sich ihr nähert. Es könnte ja jemand sein, der ihr gefährlich werden kann. Doch dann erkennt sie Bootsmann Sterup und hinter ihm eine blaue Kapitänsmütze.

»Helmut!«

Erika kommt aus ihrer Ecke hervor und fällt ihm um den Hals. Helmut drückt sie fest an sich und flüstert nah an ihrem Ohr:

»Dass du an Bord bist! Ich freue mich so, dass du es geschafft hast. Ich war ganz verzweifelt, als sie mir sagten, du seiest in Gotenhafen geblieben.«

»Was denkst du denn … Ich hab ein Heiratsversprechen, ich lass dich nie wieder gehen!«

»Gut, mein Liebes …«

Bootsmann Sterup hat sich diskret ein paar Meter weiter postiert und behält die Umgebung im Blick. Irgendwo schlägt eine Tür, und er warnt das Paar mit einem leisen Pfiff. Helmut signalisiert ihm, dass er verstanden hat.

»Er bringt dich zu meiner Kammer, mein Bruder und ich sind ausgezogen, und ich hab Lilli Simoneit da einquartiert mit Marianne. Halt die Tür verriegelt, und wenn was passiert, informierst du den Bootsmann. Er kommt dann zu mir, verstanden?«

Erika nickt.

»Wie lange kann ich bei dir bleiben?«

»Bis Kiel oder Flensburg. Du fährst dann weiter zu meiner Mutter, da draußen am Deich bist du sicher.«

Sie nickt seufzend. Das klingt gut und äußerst beruhigend.

Ein letzter Kuss, eine letzte Umarmung, und dann pfeift Helmut nach dem Bootsmann. Zusammen mit ihm geht Erika in Richtung Eingangstür. Sie sieht sich noch einmal um. Helmut steht mit besorgtem Gesichtsausdruck an der Deckskiste und hebt die rechte Hand zu einem schnellen Gruß.

Lilli hat die Kammertür vorsichtig geöffnet. Auf dem Gang ist alles voller Leute. Die meisten anderen Kammertüren stehen offen, damit Luft hereinkommt. Lilli zieht ihren Sohn, der mit Kleid und Kopftuch verkleidet ist, auf den Gang. Dann greift sie sich Marianne, schiebt auch sie hinaus und schließt die Tür wieder.

»Du musst zu dieser Entbindungsstation, es kann jeden Moment losgehen, also reiß dich zusammen!«

Marianne steht gekrümmt und schwer atmend.

»Aber Lilli, kann ich nicht hierbleiben?«

»Nein, Kindchen, da oben gibt es Schwestern und Ärzte, die können dir viel besser helfen.«

Lilli schiebt die beiden vor sich her zum Treppenaufgang. Sie sind kaum um die Ecke in die Halle gebogen, als aus der Gegenrichtung Bootsmann Sterup mit Erika auftaucht. Erika trägt Sterups Mantel und Kappe. Sterup sieht sich immer wieder um, bis er endlich Kehdings Kammer erreicht hat. Er klopft leise. Keine Antwort! Als er die Klinke herunterdrückt, stellt er fest, dass die Tür nicht abgeschlossen ist. Schnell schiebt er Erika hinein.

»Sie bleiben jetzt hier drinnen und öffnen niemandem außer der Frau Simoneit und mir, klar?«

Erika nickt dankbar.

Sterup lächelt, nimmt Mantel und Kappe in Empfang und geht. Erika schließt hinter ihm ab und sieht sich um. Lillis Rucksack und die Jacke, die Kalli anhatte, liegen auf dem Boden. Also waren sie hier. Aber wo sind sie jetzt hin? Erika lässt sich mit einem tiefen Seufzer der Erleichterung auf Haralds Koje fallen. Endlich kann sie sich ausstrecken. Endlich Ruhe!

KAPITEL 20

In völliger Verdunklung kämpft die *Wilhelm Gustloff* sich durch die Nacht. Ein düsterer Riese auf schwarz glänzender See. Das Schneetreiben hat nachgelassen, doch dafür ist es kälter geworden. Dicke Brecher rollen auf den Bug zu und krachen fontänensprühend gegen den Stahl. Die höchsten überspülen immer wieder die Back. In den Brückennocks versuchen die Posten, sich festzuklammern und ihre Ferngläser nicht zu verlieren. Ein kalter Wind pfeift über die Außendecks und gefriert die Gischt zu einer zentimeterdicken Eisschicht. Die Matrosen haben es aufgegeben, die Davits der Rettungsboote frei zu schlagen, und sich ins Warme verzogen. Niemand ist mehr an Deck außer den Ausguckposten und der Besatzung der Flakgeschütze. Auch die Männer, die wenige Meter über der Wasserlinie auf dem D-Deck mit ihren Nachtsichtgläsern den Seeausguck machen, haben die Bullaugen geschlossen und das Unternehmen aufgegeben. Durch das Gischtwasser, das an das Glas schlägt, ist nichts mehr zu erkennen.

In der Bordwäscherei und auf dem Gang davor ist die Jubiläumsfeier zum 12. Jahrestag der Machtergreifung in vollem Gang.

Solang ein Tropfen Blut noch glüht,
noch eine Faust den Degen zieht,
und noch ein Arm die Büchse spannt,
betritt kein Feind hier deinen Strand!
Lieb Vaterland magst ruhig sein,
lieb Vaterland magst ruhig sein:
Fest steht und treu die Wacht.

Traudl greift in die Tasten, und Berta Burkat singt mit vier Wäschemädels »Die Wacht am Rhein«. Mehrere Reihen Stühle sind aufgestellt, und Matrosen, Parteileute und einige ULD-Männer lauschen ergriffen dem Gesang, in vorderster Reihe Ortsgruppenleiter Escher, der leise mitsummt. Nur Harald steht missmutig in einer Ecke und beobachtet die Feier. Als der Chor geendet hat, steht Escher auf und geht zackig zum Rednerpult.

»Wir haben uns heute hier zusammengefunden, um den Jahrestag unserer glorreichen Machtergreifung zu feiern. Hören wir dazu über Rundfunk den Führer selbst aus der Reichskanzlei in Berlin!«

Mit großer Geste schaltet er den Volksempfänger ein, der neben ihm auf einem Tisch platziert worden ist. Alles horcht gespannt auf. Berta Burkat hält sich am Klavier fest, in ihrer Miene freudige Erwartung. Die Rede wird auch über die Bordlautsprecher übertragen. Nach einer kurzen Pause und krächzendem atmosphärischem Rauschen ist endlich die Stimme des Führers auf allen Decks zu hören.

»Deutsche Volksgenossen und Volksgenossinnen, Nationalsozialisten! Als mich als Führer der stärksten Partei vor zwölf Jahren der verewigte Reichspräsident von Hindenburg mit der Kanzlerschaft betraute, standen wir im Inneren vor der gleichen Situation wie heute in weltpolitischer Hinsicht …«

Unter den Zuhörern ist es so still, dass man eine Stecknadel fallen hören könnte. Alle schauen nach vorn auf den Radioapparat. Harald nutzt die Chance und arbeitet sich vorsichtig zu einem der Wäschemädchen vor, das in der hintersten Reihe sitzt. Hitlers Stimme übertönt seinen Schritt.

»… das grauenhafte Schicksal, das sich heute im Osten abspielt, wird mit äußerster Anstrengung von uns am Ende abgewehrt und gemeistert werden …«

Harald tippt dem Mädchen auf die Schulter. Erschrocken fährt es herum. Er beugt sich zu ihm und flüstert:

»Irgendwas Neues?«

Die Blondine schüttelt den Kopf.

»Kommt Traudl mit dem Funkmaat weiter?«

Das Mädchen nickt:

»Ich glaube, sie hat sich mit ihm für später verabredet ...«

Harald blickt zu Traudl hinüber, die ihm verstohlen zuzwinkert.

»... Ich erwarte von jedem Deutschen, dass er seine Pflicht bis zum Äußersten erfüllt, dass er jedes Opfer, das von ihm gefordert wird und werden muss, auf sich nimmt ...«

Siebzehn Minuten dauert die Führerrede. Angeführt von PG Escher, springen nach dem letzten Wort alle auf, reißen die Arme hoch und rufen: »Heil Hitler!« Harald ist inzwischen längst wieder gegangen.

Vor dem Kartenraum steht Hagen Koch und sieht sich vorsichtig um. Niemand da. Eine Lampe bescheint den Tisch mit der Seekarte. Die aktuelle Kurslinie ist mit Rotstift eingezeichnet, der letzte angemerkte Kurswechsel ist gegenüber Rixhöft eingezeichnet. Tiefwasserweg! Zirkel und Dreiecke und ein Leuchtfeuerverzeichnis liegen am Rand. Auf einem eigenen Tisch hat man das aufgeschlagene Logbuch deponiert. Es hat den Anschein, als hätte gerade jemand den Raum verlassen. Lautlos huscht Hagen Koch zur Seekarte. Er horcht abwartend. Dann zieht er mit dem Zeigefinger die Kurslinie bis zu einem bestimmten Punkt nach. Er schaut auf die Uhr und verlässt den Kartenraum so leise, wie er gekommen ist. Sekunden später betritt Helmut mit dem Ersten Wachoffizier den Kartenraum.

»Wir laufen gut gegen Wind und Wellen ... besser als erwartet! Das Feuer querab ist Leuchtturm Stilow?«

»Aye, Herr Kap'tän.«

Helmut Kehding blickt zur Borduhr. Zwanzig nach acht!

»Bei Sonnenaufgang sind wir an Swinemünde vorbei, ab da ist der Seeraum unter Kontrolle ...«

Zusammen mit dem Wachoffizier beugt er sich über die Karte.

»Wann haben wir die Stolpebank ungefähr passiert?«
»Gegen einundzwanzig Uhr plus minus!«

Marianne liegt ängstlich auf einem Feldbett. Eine Rot-Kreuz-Schwester in tadelloser weißer Uniform untersucht sie, nimmt ihren Puls, betastet den dicken Bauch und horcht mit einem Stethoskop auf die Herztöne des Ungeborenen.

»Sieht alles gut aus.«

Marianne klammert sich an Lillis Hand. In ihren Augen steht Panik. Lilli redet und redet, um sie zu beruhigen.

»Sie ist auch aus Tilsit, unsere Marianne, ihr Werner ist an der Front, er weiß noch nichts von seinem Vaterglück ... Marianne wird Lehrerin wie ihre Mutter ... Die hat sie in der Heimat lassen müssen.«

Marianne schließt die Augen, kleine Schweißperlen stehen auf ihrer Stirn.

»Ich wollte auf kein Schiff, und jetzt kommt mein Kleiner hier zur Welt!«

Die Schwester beendet ihre Untersuchung.

»Ja, es sieht gut aus; ich sprech mit dem Stabsarzt.«

Jetzt bemerkt sie Kalli mit dem Kopftuch, der sich mucksmäuschenstill in die Ecke gedrückt hat und den Kopf gesenkt hält.

»Das Fräulein da, auch in freudiger Erwartung?«

Kalli erstarrt – ist etwa er gemeint?

Schnell sagt Lilli:

»Nein, nein. Sie kann nur nicht allein sein, sie hat so Schreckliches durchmachen müssen!«

»Verstehe, die Russen, armes Ding ...«

Die Schwester geht, und Lilli atmet auf.

Kalli sieht seine Mutter empört an – von wegen »Fräulein«!

Jemand hämmert laut und energisch an die Kammertür und rüttelt an der Klinke. Erika schrickt aus dem Schlaf.

»Aufmachen! Öffnen Sie sofort!«

Das Klopfen und Rütteln wird fordernder. Erika schweigt und sucht verzweifelt einen Platz, wo sie sich verstecken könnte. Im Schrank, unterm Bett …

»Aufmachen! Verflucht!«

Noch einmal wird geklopft und gerüttelt, dann ist es still. Doch nur eine Sekunde später knallt es, und das Schloss bricht splitternd aus dem Rahmen. Krachend schlägt die Tür gegen die Wand. Im Raum steht Harald, wütend und die Pistole in der rechten Hand. Panisch schnellt Erika von der Koje hoch.

»Ach, sieh mal an, das Fräulein Galetschky!«

Mit dem Fuß tritt er die Tür hinter sich zu, ohne seinen Blick von Erika zu wenden.

»Wer sind Sie, und wieso kennen Sie meinen Namen?«

Erika stottert und sieht Harald voller Angst an, der jetzt ganz nah bei ihr stehen geblieben ist. Immer noch zeigt seine Pistole auf ihren Bauch.

»Ihr haltet euch wohl für ganz ausgekocht.«

»Sie sind Helmuts Bruder …«

Harald geht nicht auf ihre Frage ein. Misstrauisch sieht er sie an.

»Was habt ihr mit diesem Schiff vor?!«

Harald stößt Erika hart vor die Brust, so dass sie nach hinten fällt und auf der Koje landet. Sie richtet sich wieder auf und bleibt auf der Bettkante hocken.

»Ich weiß nicht, wovon Sie reden …«

Harald schnauft erregt.

»Was wollen Sie auf diesem Schiff?«

»Ich bin wegen Helmut hier, warum glauben Sie mir nicht?«

»Sie vergessen Ihren Vetter.«

»Hagen interessiert mich nicht, den hab ich jahrelang nicht gesehen!«

Erika ist in derselben Sekunde bewusst, dass das ein Fehler war.

»Ha! Sie haben sich doch in Gotenhafen getroffen, mehr als einmal«, kontert Harald siegesbewusst. »Worüber haben Sie da geredet?«

»Worüber redet man mit einem Vetter, den man kaum kennt? Was erwarten Sie denn?«

»Wen hat er getroffen in diesem Elektroladen in Gotenhafen?«

Erika hat sich wieder im Griff und wird langsam böse. Wie kommt der Bruder von Helmut dazu, sie so rüde zu behandeln? Diese ganze Befragung hat nichts mit ihrer Flucht aus dem Arrest zu tun. Erika schöpft Hoffnung. Vielleicht kann sie sich herausreden.

»Ich hab keine Ahnung, wovon Sie reden, tut mir leid.«

»Ihre feindliche Haltung ist bekannt.«

Erika springt von der Bettkante hoch.

»Ich hab überhaupt keine feindliche Haltung, das ist nicht wahr! Warum fragen Sie nicht meinen Vetter?!«

Harald mustert sie schweigend. Sie starren sich an, messen einander. So sieht sie also aus, die Frau, die Helmut liebt, die er heiraten will. Harald will sich nicht eingestehen, dass die Frau, die vor ihm steht, ihm gefällt. Stattdessen packt er Erika am Arm und schubst sie zur Tür.

»Auf geht's!«

Widerstrebend lässt sich Erika in den Gang bugsieren. Doch Harald ist stärker und schiebt sie vor sich her. Die Hand mit der Pistole hat er wegen der Leute, die aufmerksam geworden sind und neugierig hinschauen, in seine Jackentasche gesteckt. Aber auch jetzt hält er sie auf Erika gerichtet, während er sie den Gang hinunter- und die Treppe hinaufschubst. Nach ein paar Metern ergibt sich Erika und trottet vor ihm her. Sie kann ja doch nichts dagegen tun.

Über die Lautsprecher ist jetzt eine Rede von Propagandaminister Goebbels zu hören. Doch die Menschen haben sich schon längst wieder ihrer Beschäftigung zugewendet. Kaum jemand hört zu. Alle richten sich zur Nachtruhe ein, sortieren ihre Habe, versorgen die Kinder und suchen sich einen Platz zum Schlafen. Die Kammern für zwei sind mit ganzen Familien belegt, oft mehr als zehn Menschen. Es gibt auf dem ganzen Schiff wohl keinen freien Platz mehr. Überall in den Gängen liegen Leute. Es ist kaum durchzukommen. Die jeweiligen Deckmatrosen gehen durch die Reihen und bitten immer wieder, die Rettungswege frei zu halten. Vergeblich! Die langatmige Rede wird immer wieder von einer Durchsage unterbrochen: »Achtung, Achtung! Eine wichtige Durchsage. ›Die Schwimmwesten nicht ablegen. Die Westen sind zu jeder Zeit zu tragen.‹«

Doch nach wie vor hält sich kaum jemand an die Anweisung. Zu unförmig und sperrig sind die Westen, als dass man damit liegen könnte, geschweige denn schlafen. Die Meisten benutzen sie als Kopfkissen. Außerdem fühlen sich die Menschen sicher und geborgen auf der großen *Wilhelm Gustloff*. Was soll ihnen hier schon passieren?

Auch im Funkraum ist der Bordlautsprecher an. Der Funkverkehr ist immer noch so gut wie tot. Die Funker machen eine Pause, holen sich was zu essen oder gehen frische Luft schnappen. Nur ein Diensthabender hat noch die Hörer aufgesetzt. Und Hagen Koch. Der hat jetzt eigentlich Freiwache, doch er sitzt noch an seinem Tisch. Die Kopfhörer liegen vor ihm. Angespannt trommelt er mit den Fingerkuppen auf der Tischplatte und starrt auf ein Blatt Papier, auf dem er eine Meldung notiert hat.

»Walhall! Achtung: Minensuchverband auf Gegenkurs! Offene Formation! Marschfahrt 12 Knoten!«

Als der Oberfunkmeister wiederkommt, seinen Mantel auszieht und den Schneematsch von seiner Mütze schlägt, steht Hagen Koch auf.

»Saukälte, Menschenskinder ... Der Führer hat wohl einen Draht nach ganz oben: Bei uns geht nichts mehr, aber der Reichsrundfunk sendet!«

Hagen Koch reicht ihm das Blatt mit der Meldung.

»Hier! ... Ist trotzdem was durchgekommen!«

Verwundert nimmt der Oberfunkmeister den Zettel und liest. Ungläubig sieht er seinen Funker an.

»Gegenkurs? Das klingt nicht gut ... Absender?«

»Nicht mehr identifizierbar, Wellensalat ... Ich hab's mehr als einmal versucht.«

»Hm ... Und das ist so durchgekommen?«

Grübelnd starrt er auf die Meldung. Koch nickt bestätigend.

»Genau so.«

Helmut steht am Fenster und löffelt eine Suppe, die den Männern auf der Brücke vom Steward angeliefert wurde, damit sie zum Essen nicht von ihrem Posten wegmüssen. Es ist dunkel, nur über den Instrumenten scheint das rötliche Licht einer abgeschirmten Leuchte. Helmut schaut zu Johannsen, der ebenfalls mit einem Teller Erbsensuppe an seinem Fenster steht.

»Sie können sich hinlegen, Kapitän, ich halt die Stellung!«

»Wer wird wohl schlafen in so einer Nacht?«

Korvettenkapitän Petri wandert unruhig auf und ab, immer wieder greift er zum Fernglas und schaut auf die See hinaus. Dann nimmt er seine Wanderung wieder auf. Wiederholt sieht er auf seine Armbanduhr.

»Bis Sonnenaufgang haben wir das Meiste hinter uns, denke ich ...«

Er wird von einem Läufer unterbrochen, der an der Tür salutiert und Petri dann das Papier übergibt, das Hagen Koch geschrieben hat.

»Vom Oberfunkmeister!«

Unbewegt liest Petri die Meldung.

»Zu mir, den Mann! Sofort!«

Zackig macht der Läufer kehrt und eilt zurück, wo er hergekommen ist.

Petri geht mit dem Blatt in der Hand an Helmut vorbei zu Wilhelm Johannsen.

»Darauf müssen wir sofort reagieren!«

Johannsen liest mit immer finsterer werdendem Gesichtsausdruck. Helmut stellt sich neben ihn.

»Was ist das?«

Keine Antwort. Von keinem der beiden. Dann reicht Johannsen die Meldung endlich auch an Helmut weiter.

Halblaut beginnt er zu lesen: »Minensuchverband auf Gegenkurs, 12 Knoten, offene Formation ... Eine Kollisionswarnung! Woher kommt das?«

Petri zeigt mit dem Daumen in Richtung Funkraum.

Erregt wedelt Helmut mit dem Blatt.

»Das weiß ich auch. Von welcher Funkstelle? Ich seh keinen Absender!«

»Das werden wir gleich hören.«

»Ist das unverschlüsselt durchgekommen?«

Petri scheint ganz ruhig zu sein. Doch Hasso verrät ihn. Der Hund hat sich neben ihn gestellt und sieht, aufmerksam und ohne mit dem Schwanz zu wedeln, zu ihm auf.

»Auch das wissen wir gleich«, sagt sein Besitzer ohne besondere Regung. Er geht ans Fenster, setzt das Fernglas an und sieht in die Nacht hinaus.

»Fragt sich nur, wie weit die noch weg sind.«

Angespannt löffelt Johannsen weiter seine Suppe. Wer genau hinsieht, erkennt, dass seine Hand zittert. Aber auch er spielt seine Aufregung herunter.

Der Oberfunkmeister betritt die Brücke. Helmut ergreift die Initiative.

»Woher kommt das?«

»Nicht zu erkennen, wir haben schwere Vereisungen auf den Antennen ... Ein Wunder, dass überhaupt noch was durchgekommen ist.«

»Wer sendet so was denn überhaupt unverschlüsselt?«

»Keine Ahnung, wie gesagt ... Wir haben alles versucht, um es nachzuvollziehen.«

Helmut starrt auf die Meldung.

»Welche Funkwellen haben Sie geschaltet?«

»Luftwarnung, Seefunkstelle Gotenhafen, U-Boot-Führung. Aber wie gesagt, zurzeit besteht kein Kontakt. Mit niemandem!«

Petri schaltet sich ein.

»Wie auch immer ... Wir müssen reagieren, und zwar sehr schnell!«

Helmut versucht, logisch zu denken und sich nicht verwirren zu lassen.

»Torpedoboot *Löwe* müsste das auch empfangen haben ... Fragen wir die erst mal!«

Er winkt den im Hintergrund wartenden Signalgast zu sich.

»Anfrage an T-*Löwe*: Frage: Kollisionswarnung erhalten? Absender identifiziert?«

Der Matrose geht zur Tür, zieht sie auf und tritt zum Klappenscheinwerfer.

Petri hat das beobachtet und tritt kopfschüttelnd zu Johannsen. Die beiden beginnen leise miteinander zu sprechen. Noch bevor der Signalgast anfangen kann zu morsen, ruft Petri:

»Stopp! Lassen Sie das! Wachoffizier: Positionslichter setzen!«

Helmut schießt herum. Ist der wahnsinnig geworden?

»Halt! Wachoffizier!«

Der Mann bleibt, wo er ist, und schaut verwundert zwischen den beiden Offizieren hin und her. Ja was denn nun?!

Petri geht schnellen Schrittes zu Helmut hinüber, gefolgt von Johannsen.

»Was erlauben Sie sich?« Petri ist empört.

Helmut dagegen bleibt ganz ruhig.

»Ich trage die Verantwortung für das fahrende Schiff!«

»Mein Gott, ja, dann lassen Sie eben die Lichter setzen!«

Helmut schüttelt den Kopf und zeigt noch mal auf die Meldung.

»Wir kennen den Absender nicht, die Meldung ist unverschlüsselt, die Antennen sind vereist ... So kann ich das nicht als Kollisionswarnung anerkennen.«

Petri funkelt ihn böse an, sucht nach Worten. Johannsen mischt sich ein:

»Unser Deckname ist klar genannt: Walhall ... Da wird schon irgendwas dran sein, *Herr* Kehding!«

Helmut sieht hinüber zum Oberfunkmeister, der immer noch in der Tür steht.

»Oberfunkmeister? Wann kann unser Funkbetrieb weitergehen?«

»Lässt sich nicht sagen, im Moment hält der Eisregen noch an.«

Petri schaltet sich wieder ein.

»Danke, Oberfunkmeister ... Wegtreten!«

Der Oberfunkmeister salutiert und ist froh, dass er gehen kann.

»Wenn Sie hier noch lange diskutieren, nehmen wir den ersten Minensucher gleich auf die Hörner!«

Helmut lässt sich nicht beirren.

»Weder der Ausguck noch T-*Löwe* haben irgendein Schiff voraus gemeldet ... Aber mit Lichtern sind wir sichtbar bis nach Leningrad!«

Johannsen winkt müde ab.

»Das ist eine militärische Entscheidung.«

»Nein, das ist eine Entscheidung der Schiffsführung!«

»Vorsicht, *Herr* Kehding ...«

Korvettenkapitän Petris Stimme ist jetzt drohend, doch Helmut fällt ihm ins Wort:

»Ich hab dieses Schiff sicher nach Kiel zu führen!«

»Sie riskieren eine Kollision? Nicht mit mir!«

Er lässt Helmut stehen und wendet sich wieder an den Wachoffizier.

»Wachoffizier: Positionslichter setzen!«

Helmut widerruft betont sachlich und ruhig:

»Keine Positionslichter!«

Petri schnappt hörbar nach Luft, sieht zu Johannsen hinüber. Der starrt an seinem Fenster wieder unbeweglich hinaus in die Nacht und sagt, ohne sich umzudrehen:

»Auf einen Minensuchverband in offener Formation zu treffen ist so gut wie gegen eine Betonwand zu fahren!« Helmut lässt sich nicht beirren.

»Solange wir nicht sicher sind, dass uns wirklich was entgegenkommt: Ausguck verstärken und ein weißes Buglicht … mehr auf keinen Fall!«

Nach ein paar Sekunden totaler Stille reagiert Johannsen endlich.

»Wir werden kein Risiko eingehen … nicht mit zehntausend Menschen an Bord.«

»Meine Meinung. Genau deshalb …«

Johannsen unterbricht ihn barsch.

»… setzen wir die Lichter! Wiederholen Sie den Befehl, Herr Kehding, der Wachoffizier wartet!«

Helmut stockt der Atem. Das ist doch unfassbar, das kann nicht Johannsens Ernst sein. Nicht nur, dass er ihm in den Rücken fällt, er bringt sie alle in Lebensgefahr.

»Der Befehl ergeht nicht, solange ich hier steh!«

Jetzt kommt Johannsen zu ihm, ungewohnt schnell. Laut und scharf brüllt er:

»Sie wiederholen den Befehl! Sofort!«

Helmut rührt sich nicht, sagt kein Wort. Korvettenkapitän Petri steht kopfschüttelnd daneben.

»Kommt da heute noch was? Wachoffizier, die Positionslichter! Aber zack, zack!«

Wieder setzt sich der Wachoffizier in Bewegung und geht zur Schalttafel an der hinteren Wand der Brücke. Aber die Kippschalter für die Positionslichter berührt er vorerst nicht. Eisige Stille breitet sich aus. Helmut rührt sich nicht. Man sieht, wie es in ihm arbeitet. Er weiß nicht mehr, was er tun soll.

Johannsens Stimme erreicht ihn wie aus einem Nebel.

»Kehding, Sie legen sich mal lang und ruhen sich aus … Die letzten Tage waren sehr anstrengend … für alle.«

Helmut horcht auf. Der väterliche Tonfall bringt ihn endgültig auf die Palme.

»Ich bin nicht hier, um mich auszuruhen, ich hab das Schiff zu führen!«

Hinter ihm legt der Wachoffizier die Kippschalter um, nachdem Petri ihm das mit einem Kopfnicken wortlos befohlen hat. Auf der Schalttafel glühen nacheinander die Lichter unter den Schildchen grün auf: Backbord, Steuerbord und als Letztes das Dampferlicht. Draußen am Schiff springen die entsprechenden Lampen an: rot für Backbord links, grün rechts an Steuerbord und oben im Mast das weiße Dampferlicht.

Petri nickt zufrieden, aber in derselben Sekunde ist Helmut mit drei großen Schritten an dem Schaltkasten und kippt die drei Schalter zurück. Die Lichter draußen verlöschen, und auf der Schalttafel leuchtet es dreimal rot.

Korvettenkapitän Petri erstarrt. Ungläubig sieht er Wilhelm Johannsen an. Der sagt gefährlich leise:

»Ich glaube, Ihr Dienst ist jetzt beendet, Kehding, Sie verlassen sofort die Brücke!«

Helmut rührt sich nicht von der Stelle. Er bleibt vor dem Schaltkasten stehen. Der Wachoffizier ist inzwischen ein paar Schritte zurückgetreten. Zur Sicherheit. Wer weiß, was die Herren als Nächstes vorhaben.

Petri ist außer sich.

»Dafür bring ich Sie vors Kriegsgericht!«

Er geht zu Helmut, stößt ihn rabiat zur Seite und legt eigenhändig die Schalter um. Laut klacken die Hebel in Position. Draußen schalten sich die Lampen wieder an.

Die Position der *Wilhelm Gustloff* ist jetzt trotz Eisregen über dem schwarzen Meer weithin zu sehen. Verwundert beobachtet der Ausguck auf dem Torpedoboot *Löwe* das An- und Ausschalten der Lampen. Schnell steigt er hinunter, um seinem Kapitän die merkwürdigen Vorgänge zu melden.

KAPITEL 21

Vor Wut kochend tritt Helmut hinaus in die Dunkelheit und schließt die Tür zur Kommandobrücke hinter sich. Er schlägt den Mantelkragen hoch. Links an der Nock sieht er das rote Licht der Backbord-Lampe. Helmut blickt hinaus in die Nacht. Das Dampferlicht glüht weiß am Mast. Was für ein Irrsinn! Hoffentlich hat die U-Boot-Aufklärung keinen Fehler gemacht. Helmut schickt ein Stoßgebet gen Himmel, über den jetzt Wolken fegen, getrieben vom westlichen Wind. Kurz tritt der bleiche Mond hervor und ist schon wieder verschwunden. Am Signalscheinwerfer bedient ein Matrose flink die Morseklappen und sendet eine Frage zum Torpedoboot *Löwe* hinüber, das sich irgendwo da vorn durch die Wellenberge kämpft, aber nicht zu sehen ist. Nur Sekunden, dann blitzen Lichtsignale zurück, und Helmut kann die Position des Leitbootes, circa vierhundert Meter voraus, bestimmen.

»Was sagt *Löwe*?«

»Die haben dasselbe Problem mit den Antennen: Eine Kollisionswarnung ist drüben nicht angekommen.«

Helmut nickt mürrisch, lässt den Blick über die Ostsee wandern. Die Schnittlinie zwischen Himmel und Wasser ist nicht zu erkennen, alles ist nur eine bleischwarze Unendlichkeit.

»Sonst irgendwas?«

»Na ja … Was unter Wasser passiert, kriegen die da vorn nicht mehr mit: die U-Boot-Ortung ist ausgefallen.«

»Na großartig! Wir sind blind und taub, dafür aber beleuchtet wie ein Weihnachtsbaum!«

Wütend legt er die Hand an den Mützenschirm. Er muss der Sache auf den Grund gehen. Um nicht die Brücke passieren zu müssen, nimmt er den äußeren Weg zum Funkraum.

Nur ein Funker sitzt in Hörbereitschaft an seinem Platz. Als er Helmut erkennt, lüftet er einen Kopfhörer, damit er ihn verstehen kann.

»Wieder Funkkontakt?«

Der Funker schüttelt den Kopf.

»Mit dem verschlüsselten Funkspruch von Kaleu Kehding weitergekommen?«

»Keine Chance …«

»Wer hat die Kollisionsmeldung von vorhin aufgenommen?«

»Obermaat Koch«

Er zeigt zu Hagen Kochs leerem Funkplatz. Helmut ist hellwach.

»Koch? Wo ist der Mann?«

»Freiwache!«

»Seine Kammer?«

»Backbordseite, achtern, die letzte.«

»Danke. Sofort ansagen, wenn wieder was durchkommt!«

Helmut verlässt eilig den Funkraum und hastet den Gang hinunter. Die hintere Tür öffnet sich, und Bootsmann Sterup kommt ihm aufgeregt entgegen.

»Herr Kap'tän, was ist da los? Sie haben Lichter gesetzt?«

»Ich bestimmt nicht … Was glauben Sie, warum ich nicht mehr auf der Brücke bin?«

Der Bootsmann schaut ihn alarmiert an.

»Sofort Deckswachen verstärken, Ausguck alle fünfundzwanzig Meter rund ums Schiff … Haben Sie genug Männer dafür?«

Sterup nickt.

»Geht klar: Luft- und Seeraum im Auge behalten, alles melden, was sich bewegt … und keine Wolke oder Welle ist!«

Er beugt sich vor, senkt die Stimme.

»Herr Kap'tän, die Dame Ihres Herzens ist wohlbehalten in Ihrer Kammer … Die anderen sind ausgeflogen, zur Entbindung, schätz ich.«

»Danke … Sterup.«

In diesem Moment öffnet sich die letzte Kammertür, und Hagen Koch tritt auf den Gang hinaus. Als er Helmut gewahr wird, will er sich schnell wieder zurückziehen. Doch Helmut ist schneller.

»Moment!«

Mit ein paar Schritten ist er bei ihm und packt ihn am Kragen. Hagen Koch sieht erstaunt auf ihn herunter.

»Oh, jetzt zeigen Sie aber Nerven, Kap'tän …«

Ruhig löst er Helmuts Hand von seinem Kragen.

»Sie haben die Kollisionswarnung aufgenommen … Das stinkt doch zum Himmel, Koch!«

Hagen Koch grinst ausweichend.

»Eine Mütze voll Schlaf würde Ihnen auch nicht schaden …«

»Die Antennen sind vereist, hier ist überhaupt kein Funkverkehr möglich, aber Sie empfangen eine Kollisionsmeldung? Völlig unverschlüsselt, im Klartext!«

»Das ist doch längst mit dem Oberfunkmeister geklärt … Da kommt immer mal wieder was durch.«

»Aber doch nicht im Klartext!«

»Ja, sicher … Alle etwas verspannt, scheint mir.«

Helmut holt tief Luft und versucht sich zu beruhigen.

»Wo soll's denn hingehen?«

Koch beugt sich vor, plump-vertraulich flüstert er:

»Nirgendwohin, ich erwarte Besuch … In der Nacht ist der Mensch nicht gern allein!«

Helmut mustert ihn feindselig und tritt einen Schritt zurück.

»Erika ist an Bord, was sagen Sie dazu?«

Hagen Koch erstarrt.

»Sie bluffen doch! Sagen Sie, dass das nicht wahr ist!«

Helmut schiebt ihn in die Kammer zurück.

»Sie verlassen Ihre Kammer bis auf weiteres nicht. Das ist ein Befehl!«

Er wirft die Tür zu, verharrt einen Augenblick und hastet dann zur Treppe nach unten.

Korvettenkapitän Petri kommt von draußen rein. Er schüttelt das Wasser von seiner Mütze. Auch Hasso schüttelt sich und versprüht Wassertropfen quer über die Brücke.

»Da kommt nichts mehr ... Dieser Minensuchverband ist anderswo durch.«

Johannsen sieht ihn an. Ruhig und scheinbar entspannt sagt er:

»Dann machen wir uns mal wieder unsichtbar ...«

Petri gibt seinen Mantel einem Matrosen und setzt die Mütze wieder auf.

»Wachoffizier: Verdunkelung wiederherstellen!«

Mit drei hörbaren Klacks werden die Schalter umgelegt, und draußen am Schiff verlöschen die Lampen. Petri hat sich zu Hasso hinuntergebeugt und streichelt liebevoll seinen Bauch. Hasso hat sich auf den Rücken gedreht und genießt die Zuwendung sichtlich.

Überall an Bord ist es jetzt ruhig. Im Rauchsalon spielen Männer vom Eisenbahnbetriebsamt Goldap Skat, in den Bars sitzen Leute zusammen und unterhalten sich leise. Aber die meisten Menschen schlafen. Ein paar Frauen haben sich Sessel zusammengeschoben und es sich bequem gemacht, andere liegen auf dem Teppichboden und benutzen ihr Bündel oder die zusammengeknüllten Mäntel als Kopfkissen. Eine Familie hat das Gepäck wie eine Burg um sich herum gebaut und schläft in der Mitte. An den Wänden unter den Gemälden bayerischer Berglandschaften sitzen Leute und dösen vor sich hin. Auch in der Bordwäscherei haben sich die Gäste verzogen. Nur ein paar Matrosen hocken noch mit den Mädchen zusammen und tuscheln leise. Die Girlanden schwingen mit der Bewegung des Schiffes lautlos hin und her. PG Escher sitzt in seiner Kammer und entspannt sich bei einem Glas französischem Cognac. Er ist mit den Feierlichkeiten hochzufrieden. Sie waren würdig und feierlich, findet er. Unter diesen unmöglichen Umständen war mehr einfach nicht möglich.

Nur in der Jugendherberge unten auf dem E-Deck ist noch was

los. Eine Schallplatte dreht sich auf dem Plattenteller, und einige Marinehelferinnen tanzen miteinander zu »Rosamunde, schenk mir dein Herz«. Andere stehen im Kreis um sie herum und klatschen fröhlich zum Takt. Mittendrin auch Berta Burkat und ihre Freundin, die Führerin Gertrud. Als die beiden Führerinnen sich ebenfalls auf die Tanzfläche begeben, wird laut geklatscht und gejohlt. Im Schwimmbad nebenan haben sich Marinehelferinnen die Decken über den Kopf gezogen und versuchen trotz des Radaus zu schlafen. Leises Fluchen ist zu hören.

»Verdammt. Können die nicht mal Ruhe geben …«

Von hinten kommt die Antwort:

»Ach lass sie doch, sie sind halt froh, dass es endlich hier rausgeht …«

»Pst! Ruhe jetzt …«

Endlich hat es Helmut zu seiner Kammer geschafft. Er reißt die Tür auf. Es ist dunkel. Er knipst das Licht an. Keiner ist da, die Kammer ist leer. Nur Erikas brauner Wollmantel liegt auf dem Bett.

Helmut starrt darauf. Wo ist sie hin? Lilli Simoneit, so fällt ihm ein, ist auf der Entbindungsstation. Das glaubte jedenfalls Sterup. Helmut schließt die Tür wieder und begibt sich zum A-Deck.

Marianne liegt in ihrem Bett und atmet schwer. Das Licht ist abgedunkelt, und um sie herum ist regelmäßiges Atmen zu hören. Ihre Wehen kommen jetzt schneller. Marianne flüstert leise mit ihrem Kind.

»Warum kannst du dich nicht gedulden, bis wir in Kiel sind oder Flensburg … Du sollst nicht auf dem Wasser zur Welt kommen, mein Kleiner …«

Da erscheint Helmut an ihrem Fußende. Und kommt gleich zum Punkt.

»Lilli Simoneit, wo ist sie?«

Marianne zeigt in eine Ecke. Lilli sitzt am Boden und ist im

Arm von Kalli eingeschlafen. Und auch Kalli döst vor sich hin. Helmut zieht ihm das Kopftuch weg. Erschrocken sieht Kalli hoch. Als er Helmut erkennt, grinst er breit und erleichtert.

»Ach, Sie sind's.«

Helmut zieht ihn hoch.

»Los, mitkommen!«

Er stößt ihn rüde vor sich her.

Erschrocken ruft Marianne hinterher: »Was tun Sie denn?«

Von dem Ruf erwacht jetzt auch Lilli und blinzelt verstört.

»Sind wir schon da?«

Im Kartenraum trägt der Obersteuermann die gerade gemessene Peilung ein: »21 Uhr: querab Stolpmünde, 55 Grad 7,5 Nord, 17 Grad 42 Ost.«

Der Wind hat etwas nachgelassen, und der Eisregen hat aufgehört. Aber das Thermometer zeigt sechzehn Grad unter null. Immer wieder bricht der Mond durch die Wolkendecke. Angestrengt schauen die Wachtposten durch ihre Ferngläser. Jetzt, da die Sicht frei ist, können sie erkennen, dass nichts zu sehen ist. Die Wellen rollen stetig auf die *Gustloff* zu und weiter Richtung pommersche Küste. Kein anderes Schiff ist in der Nähe auszumachen. Die Maschinen stampfen im Takt, und die riesigen vierblättrigen Kupferpropeller schieben den Schiffsleib schon seit Stunden mit zwölf Knoten gleichbleibend gen Westen. Auch im Maschinenraum wurde alles Erdenkliche unternommen, um den reibungslosen Ablauf und die Sicherheit des Schiffes zu gewährleisten. Zu den Handelsschiffsleuten wurden erfahrene Männer der Kriegsmarine hinzubeordert. Kompetenzstreitigkeiten oder andere Probleme in der Zusammenarbeit gibt es nicht. Alle verrichten die ihnen befohlenen Aufgaben.

Heinz Schön, der Zahlmeisterassistent, hat sich in seine Kabine begeben. Doch schlafen kann er nicht, das Rollen der *Gustloff* hält ihn wach. Er liegt auf seiner Koje und lässt die anstrengenden letzten Tage Revue passieren. Morgen früh sind wir unserem Ziel ein gutes Stück näher, und übermorgen sind wir in Kiel, sagt er sich. Dann denkt er an seine Eltern und den kleinen Ort Jauer in Schlesien, wo er 1926 geboren wurde. Wie lange hat er ihn nicht mehr besucht. Ob die Russen schon dort sind? Hoffentlich haben die Eltern sich rechtzeitig auf den Weg gemacht …

Hagen Koch räumt seinen Spind aus. Hemden, Hosen, Socken, Unterhosen landen auf der Koje.

»Taschen auch!«

Harald steht hinter ihm, die Pistole in der Hand. Erika sitzt angespannt auf einem Stuhl in der Ecke. Unruhig und voller Angst beobachtet sie Haralds Miene. Der schaut gerade konzentriert, aber emotionslos auf die Dinge, die Hagen Koch vor ihm ausbreitet. Zusammengeknülltes Papier, ein Bonbon, ein schmutziges Taschentuch.

»Hagen, bitte: Was will er von dir?!«

Hagen Koch leert die andere Hosentasche: ein Radiergummi und ein paar Münzen.

»Du bist wahnsinnig, Mädchen … Nicht auf die *Gustloff*, hab ich gesagt!«

Harald stößt ihn an.

»Ihr Theater widert mich an, Obermaat … Sie haben gewusst, dass die Frau an Bord ist, das ist doch alles geplant!«

Der Funker dreht sich um und bleibt mit hängenden Armen vor Harald stehen.

»Herr Kaleu, tut mir leid … Das ist nicht wahr!«

Harald hebt die Pistole und zielt auf ihn.

»Wo sind die Sprengsätze?!«

Erika springt auf.

»Sprengsätze? Welche Sprengsätze …?«

Es klopft leise an der Tür. Alle drei horchen auf. Harald geht rückwärts zur Tür, stellt sich seitlich neben den Rahmen. Die Pistole zeigt weiterhin direkt auf Hagen Koch. Er öffnet vorsichtig die Tür.

Traudl steht draußen und schaut erstaunt in Haralds Gesicht. Sie trägt ihren Pelzmantel über dem Arm und einen Koffer in der Hand. Irritiert versucht sie, an Harald vorbei in den Raum zu schauen. Kleinlaut fragt sie:

»Hagen? Hagen, bist du hier?«

»Hau ab, du hast hier nichts verloren.«

Harald schlägt ihr die Tür vor der Nase zu und wendet sich wieder dem Funker zu.

Beleidigt geht Traudl den Gang entlang. Da kommt ihr Helmut entgegen, der Kalli hinter sich herzieht. Erstaunt sieht Helmut sie an.

»Was tun Sie denn hier oben?«

Schnell verdrückt Traudl sich in die Kammer rechts von ihr. Noch so eine Abfuhr wie eben will sie sich nicht einhandeln. Da macht man und tut man – und dann so was!

Helmut führt Kalli bis zur Tür der Kammer des Funkers.

»Du guckst dir den Mann einfach nur an und sagst mir, ob der es war, den du in Gotenhafen gesehen hast, beim Elektroladen!«

»Und wenn ich ihn nicht wiedererkenne?«

»Das werden wir ja sehen.«

Kalli sträubt sich.

»Oder wenn er mich verrät?«

»Keine Angst, dir kann nichts passieren!«

Kalli nickt unsicher.

In diesem Augenblick rummst es irgendwo weit unten im Schiff. Der Boden unter ihren Füßen schwankt einmal hin und dann wieder zurück.

Erschrocken sieht Kalli Helmut an.

»Was war das?«

In der Kammer steht Harald immer noch mit der Pistole in der Hand vor Hagen und Erika. Entsetzt sehen sie sich an. Harald ist erstarrt. Er hat das Geräusch sofort erkannt.

»Torpedos! ... Wir werden beschossen!«

Erika schreit laut auf. Hagen Koch nutzt die Schrecksekunde, springt auf Harald zu und tritt ihm brutal in den Bauch. Harald krümmt sich vor Schmerz und ringt mit dem Funker, der versucht, die Pistole an sich zu bringen. Nur ein, zwei Sekunden, und er richtet sich mit Haralds Pistole in der Hand wieder auf und schreit:

»Raus hier, Erika, runter vom Schiff!«

Erika starrt ihn entsetzt an.

»Nein! Wo ist Helmut?«

Wieder kracht und zischt es unten im Schiffsbauch, und diesmal folgt ein Ruck nach Steuerbord, der alle straucheln lässt. Das ganze Schiff scheint sich mit einem Mal mehrere Meter in die Luft zu heben, kracht wieder herunter und legt sich zur Seite.

Hagen Koch rappelt sich hoch und zerrt Erika zur Tür, die Helmut in diesem Moment aufstößt.

»Helmut!«

Erika stürzt auf ihn zu. Harald liegt am Boden und hält sich stöhnend den Bauch. Er schreit:

»Vorsicht, er hat meine Waffe!«

Das Licht geht aus. Schwarze Dunkelheit. Da kracht ein Schuss, und gleichzeitig bohrt sich unter der Wasseroberfläche ein dritter Torpedo in den Rumpf der *Gustloff*. Entsetzliches Krachen, Zischen und metallisches Kreischen ist zu hören, und das Schiff legt sich mehrere Grad nach Backbord und beginnt, nach vorn über den Bug abzusacken. Schreiend klammert Erika sich an Helmut, zusammen werden sie rückwärts in den Gang geschleudert.

Die Notbeleuchtung springt an. Erika hört gar nicht auf zu schreien. Die Türen der Kammern fliegen auf, und Offiziere und Funker stürzen auf den Gang hinaus. Kalli robbt auf allen vieren Richtung Ausgang und ruft nach seiner Mutter.

Harald kriecht, vor Schmerzen wimmernd, aus der Kammer. An der Schwelle stößt er auf Hagen Koch. Der Funker liegt am Boden und rührt sich nicht. In seinem Schädel klafft ein Loch. Gehirnmasse und Blut sickern heraus. Die blauen Augen stehen starr.

»Wenigstens hat er sich selbst ein Ende gesetzt, der Hund«,

keucht Harald und dreht seine Pistole aus Hagen Kochs lebloser Faust.

Helmut schaut entsetzt auf den toten Obermaat.

»Nicht hinsehen, Erika! Raus! Zu den Booten!«

Er fängt zwei Matrosen ab, die den Gang heruntergelaufen kommen. Er zeigt auf Harald.

»Bringt den Kaleu zu den Booten!«

Die beiden helfen Harald auf die Füße, nehmen ihn in die Mitte, haken ihn unter und schleppen ihn den Gang hinunter.

Erika starrt zitternd auf ihren toten Vetter.

»Was passiert hier? Helmut ...«

»Ganz ruhig, Erika, bitte. Ich muss mich ums Schiff kümmern ... Du gehst sofort zu den Booten, hörst du? Zu den Booten. Wir sehen uns wieder! Ganz bestimmt.«

Sie hat ihm nicht zugehört, bleibt stehen und schaut weiter auf die Leiche von Hagen Koch. Notgedrungen zieht Helmut sie mit sich. Wie in Trance folgt sie ihm, stammelt immer wieder:

»Wir wollen nicht sterben, Helmut. Wir wollen doch nicht sterben ...«

»So schnell stirbt's sich nicht, Erika. Du musst dich jetzt zusammennehmen, Liebes. Alles wird gut!«

Sie haben den Umgang des Brückendecks erreicht und stehen im Freien. Beißender Wind wirft sie fast um. Helmut hält sich an der Reling fest und stützt mit der anderen Hand Erika.

»Hier, die Treppe runter! Nimm irgendein Boot, bevor alle voll sind!«

Er schiebt Erika in Richtung Niedergang, aber sie hält sich an ihm fest und will nicht loslassen.

»Nein! Ich geh nicht, ich bleib bei dir!«

»Erika, ich kann dich jetzt nicht mitnehmen!«

»Dann warte ich hier!«

Erika spürt nur noch Panik. Auf gar keinen Fall will sie allein irgendwohin. Flehentlich schaut sie Helmut an und krallt sich an ihm fest.

»Nein! Bitte! Sei vernünftig! Es sind sowieso nicht genug Boote, also lauf!«

Aber sie klammert sich nur noch fester an ihn.

»Wir sterben, Helmut … Lass mich nicht allein!«

Wie von Sinnen beginnt sie ihn zu küssen. Sanft, aber bestimmt löst er ihre Arme von seinem Hals.

»Nein, nein, nein, wir sehen uns wieder, Erika, ganz bestimmt … Und jetzt geh, bevor es zu spät ist!«

Aber sie will nicht. Helmut stoppt einen Matrosen, der vorbeieilen will.

»Die Frau zu den Booten, schnell!«

»Lass mich nicht allein, bitte, lass mich nicht allein …«

Energisch übergibt Helmut sie an den Matrosen. Der nimmt sie fest unter den Arm und leitet sie die Treppe hinunter.

»Kommen Sie! Ich bring Sie jetzt zu einem Rettungsboot.«

Erika ergibt sich. Tränenblind lässt sie sich von dem Matrosen führen. Leise wiederholt sie immer wieder:

»Wir werden sterben, wir werden alle sterben …«

KAPITEL 22

Als sich der erste Torpedo unter Wasser dicht hinter dem Vorsteven durch die dicke Stahlwand der *Wilhelm Gustloff* bohrt wie durch Papier und explodiert, ist es genau einundzwanzig Uhr sechzehn. Armdicke Träger der Längs- und Querspanten brechen, als wären sie aus Holz. Frischwassertanks bersten, ihr Inhalt mischt sich mit dem eindringenden Meerwasser und presst gegen die Schotten zu den riesigen Vorratsräumen im Vorschiff. Durch den immensen Druck reißen die Schweißnähte, und so werden Millionen Kartoffeln und Hunderte Tonnen Mehl zu einer schlammigen Masse, die vor nichts Halt macht. Durch die Explosionen wird die Luft zusammengepresst und schiebt sich in einer gewaltigen Druckwelle durch Gänge, Lüftungsschächte und Treppenhäuser hinauf zu den Wohndecks.

Die Menschen können kaum noch atmen, vielen platzen die Trommelfelle, viele werden ohnmächtig.

Nur Sekunden später schlägt der zweite Torpedo zwischen der HJ-Jugendherberge und dem Schwimmbad ein. Ein Blitz, ein Knall. Die Wände brechen. Kacheln zerspringen in tausend Teile und fliegen als tödliche Geschosse umher. Die schlafenden Marinehelferinnen fliegen in die Luft und werden gegen die Wände geschleudert. Berta Burkat, die gerade noch mit ihrer Freundin auf der Bettkante plauderte, trifft in der nächsten Sekunde ein Schwall aus Meerwasser und Glassplittern von sechzigtausend Spirituosenflaschen, die in den angrenzenden Räumen lagerten. Sie ist tot, bevor ihr Verstand begriffen hat, was geschehen ist.

Alles vollzieht sich in rasender Geschwindigkeit. Die einbrechenden Wassermassen mischen sich mit Blut. Gepäckstücke, Jacken, Pritschen und verstümmelte Mädchenleichen wirbeln durcheinander. In den Schlafsälen und Mehrbettkammern beginnen die jungen Frauen, die bisher verschont geblieben sind, zu beten, zu schreien und zu wimmern. Viele rufen verzweifelt nach ihrer Mutter.

Eine Frau zückt ein Messer, ruft: »Wenn Gott mir nicht hilft, helfe ich mir selbst«, und schneidet sich die Pulsadern auf. Nur zwei junge Marinehelferinnen behalten die Nerven.

»Es muss einen Notausgang geben, hier an der Seite irgendwo«, ruft die eine der anderen zu. Gemeinsam suchen sie danach und finden eine schmale Tür. Mit aller Kraft werfen sie sich dagegen, brechen die Tür auf und gelangen auf die schmale Eisentreppe, die Erika schon einmal hinaufgestiegen war: den Notausstieg aus dem Maschinenraum. Die beiden Marinehelferinnen greifen die Eisen und klettern um ihr Leben, während unter ihnen das Wasser tost.

Der dritte Torpedo schlägt krachend in den Hilfsmaschinenraum ein und tötet die Matrosen und Offiziere, die hier arbeiten, auf der Stelle. Die riesigen Getriebe reißen aus ihrer Verankerung, heben sich in die Luft und krachen miteinander verkeilt gegen die Wände. Sie zerquetschen jeden, der sich dort befindet. Stinkendes kochendes Diesel- und Getriebeöl ergießt sich aus den geborstenen Motoren und strömt aus den getroffenen Treiböltanks. Giftige Gase und der Geruch nach verschmorten Elektroteilen nimmt den Überlebenden die Luft zum Atmen, heißer Pulverdampf verbrüht ihre Lungen. Die entstandene Druckwelle entlädt sich über den Maschinenschacht, fährt hinauf, vorbei an den acht Decks, und speit einen viele Meter hohen giftigen Dampfstrahl aus dem Schornstein. Überall auf dem Schiff läuten nun die Alarmglocken. Der Notgenerator springt an, und die Lichter auf dem Schiff glühen wieder auf. Tonnen von Ostseewasser dringen durch die riesigen Wunden in den Leib der *Gustloff*. Im Vorschiff können die Schotten dem eindringenden Wasserdruck nicht standhalten. Eine nach der anderen birst mit einem lauten dumpfen Knall, der sich bis oben auf die Brücke überträgt. Schon beginnt das Schiff sich unaufhaltsam nach vorn und zur Backbordseite zu neigen.

Auf allen Decks sind die Menschen aus ihren Kojen gefallen. Wer irgendwo stand, ist gestürzt und quer über den Fußboden gerutscht. Aus den Schränken und Spinten fallen Gegenstände heraus. In den Küchen und Spülkammern zerschellt das Geschirr, Pfannen und Töpfe poltern auf den Boden, Stühle und Tische fallen um, im Theatersaal macht sich das Klavier selbstständig und saust mit der Schiffsbewegung erst nach steuerbord, knallt dort gegen die Wand, dann fährt es zurück, quer durch den Saal, überrollt ein paar Liegende und trifft mit klingenden Saiten die Backbordwand. Überall stürzen die Menschen schreiend aus ihren Kammern. Alle haben nur einen panischen Gedanken: nach oben, nach oben. Doch es sind plötzlich so viele, Arme, Beine und Schwimmwesten verhaken sich ineinander. Es ist so gut wie unmöglich, vorwärtszukommen. Nur denjenigen, die nahe den Aufgängen untergebracht sind, gelingt es, in die Hallen vorzudringen. Doch auch die sind kurz nach den Treffern der Torpedos schon überfüllt und die Aufgänge verstopft wie ein enger Flaschenhals, in dem ein Korken steckt.

Menschen stürzen, werden überrannt, andere treten auf sie. Kinder werden zerquetscht, Alte totgetreten. Wer einmal fällt, bleibt liegen und kommt nicht mehr hoch. Schmerzensschreie mischen sich mit Angstgeheul. Panik, überall Panik. Und Chaos. Jeder denkt nur noch an sich selbst. Kinder werden von den Müttern, Eltern von Kindern und Großeltern getrennt. Und alle schreien und rufen um Hilfe. Die Deckoffiziere und Matrosen haben keine Chance, eine geordnete Evakuierung zu organisieren. Es gilt das Recht des Stärkeren. Brutal boxen sich einige durch die Menge. Rücksichtslos treten sie auf alles, was unter ihnen liegt.

Als der erste Torpedo einschlägt, um einundzwanzig Uhr sechzehn, durchquert der Kapitänsteward gerade mit seinem Tablett und zwei Cognacgläsern die Kapitänsmesse. Wilhelm Johannsen und Korvettenkapitän Petri haben sich um einundzwanzig Uhr hierher zurückgezogen und die Brücke dem Ersten Offizier überlassen. Alles ist ruhig, und die beiden freuen sich über eine Pause. Seit Auslaufen der *Gustloff* haben sie die Zeit mehr oder weniger auf der Brücke verbracht. Jetzt sitzen sie am Tisch und freuen sich auf einen guten Schluck. Dann schlägt der erste Torpedo ein, und ein Ruck läuft durch das Schiff. Der Steward verliert den Halt. Tablett und Gläser landen auf dem Fußboden. Petri und Johannsen schauen sich ungläubig an, und noch bevor sie aufspringen können, explodieren nacheinander die zwei weiteren Torpedos im Schiffsbauch, und das Licht erlöscht.

Aus dem Dunkel übertönt das Jaulen von Hasso die schrille Alarmglocke, und Johannsen sagt mit brüchiger Stimme:

»Da haben wir's!«

Petri springt auf und jagt – sich an den Wänden immer wieder abstützend – zurück auf die Brücke.

»Maschinen stopp«, schreit er dem Ersten Offizier zu.

»Schon passiert! Kapitän.«

Entsetzt sieht Petri durch die Scheiben zum Bug der *Gustloff*. Die Brecher der Ostsee überspülen schäumend das Vorschiff und reißen alles über Bord, was nicht festgezurrt ist. Nur noch der obere Rand der Bugschürze hebt sich ein paar Zentimeter aus den Wassermassen.

»Schiff sackt nach vorn weg.«

Die Stimme des Ersten Offiziers klingt entsetzt.

Korvettenkapitän Petri weiß, dass drei Torpedotreffer für den Passagierliner das sichere Aus bedeuten. Bei der leichten Bauweise wird sich das Schiff nicht lange über Wasser halten. Dumpfe Knalle sind tief unten im Rumpf zu hören. Die Schotten brechen. Mit einem Ruck legt sich die *Gustloff* nach Backbord. Die Maschinen laufen nicht mehr. Petri übernimmt ruhig und konzentriert das Kommando.

»Schotten schließen!«

Der Erste Offizier legt die Hebel um und drückt den roten Knopf an seinem Steuerstand. Ein Rumpeln läuft durch das Schiff, und bis zum C-Deck schließen sich die zentimeterdicken längs und quer laufenden Stahlwände, die Elektromagneten geben die Türen frei, und alle Durchgänge verschließen sich automatisch wasserdicht. Nur ein paar Besatzungsmitglieder, darunter auch Heinz Schön, der Zahlmeisterassistent, sind geistesgegenwärtig sofort nach den Treffern aus dem Bereich der Vorschiffsschotten geflüchtet. Alle anderen, Matrosen und Flüchtlinge, die sich noch lebend auf den beiden unteren Decks und in den Maschinenräumen befinden, sind jetzt eingesperrt. Für sie gibt es kein Entkommen mehr. Kein Weg, keine Tür nach oben ist mehr offen. Die einzige Verbindung nach draußen sind die Bullaugen. Doch deren runde Öffnungen sind viel zu klein, als dass ein erwachsener Mensch sich hindurchzwängen könnte. In dieser Minute ist fast die gesamte Mannschaft der *Wilhelm Gustloff* dem Tode geweiht. Ihre Kammern liegen alle im Vorschiff auf dem D-Deck. Um zwanzig Uhr ist Wachwechsel gewesen, und die Männer der Besatzung haben sich schlafen gelegt oder sich in ihre Aufenthaltsräume und Speisesäle gesetzt. Viele hatte bereits der erste Torpedotreffer getötet. Aber auch die, die noch leben, wissen, dass es für sie keine Rettung mehr geben wird.

»Schadensmeldung, Torpedoboot *Löwe* verständigen. Rot schießen!«

Petris Befehle erfolgen wie Pistolenschüsse und werden ebenso schnell weitergegeben und ausgeführt.

In der Funkkammer liegen die Stühle am Boden, die Tische haben sich aus ihrer Verankerung gerissen und sind durch den Raum geschlittert. Kladden, Papiere, Kopfhörer, Schreibzeug liegen überall verteilt. Die Bücher und Aktenordner sind aus den Regalen gekippt. Der Diensthabende junge Funker ist mit seinem Stuhl an die Wand geschleudert worden und hat sich den Kopf angeschlagen. Der Oberfunkmeister ist ebenfalls gestürzt, hat sich aber schnell wieder aufgerichtet. Auch ihm, der so lange schon auf den Meeren der Welt unterwegs ist, ist sofort klar, dass die *Gustloff* nicht auf eine Mine gefahren ist. Der dreifache Einschlag kann nur ein Torpedofächer gewesen sein. Als Oberfunkmeister ist nun seine wichtigste Aufgabe, die ENIGMA über Bord zu werfen. Das ist das erste Gebot im Fall einer Torpedierung. Die geheime Verschlüsselungsmaschine mit ihren fünf Walzen und den Schlüsseltabellen darf dem Feind auf keinen Fall in die Hände fallen.

Er ruft den jungen Funker zu sich. »Seesack aus meiner Kammer holen. Schnell!«

Während der Funker den Befehl ausführt und sich schwankend zur Kammer seines Vorgesetzten bewegt – immer wieder muss er sich irgendwo abstützen, um nicht zu stürzen –, klappt der Oberfunkmeister den Deckel der Holzkiste zu, in dem die Maschine eingebaut ist, sammelt die Schlüsseltabellen und die Protokolle zusammen und packt alles zusammen in den grünen Seesack, mit dem der junge Matrose zurückkommt. Gemeinsam schleppen sie den Sack hinaus zur Reling an der Steuerbordnock und werfen ihn mit Schwung hinaus in die brodelnde See.

Der Typhon dröhnt klagend einen tiefen, langen Ton in die schwarze Nacht. Am Klappscheinwerfer steht der Signalgast und morst hinüber zur *Löwe*, während Bootsmann Sterup mit der Pistole rote Notraketen in den Himmel schießt.

Korvettenkapitän Petri steht schweigend vor der Fensterfront auf der Brücke. Zu seinen Füßen kauert winselnd der Schäferhund. Das Entsetzen seines Herrn löst Angst in ihm aus. Ganz eng presst er sich an Petris Beine, den Schwanz hat er bis an den Bauch eingezogen.

Immer wieder stammelt Petri denselben Satz vor sich hin:

»Das ist nicht wahr, das ist nicht wahr …«

Atemlos kommt Helmut angestürzt. Sieht sich um.

»Wo ist Johannsen?«

Petri rührt sich nicht, und der Alte ist nicht zu sehen.

Ein junger Leutnant der Kriegsmarine erscheint außer Atem auf der Brücke und meldet Korvettenkapitän Petri:

»Treffer unter der Wasserlinie, vorn, mittschiffs und Maschinenraum! Untere Decks sind nicht mehr zugänglich, Maschinen stehen, wir sinken sehr schnell!«

»Ruhig Blut, Herr Leutnant. Jetzt muss man nur einen kühlen Kopf bewahren. Gehen Sie, helfen Sie ausbooten.«

Am Steuerstand steht der Rudergänger, zitternd und weiß im Gesicht. Als er die Meldung verstanden hat, krampfen sich seine Finger um das Ruder, dass die Fingerknöchel weiß hervortreten. Helmut erkennt sofort, dass der Mann sofort beschäftigt werden muss, um nicht in Panik zu geraten. Am Ruder ist er jetzt sowieso überflüssig. Die *Wilhelm Gustloff* ist zum Stehen gekommen, und da die Maschinen nicht mehr arbeiten, beginnt das Schiff langsam mit der Strömung zu treiben.

»Gehen Sie, Mann! Unten bei den Rettungsbooten wird jede Hand gebraucht!«

Dankbar verlässt der Rudergänger die Brücke. Bis er das Promenadendeck erreicht, hat er sich wieder im Griff.

Nachdem er sich von dem ersten Schock erholt hat, ist Johannsen zum Funkraum gelaufen und hat den hereinstürzenden Funkern befohlen, SOS und die Position zu funken. Doch viel Nutzen hat das nicht, denn die Antennen sind immer noch vereist, und jetzt stellt sich auch noch heraus, dass weder das Notaggregat angesprungen ist noch die Anlage auf Akkumulatorenbetrieb umgestellt werden kann. Die Automatik versagt ihren Dienst.

»Alles zerstört durch die Explosionen.«

»Das gibt es doch nicht. Wir saufen ab und können nicht funken.«

Johannsen eilt zum Kartenraum, um das Logbuch zu holen.

Während die Funker hektisch versuchen, ihre Geräte zu reparieren, setzt Torpedoboot *Löwe* schon den Notruf der sinkenden *Gustloff* ab. Immer wieder sendet der Oberfunkmaat dort die gleiche Meldung:

»KR KR KR
T T T
Position 55 Grad 7,5 Nord, 17 Grad 42 Ost
Schiff sinkt schnell
WG durch DLW«*

Zuerst versucht er es auf der Welle der 27. Unterseebootflotille, bekommt aber keine Antwort. Dann versucht er es auf der Küstenlangwelle N und erhält die Quittierung von der Ostsee-Leitfunkstelle Kiel und auch noch einmal von Swinemünde. Die Kriegsnotmeldung von der sinkenden *Wilhelm Gustloff* ist angekommen und verstanden worden und geht über Küstenkurzwelle wieder hinaus. Jetzt erreicht die Meldung auch die 9. Sicherungsdivision in Gotenhafen. Korvettenkapitän Leonberg ist geschockt.

»Das kann doch nicht wahr sein! So schnell!?«

Vor kaum einer Stunde hat er eine U-Boot-Warnmeldung aussenden lassen, die von der Aufklärung eingegangen war. Doch was Leonberg nicht ahnt, die Warnmeldung hat die *Gustloff* und das Torpedoboot *Löwe* nie erreicht.

Sofort beordert Leonberg alle verfügbaren Schiffe zur Unfallstelle querab Stolpmünde. Der Schwere Kreuzer *Admiral Hipper* ist am Nachmittag ebenfalls nach Kiel ausgelaufen und hat noch tausend Flüchtlinge mitgenommen. Das ist Leonbergs größte Hoffnung für die sinkende *Gustloff*. Die *Hipper* läuft 32 Knoten und hätte die *Gustloff* gegen zweiundzwanzig Uhr überholen

* KR für höchste Dringlichkeitsstufe, T für Torpedo. WG ist das Morsezeichen der *Gustloff*, DLW das der *Löwe*.

müssen. Sie muss also ganz in der Nähe der Unfallstelle sein. Leonberg befiehlt seinem Funker:

»Sofort *Admiral Hipper* und Begleitboot *T36* informieren. Rettungsaktion einleiten!«

Am Maschinentelegrafen der *Gustloff* versucht der Erste Offizier seit Minuten vergeblich, eine Sprechverbindung zum Maschinenraum herzustellen. Er will es nicht glauben, kann es nicht fassen.

»Maschine für Brücke! Melden! Maschine für Brücke!«

Keine Reaktion.

»Wir haben keinen Kontakt, Kap'tän. Maschinenraum ohne Antwort.«

»Wo ist Johannsen?«

Wütend macht sich Helmut zu Petri auf. Da die *Gustloff* inzwischen immer mehr über den Bug nach Backbord abgesackt ist, geht er auf der schiefen Ebene nach oben.

Johannsen hatte das Kommando übernommen! »Verdammt. Wo ist er jetzt?«

Petri zuckt mit den Schultern und starrt mit finsterem Blick hinaus in die schäumende See.

»Querschotten schließen!«

»Schon erfolgt, Kehding …«

Petri schließt die Augen.

»… im Vorschiff ersaufen gerade die Männer, die die Rettungsboote klarmachen sollten und führen!«

Geschockt sieht Helmut ihn an. Der Oberfunkmeister stürmt herein.

»Herr Kap'tän, alle Schlüssel eingesackt und über Bord geworfen!«

Petri geht an Helmut vorbei, ohne ihn eines Blickes zu würdigen.

»Dann evakuieren Sie … Kurzwellenfunker zu mir!«

Er schlägt kurz an seine Hosennaht und lotst den Hund mit sich zur Seitentür.

Er schaut sich um und sagt zu Helmut: »Auch für Sie gibt's hier nichts mehr zu tun, Kehding!« Und Petri geht mit Hasso ins Freie.

Helmut könnte ihn vor Wut erschlagen – machtlos steht er da, und seine Gedanken rasen hin und her. Da knallt draußen ein Schuss. Als Helmut zur Tür stürzt, sieht er, wie Korvettenkapitän Petri seinen geliebten Hasso über die Reling hebt und den toten Hund der See übergibt.

KAPITEL 23

Auf der Entbindungsstation geht es erstaunlich geordnet zu. Oberstabsarzt Dr. Richter hat gleich nach dem Ablegen einen Katastrophenplan für seine Abteilungen ausgearbeitet und mit seinen Mitarbeitern und Mitarbeiterinnen besprochen. Nach dem dritten Treffer und der immer stärker werdenden Schieflage hatte auch hier jeder begriffen, dass die *Gustloff* sinkt. Der Oberstabsarzt der Marine hat dazu lapidar bemerkt:

»Der Fächer saß!«

Ruhig hat er seinem Sanitätsoberfeldfebel und die Oberschwester zu sich gerufen.

»Es geht alles nach Plan! Die Kranken zu den Booten! Liegende zuerst! Decken und Medikamente mitnehmen und Ruhe bewahren!«

Die jungen Mütter sind zunächst schreiend aus den Betten gesprungen. Jede hat nur einen Gedanken: sich und das Neugeborene in Sicherheit zu bringen. Raus hier, nur raus hier. Im Nachthemd stehen sie vor ihren Betten. Greifen nach Decken und Kopfkissenbezügen, um ihre Säuglinge darin einzuwickeln. Doch die Krankenschwestern sind sofort zur Stelle. Beruhigend reden sie auf sie ein, obwohl sie selbst tapfer versuchen, ihrem Fluchtinstinkt nicht nachzugeben.

»Bleiben Sie hier. So können Sie doch nicht gehen. Denken Sie an das Kind. Es kommt gleich jemand, der Sie und Ihr Kleines zu den Rettungsbooten bringt.«

Sanitäter und U-Boot-Männer der Lehrdivision tragen bereits Verletzte aus der Krankenstation und der Laube. Sie bringen sie auf Tragen zu den Ausgängen, andere stützen und leiten Soldaten, die noch gehen können, zu den Rettungsbooten, dann ist die Entbindungsstation an der Reihe.

Dr. Richter ist in alldem Hin und Her der Fels in der Brandung. Ruhig geht er von Bett zu Bett, spricht mit den Verzweifelten, setzt Spritzen mit Beruhigungs- und Schmerzmitteln. Er lässt Decken ausgeben und drückt dem einen oder anderen Schwerverletzten noch ein paar Tabletten in die Hand.

Marianne liegt wimmernd vor Angst auf ihrem Bett. Die Wehen kommen in Drei-Minuten-Abständen, und der Schmerz scheint sie zu zerreißen. Doch auch sie hat verstanden, dass die *Gustloff* untergeht, und hat panische Angst im Herzen. Immer wieder versucht sie, sich hochzustemmen. Doch die nächste Wehe drückt sie wieder zurück auf die Laken. Dr. Richter kommt zu ihr, streichelt ihre Stirn und setzt auch ihr eine Spritze.

»Das verzögert die Wehen ... Durchhalten, junge Frau, Sie schaffen das und das Kleine auch!«

Marianne ergibt sich in ihr Schicksal und bleibt ruhig auf ihrem Bett liegen. Eine Wehe kommt noch, doch dann ist es vorbei. Das Medikament hat gewirkt. Und schon erscheinen zwei Sanitäter. Sie ziehen ihr Mantel und Schuhe an und legen sie auf eine Trage. Noch eine Decke darüber, und dann heben sie Marianne vorsichtig hoch und tragen sie nach draußen und hoch zum Sonnendeck. Marianne hat unter der Decke die Hände gefaltet und betet leise:

»Lieber Gott, hilf uns, bitte, lieber Gott ...«

Schreiend und weinend schiebt sich die panische Menschenmasse die Gänge und Treppen der *Gustloff* hinauf. Die Ostsee dringt unaufhörlich mit lautem Zischen durch die klaffenden Löcher in der Bordwand ein. Gurgelnd steigt das Wasser unaufhaltsam höher und höher. Das C-Deck hat es bereits überschwemmt, und alle, die sich hier befunden haben, in den Kabinen und auf den Fluren, sind ertrunken. Auch auf dem B-Deck fließt schon das Wasser durch die Gänge. Vor allem an der Backbordseite. Dort gehen die Türen der Kammern schon nicht mehr auf. Die *Gustloff* krängt immer mehr. Der Krängungsanzeiger auf der Brücke zeigt bereits jetzt, erst dreißig Minuten nach dem ersten Treffer, zwanzig Grad Schlagseite.

Das Schreien der Menschen übertönt die Durchsage, die regelmäßig wiederholt wird:

»Achtung, Achtung! Bitte begeben Sie sich ruhig und geordnet zu den Rettungsbooten auf dem Unteren Promenadendeck und auf dem Sonnendeck. Helfen Sie Kindern und Hilfsbedürftigen. Den Ansagen des Bordpersonals ist unbedingt Folge zu leisten. Achtung, Achtung ...«

Mitten im Gedränge der Frauen, Kinder, Alten, Matrosen und Soldaten schiebt sich Lilli durch das Foyer des A-Decks. Sie ist fast ohnmächtig vor Angst um Kalli. Wo ist der Junge bloß. Ihr einziger Trost ist, dass Kapitän Kehding ihn mitgenommen hat und er so vielleicht schon in Sicherheit ist. Der Kapitän wird sich um den Jungen gekümmert haben. Bestimmt. Lieber Gott, lass es so sein, betet Lilli, während sie sich weiterkämpft. Und da, am Ende der Treppe, taucht Kalli plötzlich in der stürmenden Menge auf.

»Kaaarl!?! Kalli!«

Kalli dreht sich um und erkennt seine Mutter, die, von der Masse wie von einer Woge erfasst, in die Luft gehoben und weitergeschoben wird.

»Mama! Mama! Hier bin ich, hier, hier!«

Beide versuchen, durch das erbarmungslose Gedränge zueinander zu gelangen. Es dauert lange, aber dann haben sie es fast geschafft. Noch sind viele Menschen zwischen ihnen, aber die ausgestreckten Hände berühren sich beinahe. So werden sie zusammen die Treppe hinaufgedrückt. Nur ein paar Meter voneinander entfernt. Da plötzlich kracht es wieder laut und drohend unter ihnen im Schiff. Ein Aufschrei geht durch die Menge, und alle drängen noch rücksichtsloser zu den Ausgängen.

Lilli und Kalli werden gnadenlos wieder weit auseinandergerissen. Hilflos sieht Lilli, wie ihr Sohn in der Masse verschwindet.

»Kalli. Nein, nein!«

Tränenblind schreit Lilli immer wieder seinen Namen. Aber sie kann nichts tun.

An allen Türen nach draußen bilden sich Trauben von Menschen, so eng zusammengedrückt, dass den Einzelnen der Atem ausgeht. Alle wollen zugleich versuchen durchzukommen. Brutal um sich schlagend, versuchen die Ersten, sich aus dem Knäuel zu befreien. Marinesoldaten, die an allen Ausgängen als Panikposten aufgestellt worden sind, versuchen Ordnung in die Menge zu bringen. Vergebens. Die Menschen hören keine Sekunde auf zu schieben. Da hilft kein Brüllen und kein Befehl. Niemand hört hin. Und eine Uniform oder eine Pistole in der Hand nützen jetzt auch nichts mehr.

Auf den Außendecks hat der Sturm auf die Rettungsboote begonnen. Fast wahnsinnig vor Angst laufen die Menschen hin und her, schreien nach ihren Angehörigen, weinen und beten. Viele sind barfuß und nur mit einem Nachthemd bekleidet, sie haben entgegen den Anweisungen zum Schlafengehen ihre Kleidung ausgezogen. Viele haben auch ihre Schwimmwesten in der aufkommenden Panik vergessen oder während der Flucht nach oben verloren. Eiskalt pfeift ihnen jetzt der Wind um die Ohren. Der Boden ist mit einer Eisschicht überzogen. Sie rutschen, fallen hin, rappeln sich wieder auf, kämpfen sich zu den Booten vor.

Helmut und Petri haben Offiziere der U-Boot-Lehrdivision und die wenigen Matrosen, die nicht im Vorschiff ertrunken sind, auf den Treppen, an den Türen und bei den Rettungsbooten postiert. Sie sollen nicht nur beim Beladen und Fieren der Boote helfen, sondern auch dafür sorgen, dass das Gesetz »Frauen und Kinder zuerst« eingehalten wird.

Hunderte drängen sich auf Promenadendeck und Sonnendeck, und Tausende Verzweifelter schieben nach. Um den Druck etwas zu mildern, sind über tausend Flüchtende in den verglasten Umgang um das Untere Promenadendeck und in die großen Hallen umgeleitet worden. Dort müssen sie warten, bis die Wachen an den Doppeltüren sie wieder hinauslassen. Verzweifelt schreien die Eingeschlossenen, immer wieder versuchen einige auszubrechen, doch die Wachen stehen mit gezückten Pistolen und drohen jeden zu erschießen, der sich ihnen widersetzt.

Das Wasser im Schiff steigt von Minute zu Minute höher und höher. Die Todesschreie der Sterbenden auf den unteren Decks mischen sich mit den Panikrufen derer, die noch die Hoffnung haben zu entkommen, und den Hilferufen derer, die schon im eisigen Wasser der Ostsee treiben.

Marianne ist auf ihrer Trage bis zu einem Rettungsboot gebracht worden. Es hängt noch in den Davits und ist schon mit anderen Frauen aus der Krankenstation besetzt. Schnell wird Marianne in ihre Decke gewickelt und von vier starken Armen in das Boot gehoben. Eine Krankenschwester leitet sie zu einer Bank im Bug. Marianne schaut sich ängstlich um und beobachtet fassungslos das Chaos um sich herum. Bootsmann Sterup und zwei Matrosen stehen an der Reling und überwachen das Ausbooten. Nur ihre Waffen halten die tobenden und rücksichtslosen Drängler einigermaßen in Schach, denn ihre Befehle gehen im Geschrei und dem Heulen des Windes unter. Hier und da krachte ein Schuss

»Nur Frauen und Kinder! Die Männer zurückbleiben! He! Sie da! Zurück! Bleiben Sie zurück oder ich schieße!«

Ein einarmiger Landser versucht, in Mariannes Boot zu klettern, und stößt eine Frau mit Kind zur Seite. Schon hat er mit seiner verbliebenen Hand den Rand des Bootes gepackt und versucht, sich hochzuziehen.

Sterup schießt in die Luft. Der Einarmige erstarrt und lässt los. Er verliert den Halt und stürzt mit einem gellenden Schrei zwischen Bordwand und Boot hinab ins Meer. Marianne hält sich die Hände vor die Augen und beginnt leise zu weinen.

Einige Minuten später fällt Bootsmann Sterup ein Mädchen auf. Es hält den Kopf gesenkt und steht etwas abseits. Immer wieder wird es von nachdrängenden Leuten zur Seite geschoben und treibt hilflos hin und her. Das Kopftuch verrutscht, und Sterup erkennt das Mädchen sofort: Es ist Kalli! Der Junge von Kehding!

Sterup ist mit zwei großen Sprüngen bei ihm, fasst ihn am Ärmel, zieht ihn zum Rettungsboot und stößt ihn hinein.

»Das Mädchen hier! Nehmt sie mit!«

Die Frauen im Boot ziehen ihn zu sich hinein. Ohne ein Wort kauert sich Kalli in die hinterste Ecke im Heck des Bootes, wickelt sein verrutschtes Kopftuch fest um den Kopf und schlägt den Kragen seines Mantels hoch. Er ist ein einziges zitterndes braungraues Häufchen Elend.

Weiter vorn wird gerade ein Boot mit vierzig Frauen an Bord ausgesetzt. Traudl und die Wäschemädchen sitzen, ängstlich aneinander festgekrallt, auf den Bänken. Wie bei so vielen Booten ist kein Mann dabei, der den Frauen, wenn sie unten angekommen sind, beim Wegpullen helfen könnte. Die Matrosen gehen davon aus, dass die Frauen einen der in der Ostsee schwimmenden Männer aufnehmen werden, damit er ihnen hilft. Einige Meter hängt das Boot jetzt schon über der Bordwand und bewegt sich langsam nach unten. Da reißt mit einem metallischen Kreischen einer der Kutterläufer, und das Boot kippt mit dem Bug voraus, während es am Heck noch am Davit gehalten wird. Schreiend stürzen die Insassen ins Meer. Nur Traudl hat sich blitzschnell an den achteren Läufer geklammert und schwebt jetzt mit den Beinen in der Luft an dem pendelnden Boot. Panisch strampelt sie, ein Fuß findet Halt auf einer der Bänke, und sie klettert nach oben wie auf einer Leiter. Entsetzte Menschen an der Reling versuchen zu helfen, können sie aber nicht erreichen. Aber sie schafft es allein, sie hat den Bootsrand erreicht und greift nach dem Tau. Doch das ist glitschig, und ihre Hände rutschen immer wieder ab. Da reißt mit einem peitschenden Geräusch die Aufhängung am Rettungsboot.

Es fliegt, kracht auf die Wasseroberfläche und erschlägt die dort unten um ihr Leben Schwimmenden. Hektisch versucht Traudl, sich am Tau zu halten, doch sie rutscht und rutscht und greift ins Leere. Mit einem heiseren Schrei stürzt sie dem Boot hinterher. Dumpf schlägt ihr Körper auf den Bänken auf, und sie bleibt mit gebrochenem Rückgrat liegen. Langsam färbt ihr Blut den flauschigen Pelzkragen rot. Wenige Sekunden nur und eine Gruppe Schwimmer hat das treibende Boot erreicht. Drei Männer hangeln sich hinein, und während der eine Traudls Leiche über den Rand ins Wasser stößt, helfen die beiden anderen mehreren Schwimmern ins rettende Boot.

In einer Ecke im Foyer des Promenadendecks hockt zitternd Erika Galetschky. Sie hatte sich von dem Matrosen, an den Helmut sie übergeben hatte, losgerissen und ist vor Panik blind zurück ins Schiff gelaufen. Jetzt lehnt sie heulend mit dem Rücken an der Wand auf dem Fußboden, während die Massen an ihr vorbeiströmen. Sie merkt kaum, dass immer wieder jemand auf sie tritt. Den Schmerz spürt sie nicht. Sie stammelt leise:

»Ich will nicht ohne ihn gehen. Niemals. Eher will ich sterben …«

Erika zieht den Kopf ein und presst die Hände auf beide Ohren. Sie kann das alles nicht mehr ertragen, das Geschrei nicht mehr hören …

Plötzlich spürt sie, wie sie jemand am Arm zieht. Tränenblind schaut sie hoch. Da steht Lilli über ihr.

»Erika! Was machst du hier. Bist du verletzt?«

Erika schüttelt den Kopf.

»Hast du Karl gesehen?«

Erika schüttelt wieder nur den Kopf.

»Wir müssen in ein Boot, bevor alles voll ist!«

Erika regt sich nicht, starrt nur vor sich hin, dann sagt sie leise:

»Ohne Helmut geh ich nicht … Wir sterben, Lilli … Wir sterben alle!«

Lilli zieht sie rabiat auf die Füße.

»So ein Quatsch, los, Mädchen, komm mit. Hier kannst du nicht bleiben.«

Lilli legt den Arm um Erika und zieht sie mit sich. Mit leerem Blick, aber ohne Widerstand zu leisten, stolpert Erika mit Lilli Richtung Ausgang.

Der Todeskampf der *Wilhelm Gustloff* dauert jetzt schon vierzig Minuten. Das eindringende Wasser steht auf der Höhe des A-Decks und gurgelt durch die Gänge; die vorderen Kammern am Bug sind schon vollgelaufen. In Kaskaden rauscht das Wasser die Treppenhäuser hinunter und spült die Kämpfenden wieder dahin zurück, woher sie kamen. Kinderleichen schwimmen in den Gängen zwischen Gepäck und Möbeln. Wer jetzt noch hier ist, wird es nicht mehr nach draußen schaffen. Aus manchen Kammern ist lautes Beten zu hören und immer wieder Pistolenschüsse von Menschen, die den Überlebenskampf aufgegeben haben. Überall in den Gängen, Foyers und auf den Treppen liegen Tote, von der panischen Masse zertreten und zerquetscht. Ihr Blut mischt sich mit dem langsam hereinströmenden Wasser.

Das Vorschiff ist vom Kiel bis zum Unteren Promenadendeck aufgerissen und liegt mehrere Meter unter Wasser. Das Heck des Schiffes hingegen ragt weit aus der Ostsee hinaus. Die Schräglage, kombiniert mit der Vorlage der *Gustloff*, ist kritisch, und bei jedem brechenden Schott legt sich das Schiff mit einem Ruck ein paar Meter weiter nach Backbord, sinkt vorn ein paar Meter tiefer. Jedes Mal schreien die Menschen auf und drängen noch heftiger nach oben, nach draußen. Die Steuerbordseite steht jetzt viele Meter über die Backbordseite. Die Menschen krallen sich an den Aufbauten und der Reling fest. Doch der Boden ist glatt und der Stahl der Reling eiskalt. Lange kann sich keiner halten. Hunderte stürzen hinab in die eiskalten Fluten der Ostsee. Die meisten Rettungsboote sind voll mit Menschen gefiert worden. Nur noch wenige hängen in den Davits, die festgefroren sind und nicht ausgeschwenkt werden können. Vorn auf der hohen Steuerbordseite hängen sieben Boote ungenutzt. Der Aufstieg dahin ist zu steil. Und weil sie nicht ausgeschwenkt werden können, haben die Menschen Angst, dass sie beim Fieren gegen die Bordwand schlagen oder irgendwo hängenbleiben. Auch die festgezurrten Flöße und den Kutter, in dem Kalli sich versteckt hatte, konnten die Matrosen wegen Vereisung der Leinen bisher nicht frei schlagen. Nutzlos liegen sie an Deck. Die verzweifelten Menschen laufen hin und her. Plötzlich ist ein quietschendes Geräusch zu hören. Alle drehen sich um. Mit einem ungeheuren Knall bricht eines der Flakgeschütze aus seiner Verankerung und rutscht mit Getöse über das eisglatte schräge Deck, der Fliehkraft folgend. Alle, die im Weg stehen, werden umgerissen, erschlagen, zerquetscht. Krachend trifft es eine schreiende Gruppe von Menschen an der Reling. Durch die Wucht des Aufpralls bricht der Stahl, und Flakgeschütz und Menschen sind verschwunden. Zurück bleibt eine Bresche, durch die noch mehr Menschen schreiend und rutschend verschwinden.

Immer noch schießt ein Signalgast vom Brückendeck regelmäßig rote Leuchtraketen in den Himmel. Sie tauchen die sinkende *Gustloff* und Tausende Köpfe und Körper in der schäumenden See in ein schauriges blutrotes Licht, bis sie verglüht sind und sich wieder schwarze, kalte Dunkelheit über alles legt. Nur die schummrige Notbeleuchtung auf der Brücke, den Außendecks und durch die Fenster der Promenade ist noch zu sehen.

Heinz Schön, der Zahlmeisterassistent, ist mit der Menge bis auf das Sonnendeck gespült worden. Er meldet sich beim Boot mit der Nummer fünf, für das er bei den Notfallübungen als Fahrer eingeteilt worden war. Doch der ULD-Leutnant, der das Ausbooten bewacht, glaubt ihm nicht und hält ihn nur für einen von denen, die sich irgendwas einfallen lassen, um auf das Boot zu kommen. Mit einer üblen Drohung schickt er ihn weg. Die Schlagseite ist jetzt so stark, dass Schön sich an den Aufbauten festkrallen muss, um nicht abzurutschen und über die Reling ins Meer zu stürzen. Überall um ihn herum springen Menschen mit und ohne Rettungsweste über Bord. Eine Mutter wirft ihr kleines Kind voraus und springt mit dem Ausruf »Gott hilf mir« hinterher. Rasend schnell überlegt Schön, was er tun soll. Als Mann hat er keine Chance, auf einen Platz im Rettungsboot zu kommen. Soll er hierbleiben, bis das Schiff untergeht? Soll er über Bord springen, um nicht in den beim Sinken entstehenden Sog zu geraten? Soll er überhaupt versuchen, sich zu retten? Ist ein schnelles Ende nicht besser, als elendig im kalten Wasser zu ersaufen?

Schöns Überlebenswille kehrt zurück. Es ist erst vorbei, wenn es vorbei ist, denkt er und erinnert sich an die Flöße, die auf dem Achterdeck festgezurrt sind. Nichts wie hin! Ein Schrei reißt ihn aus seinen Gedanken. Nicht weit entfernt klammert sich ein Mann in Parteiuniform an die Reling. Zwei Kinder und eine Frau sind bei ihm. Die Frau schreit immer wieder: »Mach ein Ende mit uns! Mach endlich ein Ende ...«

Entsetzt beobachtet Schön, wie der Mann seine Pistole zückt und erst seine beiden Kinder und dann seine Frau erschießt. Sie rollen über das Deck und fallen an der tiefer liegenden Backbordseite über den Rand ins Meer. Als der Mann dann die Waffe an seine Schläfe hält und abdrückt, ist keine Patrone mehr übrig. Nur ein heller Klick ist zu hören.

»Gib mir deine Pistole!«, schreit er Heinz Schön an.

»Ich habe keine!«, schreit der zurück.

Der Mann schaut Heinz Schön entgeistert an, dann lässt er los und rutscht immer schneller über das eisglatte Deck und stürzt seiner toten Familie hinterher.

Inzwischen haben Matrosen die Seile, die die Flöße und die beiden Kutter festhielten, mit einer Feueraxt durchschlagen. Ein paar der Korkflöße haben sich selbstständig gemacht und liegen an der Backbordreling. Heinz Schön rutscht über das Deck und greift nach den Leinen an einem der Flöße. In dieser Sekunde wird er von einer Welle erfasst und samt Floß über Bord gerissen. Nur kurz taucht er in der eisigen Ostsee unter. Seine Schwimmweste hebt ihn schnell wieder an die Oberfläche, aber das Floß hat er losgelassen. Es ist nicht mehr zu sehen. Schön glaubt schon an sein nahes Ende im eiskalten Wasser, doch der junge Zahlmeister-assistent hat Glück. Ein Rettungsboot treibt vorbei, und ein paar starke Arme greifen nach ihm und ziehen ihn an Bord.

KAPITEL 24

Helmut steckt an der vorderen Tür zum Sonnendeck fest. Von hinten versucht er, das Menschenknäuel aufzulösen, das sich im engen Durchgang gebildet hat.

»Ruhe bewahren! Einer nach dem anderen! Es gibt genug Boote und Flöße! Weitergehen!«

Endlich kommt wieder Bewegung in die Menschenmasse, und Helmut gelangt ins Freie. Bootsmann Sterup kommt ihm im Laufschritt entgegen und versucht, sich gegen den Strom ins Innere des Schiffes zu kämpfen.

»Herr Kap'tän! Die Boote sind voll, wir haben nur noch die auf dem Achterdeck!«

»Wo wollen Sie hin, Sterup?«

»Unten auf dem Promenadendeck sitzen die Leute fest. Ich will sehen, was ich tun kann …«

Schon ist er vorbei und hat sich rabiat durch die Tür nach drinnen gezwängt.

»Da kommen Sie nicht mehr durch!«, ruft Helmut ihm nach.

Doch Sterup ist schon verschwunden.

Schnell hangelt sich Helmut an der Reling entlang und die Treppe zur Brücke hinauf. Johannsen und Petri sowie der Erste Offizier stehen am Fenster und starren sprachlos auf das Geschehen unter ihnen.

»Lange werden wir uns nicht mehr halten«, sagt Johannsen.

Helmut sieht auf die Uhr. Fünfzig Minuten sind seit dem Einschlag des ersten Torpedos vergangen. Der Pendelanzeiger zeigt 29 Grad Schlagseite. Das Vorschiff ist nicht mehr zu sehen. Die Reling an Backbord taucht immer wieder ins Wasser ein und spült die Menschen, die sich dort noch befinden, weg. Riesige Wellen schlagen über das vordere Sonnendeck und klatschen gegen die Scheiben der Brücke.

»Ich denke, es ist so weit. Alle Mann raus hier!«

Petri verlässt mit den Männern die Brücke Richtung Heck.

Helmut geht zum Knopf des Typhon.

»Buuu, Buuu, Buuu.«

Drei gleich lange Töne schallen über die sinkende *Gustloff* in die Nacht.

»Alle Mann von Bord ... Es rette sich, wer kann!«

Schaurig klingt das Signal in den Ohren der Seeleute. Sie wissen: Jetzt sind alle Besatzungsmitglieder von ihren Pflichten entbunden. Wenn sie können, sollen sie sich in Sicherheit bringen. Doch was bedeutet das auf einem Schiff, auf dem es keine Rettungsboote mehr gibt, die sich fieren lassen. Auch die Flöße und der Kutter auf dem Achterdeck sind für kaum einen zu erreichen. Und Hunderte, ja Tausende sind noch an Bord, dem sicheren Tod durch Ertrinken geweiht. Noch einmal ertönt das Signal, und überall springen die Menschen, die sich auf den Außendecks befinden, über Bord oder lassen sich von den Wellen hinwegspülen. Für Tausende, die sich noch im Schiff befinden, beginnen die letzten Minuten ihres Lebens.

Auf dem hinteren Bootsdeck steht das letzte Rettungsboot immer noch verkeilt zwischen einigen Flößen. Es ist der Kutter, in dem Kalli sich versteckt hatte. Wilhelm Johannsen sitzt zusammengesunken auf der hintersten Bank vor der Backskiste. Er hält die Augen geschlossen und wartet. Parteigenosse Escher klettert ebenfalls in das Boot, zieht einen Seesack hinter sich hinein und sackt keuchend zusammen. Er hebt den Blick und erkennt den alten Wohnschiffkapitän. Mit Empörung in der Stimme sagt er:

»Johannsen! Was tun Sie hier? Ein deutscher Kapitän steht auf der Brücke, wenn sein Schiff untergeht!«

Wilhelm Johannsen blinzelt ihn nur müde an.

»Auf einem Kriegsschiff mag sich der Kommandant retten, um weiterzukämpfen … Dies ist die *Wilhelm Gustloff*, ich erwarte Haltung!«

Johannsen ballt die Faust in seiner Manteltasche und dreht sich wortlos weg.

Immer mehr Menschen klettern nun in das Boot. Auch Lilli und Erika sind dabei. Sie sind einfach den laufenden Menschen gefolgt, und da stand es plötzlich: das letzte Boot. Schnell helfen sie sich gegenseitig über die Bordwand, finden einen Platz und setzen sich. Als Erika den Kopf hebt, erkennt sie Escher und erstarrt. Doch der sieht sie nur arrogant an und schaut weg. Erleichtert atmet Erika aus. Er hat sie nicht wiedererkannt. Schnell wendet sie sich Lilli zu. Eng kuscheln die beiden sich aneinander und wärmen sich gegenseitig. Immer mehr Menschen steigen in das Boot. Alle müssen zusammenrücken, auch wenn PG Escher vor sich hin schimpft, es nützt ihm nichts. Er muss Platz machen.

Lilli ruft Johannsen zu:

»Wir müssen das Boot losmachen, sonst gehen wir mit unter!«

»Auf gar keinen Fall losmachen, dann werden wir nur erschlagen … Wir warten, bis das Wasser uns erreicht und uns mitnimmt!«

Erika mustert Johannsen, sieht seine Kapitänsstreifen.

»Sind Sie … Kapitän Johannsen?«

Johannsen antwortet nicht. Dafür meldet sich Escher:

»Oh ja, Fräulein … Das ist er!«

»Wieso ist er hier?«

Escher gibt die Antwort übertrieben zynisch:

»Man hängt halt am Leben, das ist nur menschlich.«

»Wo ist Helmut?! Helmut Kehding! Wo ist er?«

Lilli schaltet sich ein, nimmt Erikas Hand beruhigend in die ihre.

»Du weißt, wo er ist … Auf der Kommandobrücke!«

»Na wenigstens einer, der weiß, wo er hingehört!«, tönt es aus Eschers Ecke.

Leise sagt Erika:

»Ich werd ihn nicht wiedersehen.«

Lilli nimmt sie in den Arm.

»Wenn du am Leben bleibst, bleibt er es auch!«

»Nehmt uns mit, nehmt uns mit!«

Zwei Männer in Marineuniformen und einige Frauen kommen, mehr rutschend als laufend, von oben angeschlittert. Kaum haben sie sich ins Boot gehangelt, rollt eine meterhohe Welle heran, hebt den Kutter hoch und trägt sie alle auf die offene See hinaus.

Auf der anderen Seite der *Gustloff* arbeitet sich Helmut Kehding auf der hoch aufragenden Steuerbordseite mühsam an der Reling entlang. Von einem Davit zum nächsten. Die Außenwand der Kammern auf dem Oberen Promenadendeck liegt schräg unter ihm. Er kann sie als Fußboden benutzen. Überall versuchen Menschen verzweifelt, aus Türen und Fenstern, die jetzt wie Dachluken über ihren Köpfen liegen, ins Freie zu klettern. Unten im Schiff stehen andere, die ihnen eine Räuberleiter machen, drücken und schieben, damit sie den Rahmen erreichen und sich hochziehen können. Helmut hilft gerade einer Frau nach oben, als er weiter vorn jemanden mit einer Axt aus einem der Fenster klettern sieht.

Harald! Helmut stürzt hinter ihm her, so schnell er kann.

»Harald, warte! Harald!«

Der Bruder steigt über die Bordwand, hält sich mit der einen Hand an der untersten Sprosse der Reling fest und beginnt mit der Axt auf die Glasscheibe des Unteren Promenadendecks zu schlagen. Mit Todesangst in den Augen sehen die dort Zusammengepferchten zu ihm hinauf, schlagen mit den Fäusten gegen das zentimeterdicke Sekuritglas. Einige versuchen, mit ihren Schuhen und abgerissenen Stuhlbeinen von innen das Glas zu zerbrechen. Doch das ist aussichtslos: das gläserne Gefängnis hält stand. Ihre Münder bilden Worte, die nicht zu hören sind. Wieder holt Harald aus und schlägt auf das Panzerglas ein, noch mal und noch mal – nichts passiert. Enttäuscht richtet er sich auf, klemmt sich die Axt unter den Arm, zieht seine Pistole aus der Tasche, zielt auf das Glas und drückt ab. Es kracht, aber die Scheibe zeigt nicht mal einen Riss. Die Kugel ist abgeprallt und sirrt hinaus in die Nacht.

Erschöpft und mit brennenden Bauchschmerzen hockt Harald sich hin, um zu verschnaufen. Dabei verliert er fast den Halt.

»Bist du denn verrückt geworden? Die Querschläger werden dich treffen.«

Endlich hat Helmut seinen Bruder erreicht und packt ihn am Kragen. Harald zieht sich an der Reling hoch und klammert sich an Helmuts Arm.

»Ich schaff es nicht, Kleiner! Das verdammte Glas geht einfach nicht kaputt. Sie werden alle elendig ersaufen, Helmut. Da sind Hunderte drin …«

Helmut nimmt die Feueraxt, steigt über die Reling und hangelt sich an die Panoramafenster. Mit aller Kraft schlägt er zu. Wieder und wieder schlägt er auf die gleiche Stelle ein, doch wie zuvor: die Axt prallt einfach nur ab. Schließlich gibt er auf. Ohne noch einmal in die vor Grauen verzerrten Gesichter der hilflosen Menschen da unten zu sehen, klettert er zurück zu Harald, der sich auf die inzwischen fast waagerechte Schiffswand gelegt hat. Helmut legt sich neben ihn und hält sich an der Reling fest. Trotz der Kälte stehen Schweißperlen auf der Stirn seines Bruders, und seine Augen glühen im Fieber. Verzweifelt sieht Helmut ihn an.

»Wir bringen sie um, wir bringen sie alle um!«

Gegen das fast senkrecht stehende Deck unter ihnen klatschen schwere Brecher, die Gischt spritzt herauf und über sie hinweg. Klatschnass liegen die beiden Kehdings nebeneinander.

»Es war ein U-Boot. Ein U-Boot! Ich war ein verdammter Idiot. Warum bin ich darauf nicht gekommen!«

»Wie solltest du denn? Dich trifft doch keine Schuld, Harald.«

Die *Gustloff* sackt mit einem Ruck noch weiter ab, und die erste dicke Welle fegt über sie hinweg. Helmut fasst nach Haralds Arm. Gleich werden sie loslassen müssen. Keiner von beiden hat eine Rettungsweste an, und zu einem Boot oder Floß oder irgendetwas, was schwimmen kann, schaffen sie es nun nicht mehr.

»Wir müssen zusammenbleiben, Harald, zusammen schaffen wir's! Hörst du.«

»Das hat doch alles keinen Zweck. Such deine Erika und halt sie fest …«

Wieder rollt eine Welle über sie hinweg. Helmut krallt sich in die Jacke seines Bruders. Doch Harald sieht ihn nur traurig an und lächelt kraftlos.

»Sei kein Idiot, Kleiner! Wenigstens du.«

Ein donnernder Brecher schlägt über die Bordwand, hebt die Brüder hoch und reißt sie mit sich fort.

Führungslos treiben Boote und Flöße in der See. Das Wasser dampft. Es ist wärmer als die kalte Luft. Die *Gustloff* liegt im Mondlicht und scheint sich nicht von der Stelle zu bewegen. Der gesamte Bug ist verschwunden, und die Ostseebrecher schlagen gegen die Kommandobrücke. Immer noch springen Menschen vom hochaufragenden Heck, und überall treiben Menschen im Wasser, mit Schwimmwesten und ohne, lebende, tote und sterbende, Frauen, Großmütter, Soldaten, Matrosen und Kinder. Deren Beinchen ragen aus dem Wasser, ihre Köpfe sind wegen ihres größeren Gewichts vom Auftrieb der Schwimmwesten unter Wasser gedrückt worden. Tausende verzweifelte Schreie werden vom Rauschen des Wassers übertönt. Ab und an sind Wortfetzen zu hören, zurückgeworfen von der Wasseroberfläche, dringen sie als Echo durch den Nebel. Westen, Kisten und ein rot-weiß gestreifter Rettungsring ziehen vorbei und immer wieder leblose Körper.

Auf ihrer Bank kauert Marianne, in ihre Decke gehüllt und trotzdem am ganzen Leib zitternd. Ihr Hirn ist wie benebelt. Das muss von der Spritze kommen, denkt sie. Still beobachtet sie, was um sie herum passiert, dann schaut sie zu den Menschen, die mit ihr im Boot hocken. Alles Frauen, alte und junge, ein, zwei Kinder … Keiner spricht. Alle starren mit weit aufgerissenen Augen, einige beten leise, bewegen ihre Lippen. Plötzlich stutzt sie: Ist das ihr Kopftuch? Ihr Kleid? Hoffnungsvoll richtet sie sich auf.

»Kalli?«

Schnell verstummt sie wieder. Sie darf ihn nicht verraten! Kalli hat Marianne noch nicht entdeckt. Er hat den Kopf tief in seinen Armen verborgen. Er ist so verzweifelt, dass er kaum die Kälte spürt. Wo ist die Mutter? Hat sie es geschafft oder ist sie noch an Bord der *Gustloff*? Mit Tränen in den Augen schaut er hinüber zu dem sterbenden Schiff, auf dem die Zurückgebliebenen auf ihren Tod warten.

Auch jetzt noch, nachdem die riesige Welle den Kutter hinweggefegt hatte und sie erstaunlicherweise nicht gekentert sind, sondern aufrecht Hunderte Meter weiter wieder abgesetzt wurden, starrt Johannsen bewegungslos vor sich hin ins Leere.

PG Escher sitzt zitternd da und hat seinen Seesack umklammert. Lilli und Erika liegen eng zusammengekauert auf dem Boden unter einer Bank. Sie haben als Schutz gegen den Wind und die Kälte die Decke über sich gebreitet.

Plötzlich eine Männerstimme an Backbord.

»Nehmt mich an Bord! Hallo! Hallo! …«

PG Escher schreit sofort zurück:

»Hauen Sie ab, dies Boot ist voll!«

Doch ein paar Insassen des Kutters haben den Rufenden schon an den Armen gepackt und ziehen ihn mit vereinten Kräften mühsam an Bord. In einem Schwall Seewasser plumpst er zwischen die Bänke. Als der Mann sich aufrappelt, ruft Escher verwundert:

»Na sieh mal einer an, unser Korvettenkapitän Petri! Na, Sie sind wenigstens nass geworden!«

»Reden Sie doch kein blödes Zeug …«

Mit einem verächtlichen Blick auf den Ortsgruppenleiter lässt sich Petri in eine Lücke sinken, die andere für ihn frei gemacht haben. Er schaut sich um und entdeckt Johannsen, nickt ihm zu, sagt aber nichts. Nach nur wenigen Minuten ist Petris nasse Uniform steif gefroren, und es knistert, wenn er sich bewegt. Eine Frau reicht ihm eine ihrer Decken, in die er sich zähneklappernd einwickelt. Schweigen breitet sich aus, während der Kutter langsam weitertreibt. Alle im Boot wagen sich kaum zu rühren, vor Angst, dass das übervolle Boot doch noch kentert. Vorsichtig schauen Einzelne immer wieder zur *Gustloff* zurück.

Der gewaltige Sog der Welle hat Helmut in die Tiefe gerissen. Er schluckt Wasser, strampelt und rudert, Todesangst schnürt ihm die Brust ein. Erst als seine Kräfte erschöpft sind und er seine Gegenwehr aufgibt, steigt er endlich hoch, taucht auf und saugt die kalte Luft in seine schmerzenden Lungen. Er schlägt mit den Armen und tritt Wasser. Im Mondlicht sieht er helle, leere Schwimmwesten überall herumtreiben. Er krault hin, sammelt ein paar zusammen und hält sich an dem Knäuel über Wasser. Er sieht sich um, Wellen schwappen über seinen Kopf.

»Harald? Harald!«

Der Bruder ist nirgends zu sehen, keine Stimme antwortet ihm. Nur das Platschen der Wellen ist zu hören. Die nachtschwarze Ostsee hat Harald von ihm fortgerissen. Mit letzter Kraft schwimmt Helmut zu einem Boot, das in geringer Entfernung an ihm vorbeitreibt. Er versucht sich hochzuziehen.

»Hilfe! Helfen Sie mir ...«

»Mann, lassen Sie doch das Boot los, Sie bringen uns alle um. Das Boot ist voll«, schreit eine Frauenstimme hysterisch, und jemand versucht, seine Finger von der Bugwand zu lösen. Doch Helmut greift fester zu. Verbissen krallt er sich fest. Da durchfährt ihn ein stechender Schmerz. Ein Paddel schlägt brutal auf seine Finger ein, er spürt, wie seine Knöchel krachen. Mit einem Schmerzensschrei lässt er los und sinkt unter die Wasseroberfläche. Als er wieder hochkommt, ist das Boot schon weit fort. Helmut zieht unter Wasser seine Schuhe und seinen Mantel aus und beginnt zu schwimmen. Erstaunt stellt er fest, dass das Wasser zwar kalt ist, ihm aber nicht eisig vorkommt. Hoch hebt ihn die Dünung, um ihn dann wieder in das nächste Wellental zurückzuschleudern. Als er sich zum Ausruhen auf den Rücken dreht, um sich eine Weile vom Salzwasser tragen zu lassen, sieht er im fahlen Mondlicht sein Schiff. Es hat sich so weit auf die Seite gelegt, dass der Schornstein fast auf der See aufliegt. Wie das Stöhnen eines sterbenden Wals dringt dumpfes Dröhnen aus dem zerrissenen Stahlleib. Die verbliebenen Schotten sind gebrochen. Ein Ruck, und das Wrack dreht sich vollends auf die Seite. Und da, mit einem Mal springt die Schiffsbeleuchtung an. Gleißendes Licht spiegelt sich im brodelnden Wasser. Die *Wilhelm Gustloff* sinkt in voller Paradebeleuchtung mit dem Bug voran. Trauben von Menschen rutschen über das sich hebende Heck und stürzen ins Wasser, die festgekeilten Flöße lösen sich und sausen hinterher. Der Typhon, wie von Geisterhand zum Leben erweckt, schickt einen langen klagenden letzten Ruf über die dunkle Ostsee. Auf ihn folgt der tausendfache Todesschrei der Eingeschlossenen. Nur wenige Sekunden später versinkt die MS *Wilhelm Gustloff* in einem gigantischen Wellenberg. Das Licht erlischt, und es ist still. Zweiundsechzig Minuten sind seit dem Einschlag des ersten Torpedos vergangen.

KAPITEL 25

Die Besatzung auf dem Torpedoboot *Löwe* beobachtet den Todeskampf der *Gustloff* mit steigendem Entsetzen. Kapitänleutnant Prüfe ist zutiefst erschrocken, als er im Suchscheinwerfer den riesigen Riss entdeckt, der vom Kiel bis zum Unteren Promenadendeck reicht. Die *Gustloff* wird sich nicht lange halten können. Prüfe gibt Befehl, so nah wie möglich heranzufahren und mit den Rettungsvorbereitungen zu beginnen. Doch schnell stellt er fest, dass die Dünung zu wild ist und sein Boot gegen die Schiffswand der *Gustloff* zu schlagen droht. Das würde nicht nur die *Löwe* in Gefahr bringen, auch das Aussetzen der Rettungsboote würde behindert. Vor allem aber würden im Wasser schwimmende Menschen zu Schaden kommen, ja sogar getötet werden, wenn sie zwischen die beiden Schiffe gerieten. So gibt Prüfe seine Bemühungen in direkter Nähe vor der *Gustloff* auf und beschränkt sich darauf, die im Meer treibenden Menschen aufzunehmen. Alle verfügbaren Besatzungsmitglieder werden an Deck kommandiert. Grauenhaft klingen den Männern die Hilferufe und das Geschrei der Schiffbrüchigen in den Ohren. Bald schon schweifen ihre Suchscheinwerfer über Hunderte Köpfe im aufgewühlten Wasser. Der Funker setzt weiter ununterbrochen den Notruf ab, um alle, die in der Nähe sind, zur »Unfallstelle *Gustloff*« zu lotsen.

Auch auf der *Hansa*, die immer noch auf Reede vor Hela liegt, ist die Nachricht inzwischen empfangen worden. Geschockt und mit schwerem Herzen denken die Offiziere an ihre Kameraden und die vielen Flüchtlinge auf der *Gustloff*. Sie können nicht helfen, so gern sie es auch täten. Die *Hansa* ist noch nicht repariert und kann aus eigener Kraft nicht fahren. Um eine Panik zu vermeiden, wird die schreckliche Nachricht an die Passagiere nicht weitergegeben. Der Kapitän – wie auch alle anderen Kapitäne in der Ostsee – ordnet strengste Geheimhaltung an, denn Unzählige der über siebentausend Flüchtlinge auf seinem Schiff haben Familienmitglieder auf der *Gustloff*. Vor allem Frauen mit kleinen Kindern sind ja zur *Gustloff* hinübergeschickt worden, während die älteren Kinder und die Großeltern auf der *Hansa* geblieben sind.

Während der Ausguck auf der *Admiral Hipper* schon die roten Leuchtraketen am fernen Horizont sehen kann, ändert der Kapitän der MS *Gotenland* mit seinen beiden vorauslaufenden Sicherungsbooten gerade den Kurs. Sie haben am Morgen des 30. Januar mit dreitausenddreihundert Flüchtlingen mit Ziel Swinemünde in Pillau abgelegt und befinden sich jetzt zwei Stunden von der *Gustloff* entfernt. In Gotenhafen wirft nach Eingang der Meldung das Vorpostenboot *1703* die Motoren an und läuft mit Höchstgeschwindigkeit Richtung Stolpebank aus, in deren Nähe die *Gustloff* getroffen wurde.

Doch allen Seeleuten, die sich auf den Weg zur *Gustloff* machen, ist bewusst, nur zu bewusst, dass es bei der gegebenen Wetterlage – zwanzig Grad unter null, minus drei Grad Wassertemperatur und starker Wind aus West – kaum eine Chance gibt, Schiffbrüchige lebend zu bergen, wenn sie länger als zwanzig Minuten im Wasser gewesen sind. Zudem ist allen Kapitänen klar, dass sie sich selbst in höchste Gefahr begeben, denn das feindliche U-Boot, das die *Gustloff* beschossen hat, ist mit großer Sicherheit noch in der Nähe und lauert auf weitere Beute. Doch Rettung geht vor. Den Sicherungsposten wird auf allen Schiffen höchste Alarmbereitschaft befohlen, und die Rudergänger auf den Schiffen legen alle den Telegrafen auf volle Kraft.

Das Torpedoschiff *Löwe* fährt mit seinen Suchscheinwerfern über die Wellen. Meterhoch tanzt das Schiff auf der Dünung und wird hin und her geworfen. Vorsichtig und langsam tastet sich

Löwe in der Dunkelheit vor. Sobald die Schiffbrüchigen das Boot bemerken, heben sie sich aus den Wellen empor und schreien, so laut sie können, um sich bemerkbar zu machen. Ein markerschütterndes Geräusch, das mit dem Auf und Ab der Wellen immer wieder anschwillt und verstummt. Und die Retter erkennen plötzlich doch noch Leben in Körpern, die sie schon für Leichen hielten. Es werden breite Seefallreeps an den Bordwänden ausgebracht. Auf den untersten Sprossen, nur wenige Zentimeter über der Wasseroberfläche, stehen Matrosen und packen die ausgestreckten Hände der Schwimmenden oder greifen nach vorbeitreibenden Bewusstlosen. Wenn noch Leben in ihnen ist, werden ihnen Taue umgebunden, und dann ziehen die Männer die Geretteten hoch an Deck. Ist jemand tot, wird der Leichnam wieder der See übergeben. Es gilt, zuerst die Lebenden zu bergen, die Toten, die sich von Minute zu Minute mehren, können warten.

Für die Matrosen ist es eine schweißtreibende verzweifelte Aufgabe, denn die steif gefrorenen Menschen können nicht mehr selber mithelfen, und die meisten tragen dicke Mäntel, die sich mit Wasser vollgesogen haben. Fast unmenschliche Kräfte müssen die Männer aufwenden, um die viele Kilo schweren Körper hochzuhieven. Immer wieder rutschen ihnen die erschöpften Leute aus den Händen und stürzen zurück ins Wasser. Leichter geht es bei den Insassen der Rettungsboote. Die sind mehr oder weniger trocken und können zum größten Teil sogar noch aus eigener Kraft die Netze hinaufklettern. Einige Matrosen haben sich in den geleerten Rettungsbooten auf den Weg gemacht und sind hinausgepaddelt. Sie kontrollieren, ob sich auf Flößen, in Schlauchbooten und an Knäueln von Rettungswesten noch lebende Schiffbrüchige befinden; sie stoßen die im Wasser Treibenden an und ziehen die, die noch reagieren, an Bord. Dann rudern sie zurück zur *Löwe*, laden ihre halbtote Fracht aus und fahren wieder hinaus. Viele Menschen sammeln sie auf diese Art ein und retten ihnen das Leben.

Lilli und Erika frieren erbärmlich. Es kommt ihnen vor, als trieben sie schon eine Ewigkeit auf dem Wasser. Der Wind pfeift ihnen um die Ohren, fährt unter die Decke. Erikas nasse Haare sind festgefroren, und sie spürt ihre Füße in den im Kielwasser stehenden Halbschuhen nicht mehr. Lilli ist vor Erschöpfung ganz still geworden. Erst im Rettungsboot merkt sie, dass sie am Ende ihrer Kräfte ist. Die Hilfeschreie da draußen kann sie nicht mehr ertragen. Kalli könnte darunter sein und um sein Leben schreien, und sie kann nichts für ihn tun. Die Angst um Kalli macht sie fast wahnsinnig. Wenn er es nicht geschafft hat, vom Schiff zu kommen, will sie nicht mehr leben. Wozu denn auch? Es ist ja keiner mehr da. Wilhelm gilt als vermisst, das bedeutet sicher, dass er tot ist. Sophie in einem kalten Massengrab irgendwo in Gotenhafen, Kalli ertrunken ... Warum tut der liebe Gott ihr das an? Was hat sie getan, dass er sie so straft?

Da ist plötzlich ganz nah im nachtschwarzen Rauschen der Wellen ein Motor zu hören. Und mit einem Mal wird es ganz hell. Der Suchscheinwerfer der *Löwe* hat den Kutter erfasst. Alle im Boot fangen an, frenetisch zu schreien und zu winken. Einige springen auf und steigen auf die Bänke. Das Boot beginnt gefährlich zu schwanken.

Korvettenkapitän Petri brüllt los und übertönt mit seinem Kasernenhofton die Hilfeschreie.

»Sitzen bleiben. Hinsetzen! ... Verdammt, setzen Sie sich hin, oder wollen Sie, dass wir kentern ...«, brüllt er.

Eingeschüchtert setzen sich die Leute wieder hin.

»Sie haben uns ja entdeckt. Warten Sie doch ab ...«

Und dann ist die schwarze Stahlwand der *Löwe* ganz nah und schlägt gegen den Kutter. Matrosen beugen sich herüber und ziehen den Kutter mit einem Bootshaken zu sich heran. Was für eine Freude ist es, in die Gesichter dieser Männer zu sehen. Sogar Lilli schöpft wieder ein wenig Lebensmut.

»Vorsichtig, einer nach dem anderen. Nicht alle auf einmal aufstehen!«

Petri organisiert das Aussteigen und ist schon wieder ganz der kommandierende Offizier. Als Escher, der mittig im Boot sitzt, als Erster aufspringt, drückt er ihn mit Gewalt zurück auf die Bank.

»Sie kommen schon noch an die Reihe, Herr Escher.«

Konsterniert ob des unerhörten Tons, aber auch eingeschüchtert setzt Escher sich wieder.

Die Matrosen am Rettungsnetz balancieren jetzt mit einem Bein auf dem Bootsrand des Kutters und helfen beim Aussteigen. Mit Schwung ziehen sie jeden Einzelnen auf das Netz.

»Raufklettern. Sie haben es gleich geschafft.«

Nach Johannsen, der, ohne ein Wort zu verlieren, selbstständig das Netz erklimmt, steigt ein älteres Paar hinüber. Doch sie haben keine Kraft mehr, sich selbst hinaufzuarbeiten. Von oben wird ein Tau herabgelassen und um beide herumgeschlungen. Dann werden beide zusammen hochgehievt. Erika und Lilli warten fiebernd, bis sie an der Reihe sind. Nun drängt Escher energisch vor, den Seesack fest umschlungen. Doch am Kutterrand verlässt ihn der Mut. Er rührt sich nicht. Hinter ihm drängen die anderen.

»Los, nun machen Sie schon!«

Doch Escher schaut nur mit panisch geweiteten Augen auf den halben Meter brodelnden Wassers zwischen sich und dem Netz.

In diesem Moment ruft ein Wachoffizier vom Deck herunter:

»U-Boot-Alarm! Ende der Übernahme, weg vom Boot. Die im Netz noch hoch, dann ist Schluss.«

Als sie dies hören, das Brummen der anlaufenden Motoren immer lauter wird und die nahende Rettung zur Illusion wird, beginnen die Schiffbrüchigen im Wasser, auf den Flößen und den Booten zu schreien.

Die Matrosen rufen ihnen zu:

»Wir kommen wieder, keine Angst. Haltet aus, wir kommen wieder.«

Ein Aufschrei geht auch durch die noch Wartenden im Kutter – und Escher wagt den Schritt hinüber. Doch er verfehlt das Netz, und weil er seinen Seesack immer noch umklammert, kann ihn der

Matrose nicht fassen. Escher stürzt ab und verschwindet samt Seesack mit einem lauten gurgelnden Schrei in den Fluten.

Beherzt schiebt Lilli Erika zum Rand und ruft den Matrosen zu: »Wir wollen mit, bitte nehmt uns doch mit!«

Noch einmal werden helfende Hände ausgestreckt und packen die beiden Frauen. In letzter Sekunde springt auch Korvettenkapitän Petri hinüber. Zusammen mit dem Rettungsnetz werden alle drei in die Höhe gezogen und landen unsanft an Deck der *Löwe*. Im selben Moment heulen die schweren Dieselmotoren auf, die *Löwe* dreht hart Backbord und gewinnt an Fahrt. Da, wo vor wenigen Sekunden noch das Boot lag, jagt ein blasenwerfender Schaumstreifen durchs Wasser, und ein Torpedo zischt knapp unter der Wasseroberfläche vorbei.

Helmut hält mit geschlossenen Augen das Bündel Schwimmwesten umklammert und lässt sich treiben. Er spürt, wie die Kälte die Kraft aus seinem Körper saugt. Unendliche Müdigkeit überkommt ihn. Seine Gedanken werden wirr. Harald … Erika … die *Gustloff* … Johannsen … hätte er sich doch bloß gegen ihn und Petri durchgesetzt … Positionslichter setzen … Wahnsinn … Tot, alle tot … Mutter … Erika …

Plötzlich hört er Stimmen. Einbildung? Nein, da sind sie wieder! Ein dunkler Schatten zieht heran, und wie aus weiter Ferne hört Helmut eine Frauenstimme sagen:

»Hier schwimmt einer … ein Seemann!«

Eine andere Stimme:

»Wenn der noch lebt, rauf mit ihm!«

»Das tu ich noch, Hilfe!«, presst Helmut heraus und spürt, wie er gepackt wird. Ziehen und Strampeln und er landet mit einem Ruck im Boot. Er schnappt nach Luft und bleibt liegen. Das Wasser rinnt in Strömen aus seinen Sachen. Jemand rubbelt ihm mit einer Decke den Kopf und massiert seine Hände. Helmut öffnet die Augen und sieht in das Gesicht einer älteren Frau.

»Sie sind Seemann, Sie müssen dieses Boot steuern!«

Helmut setzt sich auf und sieht sich um. Frauen und Mädchen kauern auf den Bänken, und alle starren ihn an. Nur vorn im Boot hocken zwei, drei, fünf Frauen über einer stöhnenden Person.

Helmut spürt, wie ihm langsam wieder warm wird.

»Wir brauchen Riemen, Ruder ...«

Gegenüber sieht er, wie zwei Frauen mit den Rudern immer wieder ins Wasser schlagen und auf Hände eindreschen, die sich an der Bordwand festkrallen.

»Hier ist kein Platz mehr, geht weg ... weg!«

»Sucht euch ein anderes Boot, wir sind voll!«

Helmut rappelt sich auf und arbeitet sich zu den Frauen vor. Er packt eines der Ruder, als eine Frau gerade wieder ausholt, um zuzuschlagen, und hält es fest.

»Aufhören! Runter mit den Riemen! Hier ist genug Platz! Zusammenrücken und den Leuten raufhelfen! Vorwärts!«

Die Frauen lassen die Riemen sinken, rühren sich aber nicht.

»Zusammenrücken, hab ich gesagt!«

Resolut beginnt er, die apathischen Gestalten enger zusammenzuschieben, setzt sich an den Bordrand und versucht, die unten Schwimmenden ins Boot zu zerren. Doch allein ist das unmöglich.

»So helfen Sie doch ...«

Aber die Frauen bewegen sich nicht. Außer einer. Sie arbeitet sich vom Bug zu ihm vor.

»Kalli, Mensch, Kalli ...«

»Kapitän Kehding. Ich hab Ihre Stimme erkannt.«

Ein kurzer Blick, ein freudiges Lächeln, dann beginnen sie gemeinsam, Menschen aus dem Wasser zu bergen. Hinter ihnen kommt Bewegung in die Frauen, die sich um die Hereingezogenen kümmern.

»Bist du allein hier? Wo ist Erika, deine Mutter?«, fragt Helmut keuchend.

»Weiß nicht. Marianne ist da vorn. Ihr Kind will nicht mehr warten ...«

Erschrocken wirft Helmut einen Blick zum Bug, wo sich die Frauen über Marianne beugen.

Es sind lauter ältere Frauen, die versuchen, der werdenden Mutter in dem engen, schaukelnden Boot zu helfen. Marianne schreit und windet sich und wird festgehalten.

Schweißgebadet liegt sie auf dem Holzboden.

»Einmal noch, Marianne, ich kann das Köpfchen schon fühlen.«

Mit letzter Kraft presst Marianne das winzige Kind in die eiskalte Welt. Nach nur einem Augenblick beginnt es, aus voller Kehle zu schreien. Eine der Helferinnen hat ein kleines Taschenmesser aufgeklappt und schneidet die Nabelschnur durch. Dann übergibt sie das Neugeborene einer anderen, die es schnell in eine Decke wickelt und zu Marianne hinüberreicht, die keuchend mit geschlossenen Augen daliegt. Plötzlich bäumt sie sich auf, reißt die Augen auf, der Blick geht ins Leere. Sie sackt wieder zurück und stößt einen leisen Seufzer aus. Dann ist nichts mehr zu hören. Eine Frau fasst an ihren Hals, tastet nach dem Puls.

»Ich spüre nichts. Ich glaub, sie ist ...«

Entsetzt beugen sich die Frauen über Mariannes Körper. Eine von ihnen nimmt das schreiende Baby und steckt es sich unter die Strickjacke und den Mantel.

»Wir müssen es warm halten, sonst hat es keine Chance.«

Das Boot ist inzwischen bis auf den letzten Platz gefüllt. Helmut steht auf und arbeitet sich zum Bug vor.

»Wie steht es um Marianne?«

Traurig schauen die Frauen zu ihm auf.

»Sie ist tot. Es war zu viel, zu schwer ...«

Helmut beugt sich hinunter und tastet nach der Ader an Mariannes Hals. Er spürt den warmen, feuchten Körper, aber keinen Herzschlag mehr. Es ist aus. Marianne ist tot.

»Es tut mir so leid ...«, flüstert er leise und schließt ihr mit der Hand die Augenlider. Jetzt erst nimmt er das Schreien des Kindes wahr. Vor ihm sitzt die Frau mit dem Neugeborenen unter dem Mantel. Das brüllende Bündel im Arm.

»Wie geht es dem Kind?«

Die Frau wickelt das Köpfchen aus und zeigt es ihm.

»Ihre Frau hat uns gebeten, Ihnen etwas zu sagen: Sie bittet um Vergebung, und der Kleine hätte jetzt nur noch Sie!«

»Meine Frau?«

Helmut ist verdutzt.

»Sie wollte wohl nur sagen, dass Sie sicher gut auf Ihren Sohn aufpassen ...«

»Meinen Sohn?«

Helmut versteht nicht, doch dann schwant es ihm. Marianne hat vorgesorgt. Ihr letzter Wunsch. Helmut richtet sich auf.

»Ja, er hat jetzt nur noch mich. Achten Sie gut auf ihn.«

»Das tu ich, das tu ich.«

Helmut lächelt der Frau zu und macht sich wieder auf zu Kalli.

»Setz du dich da rüber und nimm das Ruder so!«

Schnell zeigt Helmut dem Jungen, wie er rudern muss. Er setzt sich auf die andere Seite der Bank und beginnt mit gleichmäßigen Schlägen, das Boot nach vorn zu bewegen. Kalli schaut kurz hin und macht es ihm nach. Ganz langsam beginnt sich der Kutter in Bewegung zu setzen. Erst dreht er sich ein wenig um die eigene Achse. Doch schon bald hat Kalli den Dreh raus, und das Boot richtet sich im gleichmäßigen Takt aus.

Wie lange sie gerudert sind, wissen sie nicht. Aber die Bewegung hat ihr Blut in Wallung gebracht, und jetzt schwitzen sie sogar. Da erhebt sich plötzlich eine graue Wand vor ihnen aus dem Nebel, die direkt auf sie zuhält. Kalli hat sie zuerst entdeckt und springt auf.

»Ein Schiff, ein Schiff, hierher, hier sind wir.«

Alle im Boot fangen an zu schreien und zu winken.

»Sitzen bleiben!«, übertönt Helmut die Rufe.

»Sitzen bleiben. Wir haben es geschafft!«

Es ist das Torpedoboot *T 36*, das da vor ihnen im Nebel auftaucht. Ein fast nagelneues Schiff. Erst am 9. Dezember letzten Jahres vom Stapel gelaufen in der Schichau-Werft in Elbing und eines der Begleitschiffe der *Admiral Hipper*. Als Erstes der anlaufenden Schiffe trifft die *T 36* bei der Unfallstelle ein. Sofort beginnt die Besatzung mit der Rettungsaktion. Kurze Zeit später trifft auch die mächtige *Hipper* ein. Doch die U-Boot-Gefahr für den schweren Kreuzer ist zu groß, das hat der gesichtete Torpedo im Wasser bewiesen. Der Kapitän der *Hipper* will kein Risiko eingehen und morst wenig später an sein Begleitschiff:

»Zweiter Schaumstreifen beseitigt letzte Zweifel ... Habe eineinhalbtausend Flüchtlinge an Bord ... Hohe Kreuzerwand verhindert schnelle Hilfe für Schiffbrüchige ... Überlasse Ihrem wendigen Boot Hilfeleistungen ... Wünsche Erfolg und Gelingen ...«

Die *Admiral Hipper* verlässt schnell die Gefahrenzone. *T 36* macht weiter und hilft so vielen Schiffbrüchigen wie nur möglich. Unter ihnen ist auch Heinz Schön, den sie von einem Floß ziehen. Jetzt nehmen sie auch die auf, die im Kutter mit Helmut und Kalli sitzen. Die Matrosen packen zu, und schnell sind alle an Bord gehievt. Als Letztes tragen Helmut und Kalli die Leiche von Marianne zur Bordwand, und mit einem Seil wird auch sie an Deck geholt und vorn am Bug abgelegt. Viele andere Totgeborgene sind hier schon hingebracht und mit Planen abgedeckt worden.

Die Lebenden vom Kutter werden sofort hinunter in den Maschinenraum geleitet. Da ist es zwar unglaublich laut, aber warm und trocken. Und alle anderen Räume, die Gänge, die Messe, die Kammern der Mannschaft und der Offiziere, die Abstellräume und sogar das Kabelgatt sind schon mit Geretteten voll besetzt.

Auch im riesigen Maschinenraum zwischen den dröhnenden Motoren und den kochend heißen Leitungen herrscht dichtes Gedränge, als Helmut mit Kalli hereinkommt. Überall sitzt oder steht jemand. Fünfhundertvierundsechzig Schiffbrüchige sind an Bord gebracht worden. Vor allem Frauen und Alte, aber auch U-Boot-Männer der 2. ULD. Alle haben heißen Tee in den Händen und wärmen sich die Finger an den Tassen. Wer zu schwach ist, dem flößt der Nebenmann etwas ein. Manche sind nackt und barfuß, haben ihre nassen Sachen ausgezogen und sich in Decken eingewickelt. Ihre Kleidung hängt, überall verteilt, nahe den heißen Leitungen zum Trocknen. Es sieht aus wie ein großes Campinglager. Doch die Menschen sind still und in sich gekehrt. Sie sind dankbar, dass sie überlebt haben, aber auch verzweifelt über die, die sie verloren haben, die Kinder, die Eltern oder den Geliebten und Ehemann. Es besteht nur wenig Hoffnung, dass sie sie jemals wiedersehen werden. Viele Frauen weinen leise vor sich hin.

Helmut sucht die Frau, die Mariannes Sohn mitgenommen hat. Kalli folgt ihm auf dem Fuß. Sie haben ihm einen Marinedrillich gegeben. Die viel zu langen Ärmel und Hosenbeine hat er aufgerollt und ist froh, seine Frauenkleidung los zu sein. Hier muss er sich nun nicht mehr verstecken.

Endlich in einer hinteren Ecke entdecken sie die Frau. Sie geht mit dem Kleinen, der wie am Spieß brüllt, auf und ab und versucht, ihn zu beruhigen.

»Vielleicht nehmen Sie ihn mal? Er will sich einfach nicht beruhigen. Hat Hunger, der Kleine.«

Unsicher nimmt Helmut den Winzling in den Arm.

»Sie müssen sich ja dran gewöhnen …«

Und, oh Wunder, kaum liegt der kleine Kerl in Helmuts Arm, hört er auf zu schreien.

Die Umsitzenden klatschen und lächeln gerührt.

»Na sehen Sie: Da muss nur der Vater her! Ein Kind spürt das sofort!«

Unsicher sieht Helmut das kleine Kind an und sagt dann zu Kalli:

»Was machen wir denn jetzt mit ihm?«

»Erst mal mitnehmen, denke ich, oder, Herr Kapitän?«

»Ich glaub, es ist an der Zeit, dass wir uns duzen, Kalli, findest du nicht?«

Kalli grinst über das ganze Gesicht. Da fängt der Kleine wieder an zu grummeln.

»Musst ihm den kleinen Finger in den Mund stecken, dann geben sie Ruh! Das hat Mutter bei Sophie auch immer gemacht.«

Kallis Stimme wird rau und überschlägt sich. Helmut schaut ihn an und sieht, dass er den Tränen nahe ist. Schnell sagt er:

»Nimm du ihn, Kalli. Du weißt besser, was zu tun ist.«

Kalli schnieft einmal kurz, dann nimmt er den Säugling und setzt sich, leise mit ihm redend, neben einen Haufen Taue.

KAPITEL 26

31. Januar 1945. Gegen drei Uhr morgens gibt die *Löwe* die Suche auf. Sie haben keinen Zentimeter Platz mehr an Bord. Kurz nach Mitternacht sind die *Gotenland* und ihre Geleitschiffe, zwei Minenräumboote, angekommen und haben zusammen mit *Löwe* und *T36* angefangen, das Meer nach Lebenden zu durchsuchen. Und gegen zwei Uhr ist der Dampfer *Göttingen* mit dem Minensuchboot *M 375* und dem Torpedofangboot *TF 19* eingetroffen, alle schon voll beladen mit Flüchtlingen aus Pillau. Sie sind nur zufällig in das Katastrophenfeld gefahren, denn sie haben die Meldung über den Untergang der *Gustloff* wegen Funkstörungen nicht erhalten. Nachdem die Besatzungen den Schock über das, was sie sehen, überwunden haben, beginnen auch sie, nach Lebenden zu suchen. Doch inzwischen sind kaum noch welche zu finden. Auf einen Lebenden kommen mehr als zehn Tote.

Wind und Dünung haben sich gelegt, die Wolkendecke ist aufgerissen. Am Horizont geht langsam eine rot glühende Wintersonne auf. Im ersten Dämmerlicht ist das Ausmaß der Katastrophe voll zu überblicken. Ein schwimmendes Massengrab. Überall sind, von der Strömung weit auseinandergetrieben, Leichen, Trümmerteile, Flöße, umgestürzte Boote und leere Rettungswesten zu sehen. Gespenstisch treiben Boote und Flöße mit regungslosen Passagieren vorüber. Sie sitzen oder liegen festgefroren, tot, von einer dicken Eisschicht überzogen. Bizarre schreckliche Bilder, die die Retter niemals vergessen werden.

Die *Löwe* ist voll besetzt. Vierhundertzweiundsiebzig Menschen haben sie aus dem Wasser gezogen. Überall schlafen oder dösen die Leute, manche sind im Stehen eingeschlafen oder einfach irgendwo zusammengesackt. Erika und Lilli haben nur noch auf dem nackten Boden gegenüber der Funkkabine Platz gefunden. Ein Offizier hat ihnen aber wenigstens eine trockene Decke geben können. Zusammen liegen sie jetzt darunter. Doch Lilli will einfach nicht aufhören zu zittern. Sie fiebert, seit sie an Bord ist. Der Marinearzt konnte ihr außer einem heißen Tee nichts geben, seine Bordapotheke war schon leergefegt.

Erika hält Lilli im Arm und versucht, sie mit ihrem Körper zu wärmen.

»Nicht einschlafen Lilli, du darfst nicht einschlafen, hörst du?! Bitte, bitte, bitte …«

Im Funkraum gegenüber hämmert ein Funker unermüdlich auf seinen Tastenapparat und hält Kontakt zu den anderen Rettungsschiffen. Erika lauscht den sporadischen Meldungen an den Obermaat. Ganz am Anfang meldete er:

»U-Boot-Gefahr besteht weiter … *Admiral Hipper* wieder abgelaufen.«

Dann auf einmal – Erika kommt es wie Stunden später vor, denn sie hat jedes Gefühl für Raum und Zeit verloren – hört sie: »Mit Überlebenden ist nicht mehr zu rechnen. Tausende Tote im Umkreis von fünf Seemeilen …«

Und kurz darauf:

»Befehl: Suche einstellen und Ablaufen nach Swinemünde!«

Kurz darauf spürt Erika, wie das Schiff sich in Bewegung setzt. Der Boden unter ihr vibriert, und die *Löwe* beginnt, rhythmisch zu rollen.

»Lilli, sie bringen uns nach Swinemünde, hast du gehört?«

Doch als sie zu Lilli unter die Decke schaut, sieht sie, dass sie doch eingeschlafen ist. Still liegt sie da.

»Lilli, wach auf, wach auf, der Arzt hat gesagt du sollst nicht schlafen. Lilli, Lilli …«

Doch Lilli regt sich nicht. Sie wird sich nie wieder regen. Lilli ist, ohne ein Wort, still unter der Decke gestorben.

Es dauert einige Sekunden, bis Erika klar wird, dass Lilli nie wieder mit ihr sprechen wird. Lautlos weinend bleibt sie neben ihrer Freundin sitzen, ohne die sie nicht hier wäre. Sie streichelt Lillis braunes Haar und stammelt immer wieder schluchzend: »Lilli, Lilli, das kann doch nicht sein! Wir sind doch gerettet. Warum, warum, warum ...«

Es ist Tag geworden. Kalt und klar. Die Sonne steigt am hellblauen Firmament über der Ostsee auf und verspricht den Küstenbewohnern, dass an diesem Mittwoch ein wunderbarer Wintertag vor ihnen liegt. Das Meer ist ruhig und friedlich, nichts deutet darauf hin, dass vor nur wenigen Stunden Tausende verzweifelt in denselben Fluten um ihr Leben gekämpft und es verloren haben. Offiziell ist das Unglück noch nirgendwo bekanntgegeben worden, und dies soll auch nicht geschehen. Ahnungslos beginnen die Menschen ihren Tag. An den Piers von Pillau, Danzig und Gotenhafen kämpfen seit den frühen Morgenstunden wieder Hunderttausende um einen Platz auf den Schiffen. Ein paar dieser Schiffe werden im Laufe des Tages durch das inzwischen weit auseinandergezogene Trümmerfeld laufen, und ihre Passagiere und Mannschaften werden sich zutiefst betroffen fragen, von welchem Schiff das alles stammt.

Nur die Kapitäne und die Offiziere der Kriegsmarine wissen es. So mancher wird sich bekreuzigen, ein stilles Gebet sprechen und mit einem Gefühl der Ungewissheit sein Schiff gen Westen lenken. Denn irgendwo da draußen lauern von jetzt an feindliche U-Boote auf Beute.

Um sieben Uhr ist die Hafeneinfahrt von Swinemünde in Sicht. Der Kapitän der *T 36* mit den Flüchtlingen der *Gustloff* an Bord hat der Hafenkommandantur über Funk seine Ankunft gemeldet. Ihm wurde ein Platz zum Anlegen zugewiesen. Zum Kai sind

Wachsoldaten kommandiert worden, die den Liegeplatz weiträumig abgesperrt haben. Rotes Kreuz und Sanitätsfahrzeuge stehen bereit. Es ist neun Uhr, als die ersten *Gustloff*-Geretteten über die Stelling an Land wanken, die meisten nur notdürftig bekleidet und viele ohne Schuhe. Einige müssen gestützt werden. Rote-Kreuz-Schwestern und Sanitäter der Wehrmacht halten Decken bereit und nehmen sie in Empfang, argwöhnisch beäugt von ein paar Feldpolizisten, die mit geschulterten Karabinern am Ende der Stelling stehen und die Prozession Unglücklicher an sich vorbeiziehen lassen. Alle wehrfähigen Männer und Jungen werden angehalten und, wenn sie nicht verletzt sind, aussortiert und ein paar Meter weiter unter Bewachung gestellt. Kalli und Helmut erreichen die Stelling und warten, bis sie an der Reihe sind. Helmut trägt den Säugling, fest in Decken gewickelt, auf dem Arm. Er sieht die Feldpolizisten sofort und kann es nicht glauben. Schnell reicht er Kalli das kleine Bündel.

»Nimm du den Kleinen und bleib an meiner Seite, dann interessieren sie sich nicht für dich!«

Schritt für Schritt rücken sie vor, Kalli hält das Kleine fest umklammert.

Einer der Feldpolizisten tritt forsch heran und verstellt ihnen den Weg.

»Halt! Der Soldat da: Mitkommen!«

Er winkt Kalli aus der Schlange, doch der rührt sich nicht. Schnell tritt Helmut vor.

»Der Junge ist kein Soldat, er hat nur seine Kleider verloren ... Sie haben ihm diese gegeben!«

Der Feldpolizist zeigt auf das Bündel.

»Was ist das?«

Kalli drückt den Säugling noch fester an seine Brust. Der Kleine fängt prompt zu schreien an.

»Seine Mutter ist da draußen geblieben ...«

Der Soldat sieht Helmut kalt an.

»Und wer sind Sie? Name, Papiere?«

»Kehding, Kap'tän auf der *Gustloff* ... Die Kinder und ich werden in Hamburg erwartet!«

Er sieht an Helmut herunter, zieht die Decke ein Stück zur Seite, erkennt die Uniform.

»Moment ...«

Er winkt einen Feldwebel zu sich, und immer wieder einen Blick auf Kalli werfend, reden sie leise miteinander. Dann sagt der Feldwebel laut:

»Der Bursche bleibt hier!«

»Aber hören Sie mal! Der Junge hat seine ganze Familie verloren!«

Die Empörung in Helmuts Stimme ist unüberhörbar. Die beiden Feldpolizisten schauen sich unsicher an. In diesem Moment schreitet ein Oberleutnant vorbei. Sie fangen ihn ab.

»Oberleutnant!«

»Was gibt's?«

»Der junge Mann hier will nach Hamburg weiter.«

Der Oberleutnant mustert erst Helmut, dann Kalli und wieder Helmut.

»Zivilist?«

»Reederei Hamburg Süd ... Ich brauch schnellstens eine Telefonverbindung zum Seetransportstab, Büro Engelhardt, Konteradmiral Engelhardt!«

Der Oberleutnant scheint das nicht zu hören, mit einem ärgerlichen Blick und einer schnellen Handbewegung wendet er sich an den Feldpolizisten.

»Der junge Mann ist kampffähig, er bleibt hier!«

Ohne einen weiteren Blick dreht er sich um und setzt seinen Weg fort. Der Polizist zeigt auf das Bündel in Kallis Arm.

»Abgeben das Kind und mitkommen!«

Helmut stellt sich vor Kalli und hält ihn hinter sich fest.

»Der Junge gehört zu mir!«

Ungerührt langt der Mann an Helmut vorbei und greift Kalli am Drillich. Wütend packt Helmut den ausgestreckten Arm.

»Hände weg! Sie wissen nicht, wo wir herkommen!«

Jetzt schaltet sich der Feldwebel ein und brüllt:

»Verflucht noch mal. Wir sind doch nicht auf dem Jahrmarkt! Nehmen Sie dem Mann das Kind weg und führen Sie ihn ab.«

Helmut verliert die Beherrschung, tobt und brüllt zurück.

»Was ist das für ein Krieg, den ihr mit Kindern gewinnen wollt!?«

Der Feldwebel macht einen Schritt vor und bellt in scharfem Ton:

»Name?!«

»Der Name ist Kehding, und den merken Sie sich gefälligst: Ein Kehding ist da draußen geblieben, ein Offizier, wie Sie keinen kennen!«

Während die beiden Männer sich anbrüllen, fasst Kalli einen Entschluss. Er will nicht, dass Helmut auch noch in Gefahr gerät. Wie skrupellos die sind, hat er ja bei Erika erlebt. Er hält Helmut den Säugling hin.

»Nicht, bitte … Nicht wütend werden, ich geh schon … Sonst hat der Kleine gar keinen mehr!«

Die Augen voller Tränen und mit hängenden Armen ergibt er sich seinem Schicksal und lässt sich vom Feldpolizisten zu der Gruppe von Männern und Jungen abführen, die vor einem LKW der Wehrmacht unter Bewachung stehen.

Erstarrt und kraftlos sieht Helmut ihm nach.

»Kalli! … Wir sehen uns wieder. Ganz bestimmt. Halte durch!« Tapfer nickt Kalli zu ihm hinüber.

Eine der Rot-Kreuz-Schwestern ist herübergekommen und mustert interessiert den schreienden Säugling auf Helmuts Arm.

»Gott, der ist ja ganz frisch! Sie sind der Vater?«

Helmut reagiert nicht und schaut immer noch verzweifelt Kalli hinterher.

»Hallo, Sie! Ist das Ihrer, habe ich gefragt!«

Unwillig und ohne die Schwester anzusehen, sagt Helmut:

»Ja, sicher …«

Weiter hinten am selben Kai hat Helmut die *Löwe* entdeckt, die gerade angelegt hat und die Stelling ausbringt. Hunderte Menschen drängeln sich an der Bordwand. Und, Helmuts Augen weiten sich erstaunt: Wer betritt als Erstes die Stelling? Korvettenkapitän Petri, gefolgt von Wilhelm Johannsen. Beide tragen ihre Uniformen, Johannsen hat sogar seinen Mantel an und seine Mütze auf.

»Das darf doch nicht wahr sein?!«

Helmut bleibt stehen und beobachtet, wie Petri dem Deckmatrosen der *Löwe* salutiert und, am Kai angekommen, den zackigen Gruß der Feldpolizisten erwidert. Kurz spricht er mit ihnen und verschwindet dann mit Johannsen in die von einem der beiden angezeigte Richtung.

In Helmut steigt kalte Wut hoch. Er schluckt trocken, sieht sich um. Die Krankenschwester! Sie redet immer noch auf ihn ein.

»Sagen Sie, wo ist die Mutter? Wie heißt der Kleine? Sein Name …«

»Sein Name … Harald … Harald Kehding!«

Damit übergibt er ihr das schreiende Bündel.

»Geben Sie ihm, was er braucht, ich hol ihn nachher wieder ab!«

Er lässt die verdutzte Schwester stehen und rennt Petri und Johannsen nach. Am Ende des Kais sieht er, wie sie zielstrebig auf ein großes Backsteingebäude zumarschieren, die KMD von Swinemünde. Helmut rennt los und kann sie gerade noch abfangen, bevor sie am Wachhaus ankommen.

Atemlos bleibt er neben ihnen stehen.

»So sieht man sich wieder! Was für ein Wunder! Finden Sie nicht?«

Johannsen und Petri sehen ihn nur kurz an, ohne anzuhalten. Die Wachposten salutieren, als sie vorbeieilen. Petri raunt dem einen etwas zu, und dann sind sie im Eingang verschwunden. Helmut ist nur ein paar Schritte hinter ihnen. Da tritt einer der

Wachmatrosen vor und stellt sich ihm in den Weg. Den Karabiner hält er lässig zwischen sich und Helmut. Doch Helmut macht geschickt einen Ausfallschritt, umrundet den Mann und rennt ins Haus. Der Wachmatrose dicht auf seinen Fersen. »Halt, stehen bleiben. Hier dürfen Sie nicht rein.«

Doch Helmut stört sich nicht an dem Befehl. In der Halle bleibt er stehen und entdeckt Petri und Johannsen, die die Treppe hinaufeilen. Wütend ruft er ihnen nach:

»So kommt ihr mir nicht davon!«

Er setzt ihnen nach und holt sie ein.

»Ihr habt sie umgebracht! Ihr habt sie alle auf dem Gewissen!«

Petri und Johannsen bleiben endlich auf halber Treppe stehen und drehen sich zu ihm um.

»Vorsicht, Kehding ... Die Kriegsmarine ist an Ihrem Geschrei nicht interessiert! Sie gehen mal lieber nach Hause und vergessen, was passiert ist!«

Petris Stimme ist gedämpft, aber der drohende Unterton ist nicht zu überhören. Dabei sieht er kurz zu den Diensträumen hinauf und steigt dann grußlos weiter nach oben.

»Vergessen! Ist das alles, was Ihnen einfällt?«

Jetzt schaltet sich Johannsen ein. Er senkt seine Stimme zu einem Flüstern:

»Hören Sie, Kehding, was passiert ist, ist schlimm genug ... Jetzt machen Sie die Leute nicht verrückt, das nützt niemandem, und Sie schaden sich nur selbst!«

Mit diesen Worten eilt er Petri hinterher.

»Ich hab mir nichts vorzuwerfen! Sie haben mir das Kommando entzogen!«

Helmut will ihm nachsetzen, wird aber vom Wachmatrosen festgehalten, der ihn eingeholt hat. Er versucht sich loszureißen, doch der Mann hält ihn eisern fest.

»Loslassen! Sind hier denn alle verrückt geworden?!«

Einige Offiziere eilen hinter ihm die Treppe hinauf, sichtlich bemüht, den schreienden Kapitän zu ignorieren. Oben am Ende der Treppe sehen sich Petri und Johannsen noch einmal zu Helmut um und verschwinden in einer Tür, die hinter ihnen schwer ins Schloss fällt.

»Nicht mit mir! Mit mir nicht!«, schreit Helmut ihnen nach. Doch seine Worte hallen nur durch das leere Treppenhaus. Wütend windet er sich aus dem eisernen Griff des Wachmatrosen. Als er sich umdreht, schaut er in das ernste Gesicht von … Korvettenkapitän Leonberg! Ungläubig verharrt Helmut in der Bewegung und starrt ihn an.

»Schon gut, ich übernehme den Mann, gehen Sie auf Ihren Posten!«

»Sehr wohl, Herr Kapitän!«

Der Wachmatrose salutiert und zieht sich zurück. Seine Stiefel klappern auf der Treppe nach unten.

»Leonberg, was machen Sie denn hier?«

Der legt energisch seinen Arm um Helmut und führt ihn langsam, aber bestimmt die Treppe hinunter.

»Um Gottes willen, Kehding, was für eine Katastrophe!«

Leonberg führt ihn aus dem KMD-Gebäude hinaus und bleibt auf dem Hof außer Hörweite der Wachen stehen.

»Ihr Bruder?«

Helmut schüttelt den Kopf.

»Das tut mir leid, er war ein tapferer Soldat.«

Helmut hat sich einigermaßen beruhigt, zumindest hat er sich wieder im Griff.

»Wieso sind Sie hier?«

»Es gab einen Stabsflug heute früh, den hab ich genommen.«

Und dann setzt er gedämpft hinzu:

»Mensch, Kehding! Schlimmeres hätte nicht passieren können: Die *Gustloff*! Ausgerechnet die *Gustloff*! Und das auch noch am Jahrestag! Da wollte der Russe wohl ein Zeichen setzen.«

»Wie konnte da draußen ein russisches U-Boot liegen?«

»Das sollten wir nicht hier besprechen …«

Leonberg zieht ihn mit einem Seitenblick auf die Wachen weiter weg vom KMD-Gebäude.

»Das U-Boot hatte sich verdammt gut versteckt … ein Fuchs! Ist der U-Aufklärung nicht aufgefallen. Aber trotzdem. Ich frage mich die ganze Zeit, wie es euch bei der schlechten Sicht überhaupt ausmachen konnte?«

»Wir hatten Positionslichter gesetzt!«

Entsetzt bleibt Leonberg stehen.

»Wie bitte? Das war doch verrückt …«

»Wir hatten eine Kollisionswarnung bekommen, unverschlüsselt und ohne Absender. Und Petri ließ gegen meine Order die Lichter setzen.«

»Unverantwortlich!«

»Das hab ich auch gesagt, und damit war meine Wache dann auch beendet.«

Leonberg und Helmut sind am Kai angekommen, an dem die beiden Rettungsschiffe angelegt haben. Sanitäter tragen gerade die Verletzten auf Tragen an Land. Überall Krankenschwestern und ein paar Ärzte, die sie untersuchen und auf Wagen verteilen. Feldpolizisten gehen auf und ab. Der Lastwagen, zu dem Kalli gebracht wurde, ist verschwunden. Auch von den Geretteten, die noch selbst gehen konnten, ist kaum noch einer zu sehen. Dafür liegen am Kai direkt vor den Schiffen die ersten ausgeladenen Toten nebeneinander, mit den Füßen zum Wasser, in Decken gehüllt oder mit grauen Planen zugedeckt.

Helmut holt tief Luft und wendet seinen Blick zurück zu Leonberg.

»Ja, und es ist uns auch keiner entgegengekommen. Nur die Torpedos!«

Leonberg lässt Kehdings Bericht einige Sekunden sacken.

»Einen Tag vor Ihrem Auslaufen hatten wir einen Funkspruch abgefangen, verschlüsselt, unbekannter Code.«

»Ja, den hatte mein Bruder noch bekommen. Konnten wir nicht entschlüsseln.«

»Ist in dem ganzen Durcheinander leider liegengeblieben. Haben wir erst heute früh geknackt ... Inhalt war genau die Kollisionsmeldung. Wer hatte denn die Meldung angenommen?«

»Oberfunkmaat Koch, er kam damit an.«

»Sieht aus, als hätte er die schon auf die *Gustloff* mitgebracht ...«

»Sie meinen, dass das eine Falle war? So etwas hatte ich mir schon gedacht. Aber wirklich glauben konnte ich es nicht.«

»Ich denke, es war sein Auftrag, dafür zu sorgen, dass Sie die Lichter einschalten ... in dem Gebiet, wo das U-Boot lag.«

»Sein Auftrag? Sabotage! Aber hat die Kriegsmarine den Mann denn nicht überprüft?«

Leonberg zuckt verzweifelt mit den Schultern.

»Wohl nicht genau genug. Inzwischen wissen wir, dass Obermaat Koch im Oktober von den Russen kassiert wurde, nachdem er abgesoffen war. Von wegen ›hat sich über Gotland durchgeschlagen‹ ... Das Schwein hatte die Seiten gewechselt!«

Helmut schluckt.

»Er hat sich erschossen.«

»Verflucht, Kehding. Zwei Tage! Hätten die Herren nur zwei Tage gewartet.«

»Ich werde das alles aufdecken, vor einem Seekriegsgericht!«

Alarmiert bleibt Leonberg stehen, hält Helmut fest und sagt mit Nachdruck:

»Das werden Sie nicht tun, auf gar keinen Fall!«

»Da draußen haben Tausende ihr Leben gelassen! Das kann doch nicht ungestraft bleiben!«

»Kehding, Sie sind doch kein Selbstmörder!«

Helmut zögert, wütend sagt er dann:

»Keine Untersuchung ... Warum? Die Kampfmoral darf nicht in Frage gestellt werden, schon gar nicht durch die Wahrheit ... Ist es das?«

Leonberg sieht sich unruhig um.

»Wenn Sie das irgendwo anders zum Besten geben, sind Sie ein toter Mann! Also ...«

Helmut hört nicht mehr hin. Sein Blick wird wie magisch von einer graublauen Uniform angezogen. Mitten in einem Handgemenge vorn an der Pier bei der *Löwe*, wo gerade wieder eine Bahre abgesetzt wird, beugt sich eine Marinehelferin über jemanden.

Helmut setzt sich in Bewegung. Schneller, immer schneller, bis er rennt.

»Erika. Erika!«

Atemlos erreicht er die Gruppe. Die Marinehelferin richtet sich auf und dreht sich zu ihm um. Sie ist es. Sie ist es. Erika!

Ungläubig schaut sie ihn an, dann ein Erkennen, ein Strahlen.

»Helmut!«

Sie stürzt in seine Arme. Beide halten sich fest, eng aneinandergepresst. Sie klammern sich aneinander, als wollten sie sich nie mehr loslassen.

»Du bist gerettet … gerettet!«, stößt Helmut keuchend hervor.

»Und du … Ich hätte es nicht ertragen, ich hatte solche Angst, du seist …«

Beide stammeln die gleichen Worte, küssen sich, halten sich fest. Keiner will den anderen je wieder loslassen. Dann fängt Erika an zu schluchzen. Helmut spürt, wie sich ihr Körper verkrampft.

»Was ist denn, Liebes, was ist los?«

Schluchzend sagt Erika:

»Ich hab der Lilli gesagt, sie darf nicht einschlafen … Ich hab's ihr immer wieder gesagt! Aber sie ist trotzdem eingeschlafen. Sie hat nicht auf mich gehört, sie hat einfach nicht gehört …«

»Aber was …«

»Sie ist tot, Helmut, sie ist tot. Lilli ist tot. Dabei waren wir doch schon gerettet …«

Helmut nimmt sie wieder fest in den Arm, drückt ihren Kopf an seine Brust. Erika schließt für eine Sekunde die Augen, gibt sich der Umarmung hin. Die Anspannung lässt nach. Doch dann macht sie sich wieder los, wendet sich von ihm ab und geht tränenblind zu der Bahre. Sie kniet sich hin und schlägt die Plane zurück. Helmut erkennt Lilli Simoneit. Friedlich und schön sehen ihre Züge aus. Erika beugt sich über die Tote, legt ihr die Hand auf die Stirn und spricht ein stilles Gebet. Dabei laufen ihr die Tränen über die Wangen.

Helmut ist stehen geblieben. Betroffen sieht er auf Erika und Lilli herunter. Da spürt er, wie ihn jemand sanft anstößt. Als er sich umdreht, steht Leonberg neben ihm. Er führt ihn ein paar Schritte zur Seite.

»Kehding, vergessen Sie das Kriegsgericht! Bitte!«

Helmut zeigt auf Erika und Lilli und die lange Reihe der abgelegten Leichen.

»Vergessen, was da draußen passiert ist? Wie denn!«

»Was Sie als Einzelner ausrichten können, haben Sie doch letzte Nacht erlebt ...«

Und nach einer Pause setzt er hinzu:

»Wir brauchen Sie, Kehding ... Da draußen warten noch Hunderttausende.«

Helmut holt tief Luft.

»Soll der Seetransportstab einen seiner besten Schiffsführer verlieren?«

Leonberg sieht ihn eindringlich an.

Helmut schaut zu Erika, die neben Lilli kniet. Hunderttausende ... wiederholt er im Geiste. Ja, ein ganzes Volk wartet und leidet und stirbt ... Er schaut Leonberg an.

»Also gut. Wann geht es los?«

Leonberg lächelt ihm zu.

»Das, mein Lieber, sag ich Ihnen in Gotenhafen! Aber jetzt kümmern Sie sich erst mal um Ihre Marinehelferin.«

Er gibt Helmut einen freundschaftlichen Schlag auf den Rücken, dreht sich um und geht zurück zur KMD. Helmut schaut ihm eine Weile nach. Dann geht er zu Erika und zieht sie vorsichtig zu sich hoch.

»Komm. Wir gehen ein Stück.«

Erika sträubt sich, will nicht von Lilli weg. Doch dann reißt sie sich innerlich los, wirft einen letzten Blick auf ihre Freundin und lässt sich von Helmut wegführen. Er legt ihr den Arm um die Schultern, und sie gehen dicht beieinander zum Kai hinunter.

»Erika, es ist noch jemand gestorben.«

Leise fragt sie:

»Marianne?«

»Ja, sie hat ihr Kind, einen kleinen Jungen, auf dem Rettungsboot geboren. Aber sie war zu schwach und ist kurz danach gestorben.«

»Und der Kleine?«

»Der ist quicklebendig und brüllt wie ein Großer.«

»Und wo ist er jetzt?«

»Eine Rot-Kreuz-Schwester passt auf ihn auf.«

Sie gehen schweigend weiter.

»Weißt du was? Wir holen jetzt den Jungen ab und fahren erst mal nach Hamburg. Ich bring euch zu meiner Mutter.«

»Und dann?«

Helmut antwortet nicht sofort. Er hat Angst vor ihrer Reaktion. Doch dann sagt er:

»Dann werde ich zurück nach Gotenhafen fliegen und ein neues Schiff übernehmen.«

Erschrocken bleibt Erika stehen. Ein Schiff, noch mal nach Gotenhafen, noch mal sich dieser Gefahr aussetzen ... Kalte Angst schleicht sich in ihr Herz. Sie will protestieren, doch als sie in Helmuts Augen sieht, weiß sie: Er muss es tun, er kann nicht anders. Sie sagt nichts, schlingt die Arme um seinen Körper, und sie halten sich aneinander fest. Dann sagt sie leise:

»Helmut, wir leben noch.«

Steckbrief der MS *Wilhelm Gustloff*

Schiffstyp:	Kreuzfahrtschiff
Radioident:	DJVZ
Kiellegung:	4. August 1936
Stapellauf:	5. Mai 1937
Indienststellung:	15. März 1938
Werft:	Blohm & Voss, Hamburg
Baunummer:	511
Eigner:	Deutsche Arbeitsfront
Reederei:	Hamburg-Südamerikanische Dampfschifffahrtsgesellschaft
Baukosten:	ca. 25 Mio RM

Technische Daten:

Vermessung:	25 484 BRT
Länge:	208,5 Meter
Breite über Spanten:	23,5 Meter
Breite Promenadendeck:	25 Meter
Höhe:	53 Meter, Kiel bis Mastspitze
Seitenhöhe:	17,3 Meter
Tiefgang:	vorn 6 Meter/hinten 7 Meter
Maschinen:	vier 8 Zylinder MAN-Diesel mit Getriebe
Anzahl Schrauben:	2
Leistung:	9500 PS
Höchstgeschwindigkeit:	16,5 Knoten
Dienstgeschwindigkeit	15,5 Knoten = ca. 29 km/h
Fahrbereich	12 000 Seemeilen bei 15 Knoten
Brennstoffvorrat:	max. 1580 Tonnen Diesel

Passagiere:

Fahrgäste	1405
HJ und BDM	60
Besatzung	417

Ausstattung:

Kabinen:	2 Bett: 248 4 Bett: 241 alle außen, auch für Mannschaft alle mit Waschbecken: Kalt- und Warmwasser

Jugendherberge für HJ und BDM je drei Schlafsäle

Badezimmer	50
Duschen	100
Toiletten	145

Sonnendeck 60 x 18 Meter, Platz für 700 Deckstühle
Schwimmhalle 10 x 5 Meter, Tiefe 1,6 Meter
Verglaste Promenade umlaufend auf Unterem Promenadendeck: 1,3 Kilometer

Hospital mit 2 Ärzten, 1 Zahnarzt
Röntgenraum, Operationssaal
Apotheke
Verschiedene Ladengeschäfte
Druckerei
Dunkelkammer
Friseur: Herren + Damen

Einsatz:

Kreuzfahrtschiff	23. März 1938 – 26. August 1939; 44 Seereisen mit 65 000 Urlaubern
Lazarettschiff	22. September 1939 – 21. November 1940
Wohnschiff	22. November 1940 –25. Januar 1945
Flüchtlingsschiff	26. Januar 1945 – 30. Januar 1945

Verbleib:

Am 30. Januar 1945 nach 3 Torpedotreffern des russischen U-Bootes *S 13* gesunken:

Ort:	55° 4' 12" Nord, 17° 24' 36" Ost Heute ein Seekriegsgrab, in Schiffskarten als »Hindernis Nr. 73« eingetragen.

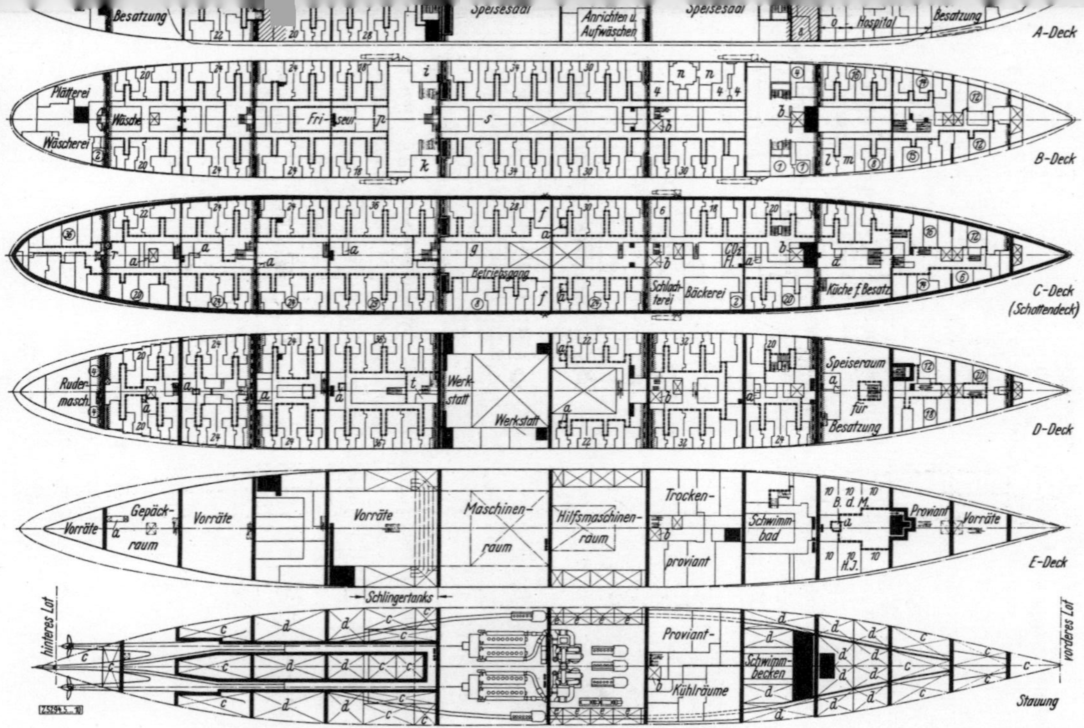
A-Deck
Besatzung
Speisesaal
Anrichten u. Aufwäschen
Speisesaal
Hospital
Besatzung
B-Deck
Plätterei
Wäsche
Wäscherei
Fri-seur
C-Deck
(Schottendeck)
Betriebsgang
Schlachterei
Bäckerei
Küche f. Besatz.
D-Deck
Rudermasch.
Werkstatt
Werkstatt
Speiseraum für Besatzung
E-Deck
Vorräte
Gepäckraum
Vorräte
Vorräte
Maschinenraum
Hilfsmaschinenraum
Trockenproviant
Schwimmbad
B. d. M.
H. J.
Proviant
Vorräte
Schlingertanks
Stauung
hinteres Lot
vorderes Lot
Proviant-Kühlräume
Schwimmbecken
Z.5294.5...10

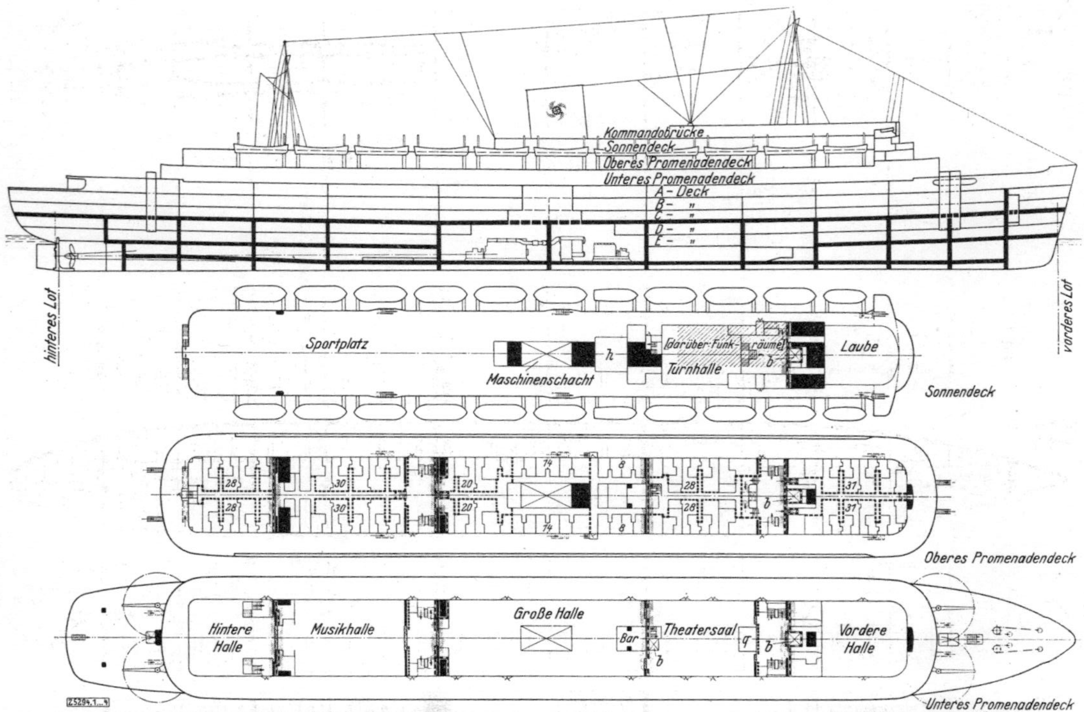

Kommandobrücke
Sonnendeck
Oberes Promenadendeck
Unteres Promenadendeck
A-Deck
B- "
C- "
D- "
E- "
hinteres Lot
vorderes Lot
Sportplatz
Maschinenschacht
h
[darüber Funk-räume]
Turnhalle
b
Laube
Sonnendeck
28
30
20
74
8
28
31
b
Oberes Promenadendeck
Hintere Halle
Musikhalle
Große Halle
Bar
b
Theatersaal
q
b
Vordere Halle
Unteres Promenadendeck
Z5204.1...4

Ostpreußen 1945 (Grenzen von 1937)
Route der Wilhelm Gustloff
Einmarsch der Roten Armee
Deutsche Stellungen
Wege der Flüchtlinge
Ost
Tiefwasser-Weg
30.1.1945
Untergang 22.18 Uhr
Küsten-Weg
Stolpe-Bank
Rixhöft
Halbinsel Hela
Putziger Wiek
Hela
Leba
Leuchtturm Scholpin
Rowe
Neustand
Oxhöft
Gotenhafen
30.1.1945
13 Uhr
Stolpmünde
Lauenburg
Stolp
Zoppot
Danzig
Radaunen-see
Bütow
Dirschau
Rummelsburg
Wdzidzen-see
Pr.-Stargard
DEUTSCHES REICH
Schwarz-wasser
Ratzebuhr
Graudenz
0 10 20 30 40 50 km

Heydekrug
Nidden
Kurische
Nehrung
Rossitten
Kurisches Haff
Ruß
Tilsit
Arge
Sarkau
Kranz
Brüsterort
Palmnicken
Fischhausen
Königsberg
Insterburg
Pregel
Wehlau
Pillau
Neutief
Frisching
Frische
Nehrung
Heiligenbeil
Masur. Kanal
Gerdauen
Pr.-Eylau
Neukrug
Kahlberg
Frisches Haff
Braunsberg
Frauenburg
Bartenstein
Tolkemit
Mauersee
Passarge
Rastenburg
Wolfsschanze
Quittainen
Elbing
Wormditt
Heilsberg
Alle
Ostpreußen
Marienburg
DEUTSCHES REICH
Spirdingsee
Prökelwitz
Allenstein
Geserichsee
Niedersee
Marienwerder
Osterode
Ortelsburg
Hohenstein
Tannenberg
Logdau
Neidenburg
Ossa

Nachwort

Die in diesem Buch beschriebenen Personen sind fiktiv, die Geschichte des Untergangs der *Wilhelm Gustloff* ist es nicht. Wegen der Dramaturgie mussten ein paar Abweichungen von den wahren Begebenheiten in Kauf genommen werden, dennoch habe ich mich weitgehend an die historischen Fakten gehalten. Ähnlichkeiten mit lebenden oder toten Personen sind möglich. Ihre Charaktere und ihre Geschichte in diesem Buch basieren auf vielen Berichten Überlebender und Menschen, die Anfang 1945 in Gotenhafen oder auf der *Wilhelm Gustloff* waren.

Besonders Heinz Schön, der Zahlmeisterassistent auf der *Gustloff* war, und seinen akribisch und über Jahre zusammengetragenen Dokumenten ist es zu verdanken, dass uns, der Nachkriegsgeneration, Wissen über diesen Teil unserer Geschichte vermittelt werden kann: die Flucht über See aus den deutschen Ostgebieten und die Vorgänge in den Häfen der Ostsee gegen Ende des Zweiten Weltkrieges.

Die größte Schiffskatastrophe aller Zeiten, der Untergang der *Gustloff* am 30. Januar 1945 (mit 10 582 Passagieren an Bord, von denen nur 1239 gerettet wurden), ist nach dem Ereignis kaum publik gemacht worden. In der Nachkriegszeit wurde sie, wenn überhaupt, nur in Deutschland bekannt. Das Ausland hat keine oder kaum Notiz davon genommen, schließlich geschah das Unglück im Zusammenhang mit dem Befreiungskampf Europas von Hitler und Nazideutschland. Anders als der Untergang der *Titanic* ereignete sich die Katastrophe im Krieg, und kein ausländisches Opfer war zu beklagen. Die Opfer, zuallermeist

Frauen und Kinder, wurden von den Alliierten, sofern sie überhaupt darüber nachdachten, als das betrachtet, was man heute »Kollateralschaden« nennt.

Dem Kommandanten des russischen U-Boot *S 13*, Alexander Iwanowitsch Marinesko, wird die Torpedierung der *Gustloff* von vielen als Kriegsverbrechen angelastet. Doch alle Recherchen der damaligen Situation haben keinen Hinweis darauf ergeben, dass Kommandant Marinesko oder die Besatzung von *S 13* wussten, dass hauptsächlich Frauen und Kinder an Bord waren. Für die Männer von *S 13* war die *Gustloff* in der Nacht vom 30. Januar ein unbeleuchtetes, nicht als Lazarettschiff ausgewiesenes deutsches Schiff, das sich wie Hunderte andere auf dem Weg nach Westen befand, wahrscheinlich, um Nachschub oder Truppen für den Kampf zu transportieren. Somit war die *Gustloff* aufgrund ihrer Größe ein lohnendes militärisches Ziel für ehrgeizige U-Boot-Kommandanten. Im Übrigen war sie tatsächlich auch militärischer Truppentransporter. An Bord waren 162 verwundete Soldaten, 372 Marinehelferinnen und eine ganze U-Boot-Lehrdivision mit 918 Mann auf dem Weg nach Kiel zu ihrem Kampfeinsatz.

Für Opfer und Hinterbliebene kann das nur eine Erklärung, aber kein Trost sein. Ebenso wenig die Tatsache, dass es der Marine bei der größten Evakuierungs- und Rettungsaktion der Geschichte gelang, mit 1081 Schiffen von Januar bis Mai 1945 über zweieinhalb Millionen Menschen aus dem Kriegsgebiet herauszubringen, und dass dabei »nur« circa ein Prozent der Flüchtenden ums Leben gekommen ist. Der Weg über Land von ungefähr vierzehn Millionen Flüchtlingen aus den deutschen Ostgebieten und dem Sudetenland hat hingegen ungefähr dreißig Prozent das Leben gekostet. Zahlen, die unfassbar sind und zugleich den Blick auf das Schicksal des Einzelnen trüben.

Die Kenntnis der wahren Begebenheiten, aber vor allem die Erlebnisse Einzelner machen es uns Nachgeborenen erst möglich, auch diesen Teil unserer Geschichte nachzuvollziehen.

Ich bedanke mich bei Heinz Schön für seine umfangreichen Informationen, Christiane Landgrebe für die sensible Lektorierung und ihre rechtzeitigen Motivationen. Dank auch an Johann-Peter Bauer, Kapitän zur See a. D., für die Beratung bei der seemännischen Terminologie und Dr. A. O. Möller, Flotillenarzt d. R., für das »Seminar« über die Kriegsmarine und die Nutzung seiner Bibliothek.

Hamburg, im November 2007
Tatjana Gräfin Dönhoff